U0542744

南京大学研究生"三个一百"优质课程建设项目建设成果

主 编 徐雁平 副主编 尧育飞

吴钦根 张知强 尧育飞 杨 珂 徐雁平 编写

清代文学与学术研究导引

南京大学出版社

图书在版编目(CIP)数据

清代文学与学术研究导引 / 徐雁平主编. —— 南京：南京大学出版社，2025.2(2025.6重印). —— ISBN 978-7-305-28468-7

Ⅰ. I206.49

中国国家版本馆 CIP 数据核字第 2024E05W09 号

出版发行	南京大学出版社
社　　址	南京市汉口路 22 号　　邮　编　210093
书　　名	清代文学与学术研究导引 QINGDAI WENXUE YU XUESHU YANJIU DAOYIN
主　　编	徐雁平
责任编辑	臧利娟
照　　排	南京南琳图文制作有限公司
印　　刷	南京新世纪联盟印务有限公司
开　　本	787 mm×1092 mm　1/16　印张 23.5　字数 350 千
版　　次	2025 年 2 月第 1 版　2025 年 6 月第 2 次印刷
ISBN	978-7-305-28468-7
定　　价	68.00 元

网址：http://www.njupco.com
官方微博：http://weibo.com/njupco
官方微信号：njupress
销售咨询热线：(025) 83594756

* 版权所有，侵权必究
* 凡购买南大版图书，如有印装质量问题，请与所购
　图书销售部门联系调换

目次

绪论　导引教材与反思性学术读本的融合 / 徐雁平 ………… 1
 一、近距离借鉴 ………………………………………… 3
 二、自我解读与研究步骤的重现 ……………………… 5
 三、语境与"实物的文学研究" ……………………… 7

第一章　"文献集群"及其自带的关联研究法 / 徐雁平
 ………………………………………………………… 13
 一、何为"文献集群" ………………………………… 15
 二、类聚性、关联性与近代文学特质 ………………… 17
 三、寻找"理想型"研究 ……………………………… 20
 四、可能的努力方向 …………………………………… 23
 五、研究"手感"与长线文献工作 …………………… 26

第二章　文学世家·文化转型·图像·唱和 / 徐雁平 …… 33
 [上] 解读 ………………………………………………… 35
  一、风气的鼓动 ……………………………………… 35
  二、细节分析及其"物料" ………………………… 38
  三、"传承性"研究的难度 ………………………… 40
  四、家族的物质文化和情感史 ……………………… 42
  五、拓展阅读：越城周氏家族 ……………………… 44
 [下] 论文 ………………………………………………… 46
  从春在堂到秋荔亭：俞樾和俞平伯诗中的家族史 … 46

第三章　江南文学·诗社·藏书·性别视角 / 徐雁平 …… 83
 [上] 解读 ………………………………………………… 85
  一、"意外收获"与笨功夫 ………………………… 85

二、发现更有特色的关系网络 …………………… 88
　　三、审稿意见：为何论文结构总有问题？ ………… 89
　　四、"江南学术共同体"与地域文化研究 ………… 97
　　五、拓展阅读：如何避免家族的平面研究？ ……… 101
　[下] 论文 ………………………………………… 104
　　花萼与芸香：钱塘汪氏振绮堂诗人群 …………… 104

第四章　文章经典化·古文删改·文学批评／张知强 …… 147
　[上] 解读 ………………………………………… 149
　　一、古文删改：特殊的经典化方式 ……………… 149
　　二、文献学与文艺学的结合 ……………………… 152
　　三、"发现"不难，"发明"不易 ………………… 155
　　四、文学批评的复杂性 …………………………… 157
　　五、拓展阅读：从文学本位的角度研究诗歌删改 … 158
　[下] 论文 ………………………………………… 160
　　桐城派的"义法"实践与古文删改 ……………… 160

第五章　文学流派·批点·政治性·书籍史／尧育飞
　……………………………………………………… 189
　[上] 解读 ………………………………………… 191
　　一、闲谈、观摩及必要的任务 …………………… 191
　　二、古文秘传的多重指向 ………………………… 195
　　三、片段缀合、论文攻坚及留痕 ………………… 199
　　四、批校本与文学政治学研究 …………………… 203
　　五、拓展阅读：明清时期的"用书" …………… 205

[下] 论文 …………………………………………… 207
　　　　秘本与桐城派古文秘传 ………………………… 207

第六章　书院・学派・答问体・文献学路径 / 杨　珂 …… 233

　　[上] 解读 …………………………………………… 235
　　　　一、点・线・面：文献如何生出问题 ………… 235
　　　　二、"寻常文献"的研究路径与价值探寻 ……… 239
　　　　三、"影响的焦虑"和个案研究的难度 ………… 241
　　　　四、书院文献中的文学研究和近代学术 ……… 242
　　　　五、拓展阅读：书院文人群与语录体 ………… 244

　　[下] 论文 …………………………………………… 246
　　　　清代书院答问的文献价值与文化意义
　　　　　　——以李兆洛《暨阳答问》为中心 ……… 246

第七章　手卷・语境・文人肖像・"诗文群" / 徐雁平 … 277

　　[上] 解读 …………………………………………… 279
　　　　一、材料的载体与语境 ………………………… 279
　　　　二、作品的物质性场域和生成过程 …………… 282
　　　　三、文人肖像画的兴盛与文人心态的变化 …… 285
　　　　四、缝隙间的拓展与文人群体研究 …………… 286
　　　　五、拓展阅读：《水村图索隐》与更复杂的物质性场域
　　　　　　　…………………………………………… 289

　　[下] 论文 …………………………………………… 292
　　　　论文学视野中的清代写照性手卷 ……………… 292

第八章　代作·游幕·稿本日记·别集编纂 / 吴钦根 …… 311

[上] 解读 …… 313

一、新材料与新问题 …… 313

二、系列文献的发掘与进入"情境"的探寻 …… 316

三、现象的普遍存在与个案研究的局限 …… 319

四、编织代笔的整体史 …… 321

五、拓展阅读：代笔研究的多种可能 …… 322

[下] 论文 …… 324

谭献文章代笔及其"以代作入集"的文学史意义
　　——以稿本《复堂日记》为中心 …… 324

结　语 / 尧育飞 …… 345

一、清代文献：研究法门与独特困境 …… 348

二、"文献依赖"现象 …… 350

三、"小数据"与方法论突围 …… 352

四、"感觉时代"的学术大判断 …… 356

五、从"命题时代"走向"议题时代" …… 360

后　记 …… 365

插图目次

图 0.1　张惠言《茗柯文编》稿本 ····················· 8
图 2.1　许祐身绘"俞楼图"信笺 ····················· 78
图 2.2　许祐身绘"曲园图""右台仙馆图"信笺 ····· 78
图 2.3　俞樾与曾孙俞平伯合影 ······················· 80
图 2.4　俞平伯与曾孙俞丙然合影 ····················· 80
图 3.1　陈裴之、汪端像 ······························· 122
图 3.2　《东轩吟社画像》之四 ························ 132
图 3.3　《东轩吟社画像》之十 ························ 132
图 4.1　李绂《与方灵皋论所评欧文书》 ············· 162
图 4.2　《诸家评点古文辞类纂》中《泷冈阡表》的评语 ····· 182
图 5.1　章学诚《文史通义》卷三《文理》 ··········· 209
图 5.2　道光年间合河康氏刻本《古文辞类纂》 ······ 218
图 6.1　李兆洛画像 ····································· 262
图 6.2　梁启超评点《骈体文钞》 ····················· 267
图 7.1　陈三立"五公尺牍"题识（局部） ············ 281
图 7.2　戴苍绘《渔洋山人抱琴洗桐图》（局部） ···· 298
图 7.3　禹之鼎绘《放鹇图》（局部） ················· 298
图 8.1　谭献同治三年五月初二日稿本日记 ·········· 314
图 8.2　沈景修致谭献手札 ···························· 318

表格目次

表 2.1　德清俞氏九代世系表（局部）……………………………… 51
表 2.2　俞平伯诗中的"春"字诗表 ………………………………… 63
表 2.3　俞平伯俞樾诗对读表 ………………………………………… 66
表 2.4　双满月剃头诗表 ……………………………………………… 81
表 3.1　振绮堂汪氏世系简表（局部）……………………………… 110
表 3.2　梁氏、汪氏、许氏三家联姻简表（局部）………………… 118
表 3.3　道光二年至道光二十年前后汪氏文士参与的雅集与唱和表
　　　　…………………………………………………………………… 140
表 3.4　汪氏振绮堂刊印书籍目录 ………………………………… 145
表 5.1　《归评史记》的局部流传网络 ……………………………… 223
表 6.1　《暨阳答问》传世版本源流简表 …………………………… 254
表 6.2　简、繁本《暨阳答问》各卷问答数及简占繁百分比 …… 256
表 6.3　《暨阳答问》中的对话主体及出现数次 …………………… 274
表 8.1　谭献代作对象群体划分 …………………………………… 332

绪论 导引教材与反思性学术读本的融合

徐雁平　编写

一、近距离借鉴
二、自我解读与研究步骤的重现
三、语境与"实物的文学研究"

一、近距离借鉴

在获取知识、文献颇为便捷的时代，编写古代文学与学术研究教材是颇具挑战性的事情。与其他朝代相比，清代文学文献可谓名副其实地浩如烟海，而要从中理出头绪，编出实用教材，难度更大。我四五年前即有意从事，然每每观望、徘徊、拖延，如今终于下定决心，与几位同道合力将设想落地，且提升转变为实物，形成具有尝试性质的书籍。在我的预想中，它既是清代文学与学术若干专题研究导引的教材，又可当作反思性的学术读本。

这一导引教材凝聚了我多年讲授研究生课程的心得，也融入了这几年与曾经的学生、现在的同道商量讨论的成果。教材的设计与编写，一方面，以自我总结与反省为方向，故略有个体或群体风格；另一方面，则以复合型的话题与研究方法为基础，旨在激发关联性思考，为研习者提供一些近距离的学术体会。书中有心得，也有困惑；有理论，也有技术；有较稳定的结论与方法，也有未定的议题及探索方向。如此追溯与重构，就是希望所抛出的两三块实在的砖石，能为后来的研究者作开路铺垫之用。

教材编写为何强调研习的"近距离"借鉴？这与我们在研究中运用的理论与方法密切相关。据说"理论"（theory）一词在古希腊语中有观看的意思，由此可简易理解，理论就是观看，一种理论意味着一种观看方式。如此理解，理论似乎就褪去一些玄妙的光耀；而"方法"（method, methodos）一词在古希腊语中有"经由道路"的意思，以路喻方法，方

---

* 为求行文方便，书中对前辈、老师皆未用敬称，特此说明。

法也就回到了日常生活。① "近距离"借鉴，就是展示我们如何观看、如何行路。这一设计思路源自我们读书会的一次讨论：大意是时代较早的名家名作，确实有高远的指导意义，然就实际效果而言，解读、模仿近期的佳作更有"不隔"之感，往往更易收到转化吸收之效果。毋庸置疑，前贤名作和近人佳作均是学习榜样，必须兼顾，然在同一时代风气中的近作可能是更理想的学习"过渡物"。于是，我们不惮将自己作为方法，将几篇论文和相关的学思历程一一解剖，以期回馈前贤时侪对我们学习的沾溉之恩。我们认为：解析近作，提供切身体会，有助于呈现"自我批评"的历程。况且就编写者而言，如此写作，方能脚踏实地复盘学思过程。一方面，写作时的酸甜苦辣，冷暖自知；另一方面，回看几年前的论文，不免产生新的想法。这种自我批评，既是"边拆边建"，又是现在之我与过去之我、未来之我展开的对话。这一过程呈现了我们如何想、如何做的层次结构，有助于探看某些概念化、理论化的小尝试。此类自我回顾与批评，既是自我设定的内部视角，又可名之为"以自我批评为方法"。自我批评就是自我梳理、选择与批判，是文史研究的老传统，只是近年学术界似乎更喜欢讲论成功的外在模样，稍稍忽略了老传统里的真精神。

　　受多种因素的影响，每个人看待世界、行走学林的方式不尽相同。倘若我们的经验和教训还可提供些许借鉴价值，或主要因为我们在写那些论文时，曾经很认真地边走边看，并且有意识地保留了寸进的痕迹。我们热爱保留前进的痕迹，因为我们是以群体的方式讨论学问，谋求共同进步。有痕迹，不仅便于观察分析，对后来加入者，也更具借鉴作用。《论语》二

---

① 英语"理论"（theory）一词来自希腊语 *theōria*（contemplation，speculation），*theōros*（spectator），*theōreō*（look at），*theaomai*（behold）。theory 一词的来源与戏剧（theatre）的希腊语 theatron 有密切关系，其中都有"观看"之意。英语"方法"（method）一词来自希腊语 *methodos*（pursuit of knowledge），*meta*-(with，after)＋*hodos*（way）。"理论""方法"两个英文词语的希腊语来源，据 ［英］德拉·汤普逊编《牛津简明英语词典》（第 9 版）（外语教学与研究出版社、牛津大学出版社，2000 年）和牛津大学出版社编、上海外语教育出版社编译《新牛津英汉双解大词典》（第 2 版）（上海外语教育出版社，2013 年）。theory 和 theatron 之间的关联，还可参看陈戎女《戏剧制作技艺与城邦剧场文化：希腊古典时期的 drama 与 theatron 考辨》（见《戏剧（中央戏剧学院学报）》2023 年第 1 期）。

十篇，开篇就是谈论学习的悦与乐，其中有情感的起伏。可见，学习从来不是纯粹的知识与方法的灌输。在数据化、技术化盛行的时代，真诚的"身心体验"和学术作坊中的"具身感知"能为有志研习者提供进入清代文学与学术园地的实在路径。我们重视论文得出的一些结论，也关注产生结论的过程。学术研究中有一些"理论化"的步骤，大致是观察、命名、概念化、类比、提出解释等。这当然是精要的、明快的或者理想的链条式总结，但在具体研究过程中，情形要复杂、粗糙许多。于是，我们决定调整教材编写的视角，将目光投向被省略、被遮掩的部分，指示在得出结论与方法之外，还有逐渐成熟或不成熟的体验。在单篇论文解读部分，我们留意梳理论文如何修改、存在的局限、想到然而暂时没法解决的问题，从而与研究心得部分形成比照。其间的线索意在呈现研究的探索与前进，同时又表明过程总是渐进的。古语云："良工不示人以朴。"我们不是良工，却总想尝试走出一条新路，并期待行路上的"自我批评"能促成较深层次的交流。我们坚信，只有在自我梳理、审视、对比的过程中，学术之旅才能觅得应有的力度和意义。

二、自我解读与研究步骤的重现

这一导引教材在"绪论""结语"之外，共设八章，每章相对独立。第一章作为总论，后七章每章由解读和论文两个板块组合而成。其中解读板块主要包括：

（1）论文写作缘起；

（2）研究心得；

（3）论文的局限；

（4）可以继续探索的问题；

（5）拓展阅读。

至于解读板块的具体节目，则由各位编写者据每章内容及学思感受自行命名，不强求统一。所选七篇论文皆为编写者已发表且自觉较有代表性的论文，除我的3篇论文之外，吴钦根、张知强、尧育飞、杨珂各选1篇。这一板块的编选目的在于丰富教材的内涵。若单选我的论文，受制于"持续的局限"，恐怕连解读部分中的自我批评也要沦为格套；而几位年轻学者的论文有草长莺飞之势，各具面目和力量，为教材注入了新鲜活力。况且，这些论文我们曾在一起研读、讨论、修改过，有些论文的设想也曾共同商量过。论文的话题与研究方法，均有复合倾向（话题时见关联与部分叠合），即试图通过意蕴丰富的选题，讨论清代文学与学术文化的多维面向或多种研究方法。从选题的多个面向中，读者当不难看出我们寻找问题的些许追求，即尽量新颖、有趣味，在文学、文献与学术的边界处求生路。由于我们较长时间在一起研习，论文最终呈现出某种群体风格，这也是七篇选文能够连缀成系列而合到一处的缘由。

与这七篇选文配合的是"回溯性解读"，这是从我们的读书会或课堂教学中总结、发展而来的一点经验。我有意保留了若干篇论文的"写作档案"（我写较长论文仍然是停留在纸笔时代），一篇文章有一包档案，包括构思提纲、卡片、专题索引、材料分析片段、初稿、修改稿等等，论文刊发之后，再与大家分享论文如何形成，以及论文的得失。由这一日常学习实践，尤其是做笔记、做卡片的经验出发，我们提出卡片式思维与写作的办法，即研究者可将思考、写作过程大致还原为系列单元，以服务于论文写作。还原并非最终目的，因为卡片或单元有多种组合或碰撞的可能性，由还原到再出发，其目标在联合以及期待联合时闪现的火花。① 我们渴望

---

① 卢曼（Niklas Luhmann，1927—1998）是高产的社会学家，他的生产力，有一部分源于他的卡片盒写作法。"传统的卡片写作法，像纳博科夫，是只使用一个盒子，用一个盒子来保存自己写作的内容。而卢曼多了一个盒子，对自己卡片写作的内容进行索引和整理。"卢曼经常使用的索引可分为四类："第一类是主题索引。当某个主题的内容积累得足够丰富，卢曼就会做一张主题索引卡，对这个主题进行概览。主题索引卡上会汇集所有相关笔记的编码或链接，每条笔记会用一两个词或一个短句简要说明核心内容。这类索引，相当于给了你一个进入某一主题的入口。第二类与主题索引类似，只不过不是对某一主题的概览，而是针对盒子里相近位置的卡片所涉及的所有不同主题进行概览。第三类是在当前卡片上做索引，标明这条笔记逻辑上的前一条是什么、后一条是什么（这些卡片在盒子里的位置可能并不挨着）。第四类，也是最常用的索引形式，就是简单的'笔记—笔记'连接。两条笔记可能完全没有关系，把它们关联在一起，往往会产生出乎意料的新思路。通过这些关联操作，我们能更好地对卡片内容进行组合、拼接、提取，从而产生更高质量的内容。"（[德] 申克·阿伦斯著，陈琳译《卡片笔记写作法：如何实现从阅读到写作》，人民邮电出版社，2021年，第7—10页）

捕捉学思及写作过程中那些灵感的火花。

在这部教材中，我们将论文写作过程回溯稍作梳理，大致分成相对稳定的五个单元。如此划分，意在激发多维思考。有如土豆、红薯等块茎植物发散性萌芽，进而产生不同层面的关联。此外，我们有意展现我们略显粗糙的学思过程或耗时的写作笨功夫，意在证示文史研究也是一种匠人手艺。毕竟，完整、顺畅的论文，在某种程度上可以"还原"为具有参照、反思作用的单元或步骤。强调研究过程中的单元与步骤，意在强调研究并不全是材料的归纳与分析、概念的演绎，而是时常掺杂偶然性，即在写作过程中某些预先的设想与材料或有新变，甚至出现不协调迹象，而单元与步骤也可能不按"预定线路"发展。写作是一个动态的过程，而不是已有想法和材料的组装，这也是学术研究的一大魅力。

三、语境与"实物的文学研究"

由于编写者各人写作情形不同，本书对回溯的框架不强求统一。所选论文，并非尽善尽美，却是我们写作时心动、现在觉得还有价值者。我们的解读，容或是一隅之见，但一定是我们真诚探索的些许心得。全面与稳妥也并非本书的至要追求，因求全、求系统、求确切的设想与设计对行进中的清代文学与学术研究而言，事实上无法达成。这一导引性教材并非建构一种模型，而意在探求发现新问题的方式。它可能不太在意呈现某一专题历史发展的脉络，而注重文学中的多种关系以及某种表述形成的方式，赋予或尽量找回问题的丰富意涵，故而"语境"和"生成"是本教材的关键概念。因为要再现语境，部分地还原生成过程，故作为文学、艺术载体的"实物"，如刻本、稿抄本、卷轴、砚台等，以及人与物的接触方式如写作、代作、批点、过录批点、题识、修改、编选等关键性细节受到高度重视（参见图 0.1）。如此重视作品物质呈现形态的研究趋向，可暂名"实物的文学研究"。对"实物"的关注，近似文本发生学式的追溯。我们不但要看"干净""光滑"的整理本，还要看整理本赖以形成的各种各类

图 0.1　张惠言《茗柯文编》稿本

图片选自周欣平、鲁德修主编《柏克莱加州大学东亚图书馆藏稿钞校本丛刊》第 1 册（上海古籍出版社，2013 年）。武进张惠言（1761—1802）的稿本留有数人观款和钤印：武进刘嗣绾（1762—1821）嘉庆六年（1801）在京师观看，武进丁履恒（1770—1832）、阳湖陆继辂（1772—1834）乾隆六十年（1795）在京师同看。此外，阳湖杨元锡（1760—1814）、阳湖庄曾仪（1769—1807）也看过此书，或亦在京师。一部书稿，在数千里外的京师，先后吸引了数位常州文人，他们似乎有意地留下印迹。刘、杨是张的同辈，其他几位至少小张八岁，两个年龄层次的常州文人巧妙地在纸上"神聚"。常州文人这种有意"会聚"的倾向，可见第六章、第七章相关论说。

版本，包括杂乱的稿本、抄本等；有时影印本并不够，我们最好能看到实物，感受古物的氛围、形制及其内部各单元的组配方式①，察觉印制过程中有意无意的变动。随着时代的进步，看到"实物"已非难事，这也是学术研究的天赐良机。清代文献的类型、版本形态较前代保存得更为丰富、更加完备，"实物的文学研究"或者说"实物—文学"组合结构的引入有其必要性。

所谓以文献实物为媒介的研究，一方面是对实物的"物性"（thinghood）的重视。"物性"这一概念，可借用乔姆斯基的表述加以说明，"世界的某个部分是否构成一个物是由诸多复杂因素决定的，其中包括人的意愿和设计"，因为我们投射关注的目光，或者说置于语境中，这些散落的"东西"（thing）便被赋予一种身份性质的"物性"。② 另一方面，对文献诸多层次实物的关注与比照，不仅仅是形成感官和情感体验，在关联其他文化遗存时，有可能以新形式促成意义的生成。③ 本书对清代文献、文学与学术的"物性"有较为自觉的关注，然更广泛的开拓，尚有赖同道一起努力。

毕竟，本书的核心追求，是在实用之外，多一点启发。所谓多一点启发，就是希望读者阅读本书之后，能再提出几个问题，再深入思考一些，进而激发某些关联的学术想象。我总以为，学术是探究，是尝试，是一次次反思与比照的过程，是一趟不断解惑的旅行。自我批评是一种方法，学

---

① 西方学者强调要注意书籍作为物件的物理处理"技术"，文字通过铭刻和书写，变为一种"示意工具"，形成"一种能够结合视觉和语言，即空间和时间的表达模式"。此种揭示，其意在显示"媒介的物质性"。（［爱沙尼亚］玛丽娜·格里沙科娃、［美］玛丽-劳勒·瑞安编，段枫等译《媒介间性与故事讲述》，上海外语教育出版社，2024年，第2页）
② ［美］诺姆·乔姆斯基著，余东译《我们是谁：乔姆斯基论语言及其他》，广西师范大学出版社，2022年，第70—71页。
③ 清代文献实物激发情感之类记录较多，此处举一例。光绪二年正月二十六日，张謇在到如皋舟中看《纲鉴择言》："书为璞师家物，而蓬山师所曾阅也，丹黄灿灿，手迹犹新，每一披卷，不胜梁木泰山之感。师乎有知，其亦念十年前垂髫侍坐之人，仆仆于道路间乎？"（《张謇日记》，上海辞书出版社，2017年，第69页）在张謇眼中，老师批点的《纲鉴择言》已经进入新的阅读世界，此中有新的时空，新的心境。实物未变，但生发的意义，已异于少年时的感受。由此可见，《纲鉴择言》作为带有温度的实物在流转过程中实是一种有情感的活物。

习、借鉴他人也是一种方法。曾经的自我是一束光，近处的他人也是一束光。惑与解惑①，原是学术的本质。惑之兴衰寂灭及其再起，生生不息，原是学术长河的本相。而我们这部教材，原也不过是漂泊于学术长河里的一叶扁舟。倘或窥见一道可能的新航线，不免期待后来者共同前往。

这部教材强调每篇论文的复合型话题与研究方法，是因为我们面对的是相当复杂的清代（或任何一朝代）文学文献。这些文献有形成的"过程"，有不同层次的"完成度"，种种复杂性直接关联"言为心声"这一说法。何为"言为心声"？难以回答。考虑到言者的身处或语境，我们不能不重视文学的社会性。文学的复杂或斑驳特性，使任何单一的理论与方法都没法作完满的解释，而作品的诸多方面和部分都要不同程度地纳入研究视野。于是，我们倡导研究中理论与方法的整合，而不求一种整合性的理论与方法。② 是故本书的每一专题研究，都意在凸显复合型话题，以便形成诸话题间的对话，使论文的构思推进也可从假定的单向度演进线索的束缚中解放出来，所关注问题的活力因而得以释放，形成发散性和冲击力。

总的来说，这部教材强调的要点为：以文献集群促进关联思考；在边

---

① 最近在"Political 理论志"公众号上看到波士顿大学 Ashley Mears 教授《"研究困惑"的困惑——社会学研究中的理论困惑》一文提要，其中引述耶鲁大学教学与学习中心列出的写作中"如何引人入胜"（motivating moves）的八条写作法。名为写作法，其实就是思考问题的办法，也即寻找罅隙之法。这八条方法是：1. 真相并不是人们所料想的，也不是一读就会发现的。2. 到目前为止，关于这个主题的知识有限。3. 这里有一个谜题或困惑有待回答。4. 与已发表的观点冲突。5. 透过研究这个微观现象，我们可以获知更宏观的现象。6. 这个看似必要或毫无意义的事物实际上很重要，也有趣。7. 这一事物存在不协调、矛盾或紧张，这有待解释。8. 标准的主流观点并不完美，需要加上限定条件。Ashley Mears 分析，第 3 点明确提到了研究困惑，第 1、4、7、8 点其实也涉及困惑。困惑被描述为一种写作技巧，在研究中适时地给出研究困惑可以很好地指引论文的写作，并传递给读者我们打算写什么，以及他们为什么要读这项研究。这些都是研究困惑的用途和价值。与此说相呼应，本教材在论文解析部分特别注意多方面展现编写者专题研究中的局限和可以继续探索的问题。写作八法，见 Ashley Mears,"Puzzling in Sociology: On Doing and Undoing Theoretical Puzzles", *Sociological Theory*, Vol. 35, No. 2（June 2017）, pp. 140-141。此八法中译本依据"Political 理论志"公众号综述。

② 理论与方法如此，范式亦如此。文学研究中据说有"残留范式""主导范式""新兴范式"之别，然很难清晰区分，实际研究中可能是多种范式并存。（［美］约瑟夫·诺思著，张德旭译《文学批评：一部简明政治史》，南京大学出版社，2021 年，第 181 页）

界处、有趣味的细节处发现问题；以现场感、过程性为主导，尽量还原语境；以自我批评为方法展示学术研究的手艺特征。在古籍文献资源涌现而学术竞争激烈的时代，我们强调这一教材的编写旨趣并论及其他，也是力图进一步探索文献学与文艺学结合的新境。我们试图以这样的实际行动，赋予这一朴素的主张或方法论以新时代的能量。

  编写这部教材时，我到图书馆借阅相关参考书，被一本名为《文思泉涌：如何克服学术写作拖延症》的书吸引。"文思泉涌"，不正是写作者的终极梦想吗？我暗自庆幸，以为无意间找到了写作秘籍。然论及"本书的解决之道"时，该书却赫然如此表述："本书将不会讨论'写作的灵魂'、各种宗派的'写作灵感'或是'写作的精髓'。只有诗人才喜欢讨论'写作的灵魂'。你应该像个普通人一样写作，而不是像个诗人，甚至不应该像个心理学家。"① 看来文思泉涌，大约等同于梦笔生花，我们的解决之道，依然"应该像个普通人一样写作"。以此回首来时路，则我们的所作所为、所思所想，还算脚踏实地。

---

① ［美］保罗·J. 席尔瓦著，胡颖译《文思泉涌：如何克服学术写作拖延症》，上海教育出版社，2015年，第7页。

第一章 "文献集群"及其自带的关联研究法

徐雁平　编写

一、何为"文献集群"
二、类聚性、关联性与近代文学特质
三、寻找"理想型"研究
四、可能的努力方向
五、研究"手感"与长线文献工作

一、何为"文献集群"

1997 年,程千帆先生在给蒋寅的信中提示研究清代文学要注意抓"一头一尾"两个时段,"头"是指明清之际,"尾"则明言为清末,意即近代文学。

> 我现在先谈两点,我认为特别重要的:一是关于清代文学。一头一尾,社会背景、理论创作都具有特色,近人为"一代有一代之胜"之说所误,对清代往往不加重视,你现在抓王渔洋,这很好。由钱牧斋到王渔洋是一个阶段,一个整体。……第二是清朝末年,龚定庵到陈三立、朱祖谋乃至南社诸子又是一段。抓住这两头,中间就好办了。[1]

近代文学的"近代"牵涉清代的晚期、现代的前期、漫长帝制的终结期[2],与此前单一的易代之际有异,是"海水沸腾"的过渡时期[3]。时代的特殊性造就了近代文学的独特面目,其丰富性与复杂性远远超过清中期,甚至也在明清之际或清初文学之上。尽管"近代文学"已成学界习用术语,但"近代"的起止时间仍有争议。分期的未定或微调,说明近代文

---

[1] 程千帆《闲堂书简》,见《程千帆全集》第 9 册,凤凰出版社,2023 年,第 455 页。此处所引,标点略有调整。

[2] 此处至第四节末,即徐雁平论文《"文献集群"与近代文学研究的新拓展》(见《文学遗产》2022 年第 3 期"近代文学研究笔谈")。编入这本教材时,文字稍有变化,而略偏"近代"的论调则不作调整,因为由"近代"几乎可以无阻地推想清代情形。这篇论文,我们的读书会多次讨论、修改过,我还保留了 12 个版本的纸质修订本。在线上也多次组织讨论会,尧育飞、吴钦根、张知强都有建议,尧育飞贡献较多。参与读书会讨论者有潘振方、曹天晓、顾一凡、杨珂、高惠、张德懿、何振、丁思露、胡钰、李沙坪、谢葆瑸、张圣珊。之所以强调这些细节,是表明这篇文章虽有自己的想法,然也融入较多的群体建议。这些背后的贡献,因为论文发表时篇幅限制,没有写出,现借此机会对诸位的帮助表示感谢。

[3] 康有为《京师强学会序》,谢遐龄编选《变法以致升平:康有为文选》,上海远东出版社,1997 年,第 329 页。

学处于多种时间线索与多种文学传统之中，单一的线性勾勒无法充分把握此期文学的脉动。近代文学的特质与"近代性"不能仅用相对固化的文学经典标准来衡量，还必须建立起自己的文学评价维度。结合近代文学文献的特征、近代文学研究的趋势，研究者应关注近代文学的"文献集群"现象，即从文献入手，在研究中建立"群"的意识。近代有文献集群，也有与之关联的"人的集群"，同时出版业的繁荣以及书籍的流通，形成跨阶层、跨地域的阅读共同体，进而造就具有某种知识、思想、价值观念、文学审美趣味的读书人群体。这种以"群"为量度的思考方式，将有助于推进近代文学研究，或晚明到晚清文学研究的探索。

作为中国文学文献的重要组成部分，近代文学文献一方面承继了前代文学文献的基本特征，另一方面，因为所处时世特殊，故而自具面目，其中一个显著特点就是近代作家著述存世概率更高，每一著述的版本形态也更为多样。文献的丰富数量、多样形态以及文献间的多重关联，催生了近代文学文献的集群现象。"集群"是指同类事物的丛生或聚集，此处引申其义，则文献集群的含义，就其狭义层面而言，指一组同类型文献；就广义层面而言，则指一组不同类型但关联密切的文献。近代文学中的文献集群主要包括四个系列：其一，某一作家较完整的著述系列，如诗文集、日记、书信以及其他著作；其二，与某一作家交往的诸人也多有较完整的著述存世，据此可组织出交游网络中的关联著述系列；其三，某一作品的多种版本形态，如手稿初稿、定稿、初刊本、修订本等等；其四，某一主题或某一类型文献，这是在以人为中心之外，以事和文体等方式组织出的文献集群，如日记、家集、地方总集、闺秀集、翻译文学、海外游记、政论文等等。近代文学呈现引人注目的文献集群现象，是世变之际文学新发展的表征。

从文献集群视角重审近代文学，须在研究中重视文献的数量、类型及相互关联性。其中，文献的数量是关键。无数量则无集群，文学现象、文体特征、作家与作品的重要性等问题就难以深入分析；此外，无数量则无关联。这里所谓的关联，不是一个文献成为另外一个文献的注脚，而是互相解释，互相赋予意义，在关联中形成文学文献的整体观。文献不仅仅是研究赖以取用的资料，它还有其自身的逻辑和隐含的脉络，因而在某种程度上自含观察方式、自带研究方法。提倡从文献集群角度切入近代文学研究，是期望研究者通过一定数量的文献磨炼手感，形成研究技艺，发掘文献之间丰富的关联，并在这一过程中逐步获得必要的文献感觉。另外，建立在多种文献集群基础上的近代文学研究，能够较为有效地避免在小题目内自说自话，从而培育有对话性的近代文学研究共同体。

二、类聚性、关联性与近代文学特质

从文献集群角度考察琳琅满目的近代文学作品，能凸显近代文学的"涌现特征"。近代文学作品未经过完全汰选，经典化过程还未完成或尚未展开，单篇（部）作品的内涵与精致程度往往不及此前各时代，而通过不同文献集群的整合与研究，有助于看清多类别文学文献的涌现特征。所谓涌现特征，是指文献因整体汇合而产生单一文献（或作品）所未有的文学景观与文学功用，如同自然界中的"椋鸟之舞"一样，因为汇合而呈现出只鸟不具备的、富于变化的"新群形象"与"集体功能"。总之，近代文学的文献集群自带或自置观看方式，有助于我们从类别与整体角度看出文学相对粗糙的原生状态以及社会生活中的文学之用。

开掘文献集群，是深度介入近代文学的有效手段。每一类近代文学文献集群的建立，均昭示一个新的研究领域的诞生。清代尤其是近代能够较快搜集成形的文献集群较多，如结社文献、唱和文献、诗文选本、艺术类文献（如诗画合璧文献、文人肖像、雅集图）、题识评点文献、话体文献（如诗话、词话、曲话、文话、小说话）、日记、家集、女性作品集、书院课艺集、戏曲与小说序跋、竹枝词、歌谣、东亚近代汉文学交流互动文献等。以上这些集群式文献，有一部分尚处于混沌状态，研究者往往只知其有，然对其具体数量、形成原因、内容及特征则不甚了然。基于文献集群的研究，有助于打破这种含糊的研究局面，并通过重现某一类别或主题文献的规模与脉络，进一步提出新问题。

　　近年来一批研究者已将目光投射到近代文学的文献集群现象上，并取得不少成果。这些研究实例为明确以文献集群为导向的近代文学研究样式，提供了方法上的借鉴。例如，吴钦根的谭献研究，以南京图书馆等处所藏60册稿本《复堂日记》为基础，通过广泛搜罗谭献各类稿抄本、刻本及友朋文献，立体搭建起谭献文献体系，从而揭示谭献如何借重塑日记文本来建构自我，又通过"以诗词入日记"来具体呈现谭献诗词创作、删取与修改的历时性过程。张剑在整理、叙录近代日记时，注意到1100多种近代日记中有不少出自底层文人之手，从而为近代文人及作品研究提示了"情境文学史"的新视野。经由日记这一"再生的日常生活场景"，文人生活、创作过程、内心波澜得以尽可能地还原，文学与生活的关系可得到更为细腻的剖析。鲁小俊注意到近代蓬勃兴起的书院课艺总集，爬梳抉剔，发现现存清代书院课艺总集220余种，其中近代部分有203种，这为研究近代学术刊物的早期形态、近代书院与新式学堂的"课业"关系、文学教育的连续性与革新性，建立了一类文献的范畴和独特的观察角度。

　　与书院课艺总集文献集群一样，清代女性著述的集中出现也有时段特征。据张宏生、石旻研究，清代文学女性有3660余人，其中有别集著述存世者951人，这一群体中有高达429人的著述在近代刊刻或重刻。清代女性创作的勃兴，本来就引人注目，而她们的著述（大多是诗文集）在近代如此展现，其中应有潜流涌动，或体现一种预兆。约翰·穆勒曾提及"以妇女地位的提高或贬低作为从整体上说对一个民族或一个时代的文明的最可靠的检验和最正确的尺度"①，笔者虽不敢据此鲜明评判女性著述在近代集中亮相的意义，然以之作参照，我们至少能感觉到大潮初起的气息，以及传统内部已逐渐生成变革的力量。学界对近代女性如秋瑾、薛绍徽、单士厘等有细致研究，并开始关注近代女性专门性著述，如汇编出版

---

① ［英］约翰·斯图尔特·穆勒著，汪溪译《妇女的屈从地位》（此书与《女权辩护》合订），商务印书馆，2009年，第306页。

《近代女性日记五种》（凤凰出版社，2021年）等。近年，罗时进在《近代江南奇女子秦森源的"铸魂"诗》（《文艺研究》2021年第4期）一文中又"发掘"出秦森源，指出秦森源的诗歌创作是过渡时代浴火铸魂的典型文学样本。在奇女子、女烈士之外，其他女性的创作或不够耀眼，然将《清代闺秀集丛刊》及《续编》中所收别集作为整体观看，亦有"椋鸟之舞"的文学景象。从性别角度打开女性文献集群的研究视野，可见文学还有另外一个世界，近代文学的"近代性"还有一条被遮掩的脉络。

若将近代文学的文献集群置于中国文学传统中审视，也能较为稳妥地归纳出近代文学的基本特点，并最终绘制其"近代性"轮廓。以家集研究为例，我在诸位同道帮助下调查、叙录的千余种清代家集，符合设想中的较具规模的文献集群的体量要求，可以用来分析家集编刊的时段分布情况，进而发现"近代"对于家集文献的特别意义。晚清家集大量刊刻是在太平天国运动之后，其数量远超康熙、乾隆两个时段的总数，结合通过《中国家谱总目》所得统计数据，可下此断语："民间还有自觉的文化抢救与保存，清代家族文献尤其是家集在大灾难后的恢复与新生，这一更广泛的文化自觉行为，是中国文化绵绵不绝、前薪后火、息息相继的内在动力。"① 这种文化自觉行为或内在动力，亦体现在近代地方文学文献的编辑整理和文学创作之中。从太平天国运动这一"缝隙"投入的光线，可以照见民间传统的深广土壤。2020年整合影印出版的72册《槜李诗文合集》提供了关于地方文学传统深度的另一有力证据。嘉兴近代文人群体之活跃，传承地方文学传统之积极，在这一大型文献及管庭芬、黄金台等人日记中，有既见整体又见过程的记录。文学传统的惯性不会随战乱和政治事件而轻易改变，若将家集和家谱的数据调查聚焦到1911年或1919年前后，情形亦是如此。由此，我们可体察旧文学传统在过渡时代的顽强生命力，反思新文学影响层面的局限性、文学革命的艰难性。

梳理及研究近代文学的各类文献集群，是不断开掘近代文学议题的重

---

① 徐雁平编著《清代家集叙录》，安徽教育出版社，2017年，"前言"第28页。

要手段。利用文献集群研究近代文学,在许多研究领域已取得不少引人注目的成果,如近代文学与古代文学发展的整体观、小说叙事模式的转变、文学创作与文学翻译何为主流、文学创作如何促进国族意识的形成等等;然近代文学尚有诸多文献集群亟待开采,由此引发的诸多问题也亟待探索,如近代战争与文学记忆,报刊与政论文关系,"始见轮舟之奇、沧海之阔"① 背景下走向世界的文学叙写,还有文学如何表现以轮船、电灯、电报、照相、新式印刷等为代表的现代物质文化和技术文明等等。从文献集群关涉的问题出发,有助于重新思考、再实践古代文学界不断重提的宏观、中观、微观研究。以文献集群为导向的研究,还能在宏观与微观两端进行合理调适,这样既可避免研究中的粗线条或碎片化,又能具体展现近代文学的构架与肌理。

三、寻找"理想型"研究

在近代文学研究中提倡研究者建立各自专属的文献集群,并非刻意打造新的学术增长点,也不是引导研究者陷入类分文献的泥潭,而是试图寻找"理想型"研究对象,以期在诸多关联和动态过程中揭示近代文学的特质。文献集群所指向的理想型研究对象,若要举例说明,最典型者莫过于现代文学中的鲁迅研究。这里所说的理想型研究,简言之,就是文献相当齐备,研究者因而能对其进行多层面、多面向的研究。这种理想研究对象,在清代以前少见,而在近代则颇有其人,如何绍基、曾国藩、莫友芝、王韬、李慈铭、吴汝纶、沈曾植、林纾、严复、梁启超、王国维及声名稍逊者如管庭芬、黄金台、萧穆等,都是内涵丰富的样本。研究某位近代文人,其诗文集、书信、日记,以及作品的稿抄本、初刊本、修订本、批注本大多留存于世,而其行迹,除自家文字记录外,还部分留存于他人

---

① 孙中山1896年作《自传》,黄彦编注《自传及叙述革命经历》,广东人民出版社,2007年,第3页。

的各类记载中。故对同一事件展开研究时，研究者可关联使用多人的不同记录。要言之，近代的人和事皆在茂密的"文献丛簇"中，显现出过往任何时段难以比拟的文献优越性。因而理想型研究，无论是针对专人还是专题，在近代文学研究中皆有实践的可能。

以理想型研究为目的而组建的文献集群，其内部本身蕴含诸多关联。研究者须顺此脉理进入，深化关联研究法，并将其作为近代文学研究中一种常规的"推促技术"，促进对近代文学文献的整体运用。关联研究法在此前时段文学研究中虽也是常见之法，然近代文学文献的丰富性与关联性前所未有，故而可提炼出更细密、关联范围更广的"升级版"方法。凭借此研究法在近代文献丛簇中的精心结构、编织，则近代文学的文人群体研究和事件研究才能既有大格局又见细密肌理；如此一来，在关联中彼此成就的人与事，以及表现人与事的文学，自然不难被赋予"现实的品格"和时代感。①

近代文学研究中的诸多文献集群均暗含理想型研究，其中以日记这一类型文献尤为突出，因个别日记及日记文献群内部存在一与多、包含与被包含、动与静等多重关系，故而较能呈现以文献集群带动研究的理想特征。翁心存、翁同龢1860年至1862年同在京城的日记是一个难得的研究入口，以翁氏父子日记中辨识度高的北京沙尘天记录为考察范围，通过批量记录的比照，结合其他文人同时期在京日记，我们得以深入认识日记各有叙写法则，这些法则对文本的信息和文字风格有内在的规定。通过翁氏父子日记的比较研究，可更新此时段北京年均沙尘天数的相关研究结果，证明以前仅以翁同龢日记研究清代北京沙尘天存在不小偏差。这一研究略具方法论启示，具体体现在文学研究运用较充分的数据和文体学方法解决了跨学科问题，并为自然科学史研究提供了参考策略。

文人心态史研究，是文学研究中新近较受关注的问题。近代文学研究因为有丰富的日记和书信存世，可充分阐发日记形成法则的含意和所记录

---

① 杨国荣《人与世界：以事观之》，生活·读书·新知三联书店，2021年，第69页。

内容的用意，建立近代文人心态研究新范式，由此使日记走出"史料仓库"的局限，并在文体和文献特征方面显示出多种研究方向的可能性。近代许多文人将日记视为著作，或者创作的"长编"，将诗文创作或相关评说载录其中，待编定某种著述时，则从中选取材料，加以剪辑、润饰，作品遂从日常写作中"脱颖而出"。然这些作品看似"光鲜"地脱离独立，却失去了赖以获得丰足、稳定意义的语境。吴钦根利用南京图书馆藏谭献稿本日记对谭献创作的系统研究，既对谭氏日常所撰诗词文进行了较全面的编年和现实语境的还原，又通过已刊作品与日记所载初稿的差异比照，揭示出文学文本产生的一般规则，指出通行本《复堂日记》这一"再生文献"的编辑策略和明显局限。这种深度还原语境的研究方法，既可用于相近的专题研究，还可以推广，如对清代手卷和别集中的序文等研究也有启发之效。此处举一例，以见此法的落实与应用，如可考察别集序如何请人写成、如何编组及其背后的讲求，以及这些序脱离语境被收入作序者别集中是否导致意图模糊、修辞细节暗示的遗落等情形。凡此种种，可衍生出诸如文学作品的"多次脉络化"、语境观、场域性、物质性等问题。

虽然近代文人别集中多选录书信，书信的手迹也有较多留存，然若仅看一种别集所录，据此只有一面之词，则交流无疑是单向的或残缺的；若利用近代文献保存完备的优势，并凭借日记记录的细节，便能部分复原书信往来过程，重建若干文学交流的脉络，而书信遂从零碎的独语跃升为局部的对谈。语境的还原，有助于使书信连缀成系列，并且在书信往来中勾勒事情的进展以及措辞的照应。由此，静止的书信从一通进入一往复、一系列，因而进入动态的对话状态，并将更多其他作品关联其中，这样，书信就在彼此及上下的系列中或整体作品中获得更多的意义。因为注重日记、书信文献的自身特征，我们得以在文学研究中还原场域、文本比较、左右参照，逐步形成一种更为精细、重现过程的综合性文学研究法。

四、可能的努力方向

集群式处理文献，可能反映出一个时代性问题，那就是在清代文学经典化没有完成或正在完成的过程中，不能用对待《诗经》、《楚辞》、陶诗、杜诗之类的文本细读展开研究，只能先采取"批量处理方式"。

从文献集群角度研治近代文学，尽管学界已取得一定成果，且已总结出一些较为可行的方法，然面对庞大的近代文学文献，文献集群型研究仍有诸多值得开拓的园地。重返近代文学学科的基础性思考，有助于显示前进的方向。近代文学研究的框架，《中国近代文学大系》以12卷30册的篇幅初步建立；近代文学的分期，季镇淮在《中国近代文学大系》"总序"中已提出"三变"说，即鸦片战争到中日甲午战争的"始变"、戊戌变法前后的"巨变"、辛亥革命前后十余年的"缓变"。由此可见近代文学研究的基础框架：以文献为基础，以分期为纲目，通过历史事件建立动力论的文学史叙事。这一框架为文献集群型研究的深入提供了前进的方向，即始终注意文献、文人、事件及其在历史层面上的"内在关联"。兹以这四个方向为范围，略作展望，以为文献集群型研究之鼓与呼。

其一，新编多类别、多专题文学文献集群，充分揭示近代文学的独特性。王重民等编《清代文集篇目分类索引》一书对清代文学研究新问题的发现多有助益，应作为文献集群型研究的"使用指南"。该书虽只收录428种别集、12种总集，然以学术文、传记文、杂文三大类以及若干小类为分类系统能新旧融合，从文献层面帮助研究者了解各类文体的发展情况、清人关注和讨论的重要问题。北京大学中文系在此书基础上编纂的规模更大的"新编"《清代文集篇目分类索引》即将面世，杜泽逊主编的《清人著述总目》（著录22万种，其中别集68000余种，流传于世36000余种）将在近期出版。在此类不同规模的数据和文献中，近代文学发展的趋势得以充分展现，而有价值的、有个性的专题文学文献群，还需要研究者依据学术兴趣和力所能及的原则自己设计。倘若这些文献集群的大格局得以建立，则文体学类型研究、文学批评演变研究、作品经典化研究当有较大的跃升空间。

其二，在文献整合层面上更新近代文人年谱编撰和交往关系研究、文学活动研究。大量大型文献丛刊的出版与近代期刊报纸数据库的开放，能为我们展现远比《中国近代文学大系》更为丰富的文献世界，可持续加深研究者对文献之间关联程度的认识。在这些大型文献和数据库中，日记、书信便可作为文献、人物、事件之间的"关联引擎"，也可作为各类文献集群的黏合剂与联系线索。这种近代颇有优势的"关联引擎"文献，若灵活运用，能推进或更新已有的系列文人年谱和交游研究，为研究文学活动和文人群体提供更多过程和细节，逐步用更具"在场性"的网状呈现取代线性描述。蒋寅主持的"清代文人事迹编年汇考"研究，其中近代文人事迹的梳理，因得日记、书信等文献集群之助，编年的细致程度明显高于此前时段。然而，日记、书信等文献具有零碎散布的特征，往往作为藏品以收藏家或收藏单位的名义打包和刊行，如何将零碎散布的文献和记录编辑缀合，形成主题型或关联型的文献集群，尚待学界探究。

其三，既要重视文学如何反映近代史中的"事件"和"时刻"，又要聚焦属于近代文学的"事件"和"时刻"。王国维论清代各时段学术，以为"道咸以降之学新"①。为何新？因变而新，因剧变而骤新。近代，八十年间震撼性大事件的"密度"远超过往，这些事件中偶然性事件比重较大，偶然、突发事件势必引起文人内心世界的震动，刺激其思想的变化。就自然灾害而言，据李文海等著《近代中国灾荒纪年》（湖南教育出版社，1990 年）所梳理，已让人触目惊心。天灾人祸如此频仍，文学如何表达？我们如何从近代文学文献整合的角度考察？文学表达中的政治热情与国计民生意识是否能确定为近代文学的主潮？这类问题已有罗时进等学者投入研究，还可继续开拓。与此同时，要从近代文学的日常性活动中寻找或再

---

① 王国维《沈乙庵先生七十寿序》，见袁英光、刘寅生编著《王国维年谱长编（1877—1927）》，天津人民出版社，1996 年，第 275 页。

研究对文学史有结构性影响的"事件",如1895年公车上书、1898年《天演论》刊行、1915年《青年杂志》创刊。此外,更不当忽视近代文学的"时刻",如林纾刊刻《巴黎茶花女遗事》的1899年、梁启超写作《二十世纪太平洋歌》《少年中国说》的1900年、王国维发表《红楼梦评论》的1904年。近代文学的开启,因为有文人群参与政治,脉动强劲,从道光年间宣南文人群及相关的春禊派和顾祠会祭发端,演进到1895—1898年间的文人集结、结社、创办报刊、参与政治等,终形成近代文学的剧变期。正是在文人的关联、互动或谋事、做事这一层面上,1897年才成为近代文学史上群星闪耀的一年。有学者将1895—1902年称为"严复时刻",与此同时的,近代文学史上应有"梁启超时刻"或其他时刻。简言之,我们要用"事件""时刻"两种线索编辑专题文学文献集群,重现近代文学的"剑气珠光,时时腾跃"景象。

其四,通过问题的关联、研究方法的融合来激发更多问题,贡献更多方法与理论。从跨学科角度,进行文学史与艺术史结合的研究,在近代有更多文献便利,譬如文人自画像、群像图、读书图、课读图、填词图、宅园图等图绘的流行,以及在此基础上不断延展的纷繁题咏,既是一种新颖的传记,又近似追求声名的视觉文化,这些作者似乎在"追求不朽"时,也在用心塑造一种公众形象。文献的"有意制作"肯定隐含文人的"近代意识"。① 书籍史近年被多个学科关注,书籍史的观念与方法在近代文学研究中也有一些运用,当下更有必要将其作为一种整体思考方法融合到研究中。就研究效果而言,单一的书籍史研究往往难以深入细致。书籍史欲在中国语境中不断深化,应当持续推进"书籍史+"型研究②。在与书籍史紧密关联的诸多问题中,近代文学当是一个优先"合作对象",如报刊

---

① [法]安托万·里勒蒂著,宋玉芳译《公众形象:名人的诞生(1750—1850)》,浙江大学出版社,2021年。
② "书籍史+"型研究,程章灿教授主编的《中国古代文献文化史》(10卷,南京大学出版社2021年至2023年陆续出版)是示范性的探索之作。这套书强调的是专题探索,在举一反三中追求整体感。

对文学功用的再定义，新型编辑、印刷与传播对文学阅读群体的塑造等问题，皆有待进一步发掘。如此结合，能更好地考察近代文学对个人情感世界、价值观念的浸染，以及对"群"和国家认同感的塑造。

总之，以文献集群展开的近代文学研究，首先要尽量穷尽梳理某一类别和专题文献，其次是要实践深度关联研究法，并结合理想型研究，在方法和理论上有所创新。之所以倡导用关联法（还涉及在边界处思考、跨学科思考等），主旨在于改进我们考察问题的方式，赋予考察以不同的角度和能量，用神经学科中的说法，就是用多种经验锻炼、激发集群思维。①

简言之，文献集群的表层是纸本文献的关联，实际是人与人的网络关联。以文献集群为导向的实践，起点是将具体的作者和作品置于不同的关联或网络中，以"添加"或"重返"的方式，考察其在不同"秩序"中的被改变和"重新调整"②；更进一步，可以整合性地追踪或带动文学观念、文学语言、文人群体、文学书籍类型变化的研究，以及与之相关的流动、传播研究，有助于揭示属于近代文学的近代性，形成近代文学研究的自家面目和格局。

五、研究"手感"与长线文献工作

关于治学方法，程千帆先生有颇多精要的论说或者说实践经验总结，其中最有名的当数文献学与文艺学结合的方法。这一总结，在二十世纪八

---

① 集群思维（population thinking）就是推动"意识神经关联的追寻"，"要求我们在思考这个问题时，将神经元在大脑中的庞大数量和经验的力量纳入考量，认识到经验能够不同程度地改变神经元之间联系的强度，还能够促进在整个大脑中生成功能性的神经元集群"。[英]奥利弗·萨克斯著，陈晓菲译《意识的河流》，北京联合出版公司，2023年，第183页）

② 加入、改变、调整之说，受艾略特这段经典论说的启发："现存的艺术经典本身就构成一个理想的秩序，这个秩序由于新的（真正新的）作品被介绍进来而发生变化。这个已成的秩序在新作品出现以前本是完整的，加入新花样以后要继续保持完整，整个的秩序就必须改变一下，即使改变得很小；因此每件艺术作品对于整体的关系、比例和价值就重新调整了；这就是新与旧的适应。"[英]托·斯·艾略特著，卞之琳、李赋宁等译《传统与个人才能：艾略特文集·论文》，上海译文出版社，2012年，第13页）

九十年代有不同的表述；然有必要看到这一说法在他的四十年代著述中就出现过。这里之所以纵向梳理，是要强调这一方法内部的基本结构（即结合论）不变，只是在不同时代方法的侧重点不同。在三四十年代考证风气盛行时，程先生提出要注意文学的欣赏；在八九十年代形形色色理论流行之际，他强调要有文献学的根基。方法或理论，在学术研究的实际中，不是固定不变，而是在基本格局不变的情况下，因时（因人）而动。只有如此落实，我们才有活方法、活理论。

文献学与文艺学结合在今天如何发展？或者说如何推助我们的研究进一步发展？在清代文学文献十分丰富且容易获得、在检索方法日新月异的当下，文献学与文艺学结合之说是否已变成一种学术共识或常识？

"每思先辈寻常语，愿读人间未见书"，这是一副老对联。寻常语中蕴有简朴的大道理，要时常涵泳体会。短时间获得很多文献、检索得到可观的信息，当然是好事，然可能并不是文史之学看重的研究。文史之学，有不同于其他学科的特色，前辈学者以为要讲求慢功夫的磨炼，要有天长日久的体验，很难一蹴而就。前文提及文献集群与建立在文献集群上的理想型研究，其实也在强调学问研究需要一个锤炼时段。能工巧匠，先要做笨功夫。做笨功夫，边做工边体察，耗时与坐冷板凳，文史之学的这些基本特征，决定了它在追求成果显示度和速度的时代，总会与潮流有距离。

读书人不太可能置身潮流之外，是否能有所作为、有办法缓解此窘境？如何不被"挤压"甚至"卷死"？我认为，"读书破万卷"可以当之。此即用"书万卷（juàn）"破"十分卷（juǎn）"，最终收到以此"卷"破彼"卷"之效。于是就要联系老对联的下联"愿读人间未见书"，回到结合论中的文献学，聚焦到文献集群上：在写论文之外，我们要做至少以十年为期的长线文献工作，练手感，保持研究的温度，在长时间的锤炼敲打中寻找火花，每日有所成，然不急于求成。再进一步明言，就是我们要在潮流中前进，不能只做一个专题，只走一条路，只做一种类型的工作。学术研究固然要追求创新，然不可能经常创新，总会有平淡枯燥的境况。长线文献工作，就是第二条路，是一种不同节奏的累积型工作。文史学界中有不少"常青树",他们每一个时段都有重要成果,这些成果的类型有关联但并不相同,错落之中自有节奏。文献学与文艺学结合,对于我们来说已不只是一种治学方法,可能还是一种生存及生活的方法,指引我们如何在学术界立足并略具从容姿态。长时间的专题文献准备,可长久思考一个问题,有可能找到罅隙;在时间碎片化的时代,慢功夫的文献整理与研究也可聚合这些点滴时间,做较有规模的工作。更重要的是,长线文献工作与短时段论文写作可以互助,或者遥相呼应、协同发力,形成视域较宽或者跨领域的研究。

就文史领域的长线文献工作而言,整理文献与编纂工具书是较好的选择,个人或二三同道编纂中小型工具书是可以把握的十年计划。① 大型工具书,如笔者常用的《清人别集总目》等,肯定要有编纂团队才能及时完成;而一些中小规模的工具书,如《清朝进士题名录》之类,则完全可由个人或二三同道合作完成。这类中小规模工具书所涉文献,编纂者在五至十余年间能作精细处理。由于对文献整体情况及内部诸单元的轻重、细节作用的大小皆有把握,因此,编纂者在框架设计、类目设置上皆心中有数,还能融合自己对这一专题文献的见解或设想。因为能融合一定规模的数据与主要编纂者的学术体验,这样的工具书尽管有不足之处,然更有个人风格。例如,江庆柏编著的《清代人物生卒年表》(人民文学出版社,2005年),收录人物多达2.5万人,是研究清代文史的必备工具书。随着各项研究工作的展开以及文献的拓展运用,各类成果如朱则杰的清诗考证、鲁小俊的清代书院课艺研究、张剑的清代科举文人官年生年研究、陈鸿森的乾嘉学人系列研究等,都为"生卒年表"的修订与增补提供了极大的便利。笔者近期就"生卒年表"增订问题请教江庆柏,得知他一直在留意相关成果或新出文献,拟增加三千余人,形成可查检接近三万人的《清代人物生卒年表》增订本。

---

① 末节以下文字,从徐雁平《剧变时代的渐进工作:论纸质文史工具书的编纂及其意义》中摘录,论文刊于《文献》2023年第6期。此处所引文字,与《文献》刊载有差异。

从《清代人物生卒年表》的成功经验来考察，可发现江庆柏编纂工具书已形成一种深入拓展、顺势延展的研究思路。这或是因为他参与过《清人别集总目》（李灵年、杨忠主编）的编纂工作，对其中作家传记材料有掂量、考订的经历，故能较充分地利用此书以及柯愈春《清人诗文集总目提要》、袁行云《清人诗集叙录》等著作，聚焦生卒年考证，光大钱大昕以来"疑年录"研究的学术传统。从专攻一代人物生卒年而言，《清代人物生卒年表》也是对姜亮夫《历代人物年里碑传综表》的突破与发展。考订清代知名人物生卒年，必涵括相当数量的举人、进士，而《江苏艺文志》的编纂也要涉及清代的进士，这也就成为搜罗清朝进士题名文献的一个触发点。江庆柏说："在做《江苏艺文志》的时候，看到江苏的进士特别多。当时我们常用的一本是《明清进士题名碑录索引》，其中有明有清。后来我想把清代部分的单独整理一下。……当时自己的基本想法是要把国内现存的清朝进士题名文献都看到，在此基础上作一个全面的校勘。书中使用的清朝进士题名文献包括朱卷、小金榜、题名碑、会试录、登科录、履历便览、齿录、题名录、地方志中的'选举志'等。"① 三册《清朝进士题名录》（中华书局，2007年）因为研究的推动，顺势而成。从此书卷首所录《清朝进士题名文献概述》长文及每科之后的"校记"，就可知此书可以取代朱保炯、谢沛霖编《明清进士题名碑录索引》（上海古籍出版社，1979年新1版）中的清代部分。

因为研究的需要而促进基础文献建设的学者，在老辈学者江庆柏之外，明代文学研究青年学者汤志波的工作很有计划和规模，他主编的《明人研究基础文献丛刊》已出《明人年谱知见录》（与李佳琪合编，中西书局，2020年）、《明别集整理总目》（与李嘉颖合编，中西书局，2022年）。其中《明人年谱知见录》收录明人年谱2106种，与《近三百年人物年谱知见录》形成新组合。《明别集整理总目》收录1912—2020年出版的明代别集约1.6万种（其中影印本1.4万余种），从其附录一"影印丛书简目"

---

① 2023年7月25日、8月5日笔者就江庆柏所编系列工具书，先后两次向他请教。

可知该书对大型古籍丛书所收书目数据做了大量的挖掘。目前汤志波主持的规模更大的《明人碑传索引》《明人别集叙录》正在分卷编写和出版过程中。① 预期在未来十年之内，相关研究进展如汤志波所愿，则"明人研究基础文献"系统有望建立。

长线文献规划，不仅仅局限在工具书编纂，还有很多条其他路径。如黑龙江大学许隽超有一套研究与培养学生的办法，即清人系列别集的整理与研究。许氏师生以研究者视角去整理别集，增加整理本的学术含量（如附录多种，并编制人名索引），最终既形成实用别集的出版，又衍生众多清人年谱著作。

1. 《何道生集》，许隽超、王国明辑校，人民文学出版社，2018年。
2. 《王友亮集》，许隽超整理，凤凰出版社，2018年。
3. 《陈用光诗文集》，许隽超、王晓辉点校，蔡长林校订，台北"中研院"中国文哲所，2019年。
4. 《杨伦集》，许隽超整理，广陵书社，2019年。
5. 《杨瑛昶集》，许隽超整理，广陵书社，2020年。
6. 《庄炘集》，许隽超、吕亚南、李思源整理，广陵书社，2021年。
7. 《陆锡熊集》，许隽超、李嘉瑶点校，上海古籍出版社，2022年。
8. 《吕星垣集》，许隽超、康锐整理，广陵书社，2022年。
9. 《陈希曾集》，许隽超、刘旭展整理，广陵书社，2023年。
10. 《李符清集》，许隽超、费佳怡、康锐整理，广陵书社，2023年。

---

① 2023年8月4日华东师范大学汤志波提供他所编明代文史工具书信息。

由上文所举江庆柏、汤志波等已经出版或正在编辑的工具书，以及许隽超自成系列的史料整理，可归纳出一个共同特点，即专题学术研究可带动中等规模的文献整理与研究成果。这些著述所涉及的范围、工作量基本可以控制，有可操作性；最终形成的结果，也有整体感。这类工具书、系列史料的价值，不仅仅在方便"管理专题文献"，更重要的是能建立某一文献或主题的脉络，有助于形成学科意识、流派意识。如无刘声木《桐城文学渊源考撰述考》，则桐城派的边界就很模糊；如建立日记学，则要有"清代日记总目"之类的工具书作为支撑。这里所说专题文献工作的整体感，尤其是指个人研究过程中形成的对专题的感觉，也就是前文所说的"手感"。在目前的学术研究氛围中，因为有不少以专题文献整理作为主要内容的重大研究项目，为编纂新工具书提供了有利条件。研究者在编工具书中发展出的整体感，大致包括三方面：一是专题文献在整个文献和文化体系中的位置和分量，所谓"在整体中"；二是作为研究对象的专题文献与其他文献的关系，所谓"在与其他关联中"；三是所研究的专题文献中，要掂量哪些是关键、更有价值的单元和议题，所谓"在内部比较中"。研究者编纂工具书，就是在编纂的过程中形成对问题的整体感，同时培育出对问题重要性的感知。

在编写这本教材时，我们也留意近年出版的类似著作，如选读了《近代中国研究入门》中斋藤希史写的第六章"文学史研究"和村田雄二郎写的第七章"思想史研究"。这两章都重点谈及文献资料的搜集处理问题，而且不约而同地都使用了"陷阱"一词，前者提及"信息的陷阱"，后者论及规避史料陷阱，"编纂史料的陷阱"意味着在资料涌现的时代，若处理不当，资料反而成为潜在的陷阱。斋藤希史强调"潜心面对文本的重要性"，要用省下的时间和精力提升解读能力。其论述略云：

> 从前要成为学者，必须接受研究方法所决定的一定程度的训练，而现在，只要想省事，方法实在太多。通向研究的路径宽了，但实施和接受训练的机会在逐渐失去。如果本人不能自觉主

动地强化训练、提高能力，则其研究难免步人后尘、重复生产千篇一律的短小杂篇。须知，只顾处理不断涌来的信息，很可能正在失去提高自己的机会。

避免此类情况的方法只有一个，那就是有意识地中断信息处理，多安排时间接触文本实物、研读作品。应力争运用不间断的研究行为所打磨出的感觉、所积累的记忆来整体把握近代中国这一读写空间，从而形成作为学者所应有的研究核心，而不应为大量信息所包围和左右。①

以上文字，是作者治学的自我总结，值得借鉴和转化。如强化训练、提升能力等，此前听杜泽逊教授报告，他也强调让学生参与古籍整理项目，以便在规范中加以锤炼；然我认为就青年学者才情的发挥与开掘而言，建立在发现问题基础上的专题写作也有必要，写作可以启发文思、运化书卷。总之，写论文和文献整理工作若能并进，则可互相辅助、促进。而斋藤希史所言"应力争运用不间断的研究行为"一句，就以上引文的指向而言，似乎单指研究，其实应该包括文献整理。文献集群式的阅读可以建立一定程度的整体感，长线文献工作可以打磨出研究手感。为何一定要强调长线？一方面是文献的量和难度要求有足够的时间化解，另外一方面学术感觉或手感，不一定是按线性日程表就能练成的，其中有反复、掂量、徘徊，不是明晰地拾级而上。学术感觉包含丰富的"皱褶"，"皱褶"耗时费心。文献涌现，有堆积如山之感，然不必"中断信息处理"，而应利用文献的集群性有规划地做长线文献工作，或者愚公移山，或者开山劈道。

---

① ［日］冈本隆司、吉泽诚一郎编，袁广泉、袁广伟译《近代中国研究入门》，当代世界出版社，2022年，第166—167页。

第二章 文学世家·文化转型·图像·唱和

徐雁平　编写

[上] 解　读
　　一、风气的鼓动
　　二、细节分析及其"物料"
　　三、"传承性"研究的难度
　　四、家族的物质文化和情感史
　　五、拓展阅读：越城周氏家族

[下] 论　文
　　从春在堂到秋荔亭：俞樾和俞平伯诗中的家族史

[上] 解　读

一、风气的鼓动

1. "《读书》时代"与学术史兴趣

　　《从春在堂到秋荔亭：俞樾和俞平伯诗中的家族史》一文 2004 年在北京大学《国学研究》第 13 卷上刊发，后修订收入《清代世家与文学传承》（生活·读书·新知三联书店，2012 年，《三联·哈佛燕京学术丛书》第 14 辑），几年后又被选入《新史学发覆》（中西书局，2019 年）。我的研究生课程研习论文汇编的选目在教学实践中不断调整、变动，然这篇论文一直保留，作为课堂讨论的参考文献。我对这篇论文有偏爱之意，现在回想起来，可能因为它是我学术方向的一个路标，隐约可见后来研究的选题偏向；更重要的是，它还是二十世纪八九十年代学术风气熏陶的结果。这个果子，似乎是顺其自然生成的。

　　二十世纪八九十年代，正在求学谋发展的我，对学术研究的向往或者读书的兴趣，明显受到时代风气的影响。我至今还是读书散漫，这或受自己心性的牵引，抑或与进入学术园地的方式有关。大概是 1987 年 10 月间，我偶然在南京市西康路一夜间地摊上买到七八册旧《读书》杂志。这些某单位图书室处理的无用过刊，却无意中为路边漫游者开启了"《读书》时代"。后来，我"跟随"这份文化杂志二十多年，摘录其中文章，追踪所评论的书籍及所谈论的学人。在那个大约就是"文化热"的时代，近现代学术史上的重要人物逐渐进入我的阅读世界。与《读书》有密切关联的是《学人》集刊（陈平原、王守常、汪晖主编，1991 年开始出版），其中的论文我只能读懂一小部分，但我也配齐了这套学术集刊。我在有多种可能性的青年时代,有幸遇见有灯塔意义的杂志和集刊。它们虽没有指示前进的康庄大道,然标举出一种文化理想,生成了一种生命气象。现在回想起来,这对于像我这样几无积累的前行者而言,其作用以惊心动魄来形容,似乎并不过分。稍回顾一下自己做的一些题目,如整理国故、清代书院、世家与文学传承、文学流派、文人结社,以及基层文人群体,皆与当初进入这一园地的方式与情景有丝丝缕缕的关联。

2. "陈寅恪热"和葛兆光的《世家考》

追溯引发我写这篇论文的具体原因,不能不提"陈寅恪热"。陆键东的书自然不用提,葛兆光的文章我已在《读书》上读过不少,而直接有启发的是发表在1995年第6期《东方》杂志上的《世家考》。《世家考》这篇短文后来收在葛兆光《余音:学术史随笔选(1992—2015)》一书中,作为"附录二",大约不是特别看重,而我的这本杂志也是无意中买到的。葛兆光在文中从陈寅恪的文化世家说起,其中有"三代承风,方称世家""知识贵族治学""不可言传的传统"之说。这些说法对于他而言,可能是寻常之论,却引发我的思考:成为世家,为何要三代相承?其中的传统,真的不可言说?

3. 留意有趣味、有意义的细节

限于当时的读书积累,关于陈寅恪的研究,我没有找到进入的路径。因为对俞平伯有兴趣,在看他的一些著述时,我注意到一些枝节问题,如在读他的书信集时,发现他对自己著作的装帧、版式、字体有不同于一般人的讲求,对信笺也颇留意,我因此想到所谓"文化世家"在文化方面可能有各自细节上的不同,如此方可称为独特,才有自家风格,不然就是寻常百姓家了。从细节处入手,去读俞平伯的旧体诗,我在诗作及自注中又发现了一些有趣味的小问题;于是比照与考证的兴致滋生,扩展到对俞樾诗作的阅读,并意外地发现了俞樾信笺中隐藏的世界。这些金枝般珍稀而易被忽略的细节引发我的疑问:为什么它们时隐时现?它们又牵动哪些枝枝叶叶呢？诸如此类的细节以及细节之间的关系，可能要置于那一时代氛围中、近现代文化变迁大格局中考察才能揭示其意涵。

这篇论文讨论俞氏家族中三位重要人物，他们生命历程中的一些时间节点较为特别，好像自带预兆和意义：俞樾是道光三十年（1850）进士，俞陛云1950年辞世，俞平伯生于1900年，1990年去世。这些节点之间的跨度，如1850—1950年，1900—1990年，或者1900—1950年，既是家族或个人的重要时光①，也是有深刻标记性的公共时间，暗示了家族史与大历史巧妙对应的可能。

4. 辅助性研究的作用

当然，写这篇论文之前，受当时学术风气的鼓动，我写过一篇《旧世家、新女性——以湘乡曾昭燏为例》（刊于《东方文化》2001年第2期），也可算是从较特别的角度看煊赫世家与近现代学术的关系；而我研究这一问题，又是由陈以爱研究北京大学国学门引起，并在利用档案文献研究金陵大学中国文化研究所、金陵大学国学班群体时逐渐触及的。系列问题背后皆有近代社会、学术文化转型的大框架，由国及家，由家及个体，或者调转过来考察，皆有特别的文化意蕴。在《东方文化》发表的这篇文章中，我简略勾勒出湘乡曾氏、山阴俞氏、义宁陈氏、聊城傅氏等家族通过联姻建立起的惊人的现代学术网络，这激发了我一项更大的工作，那就是至今还在进行的"明清文学家族联姻谱系的拼构工程"。一旦具备交往（包括联姻）网络的意识与实践，我就能更好地利用关联之法，由俞平伯家族考察近代文化世家群体的命运。

---

① 俞平伯《岁在辛亥腊月初四日外曾孙韦宁三岁，写示儿辈》一诗云："同是嘉平月，生辰在一旬。宁宁三岁小，七叶喜增新。"诗有注云："先曾祖生于道光辛巳，迄今一百五十年矣，生辰为十二月初二。余生于光绪己亥十二月初八日。小宁宁生日恰在其间，亦可喜也。"（《俞平伯诗全编》，浙江文艺出版社，1992年，第509页）"一百五十年"是俞氏家族的"长时段"，而其起点在俞樾的生辰，关联的另外一端点是俞平伯外曾孙韦宁的三岁生日。这种有家族史意义的时段，在俞樾、俞平伯诗中频频出现。

二、细节分析及其"物料"

1. 重视细节以及细节之间的关联

研究俞樾、俞平伯家族,是身处变革时代的我对更早、更剧烈转变时代的俞氏家族有感而发的结果。这是一种关于"转变"的叙事,试图从新的角度讲俞家故事。而"进入俞家"的机缘,还是由诸多细节引导而得。

细节一:1920年俞平伯到英国留学,因为思家,两周后回国。傅斯年与俞平伯同行,得知此事后写信给胡适大发感慨:"平伯人极诚重,性情最真挚,人又最聪明,偏偏一误于家庭,一成'大少爷',便不得了了;又误于国文,一成'文人',便脱离了这个真的世界而入一梦的世界。"① 傅斯年目光敏锐,所谈的"两误说"、家、"梦的世界",触及俞平伯内心世界的光与影。

细节二:俞平伯的诗文集多线装、丝线装。1924年亚东图书馆出版的诗集《西还》为横三十二开,穿孔丝带活页装;1925年12月朴社出版的新诗集《忆》(附旧体诗九首),据作者手书影印,连史纸丝线装订;1928年开明书店出版的《燕知草》用的是线装;五言长诗《遥夜闺思引》1948年由北平彩华书局出版,由他仿绍兴本《通鉴》行格手写,道林纸珂罗版精印,丝带装。

细节三:浙江文艺出版社1992年出版的《俞平伯诗全编》所收旧体诗有俞平伯自注,而此后出版的《俞平伯全集》则删去自注。如《题章元善兄藏顾鹤逸赠霜根老伯山水画十二幅册页》,诗有句云:"五十年来又好春,绨缃珍守墨华新。"又有自注:"自先曾祖于清光绪甲辰岁题字,迄今五十有七年矣。"② 先曾祖题字、"又好春",俞平伯诗作中关于"春"的

---

① 中国社会科学院近代史研究所、中华民国史组编《胡适来往书信选》,中华书局,1979年,第103页。
② 乐齐、孙玉蓉编《俞平伯诗全编》,浙江文艺出版社,1992年,第492页。

重复书写，也隐隐形成一种导向，由此很容易与俞氏其他同类诗作建立细微关联。

有可能是"这些"细节增强了对发现"那些"细节的敏感性，进而催生了我对俞平伯及其曾祖诗作的全新感受。简言之，有意味的细节的发现与推动，是这篇论文的特色，这也是我一直不断磨炼的感受方式。

2. 诗作对读与分析

论文中有"俞平伯俞樾诗对读表"，讨论俞樾的诗作在曾孙俞平伯诗中清晰的回响，这也从一个新角度研究了家学如何隔代传承，照应了"三代承风"的问题。就研究技巧和研究创新而言，这一"对读表"建立了两人诗作联结的"微结构"，便于聚焦讨论其中的语词、句法与含意。以此表发现问题并转化传统分析方法，应该也是这篇论文的可取之处。俞平伯与俞樾诗作关联密切，是难得一见的研究个案，因而也可以说，好的个案可推动研究者思考的进步。

3. 家族物质文化材料的运用

俞樾与俞平伯在苏州马医科巷寓中合影（1902年）、俞平伯与俞丙然在北京三里河寓中合影（1987年）的对读，则是我论文写作中的图像比照研究的开始。合影有仪式感，这一仪式的再现，又促动我对俞樾、俞平伯诗中仪式性主题写作的重新理解。文字世界中的"仪式性主题"的发现必有重现的语词线索，且重现往往在关键时间点发生，或与特别器物关联。人丁兴旺、绵世泽、存书香是俞樾、俞平伯内心焦虑之源，只是不同时代有不同表现。之所以能看出他们内心状态的不同表现，是因为在所使用文献中，引入了俞平伯的家书，由此得以看到诗文作品中没有表露的信息与情感。由照片延及信笺，还有俞氏家族中的其他物件，如书册、折扇等，这些构成了俞氏家族的物质文化世界及其隐性表述。家中器物和仪式有象征意义，而这象征意义，一部分来自我们熟知的文化传统，一部分则来自俞家的创造与赋予。

强调使用文献类型的多样，意在表明每一种文献皆有不足，因而各种、各类文献需要互相映照、拼合；而映照、拼合之所以能发生，还是因为那些有意义、有趣味的细节在推动。就这篇论文而言，是诸多细节引导我观看新（俞平伯）旧（俞樾）两个略有叠合的世界。被凸显出的诸多细节，在我体味俞氏家族的世界时，也会随思绪融于无边的整体之中，并无突兀之感。

三、"传承性"研究的难度

1. 结构不均衡

因为是读文献过程中受细节触发，并且是细节驱动思考，这篇论文难免留存不少一时难以妥当处理的问题。文学世家研究最常见的是线性展开方式，即崛起、兴盛、衰落的论说模式，本文对此有意回避；然全文主体三节"述祖德""存书香""绵世泽"，虽然讲究文辞，实际上结构层次不明晰，尤其是我在写论文时追求的递进深入之感不够明显。而且从标题上看，"存书香""绵世泽"也有粘连、重复之意。另外，从各节篇幅均衡角度看，明显是第三节"绵世泽"内容更充实，力度更强，而其余两节相对较弱。这是因为写文章构思阶段，先集中想第三部分，致使前两节有刻意写成的迹象。

2. 传承环节缺失问题

就世家的文化传承而言，俞平伯祖父的"文化缺席"以及父亲俞陛云现存文献中相关线索不多，造成研究重点落在隔代的两端。虽然我尽力通过"权威"启迪说，以及精神上超越时空的呼应说来弥补，依然留下较大的空缺。其实，俞陛云的诗集及那册著名的小书《诗境浅说》还可以加强阐发利用，尤其是《诗境浅说》在家庭诗学教育中的作用，几乎可作为典型的"家庭自编教材"来研究。

以下摘录课程讨论中两位研究生提出的质疑，进一步显示论文的局限。

  论文中用列表的方式呈现了俞平伯的诗歌与其曾祖父俞樾诗歌之间的关联，指出"俞平伯其实是在借诗与曾祖父进行一次超越时空的交流"。虽然文中也列举了一些俞平伯诗作与其父俞陛云建立联系的例子，但结论是两组关联有"轻重之分"，并认为"俞陛云始终在祖父俞樾的光晕笼罩之下，还有俞平伯人生中最初几年的无尽关爱是由曾祖父给予的，故而俞樾成为俞平伯心中具有温情的'权威'"。但阅读全文仍会有疑问，文中是否为了强调俞樾与俞平伯之间的关联（包括俞樾对俞平伯的影响，以及俞平伯对俞樾的追寻与"模仿"），而弱化了俞平伯与俞陛云之间的联系？毕竟曾祖父俞樾去世时，俞平伯不过八岁，而从常理上来说，与父亲之间的联系会比与曾祖父之间的多。同时我也在思考，既然俞平伯写诗时与俞陛云、俞樾诗作均建立了联系，那么俞陛云诗作是否可能也与俞樾诗歌存在类似的关联？俞氏家族是否可能存在这样一种文学传统？（南京大学文学院2021级研究生董悦尔）

  是否可以引入一个动态的视角观察俞氏家族的文学？翻看俞陛云的《小竹里馆吟草》，发现前四卷中涉及家族的很少；提及科举的有《壬寅六月奉命典四川乡试自京师启行》（1902），其中有"贞元世运方开拓，珍重奇才铁网收"，关注的还是国家。丁未年（1907）是很重要的一年，此年俞樾去世，而俞陛云几乎没有谈到相关的事情，诗作中最主要的主题是游历各地、咏史、赠答、咏物，也提及义和团的事，还有就是悼亡。第五卷之后有关家族的书写相对多一些（如《西湖诂经精舍前老柳一株》），数量依然有限。统计后发现，其后期诗作对俞樾诗的显性化用也更多。

总之，考察俞陛云的诗作会发现，从对家族后代的期待和对祖先的追忆、对祖先作品的化用和继承两个方面来看，俞陛云早期的诗作并无意于"家族"，反而是到晚年，经历了世事浮沉，才有一点重视"家族"的意味（不知是否和诗集编纂时删减选择有一定关系）。所以可推测：俞陛云、俞平伯都有一个对家族疏离再回归的过程。俞樾像是一个家族的象征，俞陛云虽身经改朝换代和战乱，但是基本上安稳地度过了一生，所以他对家族的回归有限，而俞平伯的起伏更多更剧烈，所以他对家族回归的程度更深。（南京大学文学院2021级研究生段蓝波）

此外，俞樾家族的女性诗人作品，如俞绣孙《慧福楼幸草》、俞庆曾《绣墨轩词》、俞珽《临漪馆诗词稿》，或可帮助在论说中建立起其他线索，至少可查看"春在"一词是否在俞氏女性诗人笔下有回响。

四、家族的物质文化和情感史

1. 俞氏家族物质文化世界

俞樾自制信笺，在写这篇论文时，仅从陈善伟、王尔敏所编《近代名人手札精选》（香港中文大学出版社，1992年）中见到少量俞樾致盛宣怀信函。后又见《周作人俞平伯往来书札影真》（北京图书馆出版社，1999年），此集中可见俞平伯仍用俞樾制作的信笺，并将自家所制信笺送给老师周作人，周氏与俞氏往来书信中也用俞樾自制笺纸。可见信笺作为"家族特有的文化遗产"仍在传承，并在亲近群体中发挥交流作用。更具规模的俞樾自制或所用信笺的展示，是在《俞曲园手札·曲园所留信札》（上海科学技术文献出版社，2011年）一书中。这些精心制作的系列日用物品，可与俞平伯的一些细节讲求并观。传统世家的文化传承，如钱穆所言，体现在家学与家风上；在此之外，还表现在一些物质文化层面的器物上，包括文房用品等小物件的制作、收藏与传承。以砚台为例，其意涵十分丰富，文化世家多有传砚之事或传砚之图。"春在堂"中的"在"也是一种稳定性暗示：在繁华落尽中有不逝的"在"，这是一种精神与信念；而作为表征、寄托之物，它是《春在堂全书》及俞氏其他物品的"在"。"在"及其表征之物，在俞平伯的内心世界中召唤、开放，它们能凝聚各种微妙的关系和人的心境。① 器物维度的加入，可部分重现世家文化传承的氛围，有抽象文字所不能再现的亲切感和真实感。

因为清代或近现代世家留存的文献、器物较为完备，如常熟翁氏、苏州潘氏等家族各类文化类藏品十分丰富，皆可作为典型个案加以研究。甚至可以引入更有包容性的"家庭制作"这一概念②，从而对家族文学与文化传承展开多元研究。

2. 俞氏家族的情感史

俞樾的材料近年不断出现，如其信札以及诗文集，经张燕婴整理，皆以全新的面目出版，特别是《俞樾诗文集》七册（人民文学出版社，2022年）的刊行，促使我在写《从春在堂到秋荔亭》一文将近二十年后再次读俞樾诗作。我将诗作与不断受到关注的曲园自制信笺结合，从俞樾自传类诗作入手，探求他晚年（1880—1907）的精神世界，写出《俞樾晚年诗作

---

① 象征或象征之物，如何影响人的情感，促进个体的联结，韩炳哲有论说："象征制造了共有之物，使得一个社群中有可能产生'我们'，产生凝聚力。只有通过象征和审美，才能形成共感（Zusammenfühlen）、同情（Sym-Pathos）与合情（Ko-Passion）。相反，在没有象征物的地方，共同体碎裂成冷漠的个体，因为不再有任何联结作用或有约束力的东西。由于失去象征物而导致的同感丧失，加剧了存在的缺失。共同体是一个由象征物联系起来的整体。象征-叙事的空洞会带来社会的分裂与侵蚀。"（［德］韩炳哲著，陈曦译《沉思的生活，或无所事事》，中信出版社，2023年，第56页）

② 文学或文化世家的"家庭制作"包括家族性的文学写作，或者某类文化器物制作。这一概念的提出受到伊琳娜·帕佩尔诺这段文字的启发："从18世纪末到19世纪末，这个［巴枯宁］家庭的成员制作了成千上万页的纸质信件、日记和其他家庭制作的文学作品。从这个角度来看，信件开始成为一种亲密生活的日记，日记成为家庭交流的一种方式，也成为家庭历史编年史的一部分。"（［美］伊琳娜·帕佩尔诺撰，尧育飞译《如何研究日记？》，《文学研究》2023年第2期，第9页）

与过渡时代的文学感知》（见《暨南学报（哲学社会科学版）》2022 年第 11 期）一文。这篇文章若有些许收获，应该归功于我自己年岁渐长，对俞樾写病、痛、衰老的感觉多有同情理解之心，对他将制作信笺与诗歌创作结合的"超越性诗学实践"也多一层领悟。

诗作在情感史、心态史研究中的价值，颇值得长期关注，这是理解诗人"生命史"的凭借。严志雄曾说："中国传统士人的诗集含有大量思想情感、日常生活、社会与政治活动的信息，诗作毋宁是构成文士主体性、自我形象不可或缺的部分，研究者若对之置若罔闻，或存而不论，无非是闭目塞聪、自欺欺人罢了。当代史学已发生过'语言转向''叙事转向''文化转向'的进程，我期待'诗的转向'（poetic turn）的到临，至少在中国研究的场域里。"① 此说主要针对史学家而言，然对清代文学研究也是很有分量的提示。

五、拓展阅读：越城周氏家族

丁文《家族文脉：鲁迅与浙东学术的过渡环节》，《鲁迅研究月刊》2022 年第 1 期

这篇论文以周氏家族为个案探究家学及其近代转型，与俞氏家族个案的研究相比照，可见它们都注意到较难把握、分析的"家庭趣味"。家庭趣味对于俞氏家庭而言，是诗歌创作风格、对文人日用之物的审美性讲求以及家庭内重现的仪式；对于周氏家族而言，丁文提出了"杂学趣味"，并在"地方与文艺"的思路中探寻此趣味的源头，而入手处在《朝花夕拾》。

丁文在研究《朝花夕拾》的文章修辞与叙事技巧之外，还发掘其作为文献的特质，即"'史料'本身便呈现出一种值得辨析的'叙述'形态"

---

① 严志雄《鸦片、鬼兵、珠海老渔：晚清广东诗人张维屏鸦片战争期间所作诗管窥》，见《中国文化研究所学报》第 74 期，2022 年 1 月，第 4 页。

(第5页)。论文第一节"家族文脉的重溯",以潘希淦《左腴》的编刊重现潘、周两家学缘、姻缘,进而理解为何周作人将"覆盆桥周氏刻本"《左腴》视为"吾家故物"。第二节"蠹城周氏:从'章句'到'诸书'",是从周氏兄弟族祖周以均参与编纂的《道光会稽县志稿》《越城周氏支谱》展开,认为周以均的史学已显现出杂学面貌。第三节"周氏家族与浙东学术",以周以均、周福清与大梁版《文史通义》的故事引入周作人的叙说,将鲁迅纳入浙东史学脉络中,勾勒出鲁迅对这一学派的继承与叛逆;同时,祖父周福清对鲁迅有直接影响,"祖父平日言谈中的'溪刻'正是现身说法,让鲁迅直观领会浙学名家议论之'严刻'的日常情境"(第11页)。论文重视文献,并将其置于丰富的关联之中,指出:"'史学'与'杂览'并重的读书趣味,使浙东学术的重要特征在家族文化内部积累,成为子弟教育的潜在背景乃至开蒙方向,对周氏兄弟的杂学面貌产生了方向上的指引。"(第12页)

周氏兄弟的"百草园"是意蕴丰厚的诗学空间与历史空间,丁文的另一篇论文《诗学空间与历史空间:"百草园"的多元层次及研究路径》(《绍兴文理学院学报(人文社会科学)》2022年第1期)思路新颖,可用来思考本教材中有象征意义的春在堂、振绮堂,体会符号背后的纵深感与精神蕴含。

董炳月《鲁迅与周福清之关系再认识——兼论周氏家族的诗文系谱》(《文艺研究》2024年第1期)也是以书籍的故事展开论说。鲁迅1919年12月回绍兴迁居时焚烧祖父周福清的全部日记,却保留自己亲笔抄录的祖父作品《桐华阁诗钞》《恒训》,这一内容构成论文第一节"'姨太太'的记忆与转化"、第四节"丁酉年的周樟寿"的主要材料,论说较实在;第二节"《桐华阁诗钞》与鲁迅作品并读"、第三节"周氏家族的诗文传统"则力度稍显不够,终觉未能落到实处。由此看来,家族诗文传承研究,仍有不少难点。

[下] 论　文

从春在堂到秋荔亭：俞樾和俞平伯诗中的家族史 *

　　道光三十年（1850）保和殿复试诗题为"淡烟疏雨落花天"，三十岁的俞樾以"花落春仍在"句为曾国藩赏识，获复试第一，其后俞樾以"春在"名堂，所著《春在堂全书》书名亦源于此名句。秋荔亭为俞平伯在清华园南院之舍，俞平伯于1934年撰《秋荔亭记》，言及此名之背景："池馆之在吾家旧矣，吾高祖则有印雪轩，吾曾祖则有茶香室，泽五世则风流宜尽，其若犹未者，偶然耳。"① 从春在堂说到秋荔亭，其中颇有时空之隔，可见德清俞氏这一百余年的文化世家的历史，一堂一亭中所涵的"春"与"秋"，凑巧也能勾勒出世家之"春秋"。"中国文学，就如同中国的一般生活，深刻地嵌入中国的历史之中；而中国的诗人，又非常地'自传式'……要想理解他们诗歌的活生生的内容，就必须紧扣住自传式这一特点去进行研究。"② 俞家由盛及衰中的复杂而丰富的细节，及其所牵涉的社会文化变迁过程中的方方面面，在俞樾和俞平伯的诗中脉络分明：以诗述怀，以诗纪事，前呼后应，他们的诗作差不多可以说是俞氏家族百余

---

* 作者：徐雁平。此文原刊于北京大学《国学研究》第13卷，2004年。
① 《俞平伯全集》第二卷，花山文艺出版社，1997年，第429页。俞平伯最有名的斋名当是"古槐书屋"，这从《古槐梦遇》和《古槐书屋词》即能看出，此处取"秋荔亭"而舍"古槐书屋"，只是为了吻合"春秋"二字而已。
② 《文学遗产》编辑部采访《中国文学深刻地嵌入中国历史——法国侯思孟教授答本刊问》，《文学遗产》1989年第4期，第133页。

年隐曲的心史。① 章学诚尝言,论古人文辞,须知"古人之世",进而须知"古人之身处",如此方可窥测其"荣辱隐显,屈伸忧乐",② 揭示俞氏家族心史,当依循此途径。

一、述祖德

光绪二十八年(1902),俞平伯三岁。八十二岁的曾祖父俞樾在此年初夏为俞平伯题写一副对联:"培植阶前玉,重探天上花。"上联源出"芝兰玉树"一典,见《世说新语·言语》:"谢太傅问诸子侄:'子弟亦何预人事,而正欲使其佳?'诸人莫有言者,车骑答曰:'譬如芝兰玉树,欲使其生于阶庭耳。'"③ 下联则言家事,乃俞平伯之父俞陛云光绪二十四年事,俞樾于《曲园自述诗》中有诗纪之:

> 金榜传来满县夸,补全鼎足免龃龉。
> 状头榜眼吾乡有,二百余年一探花。
>
> 德清自入国朝来有状元二人,榜眼二人,惟探花无有。至光绪戊戌,吾孙陛云以第三人及第,邑人皆喜曰三鼎甲全矣。④

---

① 俞樾《春在堂诗编》收入光绪二十年刻《春在堂全书》,共二十三卷,起自道光十五年,时俞樾十五岁,讫于光绪三十二年,最后二诗为《临终自喜》和《临终自恨》,时俞樾八十六岁。俞樾另有《曲园自述诗》,有光绪刻本,分为两部分,第一部分成于同治四年五月,凡一百九十九首;光绪二十七年又有续作七十八首。《曲园自述诗》未收入《春在堂诗编》。俞樾生于1821年,卒于1907年,享年八十七岁,故《春在堂诗编》和《曲园自述诗》足以记录其生平行事之大概,然亦有少量诗作未收入此二书中,如最后一年的部分诗作,及散落在日记残稿中的诗作。俞平伯诗作有浙江文艺出版社版《俞平伯诗全编》,此本注较详明,亦可参看花山文艺出版社版《俞平伯全集》第一卷。本文考论即以上数种诗集上展开。俞樾生卒年依据,参见江庆柏编著《清代人物生卒年表》(人民文学出版社,2005年)第574页考订。
② 章学诚著,叶瑛校注《文史通义校注》,中华书局,1994年,第278—279页。
③ 徐震堮《世说新语校笺》,中华书局,1984年,第82页。
④ 俞樾《曲园自述诗》,光绪年间刻本,收入北京图书馆出版社1999年版《北京图书馆藏珍本年谱丛刊》,第165册,第192页。

喜悦之情，真可谓溢于言表。当这种喜悦转入为曾孙题写的对联中时，当家事与历史上最有名的世家大族的典故关联时，对于俞樾而言，又是对子弟的一种深厚期冀。"芝兰玉树"在《世说新语》之后，已成为佳子弟的代称①，俞樾在所题写的对联中引用此典，当然是以仪型式的谢家子弟作为自家的理想。大约在七十年后，俞平伯有"儿女归家笑语亲，兰苕玉树各生春"②之诗句，似从"芝兰玉树"化出，其中能隐约现出仪型的某些影响。谢灵运有《述祖德诗》，而俞樾有《述祖德篇》，仿效之迹，显而易见，亦可作为仪型影响的一例证。俞陛云在光绪壬寅年为俞家增光添彩，他应经济特科考，取列第一等第八名，其后又典试蜀中，俞樾有多首诗纪此事。这一年俞陛云三十五岁，正值盛年。晚清虽有改革科举考试的内容之举措，但此时科举废除的冲击他们还没法预感，照常情常理讲，此一书香门第还有锦绣前程。然而俞樾已年过八十，他在诗中也屡次慨叹自己的衰颓，大概是为了留住俞家的盛景，此一年有在苏州马医科巷曲园用西法照相一事。

  余用西法照印小像二：一立像，余布衣，右扶藤杖，左携曾孙僧宝［俞平伯］；一坐像，孙陛云及僧宝左右侍，祖孙皆貂褂朝珠，僧宝亦衣冠。把玩之次，率赋一诗。③

---

① "芝兰玉树"在后世诗文中出现时，多与世家或家族的传衍相关。如宋僧道潜《访彭门太守苏子瞻学士》中的"同时父子擅芳誉，芝兰玉树罗中庭"。(《参寥子诗集》卷三，《景印文渊阁四库全书》本，第25页）宋周紫芝《书曾处州雅词后》："诸晁自无咎以文名世，往往相继间出。次膺诸人，小词俱可喜，大率是无咎一种风流，如王谢子弟，虽人物小大长短，时有不同，要皆是芝兰玉树耳。"(《太仓稊米集》卷六十七，《景印文渊阁四库全书》本，第478页）宋王十朋《梦龄得男，老者喜甚，汤饼会中出诗以贺》："从此吾门如谢傅，芝兰玉树满庭中。"(《梅溪集前集》卷七，《景印文渊阁四库全书》本，第161—162页）又，邓廷桢《祁孙以正月十七日生子八月十四日复生一曾孙，作诗见示奉和》："芝玉阶前承素业，芸香签轴继清风。"(《双砚斋诗抄》卷十二，江宁邓氏群碧楼刊本）与俞樾联语之意最近。
② 俞平伯《二月十四日灯下赠内兼示儿辈》，见《俞平伯诗全编》，浙江文艺出版社，1992年，第507页。
③ 俞樾《春在堂诗编》卷十九，《续修四库全书》本，第595页。诗中有"孙曾随侍成家庆，朝野传观到海陬"之句。

俞樾称此举是"衰翁八十雪盈头，多事还将幻相留"，但观其照片中似经过精心安排的细节，譬如其中人物皆为男性，三人之间的组配，衣冠的选择，再细味前后相关诗作，不难体会出其中关于俞家过去、现在和未来的寓意。此次照相，俞樾对携俞平伯的合影颇为偏爱，他曾以此照片寄京师肃亲王及日本子爵长冈护美，又分贻家乡戚友，"客至，每与观之"。有诗云："偶将西法照衰容，四坐传观一笑同。携得曾孙随杖履，天然白叟与黄童。"俞平伯的降生，确实为老人增添了无限的乐趣，至关重要的是他看到绵延世泽的希望，他因而也感到"七十九年春不老。"

腊八日陛云举一子赋此志喜

夜阑回忆我生前，尚有先人旧句传。
七十九年春不老，又吹喜气到幽燕。

争向床前告老夫，耳长颐阔好肌肤。
怪伊大母前宵梦，莫是高僧转世无。①

在传统观念里，对于一个家庭而言，传宗接代应是第一紧要事。② 家是一个血缘单位，其终极目的是父母子女之血缘的延续，使人生绵延不绝，传续香火是家的"神圣使命"，而香火的传续是以男性为中心，故有

---

① 俞樾《春在堂诗编》卷十七，第 560 页。此题共有诗四首，以上录其二、其三。
② 徐珂《清稗类钞》第五册，"立嗣"条云："我国重宗法，以无后为不孝之一。凡年至四五十而尚未有子者，辄引以为大忧。惧他日为若敖之鬼也。他人亦为之鳃鳃虑，视灭国之痛尤过之，盖狭义灭种之惧也。"（中华书局，1984 年，第 2191 页）论诗者在论说俞樾诗时，常将其与袁枚诗关联，两者之间确有许多可比之处。此处暂不展开。有意思的是，袁枚诗中亦有忧嗣续之作。如《余春秋四十有三，尚抱邓攸之戚，今年六月二十九日陆姬生男不举》，其三云："小草留根易，琼花度种难。琴从中散绝，书付左芬看。文葆衣空制，璋声听已残。斜阳虽自好，无补膝前寒。"其四云："老母含愁坐，殷勤作慰词：'道孙生有日，恐我无见期。'此语何堪听？全家一味悲。苍天与人隔，何处问灵龟。"（《小仓山房诗集》卷十四，见《袁枚全集》第一册，江苏古籍出版社，1993 年，第 259 页）

"无子不成家"之说,"五男二女"则是理想的生育模式。① 在传统社会里,这是一般平民百姓的普遍观念,而对于一个书香世家而言,特别是处在一个兴盛时期的世家而言,传宗接代的心理更为急切,或许比居安思危的心态更为强烈。这一家族的主人因肩负着重任,往往滋生许多焦虑之感。具体到俞家,此种焦虑又有其特点,为明示俞樾的焦虑自何处来,可从俞氏的"世系表"(表2.1)中得到一些消息。

在"世系表"中,以生命的延续而言,从俞樾的祖父到俞陛云,男性系谱显得很单薄。即使是在没有战乱灾荒的和平年代,如果有难以抵御的疾病,其后果对于一个家庭而言也是可以想见的。这一问题在俞樾的两个儿子身上出现过。俞樾在其《曲园自述诗》中有一段记载:"大儿绍莱生于壬寅年,二儿祖仁生于丙午年。内子姚夫人幼时,有推算禄命者曰子必属马乃佳。祖仁生,夫人喜之。其后大儿早入仕途,二儿竟以病废,似乎不验。然大儿年甫四十而卒,无子。今余止一孙名陛云,二儿生也。是其言验矣。"② 对于绍莱之死和无子嗣,俞樾颇为伤感,有"玉树长埋不记春""今朝为汝营斋奠,少个曾孙小石麟"的诗句。③ 这种惊险局面幸亏有俞樾的支撑,以及俞陛云的登场弥补,才"扶大厦之将倾"。然即使如此,若以续香火而言,俞家生育,常是先女后男,此事也令俞樾提心吊胆。

> 身世飘零门户衰,老怀颇望抱孙儿。
> 如何杯珓神前卜,偏得黄花菊一枝。
> 时二儿妇怀妊,将免身,内子姚夫人使老妪卜问男女,妪适持菊花一枝以归,夫人望而笑曰,黄花乃女子之祥也,已而孙女庆曾生。④

---

① 李卓《生命的传承与家业的传承:中日家的比较》,见《中国社会历史评论》第一卷,天津古籍出版社,1999年,第426页。
② 俞樾《曲园自述诗》,第129页。
③ 俞樾《九月十一日亡儿绍莱生日也,计其生年五十矣,感赋一律》,见《春在堂诗编》卷十三,第506页。
④ 俞樾《曲园自述诗》,第147页。

表 2.1　德清俞氏九代世系表（局部）

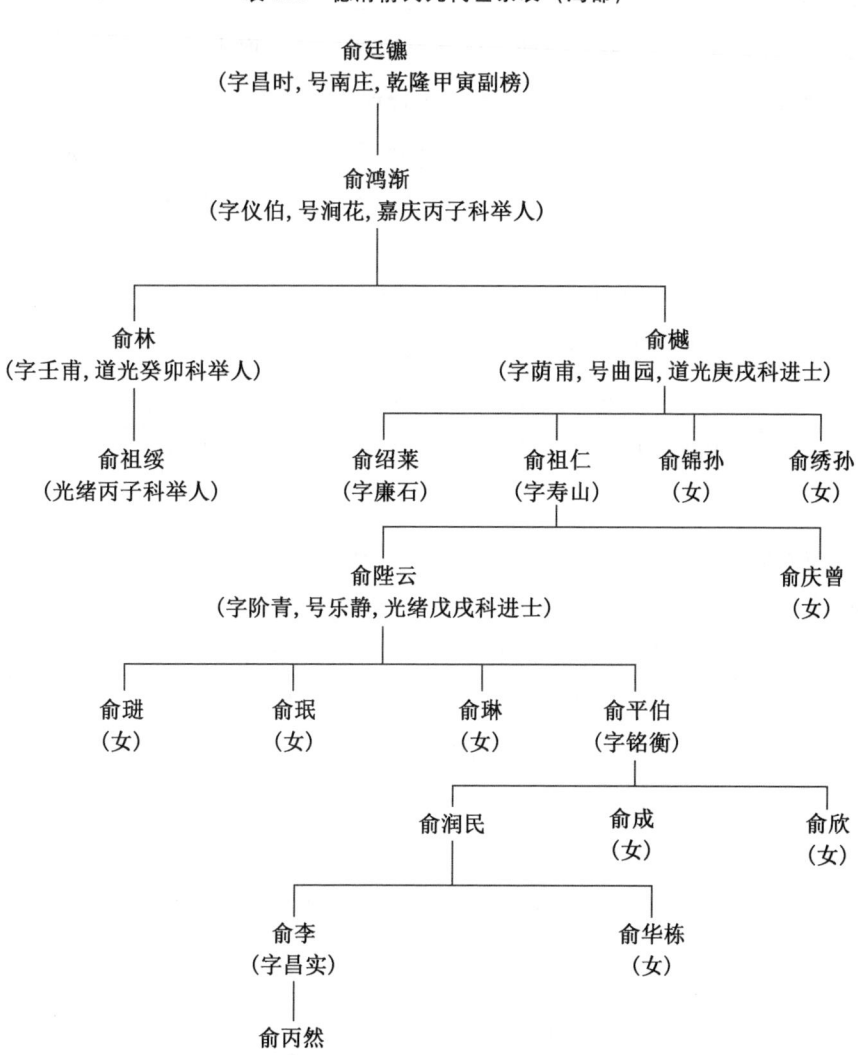

```
俞廷镳
(字昌时, 号南庄, 乾隆甲寅副榜)
          │
       俞鸿渐
(字仪伯, 号涧花, 嘉庆丙子科举人)
          │
    ┌─────┴─────┐
   俞林          俞樾
(字壬甫,       (字荫甫, 号曲园,
道光癸卯        道光庚戌科进士)
科举人)
    │           ┌──────┬──────┬──────┐
   俞祖绥      俞绍莱   俞祖仁  俞锦孙  俞绣孙
(光绪丙子      (字廉石) (字寿山)  (女)    (女)
科举人)                  │              │
                       俞陛云           俞庆曾
              (字阶青, 号乐静,          (女)
              光绪戊戌科进士)
         ┌─────┬─────┬─────┐
        俞珴   俞珉   俞琳   俞平伯
        (女)   (女)   (女)  (字铭衡)
                        ┌────┬────┐
                      俞润民  俞成  俞欣
                              (女)  (女)
                        ┌────┴────┐
                       俞李      俞华栋
                     (字昌实)     (女)
                        │
                      俞丙然
```

俞陛云有一姐,而俞平伯有三姐。俞樾的二曾孙女上学时,俞樾有"几时有弟同书塾,莫使衰翁望眼穿"①之句,可见其心情之急切。光绪二十五年俞樾已七十九岁,此年元旦照例有试笔之作,诗中有句:"支离病叟太伶仃,七十居然又九龄。门榜偶题新鼎甲,房帏未抱小添丁。(自注:余未有曾孙)"②而即使这一年的腊月八日俞平伯出生,俞樾在欣喜之余,也不无嫌迟之意。在《郎亭示和章叠韵酬之》中有"若望元孙还入抱,鲁阳为我试挥戈",在《郎亭再和因又叠韵奉酬》中,此意更是流露无遗。

> 喜抱重孙奈晚何,在前两女已肩摩。
> 是男应有元孙见,涂抹粗知画与戈。
> 陛云连生三女,长者十八岁,次者十六岁,又次者则尚小也。使长次二女有一是男,则余此时应有元孙在抱矣。③

潘光旦曾谈及中国中等社会的一种信仰,一种处世守身的哲学,那就是"才丁两旺",他特别指出一家人丁兴旺的重要性,认为:"丁字就是代表种族生命安全的一个符号。人是生物的一种,任他有挟山超海换斗移星的大本领,他逃不了生物的根性,免不了生物原则的支配。"④这是最根本的生物原则,若此点无保障,世家就难以维持;而在"财丁两旺"的民间信仰中,"财"潘光旦以为是指财运,也可理解为人才,也就是"谈起人家的家世来,我们往往要问:这家人家'出秀不出秀'?这便是出人才不出人才的意义"⑤。陈寅恪在论及魏晋之际的士族时指出:"所谓士族

---

① 俞樾《嘉平二十四日为第二曾孙女珉宝上学》,见《春在堂诗编》卷十三,第500页。
② 俞樾《春在堂诗编》卷十七,第555页。
③ 俞樾《春在堂诗编》卷十七,第569页。同卷《腊八日陛云举一子赋此志喜》其四云:"曾孙三抱皆娇女,今日桑弧真在门。自笑龙钟八旬叟,不能再抱是元孙。"与此诗意相近。见该书第560页。
④ 潘光旦《说"才丁两旺"》,原刊于《新月》第2卷第4期,见《潘光旦选集》第二集,光明日报出版社,1999年,第91页。
⑤ 潘光旦《说"才丁两旺"》,第93页。

者,其初并不专用其先代之高官厚禄为其唯一之表征,而实以家学及礼法等标异于其他诸姓。……苟小族之男子以才器著闻,得称为'名士'者,则其人之政治及社会地位即与巨族之子弟无所区别。"① 从魏晋至清,虽有时间之殊,然家学和礼法等评判士族世家的内在标准基本上没有变动。相较而言,在科举时代,"才器"之士的培植更为重要。

对于像俞家这样一个几代有科名的世家,出人才也是时常挂念的。俞家之有名于世,应自俞樾之崛起始。

> 金殿簪毫赋暮春,岂因花落见精神。
> 如何谬被群公赏,也算巍峨第一人。
>
> 保和殿复试诗题"淡烟疏雨落花天",余首句云"花落春仍在",大为曾文正公所赏,谓咏落花而无衰飒意,与小宋落花诗意相类,言于同阅卷诸公,置第一。复试第一,俗亦谓之复元,然视会元状元,则迥不如矣。②

"花落春仍在"是俞樾人生中的神来之笔,它彻底改变了他的人生,也影响了他的后人。它已成为一种标志,俞樾的室名和著作皆以"春在堂"命名,而在平日的诗作中,这句不同寻常的诗也为他平添不少自得之意,"余进士复试以'花落春仍在'句为曾文正公所赏,遂忝第一,此事屡见余诗文矣"。③ 然有时亦有回首往事的感慨,其中有"二百年前世泽存,苦将崛起望仍昆","回思少壮艰辛事,尚有襟边旧泪痕"。④ 在《曲园自述诗》中更慨叹今日来之不易,"自怜家世本单寒,得隶仙曹亦大难"⑤。据俞樾在《述祖德篇》一诗的自传,其先祖南庄公(可见表2.1)于乾隆

---

① 陈寅恪《唐代政治史述论稿》,上海古籍出版社,1997年,第69—70页。
② 俞樾《曲园自述诗》,第131—132页。
③ 俞樾《八十自悼》,见《春在堂诗编》卷十七,第565页。
④ 俞樾《春在堂诗编》卷十七,第565页。
⑤ 俞樾《曲园自述诗》,第132页。

甲寅岁与从子同应省试，填榜日，其先祖已中式，然其时南庄公行年七十，监临吉公曰可邀恩赏举人，将其名字从正榜撤下，然入奏后才知，年七十者只赏副榜，不赏举人，"先祖闻之笑曰，此何足道，留贻子孙不更美乎"①。就俞樾而言，俞家有科名的时间近百年，而前引诗所谓"二百年前世泽存"乃是指俞樾高祖。其家史稍有可考者，也是自此始。"吾家乌巾山，寥寥数十户。族微无谱牒，家寒但农圃。自吾高祖来，历历始可数。其前竟阙如，名字莫能举。"② 俞樾在名就之际，欲追根溯源，发现因家世贫寒，家史竟不能深究，于是参考新昌上虞两俞氏家谱，勉成一谱，此事似可说是"父因子显"，然俞樾之用意，乃在激励后人。

> 吾家谱牒本无传，今岁居然订一编。
> 高祖遗言犹在耳，绍衣还望后人贤。③

光大家业，并使之赓续不绝，是俞樾人生中也是其诗中的重要主题。在《曲园自述诗》中，有"半百年华逝水流，愧无世业付箕裘"④ 之诗句，而在缅怀先人或庆贺其孙在科举路上又前行一步时，时常将祖德、科名、传衍等内心难以放下之事纠缠在一起，如读先祖南庄府君家传时，有"但当修厥德，培植此心田。勉留子孙地，静待旦明天"⑤，偶检先祖南庄公甲寅齿录时有"书卷丛残三代物，科名络绎四朝恩"⑥，其父百岁冥诞家祭时有"四十年来岁月长，幸留先泽在青箱。国恩稠叠推三世，家集留传

---

① 《春在堂诗编》卷十七，第561页。
② 俞樾《新昌俞氏有名焕斗字五峰者，过苏来访，因得见其家谱，敬纪以诗》，见《春在堂诗编》卷十六，第553页。
③ 俞樾《曲园自述诗》，第195页。此诗后有注云俞氏家谱"自第一世至第十八世希贤公乃始可考，自希贤以下又三世亦可考，其后又几世而至吾高祖则不可考矣。吾高祖之生当在康熙初，尝曰兴吾家者必在六房，以吾曾祖行六也，至今似有小验"。
④ 俞樾《曲园自述诗》，第155页。
⑤ 俞樾《读先祖南庄府君家传感赋》，见《春在堂诗编》卷二十二，第652页。
⑥ 俞樾《先祖南庄府君中乾隆甲寅副榜迄今六十年矣，偶检甲寅齿录，敬志一律，再叠元旦韵》，见《春在堂诗编》卷四，第366页。

遍四方"①，俞陛云在省试中取第二名，俞樾有"先德敢期常食报，衰门颇望早成名"②，在经济特科试中取一等第八名，又撰有"祖德休忘留处远（吾家科名皆先祖南庄公所留贻，屡见吾诗文），国恩须念报时难。翱翔云路非容易，寄语吾孙子细看"③。俞家因为俞樾的出现，在有限可考的家史中，从高祖曾祖到父亲，再沿及他本人及其孙，遂可绵延成一线。此一线之中有世泽的流衍，俞樾是绵延一线中的重要节点，承上启下，因为他的崛起，此线的连缀成为可能。而他在不断回首往事阅读家史的过程中，提炼和加深俞家的"祖德"，其用在"既以策才智，兼以警顽愚"，发扬"祖德"之法在"读书乃本计，积德真良图"；要达到的愿景是："要使吾云仍，各奋青云途。无使我高祖，追悔前言诬。"④

二、存书香

按照生命的延续，俞陛云的一代，他已圆满完成这个家族赋予的神圣使命。俞樾对孙子的表现从诗作中来看，应是相当满意的。现在的问题是，在俞陛云之后谁来担当此任？

重任无疑落到俞平伯的肩上。在俞樾和他人的唱和诗中，俞平伯已成为希望的被寄托者，尽管其时他还浑然不觉。"且喜芳荪新在抱，已征乔木略敷荣。"⑤ "敢望此儿成大器，但求中品列钟嵘。""惟盼书香存一脉，岂期衰族振俞钱。"⑥ 因俞陛云中进士后任翰林院编修，后又被命为四川

---

① 俞樾《五月初六日为先大夫生日，时为光绪庚辰岁，距生于乾隆辛丑满百岁矣。薄营家祭，敬赋二律》，《春在堂诗编》卷九，第434页。
② 俞樾《九月之望浙闱揭晓，余孙陛云中式第二名，赋诗志喜》，见《春在堂诗编》卷十一，第469页。
③ 俞樾《余孙陛云应经济特科，取列一等第八名，赋此志幸》，见《春在堂诗编》卷二十，第608页。
④ 俞樾《述祖德篇》，见《春在堂诗编》卷十七，第562页。
⑤ 俞樾《花农知余新得曾孙赋诗寄和，次韵酬之》，见《春在堂诗编》卷十七。此句后有注："先高祖在康熙中言吾家必有兴者，至今二百余年，似有小验。"第561页。
⑥ 俞樾《郎亭示和章，叠韵酬之》，见《春在堂诗编》卷十七，第569页。

乡试副主考，居家时日寥寥，故而俞平伯的启蒙教育实由俞樾负责，这也是后来俞平伯对曾祖父念念不忘的重要原因之一。俞樾晚年诗作中，关于曾孙俞平伯的有近二十首，其中充满温情与慈爱。以下就是写俞平伯"抓周"和描红的两首诗。

> 晬盘罗列看如何，小手居然解抚摩。
> 只愧儒门欠英武，但能取印不提戈。
> 是日儿先以手抚摩书册，旋以左手取小金印，右手取珊瑚帽顶，把持不释，旁有小宝剑，不取也。①

> 娇小曾孙爱似珍，怜他涂抹未停匀。
> 晨窗日日磨丹矸，描纸亲书上大人。②

作为"培植阶前玉，重探天上花"的起始，俞樾对曾孙的读书识字特别留意，开卷读书、入塾破蒙等具有象征意义的行为，必择吉日良辰，以求一生学业顺利，所谓"扶摇万里望弥长"③也。

> **光绪二十九年正月八日立春，是日甲子，于五行属金，于二十八宿遇奎，是谓甲子金奎，文明之兆也。曾孙僧宝，生甫三十七月，然已五岁矣，幸遇良辰，遂命开卷读书，以诗纪事**
>
> 喜逢日吉又辰良，笑挈曾孙上学堂。
> 一岁春朝新甲子，九天奎宿大文章。
> 更兼金水相生妙，能否聪明比父强。

---

① 俞樾《僧宝于去年腊八日生，今岁此日岁一周矣。江南风俗有试儿之例，见〈颜氏家训〉，聊一行之，喜赋此诗》，见《春在堂诗编》卷十七，第569页。此题有诗二首，以上录其二。
② 俞樾《曲园自述诗》，第205页。
③ 俞樾《正月二十五日僧宝入塾》，见《春在堂诗编》卷二十二，第644页。

> 记有而翁前事在，尚期无负旧书香。①

俞樾精于命理之术，《春在堂全书》收有《游艺录》，其中谈及"推胎元"之法，即根据生辰干支等推出人怀孕受胎的时间，从而论命吉凶。而此诗中所谓金奎甲子、金水相生，乃是命理之术中的五星术，根据出生时星宿所在黄道十二宫的位置，结合五行相生相克之理来推算禄命。如此选择时日，就俞家而言，也有成功之先例，因为俞陛云同治十二年二月十五日上学亦金奎甲子也，此即诗中"记有而翁前事在"一句所指，而俞平伯的读书处又是"当日爷娘旧学堂（孙儿陛云、孙妇仙娜先后于此读书）"②。在这里，俞陛云已成为一个成功的范例。"在父母的眼中，子女是他理想自我再来一次的重生机会。"③ 转渡到俞平伯身上的理想，可以说是俞樾、俞陛云，甚至是俞氏家族理想的叠加。然而，理想的科名进程和现实社会出现了差距。晚清的社会变革在俞樾心中引起不少的波澜："廿五科来词馆绝（余在词馆已历二十五科，今后无继起者矣），卅三年后讲堂芜（余历主江浙讲席共三十三年，今各书院皆废，惟诂经精舍存，近亦议废）。"④ 1905 年科举废除，俞樾慨叹其家科名至俞陛云止，在其父忌日作诗云"圣世科名今已断"⑤；而在先祖忌日所作诗中更有回天无力之感，五代科名（自其祖至俞陛云，其中包括俞祖绥，可见表 2.1）不可再延续，尽管曾孙头角峥嵘。

> 恭闻先祖有遗言，至此迁流不可论。
> 功令已经废科举，留贻那得到云昆。
> 儿曹头角虽堪喜，世业箕裘岂复存。

---

① 俞樾《春在堂诗编》卷二十，第 598 页。
② 俞樾《正月二十五日僧宝入塾》，见《春在堂诗编》卷二十二，第 644 页。
③ 费孝通《乡土中国　生育制度》，北京大学出版社，1998 年，第 203 页。
④ 俞樾《自笑》，见《春在堂诗编》卷二十二，第 656 页。
⑤ 俞樾《四月初八日先大夫忌日感赋》，见《春在堂诗编》卷二十三，第 672 页。

>　　今日筵前扶病拜，龙钟八十五龄孙。①

　　光绪三十二年十二月二十三日，俞樾卒于苏州曲园，享年八十七岁。俞平伯此年仅八岁。此时公元纪年已是 1907 年，而在 1902 年、1904 年先后颁布《钦定学堂章程》和《奏定学堂章程》，其中参照日本学制之处颇多，亦可见西学影响之巨大，它预示着传统教育体系的结束和中国教育近代化的开始，而 1905 年 9 月的《请废科举折》则标志延续一千多年的科举考试制度与读书人的身心性命般的关联彻底终止。这也就是说年幼的俞平伯不能再按照曾祖父理想中的模式生活，他将有先辈所未曾经历的生活。

　　面对晚清社会之变迁，俞樾常有惊心动魄之感。"唎第诺字译华文，欧逻巴人充教士。光学化学妙无穷，尼山俎豆将洮矣。旧德先畴不复存，矜奇吊诡伊何底。前丙申至后丙申，人事变迁竟如此。"② 此种面对"利玛新书方竞译"而"六艺表章空费力""一齐付与水东流"③ 的震惊和感伤，亦见于《三叹息》诗中；沪上为新学者有废群经之议，俞樾以为"异论高谈不可听""坐看白日变幽冥"④。然此种变化已成不可阻挡之大势，俞樾在他人生最后的岁月中对此也有一些类似无可奈何式的认同。俞樾光绪二十二年所撰《格致古微序》云："自泰西诸国交乎中夏，而西学兴焉，趋时者喜其创获，泥古者恶其奇邪，而不知西学亦吾道之所有也。"⑤ 他在试图以"西学中源"式的考证论说缓解外界的震荡和内心的冲突，而所强调的温中土之故即可知西学之新，已表明对西学的接纳。

　　社会变迁，差不多就是社会评判标准的竞争和兴替。"社会上不断发生新的理想和新的行为方式，不论是出自个人的发明或是由别地的输入，

---

① 俞樾《八月十三先祖南庄府君忌日感赋》，见《春在堂诗编》卷二十二，第 655 页。
② 俞樾《余于道光丙申年入县学，至今光绪丙申六十年矣，追念前尘，怃然有作》，见《春在堂诗编》卷十五，第 536 页。
③ 俞樾《三叹息》，见《春在堂诗编》卷十五，第 543 页。
④ 俞樾《愤言》，见《春在堂诗编》卷十八，第 581 页。
⑤ 俞樾《格致古微序》，见王仁俊《格致古微》卷首，光绪二十二年刻本。

若是这些新的比原有的更能适合于当时的需要，它们就被人接受，代替原有的成为社会上新的标准型式。"① 俞樾的从孙辈（俞林之后）中已有人习西学②，还有人游学西洋，俞樾有送别之作："一经世守又农桑，百有余年祖德长。吾道无端开别派，尔曹相率走重洋。"③ 俞平伯在六岁时，也开始学习外文，俞樾有诗云："膝下曾孙才六岁，已将洋字斗聪明。"④ 俞樾在临终前，曾写有遗言，其中有牵涉子孙读书之文字：

> 吾家自南庄公以来，世守儒业，然至今日，国家既崇尚西学，则我子孙读书之外，自宜习西人语言文字，苟有能精通声、光、化、电之学者，亦佳子弟也。⑤

孟子曰："君子之泽，五世而斩。"朱熹《集注》云："泽，犹言流风余韵也。父子相继为一世，三十年亦为一世。斩，绝也。"⑥ 因为社会制度的剧烈变革，过去依靠科名维持的世家大族在此转型时代，都面临着生存危机。大多数世家在冲击下衰落下去，另外一些世家或依仗于在新的体制中谋得一官半职，或经营实业，或在教育系统中求得一份稳定的职业，从中得到经济保障以使世家在新的环境中生存，方能延续下去。俞家在此时期，也经历了转换。俞陛云在 1912 年任浙江图书馆馆长，1914 年任清

---

① 费孝通《乡土中国 生育制度》，第 209 页。
② 俞樾《天津二等中西学堂招考学生，从孙箴墀考取第二，送之北去，为赋此诗》云："百年世业守箕裘，惟有楹书数卷留。祖德衰微行且尽，儒门淡泊竟难收。遂教吾党趋新学，不及农夫守旧畴。送尔北行虽可喜，悠悠时局使人愁。"该诗有注云："从孙中习西学者尚有一人曰同悌，今在福建。"见《春在堂诗编》卷十六，第 553 页。
③ 俞樾《送从孙同奎游学西洋》，见《春在堂诗编》卷二十一，第 615 页。
④ 孙玉蓉编纂《俞平伯年谱（1900-1990）》，天津人民出版社，2001 年，第 3 页。此诗出自《从孙同奎自伦敦寄来小像，已改服西国衣冠矣，为之一叹》，见《春在堂诗编》卷二十一，第 639 页。南京大学文学院 2023 级研究生郭挺君查检到包括这一诗句在内的三个诗句的出处，得以增补原稿，特此说明。
⑤ 俞润民、陈煦《德清俞氏：俞樾 俞陛云 俞平伯》，中国人民大学出版社，1999 年，第 99 页。
⑥ 朱熹《四书章句集注》，中华书局，1983 年，第 295 页。

史馆提调，此后闲居在家，以卖字为生计。俞平伯1915年考入北京大学文科国文门，此后任教于上海大学、春晖中学、浙江第一师范学校、北京大学、燕京大学、清华大学等学校。从学习到工作再到自己的文学创作和学术研究，家学在整体上虽然有新变，但传统的根柢还是一种无形的"文化资本"①，其影响始终存在，家学之流风余韵未绝，世家的面目犹清晰可见；而俞平伯的三个姐姐皆善诗文，大姐俞琎有《临漪馆诗词稿》、二姐俞珉有《汉砚唐琴室遗诗》（附《絮影楼词》）传世，皆是家学未坠之例证。

俞平伯童年时在曾祖父的指导下，有过几年的正规的古典教育，而到俞平伯之子俞润民，家学的影响愈来愈淡，也就是说那份累积百余年的"文化资本"没有很好地得到转换利用。俞润民毕业于辅仁大学化学系，日后的工作也与家学无关。据俞润民言，俞平伯对他选择的专业还是认可的。新的教育体制为世家子弟提供了更多的选择，舍文从理，当然有个人兴趣、就业诸方面的考虑，但似也不能忽略二十世纪上半叶盛行的唯科学主义②对年轻人的鼓动。这种断裂不仅存在于德清俞氏，其他如：义宁陈氏，陈寅恪的三个女儿，陈流求清华大学医科毕业，陈小彭岭南大学农学院园艺系毕业，陈美延复旦大学化学系毕业。东至周氏，周叔弢的子女也有多样性的选择，周一良、周珏良习文史，然一中一西；周杲良是哈佛大学的心理学博士，周以良清华大学生物系毕业，周景良北京大学物理系毕业。新会梁氏亦如此，梁思成是哈佛大学建筑学博士，梁思永是哈佛大学考古学硕士，梁思忠毕业于西点军校，梁思达是南开大学经济研究所硕士，梁思礼是辛辛那提大学理学博士。从局部来看，此皆是一家一家之选

---

① "文化资本"是布尔迪厄提出的一个概念，其意是上层社会阶层的学生能自小在家庭生活中通过耳濡目染继承正统文化，学生隐蔽地把它投入接受完成学校教育的"工程"中去，使自己在社会竞争中处于有利地位。文化资本可以转换成学历，学历资本产生出经济利益。见孙传钊《隐蔽的遗产》，《读书》2001年第9期，第13页。又可见［法］P. 布尔迪约和J. -C. 帕斯隆著，邢克超译《再生产——一种教育系统理论的要点》第二卷第一章，商务印书馆，2002年。
② 对这一时期"唯科学主义"（scientism）的梳理，可见［美］郭颖颐著，雷颐译《中国现代思想中的唯科学主义（1900—1950)》，江苏人民出版社，1995年。

择；从大处来看，以上诸家又可见中国文化转型的迹象。

1976年俞平伯七十七岁，此年一月二日是其曾祖父诞辰，因感而有《绝句》之作。

> 曲园公卒于清光绪丙午十二月廿三日，迄今七十载矣。一九七六元旦即旧历乙卯嘉平朔，越日初二为公生忌，感赋绝句，以示儿辈
>
> 总有清阴庇远昆，身前身后事难论。
> 婴倪初怆人天别，七十年来感梦魂。①

旧体诗曾经是中国文学的重心所在，但在二十世纪随着新文学的兴起与发展，以及旧体诗生存的社会文化背景的改变和文人生活方式的更新，它渐渐被边缘化，在特殊时段对于一般文人学者而言，它已沦落为在二三知己之间传播的文学体裁，很少在公开的出版物上刊载。外界的言论空间有越来越多的禁忌，而这种不合时宜的文学体裁却为有心人保留了表述内心世界的园地。旧体诗对于陈寅恪、俞平伯等学人来说，是特殊年代的自传，是幽微的"心史"。

文体的显晦变化，内涵丰富。俞平伯之所以选择旧体诗来表达内心幽微隐曲的情感，究其原因，似乎有四方面：其一，诗学是其家学，他自幼就接受了极好的诗学训练，这种文体对他"托意言志"而言，更为得心应手；其二，俞平伯所从事的职业，主要是教书和研究，职业和自身的专长兴趣颇为谐和，"知"和"能"的统一，无疑增加了他对诗学的亲切性；其三，诗的言简意丰特性，以及典故和意象的恰当运用，有时能表达白话文或古文不易表达出的情感，而且由于诗意的隐而不露，有时也可避免外界非常原因引起的冲击；其四，对于俞平伯而言，其诗作多有牵涉家史之作，回顾的过程中，情思所及，皆为旧时的事情和意象，和曾祖父的世界

---

① 见《俞平伯诗全编》，第512—513页。

时时沟通，在这种氛围或者说语境之中，选择旧体诗自然是合情合理之举。俞平伯《绝句》一诗在深切的感怀之中，又融入七十年间世事变幻的沧桑之感。晚年是人生中最容易回忆的时段，或许有感于生命的衰颓而期盼生命之延续，俞平伯在《绝句》前后颇有几首关于家族命运的诗作，"七代蝉嫣先泽永，百年家世水萍留"①"能否仍云绵世泽，孙曾玉立漫凝眸"② 等诗句值得特别注意，在述祖德时感叹百年旧家传衍之不易的同时，也和曾祖父俞樾面临同样的问题，那就是如何"绵世泽"。在前文俞家的"世系表"（见表 2.1）中，可以看到俞家还是一线单传，人丁显然没有东至周家之旺势。俞家家学的影响，已愈来愈稀薄。"文革"已使俞平伯的孙子孙女不能完成正常的学习。七十年代初，"润民往小站公社，栋栋〔俞华栋〕往内蒙古乌蒙插队，昌实〔俞昌实〕将毕业初中"。③ 后来，俞昌实参加自学考试，俞平伯在 1987 年 7 月 20 日给俞润民的信中对此颇感痛心："昌实努力前进不易，还要考几门？说起'民法'我头都痛了！何况考试。栋、李〔俞昌实〕皆有才而不能有大成就，可惜！都是我耽误他们的，我心为之歉然。若栋栋之去内蒙古，不殊昭君出塞也。"④ 故而在一首次俞樾《临终自喜》诗的诗作中，竟有"自是新知多创变，不将旧学累儿孙"⑤ 这样的伤感之句。俞平伯在一篇类似俞樾《述祖德篇》的文中，也承认"我们三代为吾家中衰时期"⑥，就传家学而言，俞润民

---

① 俞平伯《大女挈儿孙归自江南，过津润民寓，乙卯秋八月初十日晨枕书怀》，见《俞平伯诗全编》，第 512 页。
② 俞平伯《丁巳夏日感怀三章》其二，见《俞平伯诗全编》，第 517 页。"仍云"后有自注："《尔雅》：'仍孙之子为云孙。'仍云即孙曾，一就自己看，一就远祖言之，说法不同而已。若都从我自身说，分指亦通，且有远神。"
③《俞平伯诗全编》，第 507 页。
④《俞平伯全集》第十卷，第 130 页。
⑤ 俞平伯《丁巳夏日感怀三章》其一《敬次春在堂清光绪丙午年临终自喜诗第三首原韵并遵用末句》，见《俞平伯诗全编》，第 516 页。
⑥ 俞平伯致俞润民信（1983－9－11），见《俞平伯全集》第十卷，1997 年，第 94 页。

已不可能担当此责任,俞昌实也是心有余而力不足。① 俞樾尝在曲园书藏中藏俞家先人著作及已故孙女俞庆曾的《绣墨轩遗诗》,有诗句云"余芬远绍芸香业"(《春在堂诗编》卷二十二),但是此"芸香业"在俞平伯之后,似难以为继,他只有将希望寄托在曾孙身上了。

三、绵世泽

在俞樾的诗中,可以明显感觉到他对自己的科名和著述有自得之意,《八十自悼》回忆进士复试以"花落春仍在"为曾国藩所赏遂列为第一,有"也同入夏春犹胜,偷领春风一日荣"(《春在堂诗编》卷十七),喜事犹在昨日,《癸卯元旦试笔》云"八旬耄寿零三岁,四海词林第二人"(《春在堂诗编》卷二十)。俞樾在俞家后人中已成为一个被敬仰的形象,对于俞平伯而言,因为人生中最初的几年在曾祖父的慈爱之中度过,敬仰之中又多了些亲切之感。"花落春仍在"是俞樾人生渐臻佳境的标识,对于俞家来说,它差不多成为这个家族的"族徽","春在堂"和《春在堂全书》中就有此"族徽"的印迹,关于俞樾家世的所有记忆最后似乎都集中在"春在堂"的名义下或浓缩在"花落春仍在"这一名句中。对于熟读曾祖父诗作的俞平伯而言,这一名句所表现的春意已濡染俞平伯的诗思,使其诗句现出一片春色(见表2.2)。

表2.2 俞平伯诗中的"春"字诗表

序号	诗句	诗题
1	何处春深好,春深丈室中。	《父大人六十寿诗》
2	门阑春水琉璃滑,犹忆前尘立少时。	《梦吴下旧居》其一

---

① 俞平伯在致俞润民的信中说:"昌实来信措词得体,字迹力求工整,不坠家风,可嘉。已另复之,并为校正小误。"(1983-9-7)在另一封信中说:"说句笑话,昌实要在儿子身上翻本了。亦告知他要奋勉,别让将来儿子笑话。"(1983-10-5)分别见《俞平伯全集》第十卷,第93、96页。此二信可视俞平伯对俞家境况一种实在的估量。

(续表)

序号	诗句	诗题
3	春尽不知三月又，病来唯觉一衾坚。	《酬戚眷招饮语内子》
4	强半春光去渺冥，几多业系昧前生。	《六十自嗟》其一
5	六十余年春更好，人登稀寿不称翁。	《章元善兄属题其旧藏曲园公所赐"福寿纨扇面"，先君昔年曾为题两绝句，敬遵原韵赋呈》
6	兰陔挺秀春逾茂，莱舞趋庭色最温。	《王啸緌表叔以〈九十自寿〉诗自吴门邮示，敬次韵奉祝》
7	难向空门觅夙因，居然三豕又逢春。	《己亥元旦书怀》
8	纷纷蜂蝶熙来往，蓝尾春痕一晌余。	《忆故园初夏》
9	梧桐苍干接新枝，春梦无凭亦纪之。①	《蕲梦》
10	五十年来又好春，绨缃珍守墨华新。②	《题章元善兄藏顾鹤逸赠霜根老伯山水画十二幅册页》其二
11	冬月南来又仲春，空教扶杖感慈云。	《咏手杖》
12	京邑重来百感新，孩孩嬉语室生春。	《辛亥杂诗》十六首其八
13	宁宁初识人间字，又见高楼报早春。	《辛亥腊月廿一日交壬子年春二首》其一
14	当年多负朋侪劝，老我今逢七四春。	《辛亥腊月廿一日交壬子年春二首》其二
15	秋实春华无限意，新年浩荡又东风。	《红巾（示外孙女韦梅)》
16	儿女归家笑语亲，兰苕玉树各生春。	《二月十四日灯下赠内兼示儿辈》
17	认春轩内一杯茶，春在堂前一笑哗。	《偶忆吴下儿嬉往事》
18	七十年间春易老，齐楼重见紫薇花。	《见吴下修缮故居照片晨窗书感》

---

① 此诗后俞平伯自注："西湖于忠肃公祠祈梦有验屡见记载，其地即在三台山，距右台仙馆故址甚近。儿时送先曾祖之葬，初至杭州，曾一往谒，祠屋荒冷而庙貌犹新也。"见《俞平伯诗全编》，第 473 页。

② 此诗后有自注："自先曾祖于清光绪甲辰岁题字，迄今五十有七年矣。"见《俞平伯诗全编》，第 492 页。

（续表）

序号	诗句	诗题
19	八十年中春未老，倘延祖德到云昆。	《一九八三癸亥岁六月卅日立秋孙李在天津举一子，喜赋二章》其二
20	明年开九十，今岁再逢春。	《一九八七岁除口占记事》

"春"在诗人笔下频频出现，是常见之事；俞平伯诗中屡见"春"字，似不足为奇。然在近40处"春"中，有20处或明或隐地与其家世和本人情感相关，而不是一般意义上的关于春天的赞美与感伤，它们大致有一种特定的指向，故有细加体会的必要。这些诗的撰写时间或撰写缘起大多比较特别。就时间而言，或是某种纪念日，或是一年中的重要时节；就缘起而言，或是睹物怀旧，或是因时生感。表中20处带"春"的诗句可大致分为两类，其一是1、2、5、6、8、9、10、11、17、18、19，它们大都与俞平伯的家世有关；其二是3、4、7、12、13、14、15、16、20，它们大都指向现在，是他当时心境的某种写照，其中偶有对岁月流逝、人生如春梦的感喟，更多的是见到后代出生成长的喜悦和"八十年中春未老"式的欢欣。诗中"春深好""春更好""春逾茂""又逢春""又好春""又仲春""室生春""春未老""再逢春"等短语，完全可以视作"花落春仍在"名句的转化，俞平伯的诗句尽管不全是实写春天，但在无衰飒之意上是相通的。这组诗句的内在指向和自传意味，让人感到文字的血肉和灵性，以及文字所蕴含的"世泽"。

在以上20处"春"字诗句中，我们已感觉到"花落春仍在"的氤氲；而在下表所排列关于俞平伯和俞樾诗的对读表（见表2.3）中，就能在印象式的感觉外，得到一种实证性的了解，在几乎成为"私人性"的文体中，可以发现俞平伯和曾祖父建立联系的途径。

表 2.3　俞平伯俞樾诗对读表①

序号	俞平伯	俞　樾
1	《父大人六十寿诗》："何处春深好，春深丈室中。"此五律韵脚为"中""童""同""东"。	《何处春深好四首仿元白体不用其韵》其一："何处春深好，春深吾道中。"见《春在堂诗编》卷十九。此诗韵脚为"中""宫""功""僮"。②
2	《送朱佩弦兄游欧洲》二首其二尾联"欲写楚声代骊唱，山中松桂未成阴"。	末句有俞平伯自注"春在堂句"，出自俞樾《抵里门作》，此诗末句是"故山松桂未成阴"，见《春在堂诗编》卷三。
3	《续缪悠诗》："先曾祖有《缪悠诗》联章七言律，今续以五言，亦妄作也。"	《春在堂诗编》卷十八"辛丑编"有《缪悠词》。
4	《壬午九月既望赠内子五章》其三："不问生儿鲁与贤，吾家三世尽单传。"	俞平伯于"不问生儿鲁与贤"有注云："余生时曲园公诗，见《诗编》十七。"此诗即《郘亭再和因又叠韵奉酬》，其中有"不问此儿贤与鲁"，见《春在堂诗编》卷十七。
5 6	《李孙初生》三首，诗序云："津书言润儿于四月十九日举一子，于旅舍中为赋三绝句。"其一有"今日杭州梅雨里，又传喜气出幽燕"。其二有"耳长颐阔好肌肤，得似而翁往昔无"。	《春在堂诗编》卷十七《腊八日陞云举一子赋此志喜》，其二云："夜阑回忆我生前，尚有先人旧句传。七十九年春不老，又吹喜气到幽燕。"诗后有俞樾注："余生时，先大夫在京师，故有诗云'春风吹喜气，千里到幽燕'，今陞云亦在京师，已发电报告知。"其三有句云："争向床前告老夫，耳长颐阔好肌肤。"③

---

① 此表修订，采用卢康华兄、研究生郭挺君建议，特此说明。
② 《白氏长庆集》卷二十六有《和春深二十首》，乃和元稹《何处春深好》之作，其一首联为"何处春深好，春深富贵家"，此诗韵脚为"家""花""车""斜"。俞樾用其体不用其韵，俞平伯诗承袭俞樾诗，可视为依韵之作。故在文中分列两处。
③ 《曲园自述诗》中有诗："乌巾山下旧居家，鹊喜楼头静不哗。一夜春风吹喜气，迢迢千里到京华。"俞樾自注云："余旧居在德清东门外乌巾山之阳，地名南埭，有小楼曰鹊喜……余生于是楼，先大夫时在京师，有志喜曰：'春风吹喜气，千里到幽燕。'""春风吹喜气，千里到幽燕"，见俞鸿渐《印雪轩诗钞》卷七《二儿生志喜》，道光丁未萱荫山房刻本；陞云有《衡儿生于光绪己亥，当双满月时，先祖抱之剃头，赋诗志喜。今岁衡儿装潢遗翰，敬悬座右，适值嘉平腊八日，为儿三十生辰，赋诗纪之，以永先泽，兼为儿勉也》诗首联云："两番喜气到幽燕，肇锡嘉名拟绰虔。"注云："先祖诞生时，先曾祖在京闻之赋句云'春风吹喜气，千里到幽燕'，儿生时，余亦在京。"见《小竹里馆吟草》卷七，民国戊辰德清俞氏刊本。

(续表)

序号	俞平伯	俞樾
7	《六十自嗟》八首其三有句云"蕲儿香刹愿终谐,大母前宵梦可哈",俞平伯注云:"重亲屡于西湖昭庆、法相等寺祈嗣。我生之前夕,祖母梦一僧来,事见《春在堂诗编》。"	《春在堂诗编》卷十七《腊八日陛云举一子赋此志喜》其三有诗云:"怪伊大母前宵梦,莫是高僧转世无。"俞樾注云:"二儿妇三日前梦一僧来,云将托生于此,余故拟乳名曰僧宝。"
8	《六十自嗟》八首其四有句云:"姊弟明朝赴外家。"俞平伯注云:"述曲园公句。"	《春在堂诗编》卷二十三《女婿许子原自松江移守苏州三载有余矣……因历叙数十年情事作诗送之即以为别》:"令节生辰皆往贺。姊弟明朝赴外家。"
9	《寒夕凤城行(残)》中有句"从此人间事事新,莫将离乱诉前因",俞平伯称前句为"曲园公句"。	俞樾《病中呓语》,见《清诗纪事》"道光朝卷"。
10	《是岁[己亥]嘉平月六日敬次〈春在堂诗编〉庚子年〈八十自悼〉诗韵一章,首韵遵用原句》	《春在堂诗编》卷十七《八十自悼》其二云:"二百年前世泽存,苦将崛起望仍昆。……回思少壮艰辛事,尚有襟边旧泪痕。"
11	《浙杭仁和临平镇先曾祖童年所钓游也,事见本集。衡于一九五五乙未岁到此,距高祖涧花府君清道光乙未移居马家弄时适百有廿载。以人事怔惚,未暇吟咏,顷始补就二绝句纪之,庚子岁三月也》。其一诗云:"马家狭弄一条长,徒咏先芬薜荔墙。咫尺雪泥何处问,眼前尘世几沧桑。"	俞平伯在此诗后有注:"曲园公《自述诗》云:'马家长巷巷中央,旧有吾家薜荔墙。墙内小轩题印雪,雪泥踪迹在青箱。'今长巷尚在,而旧迹无可访寻矣。"俞樾《曲园自述诗》在此诗后有注云:"乙未冬,余从先大夫自常州还,始由史埭迁马家巷。赁孙氏屋以居,青田端木先生国瑚题曰印雪轩,故先大夫诗文集皆以印雪名。"
12	《题顾颉刚藏〈桐桥倚棹录〉兼怀吴下旧惊绝句十八首》其三有诗句:"山塘七里繁华梦,赢得姑苏一炬红。"	俞平伯在此诗后有注云:"先曾祖曲园公《自述诗》云:'停桡宝带桥边望,已见姑苏一炬红。'盖记咸丰庚申年四月初四日事也。诗中未详焚毁事由……"《曲园自述诗》后有注云:"庚申春杭州失守,已知不为矣,因恋园林风景,未忍决然舍去。"

（续表）

序号	俞平伯	俞樾
13	《题重印"俞曲园携曾孙平伯合影"》，此诗用俞樾七律原韵，"敬赋一截句，志霜露之感"。诗云："回头二十一年事，髫髫憨嬉影里收。心镜无痕慈照永，右台山麓满松楸。"	俞樾诗见《春在堂诗编》卷十九，诗序云："余用西法照印小像二：一立像，余布衣，右扶藤杖，左携曾孙僧宝……"诗中有"衰翁八十雪盈头，多事还将幻相留"句。俞平伯诗前有序述此事，并引该诗。
14	《一九四四甲申九秋呈两亲大人慈诲敬依春在堂壬寅年韵》："周甲科名逝水悠，趋庭闲日话从头。冬荣桂树承新赏，秋老蟾宫证昔游。七叶传家先泽永，两朝持节主恩留。髫情更乞萱闱说，曾向宾筵诵鹿呦。"	俞平伯所云"依春在堂壬寅年韵"，即《春在堂诗编》卷十九"衰翁八十雪盈头，多事还将幻相留"一诗。
15	《喜润儿、栋孙女来省》中有句云："真教片语成先志，一笑能开万点愁。"诗于一九七〇年十二月间写于河南息县东岳集之茅舍中，诗后有长注，其中提及俞樾临终诗："更喜峥嵘头角在，倘延祖德到云昆。""今昔之异乃时代之不同耳，曾祖遗言当以意会，非可拘局于迹象。"	《春在堂诗编》卷二十三《临终自喜》其三："云烟过眼总无痕，爪印居然处处存。科老真将作桃祖，年高不仅见门孙。叨先词馆人千辈，再领乡筵酒一尊。更喜峥嵘头角在，倘延祖德到云昆。"
16	《此日（一九七〇年农历九月十六，成婚五十三年纪念日）二首》其一云："一从丁岁连耕轩，六五零回月子圆。今日中原来寄寓，尘灰粗粝总安然。"	俞平伯此诗有序云："昔曲园公写赠先曾祖母诗有云：'室内尘灰聊布席，盘中粗粝强加餐。此身愿似梁间燕，随意营巢处处安。'兹敬述斯意。"
17	《辛亥杂诗》十六首其八："京邑重来百感新，孩孩嬉语室生春。稍为迟暮添颜色，看到曾孙一辈人。"	《曲园自述诗》："斟来冬酿满金尊，妇子灯前笑语温。今岁老夫作生日，怀中新抱女曾孙。"
18 19	《丁巳夏日感怀三章》其一《敬次春在堂清光绪丙午年临终自喜诗第三首原韵并遵用末句》，此诗首联云"孽萍吹絮了无痕，七九衰年幸获存"，尾联为"凄恻八龄承末命，倘延祖德到云昆"。又其三《此乃一九四四年写付润民者，稿久佚，兹忆录其上半，改作其下半，以兼示诸孙》，此诗尾联为："但使家儿都自玉，会延祖德到云昆。"	《春在堂诗编》卷二十三《临终自喜》其三，见上引。

(续表)

序号	俞平伯	俞樾
20	《半帷呻吟》序诗《敬述先曾祖清光绪癸卯自述诗补末句一九七一辛亥旧稿》,其中有"斋僧酒肉何功德,远永皆年八十三"。	《曲园自述诗》有诗:"此后行藏不再谈,已将身世付优昙。曾披莲社高僧传,远永年皆八十三。"
21	《岁在辛亥腊月初四日外曾孙韦宁三岁,写示儿辈》:"同是嘉平月,生辰在一旬。宁宁三岁小,七叶喜增新。"诗后有注:"先曾祖生于清道光辛巳,迄今一百五十年矣,生辰为十二月初二。余生于光绪己亥十二月初八。小宁生日恰在其间,亦可喜也。平附识于北京东郊寓所,时年七十有三。"	俞樾《腊月八日陞云举一子赋此诗志喜》,其一云:"吾生腊月刚初二,此子还迟五日生。却好良辰逢腊八,不虚吉月是嘉平。"见《春在堂诗编》卷十七。
22	《一九八三癸亥岁六月卅日立秋孙李在天津举一子,喜赋二章》其二云:"东涂西抹漫留痕,弓冶箕裘讵复存。八十年中春未老,倘延祖德到云昆。"	见《春在堂诗编》卷二十三《临终自喜》其三末句。俞平伯之意是"述春在堂诗句以勖后昆"。
23	《癸亥九月朔曾孙丙然双满月后重阳来京,为书前和春在堂庚子年诗》	《春在堂诗编》卷十七《曾孙僧宝双满月剃头》。
24	壬戌日记(三月初八)中有诗一首:"咫尺歧生死,无言尽百哀(曾祖有《百哀篇》)。青山何日共,白骨已成灰。"	见《春在堂全书》第四十五册《俞楼杂纂》卷四十一,序云:"是岁八月太夫人小祥礼成,内子之殁亦已百日,乃取胸中所欲言者为七言绝句一百首,元微之云'贫贱夫妻百事哀',因以百哀名篇。"

上表所列俞平伯24首诗,按照它们和俞樾诗的关联,可大略分为三类,其一是直接引用或化用俞樾诗句的,如1、2、4、5、6、7、8、9、12、18、19、20、22;其二是依俞樾诗之意的创作,或诗意相近,或提及俞樾某诗的诗作,如3、11、15、16、17、21、24;其三是次韵、用韵、依韵之作,如1、10、13、14、18、19、23。在自己的诗作中"镶嵌"他人的诗作,大概不能忽略两个重要问题,那就是首先要熟悉他人诗作,而

经引用移植，还要注意与自己的诗句之间要谐和，血脉贯通，在整体上融为一体。俞平伯对曾祖父诗作的多次引用，说明曾祖父的诗作已在其心田扎根，故能得心应手地运用。表中第二类诗作是对某一特定主题的"续写"之作，往往并不局限于每一句诗，诗意上的重合或类似更为明显。第三类可视为唱和诗，此种诗的特点主要表现在用韵多相同、题材相同、体裁相同、思想情感接近、内容相互照应、风格趋近，总之，唱和诗的特点就是彼此间的"同"。① 在此似应留意在用韵上的相同性，所谓次韵，即按照原诗所用韵脚的次序加以唱和；所谓依韵，是依原诗所用的韵部进行唱和；而用韵指用原诗之韵但不一定依原诗韵脚次序。俞平伯在与曾祖父有时空之隔的唱和之作中，在用韵上着意讲求，不太可能是驰才骋思炫耀诗艺。对此种细节的重视，再加上题材、体裁上的趋同，其意似在从形式到内容上追求一种共呼吸（如诗的平仄押韵），达到感同身受的境界，通过诸多的"同"以达到心灵上的"通"。俞平伯其实是在借诗与曾祖父进行一次超越时空的交流。在中国诗史上，亲人之间此种形式的交流似不多见，杜甫颇以其祖杜审言擅诗自豪，谓"吾祖诗冠古"（《赠蜀僧闾丘师兄》），又对其子说"诗是吾家事"（《宗武生日》）。他还模仿祖父的诗，学习其句法、章法，但在用韵一层并不有意讲究相同。② 苏轼苏辙兄弟之间唱和之作颇多，但限于兄弟之间，没有时间上的间隔，看不出诗学源流。由此更可见俞樾俞平伯的唱和诗，是一有特别意味的唱和诗个案。

将表2.3所列24首诗和表2.2所列20首关于"春"的诗并观，俞樾在俞平伯心目中的地位显而易见。俞平伯在他的诗作中，也通过上表所示三种形式与其父俞陛云建立联系，譬如：俞平伯《游仙诗》15首效其父《小竹里馆吟草》卷八中《游仙百咏》而作；《青岛纪游》（丁丑）"老去试清游，腰脚未荼急"，化用其父诗"儿曹承志莱妻健，老去清游第一回"；

---

① 巩本栋《论唱和诗词的渊源发展及特点》，见《中国诗学》第一辑，南京大学出版社，1991年，第79页。
② 可参阅莫砺锋《杜甫评传》，南京大学出版社，1993年，第22—28页；莫砺锋《唐宋诗论稿》，辽海出版社，2001年，第356—375页。

《章元善兄属题其旧藏曲园公所赐"福寿纨扇面",先君昔年曾为题两绝句,敬遵原韵赋呈》乃唱和之作;《咏手杖》中"休言老去身还健,朝夕相携赖有君",源自其父《梅花百咏》"故交嵇阮感离群,孤往相扶尚有君"①。但将两组关联作一比较,自然有轻重之分。究其原因,大致是俞陛云始终在祖父俞樾的光晕笼罩之下,还有俞平伯人生中最初几年的无尽关爱是由曾祖父给予的,故而俞樾成为俞平伯心中具有温情的"权威",也是一种"心安理得的权威"。林毓生指出:"英文权威(authority)这个字,原是从拉丁文 auctor(author)演化而来,意即:作品的创作或创始者;其衍生义是:创始者具有启迪别人的能力,他的看法与意见能够使别人心悦诚服,使别人心甘情愿地接受他的看法与意见而受其领导。"②俞樾一生行事及诗作,还有他的慈爱,已成为启迪俞平伯诗思的源泉,每当回忆往事,情感自起微澜,如风行水上。俞樾有时还为俞平伯的心灵提供一片栖息的园地,如同倦鸟归林,俞平伯在曾祖父的世界里总有一种归依之感。

在"俞平伯俞樾诗对读表"中,4、5、6、7、10、14、15、17、18、19、21、22、23诸诗所表现的主题,几乎是几十年前俞樾诗中"述祖德、绵世泽"主题的再现。俞平伯在与曾祖父的唱和中,屡屡道及此题,"倘延祖德到云昆"在他的诗中或诗注中多次出现,在"对读表"15、18、19、22俞平伯诗中可见,此句诗的重复,追溯其源头,自然是在俞樾《临终自喜》诗第三首,其中有"更喜峥嵘头角在,倘延祖德到云昆",《春在堂诗编》中此句有俞樾自注,谓头角峥嵘是指僧宝(俞平伯)。头角峥嵘,典出韩愈《柳子厚墓志铭》,即"崭露头角"之意。俞平伯"抓周"时,俞樾有诗纪其事,诗中有"抱向筵前向宾客,竞言头角已峥嵘"③ 之

---

① 此诗中手杖,乃俞平伯母之旧物,其父有诗咏之。俞平伯在1970年4月6日致俞润民信中说:"我平昔爱诵之,今亦述斯意作诗,并给你一看。"见《俞平伯全集》第十卷,第18页。
② 林毓生《再论自由与权威的关系》,见《中国传统的创造性转化》,生活·读书·新知三联书店,1988年,第78页。
③ 俞樾《僧宝于去年腊八日生,今岁此日岁一周矣。江南风俗有试儿之例,见〈颜氏家训〉,聊一行之,喜赋此诗》其一,见《春在堂诗编》卷十七,第569页。

句。二诗之意合而言之，当是将来兴俞家者必曾孙俞平伯也。此种厚望随着时间的推移，在俞平伯心中层层累积，已成重大之负荷。二十世纪七十年代俞平伯在河南乡下劳动时，写有一诗，自作诗注，道出心中实感。

喜润儿、栋孙女来省

去岁冬来夏更秋，天涯重聚慰离忧。
真教片语成先志，一笑能开万点愁。

一九○七年曲园公弃养，灵前置有《临终诗》稿印本，其七律末句云："更喜峥嵘头角在（原注：'谓曾孙僧宝。'），倘延祖德到云昆。"余时方八岁，微有知觉，窃自喜，殊不知一身负荷之艰难重大也。今年七十有二，润之母七十有六，故家都已改换，似不克酬先人之语矣。顷润儿远道省亲，观孙辈英英秀发，会衍云仍，亦可谓好春常在也。今昔之异，乃时代之不同耳，曾祖遗言当以意会，非可拘局于迹象，则原诗中一"倘"字行将易为决定之词，庶几无愧于九原，所谓"一笑能开万点愁"也。一九七○年十二月十二日写于河南息县东岳集之茅舍中。①

俞樾"倘延祖德到云昆"中的"倘"乃或许之意，其意未定；然在其后人看来，这又形同等待他们回答的问题，无法躲避。但是世移时易，绵延世泽已不能按照原来的模式，尤其是在俞平伯撰写此诗的年代。如何缓解身心之负荷？在新的情境下，俞平伯换一种方式体会曾祖遗言，"非可拘局于迹象"，只要"兰苕玉树各生春"，子孙各代能健康成长，便可算"会延祖德到云昆"，这种文字上从"倘"到"会"的转换，只能从心理上暂时使俞平伯得到想象中的缓解，却并非真的退一步海阔天空。1983年俞平伯得曾孙炳（丙）然，遂喜赋二章，可见"对读表"（表2.3）第21

---

① 《俞平伯诗全编》，第500页。"一九○七年"以下一段文字是"一笑能开万点愁"的注解，在书中以脚注形式排出，今合并一处，特此说明。

项所示，这首诗在《俞平伯全集》《俞平伯诗全编》中于"八十年中春未老，倘延祖德到云昆"只有一条简注"述春在堂诗句以勖后昆"，而在俞平伯致俞润民的信中，此诗则不是寥寥数字：

> 清光绪丙午曲园公《临终自喜》诗云："更喜峥嵘头角在，倘延祖德到云昆。"时衡［俞平伯名铭衡］八龄，知期望甚殷，读之感泣，瞬历七十七年，今丙然于公为昆孙，斯言信矣，敬遵原句，得易一字以完夙愿，亦先人之所喜也。①

因得曾孙丙然，"倘"终变成"已"，世家传续香火的问题又一次得到解决。当俞昌实（李）出生时，俞平伯尝作绝句，其二、其三云：

> 耳长颐阔好肌肤，得似而翁往昔无。
> 旧德先畴须尔力，湖楼山馆任它芜。

> 迢遥百四十年事，六叶传家迨汝身。
> 且誉佳儿都似玉，敢期奕世诵清芬。②

俞平伯作此诗时在 1955 年 6 月 15 日，据其《赴杭日记》所载，6 月 13 日"步至右台山，由汤怀亲引导，至先茔瞻拜。庶祖母于其坟无碣，嘱汤为立之。又谒筲箕湾外祖之墓，为母亲所属。各处先茔无恙，为之一慰"③。游故园与得孙相继，怎能不生感慨？"湖楼山馆任它芜"，当有所指。据夏承焘 1931 年 5 月 8 日日记所记，"俞曲园墓在道中，林木荒凉，

---

① 俞平伯致俞润民（1983-8-13），见《俞平伯家书》，开明书店，1996 年，第 151 页。俞平伯此信在收入《全集》时，删去"附诗"部分，诗注亦不见于《全集》和《诗全编》。
② 俞平伯《李孙初生三首》，见《俞平伯诗全编》，第 391 页。"耳长颐阔好肌肤"有注云："予生时曲园公赐诗。"
③《俞平伯全集》第十卷，第 330—331 页。

已废祭扫。右台仙馆止存一界石，为徘徊久之"①。"任它芫"也可能是一种不好的预感，相隔一年，1956年俞平伯到苏州马医科巷旧居，觉"曲园荒废过甚"。

> 遂至旧居。杂居破烂，不堪寓目。回峰阁已倒塌，曲水亭甚残破，且闻其间曾出巨蛇。乐知堂扁额无存，小竹里馆一带则为合作社。即谂知前缘露电，犹不免为之怅然。②

在此种情况下，属于外在形迹的"湖楼山馆"已不再重要，而本根全在旧德的传承发扬，期奕世之清芬，唯在似玉佳儿。当俞昌实结婚时，俞平伯的贺诗中有"可有兰苕绵世泽，聊将环玉伴吟身"③之句，"兰苕"之语，隐约可以看到俞樾为俞平伯题写的联语"培植阶前玉"的影迹，每当新生命降生时，就与旧德关联，心理负荷愈来愈重，"吾家五世尽单传"，更使他的人生时有小心翼翼之感。俞丙然出生后，俞平伯在给俞润民的信中说："嗣续是我家的大问题。当我未生时，曲园公盼之极切，现轮到我了。我自命达观，未能免俗，亦无以对地下先人也。故于你上次来京时，微微询之。"④曾孙出生后，俞平伯的关爱可谓细致入微，亦如当年曾祖父对他的关爱一般。譬如给曾孙取名炳然（后用"丙然"），乃依家谱以五行相生之理名之，⑤而在诗作中又屡屡出现世代的记号：高、曾、

---

① 夏承焘《天风阁学词日记》，浙江古籍出版社，1984年，第202页。
② 《俞平伯全集》第十卷，第341页。
③ 韦奈《我的外祖父俞平伯》，上海书店出版社，1993年，第63页。
④ 《俞平伯全集》第十卷，第84页。俞平伯还说："现在计划生育只生一个，我当然希望是个男孩，但那时只是不说出口。"见俞润民、陈煦《德清俞氏：俞樾 俞陛云 俞平伯》，第315页。
⑤ 俞平伯致族弟俞铭铨信（1983-9-21）云："所谓五行相生，从水起，其序为：水、木、火、土、金。金再生水，循环不穷。依家谱：始祖明远公讳煜，天因公国培，南庄公廷镳，涧花公鸿渐下分两支，福宁公与曲园公，名皆从木。但我祖辈却不从火，其故不明。当时兄尚年幼不知叩问，至今遗憾。李新添小儿丙然，应与第六世合（其他远房有名从火者），而吾祖不用火的字为名，则当上溯明远公，三百余年矣。"见《俞平伯全集》第九卷，第338页。

祖、父、子、孙、曾、玄、来、昆、仍、云。此举在强调族性，亦在祈求俞家生生不息；而对小丙然的早期教育亦相当留意，八十多岁的老人心里仍挂念"重兴祖业"，他在致俞昌实的信中说：

> 对于小孩要注意教育，不要过于娇宠。所悬曲园公联即是此意，谓须好好培养后代，可重兴祖业也。①

俞平伯对曾孙成长过程中的一举一动，亦时时在意，如从俞润民信中得知丙然"动作太猛，有时要打人"，以为"这很重要，诚宜注意"，并让俞昌实熟读《种树郭橐驼传》，以明其意，断不可以溺爱误大事。②"惟盼书香存一脉"是俞樾的心愿，而在俞樾之父俞鸿渐的诗里亦有类似的诗句："吾家纵壁立，岂云恒产无。先人遗砚田，不治愁荒芜。……愿儿综群书，博学过蔡邕。愿儿工持论，著作超王符。……光能闾里增，衰可门庭扶。"③前引俞樾《述祖德篇》中有"读书乃本计"之句；而俞陛云《诗境浅说》是他为孙儿女的讲诗之作，该书序言云："丙子夏日，孙儿女自学堂暑假归，欲学为诗，余就习诵之《唐诗三百首》，先取五言律，为日讲一诗，凡声调格律意义，及句法字法，剖析言之。……忆弱冠学诗，先祖曲园公训之曰学古人诗，宜求其意义，勿猎其浮词，徒作门面语。余铭座勿谖。"④在新教育体制下，俞氏以诗学传家的源流依旧清晰可见；这种追求延至俞平伯的时代，"诗书继世长"的内涵尽管已发生剧烈转变，但他仍试图在其中保留一些传统的内容，以使世家多少有一些自有的特色。

---

① 俞平伯致俞昌实、杨金凤信（1983 年 8 月），见《俞平伯全集》第十卷，第 143 页。
② 俞平伯致俞润民信（1984-7-22），见《俞平伯全集》第十卷，第 118 页。
③ 俞鸿渐《旋儿试周日生》，见《印雪轩诗钞》，卷四；又《二儿生志喜》诗中有："贮室无金穴，传家有砚田。异时耕且读，盼汝兄弟贤。"见《印雪轩诗钞》卷七，道光丁未萱荫山房刻本。
④ 俞陛云《诗境浅说序》，见《诗境浅说》卷首，上海书店 1984 年影印本。

> 晚枕看儿时所读《大学》，颇有领会。……又在书中发见一小书夹（叫"书鞭"），乃我小时候亲制者。原来每本均有，现只剩此，睹之几欲堕泪。已隔七十余年，若传至丙然，即未必能读，可作百年古董观，书题吾父端楷手书，乃初入翰林的字，传家之宝也。①

> 丙然将来读书什么都好，不必拘泥。古书可酌读，随宜决定，如《大学》《论语》篇幅不多。（《大学》我有校正宋儒朱注处，可面谈）将来你能大意讲给小孩，亦算传家。②

俞平伯四岁时读《大学》，由其母教读，八十年后，他欲将此书传给俞润民，再让俞润民将其大意传给丙然，称为传家。这本书和这种传授之法至此已有象征意义，似可视为传统文化之托命，在历经文化劫难的清明之世，已不单单是一家之"重兴祖业"了。

余 论

光绪十八年（1892）二月二十日，七十二岁的俞樾至德清，先后瞻拜其先曾祖天因府君、先祖南庄府君及先大夫之墓，"自伤衰老，未知能几度瞻拜松楸，因于三处各赋一诗，示儿妇辈，庶子孙传诵此诗，不致迷其所在焉"。这三首诗有一共同特点，皆大略说明先人之墓所在之地或通达之路径，如其一中有"舟过乌山又向东，丁家桥外去匆匆"，其二中有

---

① 俞平伯致俞润民信（1984-2-19），见《俞平伯全集》第十卷，第108页。
② 俞平伯致俞润民信（1984-2-25），见《俞平伯全集》第十卷，第110页。又据《曲园自述诗》记载，此《大学》似有来历。俞樾诗及注云："先祖遗书幸尚完，当年手写四书端。儿孙今日重编定，小字蝇头子细看。（先祖南庄府君有四书评本，逐章逐节逐句逐字一一评论，使圣贤立言本旨昭若发蒙，洵家塾善本也。余从福宁携回吴下，其书皆蝇头小字，朱墨杂糅，因手自写定，以便诵读。护苏抚恩竹樵方伯署苏藩应敏斋廉访署苏臬杜筱舫观察酾资刊刻。）"第158页。

"小艇还从北埭摇,橹枝摇过四仙桥",其三中有"西门城外路夷犹,认取汪家小小兜"①,此皆俞樾有意为之,其旨在以简略的文字为俞家后人勾勒出瞻拜的线路图,提醒勿忘其根本。

然而自俞平伯离开苏州的曲园,和父亲俞陛云定居北京后,重归德清故土和苏州出生地之旅屈指可数,故园乃在记忆之中。而在社会多次剧变之后,在后人与故土的关联愈来愈淡薄时,在旧家庭院改变面目,在先人之墓消失后,故园或家世只能在文字中去寻找重建。文字比木石的寿命更长久,俞家先人之墓多少年之后可能荡然无存,但是俞樾的诗为其留下了些影迹。譬如马家巷旧居印雪轩,俞樾在光绪十七年(1891)去寻找时,迹已不可辨:"马家狭巷一条长,遗址难寻旧草堂。"(《临平杂诗》其三)② 而文字的功能在此时得以凸显。俞樾的《曲园自述诗》中有诗云:

> 仰看山云俯听泉,晨昏仍不废丹铅。
> 右台仙馆茶香室,私冀书传地亦传。
> 余既葺右台仙馆,乃著《右台仙馆笔记》十六卷,而《茶香室丛钞》亦托始于是年,今《续钞》《三钞》次第成书,凡八十卷,又有《茶香室经说》十六卷。③

俞樾在其诗作中为他构筑的世界留下文字记录,《春在堂诗编》卷九中有《俞楼诗记》,俞楼中凡有题榜之处悉以诗纪之,共有诗十三首,卷十四中又有《曲园即事》,对园中亭台泉石颇多赏鉴之乐,而其他题咏之作,数量也不少。统而观之,俞家故园的图景尽摄于俞樾的诗文之中,即使是地不传,而《春在堂全书》在,地亦可借此留其幻象。俞樾还将"俞楼图全景""曲园图""右台仙馆图"刻印在所用笺纸上。④ 这些文字和图

---

① 俞樾《俞曲园先生日记残稿》,江苏省立苏州图书馆校印,民国二十九年六月版,第4页。
② 俞樾《春在堂诗编》卷十二,第485页。
③ 俞樾《曲园自述诗》,第170页。
④ 陈善伟、王尔敏编《近代名人手札精选》,香港中文大学出版社,1992年,第8—9页。

图 2.1 许祐身绘"俞楼图"信笺

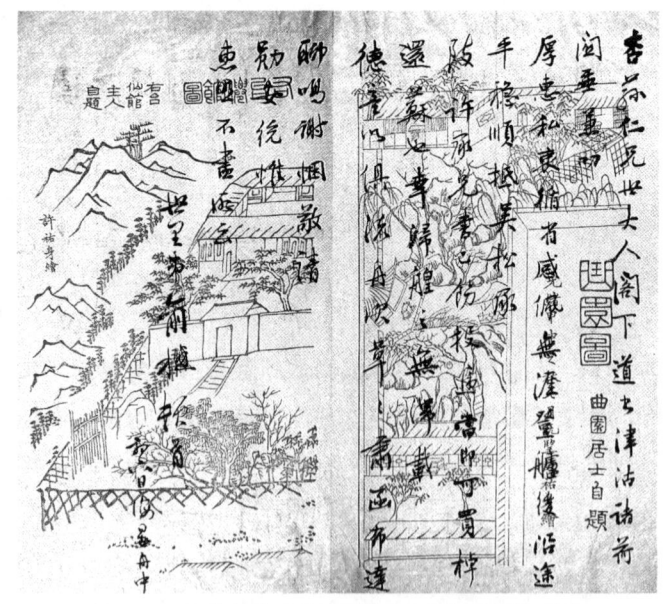

图 2.2 许祐身绘"曲园图""右台仙馆图"信笺

图 2.1 和图 2.2 选自陈善伟、王尔敏编《近代名人手札精选》（香港中文大学出版社，1992 年）。从目前所见的俞樾制作的信笺来看，他应该制作过多个系列的套笺。结合作为"底稿"的《曲园墨戏》考察，俞樾可称为晚清的文人设计师。

像已不受物质变故的影响，它们有一种自我维续的稳定性。从俞平伯的诗作来看，他的后半生几乎生活在曾祖父营构的文字世界里①，"屈指前踪吾倦说"，外界的纷乱复杂使他甘心栖居于此世界中，在这里他能把握到一些真实。从前文中所列的"春字诗表"（表 2.2）和"对读表"（表 2.3）来看，曾祖父的文字世界已经通过多种形式进入他的文字世界，融合生长，家世的记忆在不同的历史时刻得到界定。读俞平伯的诗，往往牵一发而动全身，时常可窥见这个世家百余年隐曲的历史。

对联、条幅、牙雕、印蜕、纸扇、书册，诸如此类的旧物皆能引起俞平伯关于家世的记忆。此外，还有一些家中的惯例的恢复，也是自我归返的行为。俞樾《曲园自述诗》中有诗云：

弧矢虚悬静不喧，不容腥血到炮燔。
年年腊月逢初二，世世儿孙守此言。

十二月初二余生日也，戒庖人勿以腥血入馔，谓之净灶。自今年八十生日为始，愿此后世世子孙勿违吾戒也。②

俞平伯十二月初二吃斋惯例自 1966 年后停止，到 1983 年得以恢复；同时又恢复初二次日戴戒指例，取其检校行动、安定神经之意。俞樾有右扶藤杖左携俞平伯的立像，即为人熟知的《孩提时像》，俞樾俞平伯关于此像的诗作可见"对读表"第 13 项。俞平伯 1923 年诗前有小序，略云此影其家久不存，乃从舅家借出一纸在上海铸版，印数十纸分赠亲友，以"志霜露之感"。后来俞平伯有仿效曾祖之举，亦右挂杖左携曾孙合影。1936 年俞陛云将光绪癸卯的坐像在北京重印，并作诗纪其事。此年俞陛云六十九岁。

---

① 放开来看，世家的家世已影响了俞平伯的一生。此处可举一例。1920 年俞平伯到英国留学，因为想家，两周后回国。同行的傅斯年在 1920 年 8 月 1 日致胡适的信中大为感慨："平伯人极诚重，性情最真挚，人又最聪明，偏偏一误于家庭，一成'大少爷'，便不得了了；又误于国文，一成'文人'，便脱离了这个真的世界而入一梦的世界。"见《胡适来往书信选》，中华书局，1979 年，第 103 页。
② 俞樾《曲园自述诗》，第 194 页。

图 2.3　俞樾与曾孙俞平伯合影
（摄于苏州马医科巷寓中，1902 年）

图 2.4　俞平伯与曾孙俞丙然合影
（摄于北京三里河寓中，1987 年）

　　图 2.3 和图 2.4 选自《俞平伯全集》第一卷（花山文艺出版社，1997 年）。将两张相隔 85 年的照片合看，其中确实有文字无法表现的含意。

光绪癸卯，先祖重宴鹿鸣，挈孙陛云曾孙铭衡在春在堂庭前衣冠摄影，越三十四年丙子正月重拓于故都，敬纪以诗

> 杖履依依四十春，衰迟瞻拜独伤神。
> 生天灵爽仍奎宿，易世衣冠恸鲜民。
> 联步丹霄仙籍远，孤孙白发泪痕新。
> 汉官仪制今存几，旧德绵延盼后人。①

俞家有一延续几代的惯例，那就是"双满月剃头"题诗，见下表（表2.4）所示：

表 2.4　双满月剃头诗表

作者	诗题或诗序	诗	出处
俞樾	《曾孙僧宝双满月剃头》（正月谷日僧宝弥月也，苏俗正月不剃儿头，二月二日谓之龙抬头日，宜剃头，然是日火日，又非宜也，因改于二月四日。老夫抱之剃头，口占一诗。）	腊八良辰产此儿，而今春日已迟迟。欣当乳燕出巢候，恰直神龙昂首时。胎发腻仍留卯角，毛衫软不碍柔肌。吾孙远作金台客，劳动衰翁抱衮师。	《春在堂诗编》卷十七
俞陛云	衡儿生于光绪己亥，当双满月时，先祖抱之剃头，赋诗志喜。今岁衡儿装潢遗翰，敬悬座右，适值嘉平腊八日，为儿三十生辰，赋诗纪之，以永先泽，兼为儿勉也。	两番喜气到幽燕，肇锡嘉名拟绰虔。三秋今看成壮岁，八旬犹及拜樽前。相期绵葆承先业，更盼菁莪启后贤。遗翰应增家乘美，掀髯曾为拂吟笺。	《小竹里馆吟草》卷七

---

① 此据俞陛云手迹，见俞润民、陈煦《德清俞氏：俞樾　俞陛云　俞平伯》，第115页。

（续表）

作者	诗题或诗序	诗	出处
俞平伯	光绪庚子余生甫两月，曾祖曲园公抱之剃头，有诗纪事，手稿今存，丙然之生亦两阅月，为赋律句，即遵春在堂诗原韵，腻发儿肤将无似我，而人经四代八十余年矣。岁在癸亥中秋后二日附注并记。	过夏晨秋产此儿，而今芳在桂蓉枝。含英玉蕊生庭日，解笑鸰雏入抱时。未许研红供描墨，还将衰白惜凝脂。新来世纪知何似，三益还堪作尔师。	《俞平伯全集》第一卷

就像俞鸿渐、俞樾、俞陛云、俞平伯诗中以"春风吹喜气，千里到幽燕"（见表2.3第5项）对新生命的爱怜和赞美一样，几代人对"双满月剃头"的关注亦充溢着这种情感，后人对俞樾诗之论说颇有出入，然似以沈其光《瓶粟斋诗话》中一段文字最为公允："曲园诗格虽不峻，然而咏儿、赠妇、忆旧、怀人，与夫人生盛衰离合之间，性情笃至，非人所得伪为。"① 此语虽是评俞樾之诗，挪用评俞平伯诗，亦极贴切，因为它揭示了二人内心世界中最真切的部分。同时这种对生命和亲情的关注，还有一种仪式感，显现出庄严的意味，是书香世家对新生命的接纳和确认，同时以示长辈的期望。对一件事情或某种行为的重复，并不是恢复过去，而是建立家族各代之间的联系，通过对某一有象征意味的事情的回忆来加强家族成员的责任感。英国学者霍布斯鲍姆指出"传统"与惯例或常规之间的差异，在于"后者并不具备显著的仪式或是象征功能，尽管它偶尔可能会有"②。"满月剃头"是苏州旧俗，俞氏家族对此习俗有巧妙转化。以仪式和象征功能衡量，应该可以说他们在发明一种意涵丰富的家族传统。

---

① 钱仲联《清诗纪事》第十五册，江苏古籍出版社，1989年，第10394页。
② ［英］E. 霍布斯鲍姆，T. 兰格著，顾杭、庞冠群译《传统的发明》，译林出版社，2004年，第3页。

第三章　江南文学·诗社·藏书·性别视角

徐雁平　编写

［上］解　读

一、"意外收获"与笨功夫

二、发现更有特色的关系网络

三、审稿意见：为何论文结构总有问题？

四、"江南学术共同体"与地域文化研究

五、拓展阅读：如何避免家族的平面研究？

［下］论　文

花萼与芸香：钱塘汪氏振绮堂诗人群

[上] 解　读

一、"意外收获"与笨功夫

1. "意外收获"

《花萼与芸香：钱塘汪氏振绮堂诗人群》2007年完成初稿，后投《汉学研究》（第27卷第4期，2009年），修改后刊发；最后收入《清代世家与文学传承》（生活·读书·新知三联书店，2012年），又略有修订。这篇论文是探讨"清代文学世家"系列过程中的意外收获。现在回顾自己所写论文，可以归入"意外收获"类的，有关于翁氏父子日记中的北京沙尘天记录的考察（《从翁心存、翁同龢日记的对读探究日记文献的特质》，《南京大学学报（哲学·人文科学·社会科学）》2013年第3期），以及因为看巫鸿关于西王母图像的论说而触发的对清代青灯课读图的研究（《青灯课读图与文学传承中的母教》，《古典文献研究》第11辑，2008年）。"意外收获"往往不只是发现一个具体问题、写成一篇论文；其间所得可能是学会一种研究思路，找到一种研究方向。

2. 读工具书

然似乎不能刻意强调"意外收获"。我对钱塘汪氏振绮堂的发现，可能还是有一些文献阅读准备。我喜欢读工具书，文学家辞典、文献学辞典、藏书家辞典、英语典故辞典之类的厚书读过一些。如此阅读，一是满足好奇心，二是可以练习批量处理材料、归纳分析的能力。譬如，郑伟章的《文献家通考》曾被我梳理过两遍，后一遍的阅读有点"粗暴"：我找到此书，将其复印，用剪贴方式整理，这是为《中国古代文献文化史》的撰写作资料准备。而在第一次阅读中,我发现在关于汪适孙的考述文字中,郑伟章引用了洪业(煨莲)《跋汪又村藏书簿记抄》一文(《燕京大学图书馆报》第77期,1935年6月)。我据此找到洪业的原文,发现如下记录:

> 汪氏虽妇女辈,亦辄以书画诗词,名闻于世。一家四代,文雅风流,冠冕全郡。此亦唯其裕于财故能为力耳。今观此册叶八十二有奕懋典、恒泰典、宏兴典、宏丰典年月总赈各若干册。所开当铺,已有四所,其富可知。故能豪于好客,而勇于买书刻书也。①

郑伟章的再发现与引述,对其时的我而言,如同夜行中见到灯火。此前我对清代私家藏书史有一些认识,且对黄丕烈与吴中文人群有一专题研究(《"荛圃藏书题识"与嘉道时期吴中文士活动图景》,见莫砺锋编《周勋初先生八十寿辰纪念文集》,中华书局,2008年)。有此参照,就可以推想杭州的藏书家群体。而这一话题,艾尔曼在《从理学到朴学》第四章有"18世纪的杭州藏书家"一节专门论及:

> 18世纪,杭州是藏书家、出版家特别向往的地方。当地藏书家们堪称各种文人群体及有助于资料交流的学术友谊的楷模。斯万(Nancy Lee Swann)详细探讨了他所谓的"互相交流的藏书家群体",也即杭州七家藏书楼兴起的经过。这个群体为其主人及朋友服务,有六个位于杭州城内的东南角,这便于它们的主人相互往来,满足彼此交流的需要。他们没有明确正规的组织,互相借抄藏书,充实自己的藏书楼。②

---

① 郑伟章《文献家通考》,中华书局,1999年,第836页。此处引文据原刊核对,标点据洪业原文。
② [美]艾尔曼著,赵刚译《从理学到朴学》,江苏人民出版社,1995年,第105页。

有此背景，钱塘汪氏"豪于好客""勇于买书刻书"的意义也就可以大致把握。藏书家"裕于财"，是较为笼统的说法，至于具体的财源，在大多数叙述中似避而不谈。前文提及汪氏买书、刻书所依赖的当铺业，正是徽商的本色当行，由此点出发，此前王振忠《明清徽商与淮扬社会变迁》（生活·读书·新知三联书店，1996年）中所论淮扬社会问题，可通过钱塘汪氏个案研究在杭州地区加以拓展。洪业又提及汪氏四代文雅风流，虽妇女辈亦以书画诗词名世，更提示了进一步查检文献的方向。

3. 平行研究的支援

这篇论文还融入我彼时正在从事的文学世家联姻谱系拼构的研究，有关此事，可参见《清代文学世家姻亲谱系》（凤凰出版社，2010年）"后记"所述：

> 从二〇〇二年起，因着手清代东南三省书院研究，我系统翻读了《清代朱卷集成》，应试考生履历中关于家族姻亲的记载，让我想起潘（光旦）先生构建嘉兴世家血系图和血缘网时就使用过这类文献；而《清代朱卷集成》中资料的丰富，要远远超过潘先生一己之收藏。面对此书，觉得梳理并建立清代文学世家姻亲谱系的时机似已到来。故当书院研究告一段落后，我便重新翻检这套大书。同时，又从姻亲的角度重读《历代妇女著作考》。……至二〇〇八年底，已经搜集到两千余条世家联姻材料，遂将其作为书稿《清代世家与文学传承》的附录。

文学世家联姻这一方向指引我去查考汪氏家谱，得地利之便，我很快在上海图书馆查得此书。汪氏家族的迁徙以及在杭州地区的家族网络中如何发展，由此便有一种实在的、可以把握的框架。而徽商、藏书家、刻书家、文人群、家族联姻、文学女性等关键词也基本界定了专题研究的边界。接续的工作，就是如何更广泛、更细致地阅读各类文献了。

前文提及钱塘汪氏振绮堂这一问题的发现，是一个"意外收获"。回顾那一时段前进方向，"意外收获"应可名为"有准备的意外收获"。因为我一直在寻找文学世家研究的典型个案，同时又有较多的周边阅读与积累，所以偶然闯入视野的线索，有时便是燎原的星星之火。就文学世家研究关联层面的多样性而言，我此后还没有遇到能超越钱塘汪氏振绮堂的个案。

二、发现更有特色的关系网络

1. 发掘生成过程中和关系网络中的藏书家

藏书家名录式、传记式的私家藏书研究，有丁申《武林藏书录》，吴晗《江浙藏书家史略》《江苏藏书家小史》，蒋镜寰《吴中藏书先哲考略》，徐信符《广东藏书纪事诗》，何多源《广东藏书家考》，以及晚近王绍曾、沙嘉孙《山东藏书家史略》等，此类著作可见一地藏书家分布状况；而叶昌炽《藏书纪事诗》、王河《中国历代藏书家辞典》，以及范凤书《中国私家藏书史》，则涵盖数代，可在一定程度上从藏书家数量、时空分布等方面考察私家藏书风气之盛衰。然诸书所录，或限于体例，或因文献不足，多为静态呈现，不能展示私家藏书之累积、流动及其在传播中的作用。作为文人的藏书家，往往过多强调其收藏与藏书目录，遂成为单一的"藏家"，而忽略他们在社交中作为文人爱好与活动的多面性，也不太在意所藏书籍在社会文化生活中是具有多种功能的媒介这一特征。就这一层面而言，黄丕烈藏书题识的日记性质和记录的感性，呈现出更具文人气息的爱书人形象。

由苏州到杭州，作为藏书楼的振绮堂和世家的汪氏，因汪氏藏书、私家园亭以及对风雅事业的发起与赞助，吸引了众多周边文人。[①] 据范凤书

[①] 近日翻书，即见一则记录。《张文忠公文集》有邵晋涵题记云："乾隆四十二年春，借汪氏振绮堂藏本映抄。"见王文进《文禄堂访书记》，上海古籍出版社，2007年，第324页。

《中国私家藏书史》统计，清代有藏书家 2082 人，① 远超明代的 897 人。在清代私人藏书家中，黄丕烈及钱塘汪氏的多面形象的再现，既可改变文人藏书家重秘藏、轻开放利用的单一面貌，又可以凸显书籍在清代文人交往中或社会文化活动中是一种活跃的媒介。立足于此，可进一步推论，清代江南地区存在高度重视书籍的文人社会。

2. 通过一个家族可以探究多种问题

钱塘汪氏家族研究，主要从汪氏家族的兴盛期展开。这项研究以家族史为主干，涉及多种问题，如：家族由商转文，并以商助文的现象；徽州人的商业拓展与跨地域发展；诗社与地方文学风气；联姻中的家族与闺秀诗人的作用；馆师与中下层文人群体；等等。这些问题皆可统合于杭州地域文学这一视野。在诸问题中，有关典当的商业讨论的篇幅虽少，然作用重要。汪氏家族的兴盛，背后是经济资本的流动与转化，这也是徽州文人群体兴起的动力之一，而汪氏家族正是这一时期资本流转过程中的典型。与俞樾、俞平伯家族个案相比，汪氏家族研究重点在兴盛期，然也论及由盛转衰过程中家族文化徽记"振绮堂"的传承。

三、审稿意见：为何论文结构总有问题？

这篇论文投稿后，收到两种差异比较大的评审意见，编辑部建议我进一步修改，然后再送第三位匿名专家评审。我十分认可编辑部的审稿制度，没有将论文全部否定，而是留下讨论的空间。然如何按要求修改，颇为棘手。在尊重相关评审意见的同时，某些环节也要保持自己的看法。最终结果是：改进有必要改进之处；有些地方想充实，然无文献，只能留下遗憾；自己有特色的意图与构思一定不会全部舍弃。

---

① 范凤书"中国历代藏书家人数统计表"中列出"近现代"这一时段，共有藏书家 868 人。这些人中应有相当一部分在 1911 年之前。（《中国私家藏书史》，武汉大学出版社，2013 年，第 667 页）

【初稿审查意见 1】

  这是一个相当值得探究的议题，作者在材料的掌握上也颇具功力。尤其附录一"道光二年至道光十四年汪氏文士参与的雅集与唱和表"，更见其多有苦劳。另一方面，此文所涉及的问题，也颇为多面，在问题的开展上有其丰富性。然而，此文在实际写作上，却不免失之松散。盖其所开启之诸多相关议题并未能善加组织，进而紧密地扣合于特定主题。大体而言，此文未有明确的问题意识与焦点，因而在写作上，未能针对主题，设计出适合的论述结构，以归纳其所涉及之诸多议题，同时有层次地展开论述。

  本文之标题"花萼与芸香"，虽具美感，或具修辞意义，却未能显示其主题寓意何在。此题令人恍惚有感，却不能在阅前读后，确知其主旨何在？如此命题，或能装点美化，却未具画龙点睛之效，甚而令人有不知所谓之感。然则，这也不只是修辞或命名的问题。① 说明事实上（副标题"钱塘汪氏振绮堂诗人群"也显示），作者自始即不甚抱持问题意识，针对特定主题展开论述之意。② 大体而言，这是一个介绍性，而缺乏主题性的论文。③

  本文之讨论以汪氏之诗文活动为主要叙述范围，因而着重其各种交往关系，诸如汪氏之族人、姻亲、其他藏书家、馆师多所论及。除此之外，汪氏之诗文活动、经济活动，乃至徽商之"入浙及其转化""厉鹗的影响及宗宋诗风"等皆有所涉及，所涉甚广。然而，此文对所涉及之诸多事实，多点到为止。④ 因其未能

---

① 修改回应："花萼"与"芸香"源自道光十四年胡敬撰《销夏倡和诗存序》"花萼一家，芸香三代"，其含意已在文中进一步说明。（然现在看来，意图还是不够显豁。当改进或避免这类标题。此条及以下所录"修改回应"皆为 2008 年的想法，特此说明。）
② 修改回应：以"花萼"和"芸香"表示文章如何结构，并在各部分予以照应。尽管改进，然仍不够直接。
③ 修改回应：有不同意见。这是一篇研究多面向问题的论文。主题是徽人入浙及转化，以藏书楼为中心的诗人群，诗人群的形成与风貌，家族文学。
④ 修改回应：已补充厉鹗诗风特色，并略及振绮堂诗人群效仿的原因。因为论文有自己的意图，所以在一些具体问题上不能过多展开。

有机地组织其所关涉之事项，其所涉及之诸多事实，着落为各个不同的小节的叙述后，都倾向于独立存在，成为一个相当松散的分节，而未能紧密地联结起来。因此，其整体之事实，并没有一个清楚的轮廓、脉络。① 具体而言，这些叙述多以个别人物为枝干，而此类叙述乃多分别叙述，因成"半独立化"之局，如此，枝干横生，无有主干以相贯联。其间之关联性与群体性，乃至整体面貌之演变过程，都不易形成，难以观见。

除了缺乏主题或主轴外，此文也缺乏社会背景的铺陈，以致仅见浮于表面之个别人事之浮动。本文围绕着汪氏家族的诗文活动，但对汪家之背景，尤其是其政经地位如何，殊少涉及。作者在文中有言："振绮堂汪氏一门风雅的背后，其实有商业支撑。"这应该是汪家诸多艺文活动的重要基础，也是一个可以深入追究的议题。但是，作者也只是点到为止，仅在一段之中引数则资料，证实汪家曾从事典当业。这毋宁说太过简略。② 实者，汪氏一族自乾隆至道光，历时甚久，其间家族经济活动有何变化，此种经济变化如何影响其文化活动，实应深入探讨，由此以解开其家族文化事业得以长久延续，乃至道光时由盛而衰之原因，借此以凸显汪家与其他藏书大家相别之处何在，或其异同之处。

此文由于社会条件或背景的缺乏，导致对所谓"振绮堂诗人群"的集聚与零落，难以有深刻的理解。甚至，钱塘汪氏之社会地位、家族兴衰，也都不易确实掌握。具体而言，此文倾向于将"钱塘汪氏"或"振绮堂诗人群"自外于社会，以致在其叙述下，杭州地区一般文人之交往网络如何？南屏诗社活动与藏书家如何

---

① 修改回应：已作调整，并加强各部分的联系。
② 修改回应：在明清文学中，文士对自家经商基本避而不谈，有时在家谱和年谱中能提及三五字。汪氏经济情况的揭示，全赖洪业 1935 年的意外发现。而这也是清代家族文学中难得的好材料。所以在这方面的探求，实在有难度。虽知问题重要，但文献不足，故不能多说。

互动？藏书家在其中，尤其汪家，有何特别之处？我们都难以窥见。① 也因此，汪家之整体交往范围究竟如何？他们如何经营此社交圈？在此经营过程中，属文化活动之部分如何进行与发展？其中藏书家身份，又发挥何种作用？也都无从索解。

最后，就文章之内容铺陈而言，此文也实在不易阅读。其难处不在论证之复杂艰深，而在其行文之芜杂多歧。论文涉及诸多面向与人事，但未能清楚地分割其所欲叙述之诸多事项，进而有机地加以组织。② 此文之写作往往多只是在机械性的条目之后，即罗列相关资料，且多点到为止，而未能善加铺陈叙述，使具血肉，以至引申议论。如此写作难免太过干枯，甚而几近于资料排比。究实而言，论文之叙述，即使就一个介绍性或说明性的文章而言，其叙事也不免过于芜杂，以至几近于"漫谈"。由于缺乏明确的主轴，以贯穿组构诸多细节，其行文乃多见断裂跳脱，或随意漫延。仿佛颇为随兴地撷拾掌故，随意地漫谈人事。此种较为"老派"的写作方式，实与现代学术"论文"之扣紧主题、严密论辩、渐次铺陈，大相径庭。③

本文之"难读"，不妨举例以言：在有关"汪远孙与东轩吟社"的讨论中，原本根据《清尊集目》，罗列出东轩吟社的三种成员之后，接着统计唱和次数，而紧接着涉及唱和地点，其中特别强调汪氏馆舍之精美宜诗，因此举胡敬之诗以印证，却由此岔出叙述胡敬与汪家之交往，将唱和地点与汪胡关系并纳于同一段落中，主从不分，难免喧宾夺主，乃至主旨摇摆不定，行文芜杂蔓延，读来倍觉辛苦。④ 再者，此段中有四则空三格之详引数

---

① 修改回应：已根据吴晗《江浙藏书家史略》和数种清人笔记、诗话，补充藏书史和诗人结社的材料，从而加强背景和源流的叙说。
② 修改回应：在结构上已有调整。
③ 修改回应：已强化脉络，情况或许有改变。
④ 修改回应：不单是说馆舍之美，而是借以强调其中人物之活动，故连带涉及胡敬与汪家的交往，这也是在说明交往中诗艺的传递和氛围的营造。

据,但详引之后未必能详加论述,引文与论文关系若即若离。此亦难免徒增迷惑。

【初稿审查意见 2】

  论文以钱塘汪氏振绮堂藏书楼诗人群为题,论述以振绮堂为中心的汪氏家族馆师、有多重关联的姻亲师友,还有其他诗友,如何在汪氏的馆舍园林中唱和雅集,形成了汪氏家族的文学传统。尤其是汪氏文士对厉鹗特别青睐,显示其崇尚宋诗的诗学倾向。此外,文中指出,汪氏以振绮堂名义刊印师友、乡贤著作,自乾隆至民初,自成脉络。因此,振绮堂堪称汪氏家族之标志,而文学活动也扩大了汪氏家族以"旧家"为主的人际网络在家族杭州的影响。有关藏书家群体的研究,乃是近年来明清社会史、文化史有关区域研究、城市文明、文人文化、物质文化、文化生产研究的重要议题,尤其藏书家群体组成多元,又往往与文学雅集的唱和密切相关……使城市文人区域得以形成,颇值关注。论文可贵之处,在于将汪氏振绮堂置于清代杭州区域文化的脉络中来考虑,故首先探讨汪宪、孙宗濂两家藏书楼的往还交流,并特别关注汪氏文士中的女性文人如汪端等①,而汪氏家族如何以其资产透过藏书、雅集、唱和、刊刻来保证文学活动之延续进行,开拓了我们关于清代文士活动空间的视野。论文所引有关汪氏家族文献翔实,显示作者对于钱塘汪氏家族的材料之熟悉,论述中亦不乏新见,值得肯定。

  本文美中不足之处在于作者的论述结构,虽然不乏新见,引证数据也翔实,但全文缺少一贯串的"问题意识",所以节与节之间是不连贯的,读来仿佛片段的读书笔记,读者所获得的主要是有关汪氏振绮堂藏书楼的"现象描述",如何在每一侧面中深入,

---

① 修改回应:又补充汪端对侄女汪菊孙的影响,文字不多,但可见汪端的地位。

并勾勒出一个贯串的综合论旨，恐怕是论文可以再加考虑的。①

【修改稿的审查意见】

　　清代钱塘汪氏振绮堂刻书之事，学者稍知，而振绮堂数代诗人及其社群之创作活动及特色，则仍有待本文之刊布，方可略识其面目。论文为近年所见关于探论地域、家族与文学活动关系颇为深刻、有价值之论文。论文披露材料丰富，考据精严，结构谨炼，又能就相关内容，编制图表，以收一目了然之效。文字亦清畅可读。以下数端，谨供作者修改论文参考［以下略］。

　　审稿意见虽各有侧重，然有两位专家都批评论文结构欠佳。这是一次特别有针对性且击打力度很强的批评。我目前还在这个困境，但有时也自我"诗意地缓解"，如安慰自己：论文结构上的局限是否就是古代诗歌评析中的"有句无篇"，亦即先想到好句然后敷衍成篇？

　　此外，"初稿审查意见1"中建议对汪氏家族的经济活动进行深入研究，如今虽仍不能正面解决，然可以找到侧面材料补充说明。在2024年研究生课程的讨论中，研究生俞泽昊提供了吴骞家族材料，可以与钱塘振绮堂汪氏家族并观。现征得他同意，将相关材料稍作条理选录如下（引文为俞同学原稿，仅做细微调整）：

　　吴骞家族自明季以来世代为盐商。吴氏祖籍为安徽休宁。天启年间，海宁人陈祖苞招致吴骞高伯祖吴万钟自休宁前往海宁经营盐场，吴万镇（万钟胞弟，即吴骞高祖）随兄前往，此支遂迁寓海宁新仓里。据《休宁厚田吴氏宗谱》载："（吴万镇）素与陈中丞祖苞善。天启中，中丞以兴创盐场事贻书招公……乃偕母弟达宇公（即吴骞高祖吴万钟）至海昌，为之度画。公素谙盐务，

---

① 修改回应：已在总体上改进，并注意各部分的呼应，修改说明，请参考文首所陈。

遂寓止新仓里而经始焉。"《宗谱》并引战效曾《海宁州志》称"（陈祖苞）向与休宁素业盐之吴万镇善"，吴万镇在当时已"素业盐"，可知其族明季于休宁时已谙盐务，至海宁又经营西路场盐仓，行当未改。此后其经营未曾断绝。吴骞长子吴寿照以商籍中乾隆五十一年丙午科举人，吴骞胞兄（吴霖）子吴衡照以商籍中嘉庆三年戊午科举人，商籍为盐商群体专有，其余经商子弟科举不得冒用商籍。吴骞日记乾隆六十年七月十六日条载"连日暑热，午后雷雨。予侄日华一煎盐丁为震雷击死"，可见吴骞下一代仍在综理盐务，其家族业盐至少有六代之久，这为吴骞的书籍活动提供了足够的资本支撑。

吴骞虽自饰"吾家先世业儒"，但实际上"先世颇鲜藏书"（《桐阴日省编》），并非耕读世家；而他本人在十六岁那年也被父亲要求放弃举业，综理家庭盐务。得以依凭售盐之利，吴骞可无生计之虑。他既未出仕累于俗务，亦未曾就职书院以谋生资。壮岁以来，别无他好，惟有酷嗜典籍。吴氏日记中多有涉及读书、购书、借书、赠书、书估等方面内容，频繁往返苏杭等地，遍阅书肆和藏书楼搜索典籍，并与鲍廷博、卢文弨、陈鳣、杭世骏、钱大昕等有书籍相关活动，据此可以勾勒出一个书籍沟通网络。

1. 做学问，如何学"搭架子"？

有学者总结语言学家王力做学问的一大特色，就是"会搭架子"。① 架子，有学问体系的构架，也有论文著作的谋篇布局。这种能力，需要学问、逻辑思维和理论资源的支援，或要较长时间修炼才能长进。我有不少论文是从具体问题和细节关联处出发，并由此形成论文的核心内容。这样

---

① 孙玉文、刘翔宇《做学问要"会搭架子"——王力先生对建构中国语言学系统的不懈追求》，《光明日报》2021 年 10 月 4 日第 5 版。

的构思方式为突出亮点，有可能损害整体感，导致有段落而无篇章，或者说，论文各节内容力度与篇幅因此失衡。

写论文，当然是提出问题，并尝试解决问题。在审稿意见中有"问题意识"不强的评判，我想这不是指没有讨论问题，而是强调问题呈现的脉络不明晰，不是层层递进，按照某种逻辑顺序展开。这一点仍是"搭架子"的问题，大概指间架结构被遮掩了。就研究钱塘汪氏而言，为何不采用惯常的家族的"崛起—兴盛—衰落"研究模式？其实，也可以用此式展开研究，然今存咸同战乱后的汪氏家族相关文献不足，直接的材料可能就是汪康年的部分往来信札，故衰落阶段只能泛泛而论；同样，汪氏家族的兴起轨迹不够明显，也难于论述。立足于现存文献，为凸显问题计，我才聚焦汪氏家族兴盛期，从多角度考察这一文人众多的家族如何与杭州一地其他文人建立联系。焦点的调整，家族与地方的互动更能充分呈现。此外，在论说的过程中，我还应将家族兴起与衰落诸事适度编入，以期形成一种融合性、瞻前顾后式的"整体感"。如此设计、展开，对既有写作模式或有一些突破。

2. 论文题目或者每节标题，如何更简洁、有力？

设计论文和每节标题，不只是技术，更是论文写作的重要环节。"花萼与芸香"，尽管有指代，尽管在文中有说明，然确实不够显豁。再看"从春在堂到秋荔亭"，是有"家之春秋"这一层设计在，然可能要通读文章之后，才能大致把握其蕴含之意。文学研究论文的标题，有时也可选用、转化古代诗文成句，然此法要谨慎使用，一篇文章中若论文题目、小节标题皆如此，反而弄巧成拙，有板滞之嫌；与此相似的，十分整齐的论文、小节标题（包括有冒号的正副标题），也有损论文的真实、直接表达。若给自己设计的论文题目提出一改进方向，那就是量体裁衣，随机应变，不拘泥形式，尽可能用标题建立论文骨架，让读者由此骨架就能感受到"纸上之光气"。

四、"江南学术共同体"与地域文化研究

1. "学者社会"与"江南学术共同体"

以振绮堂为中心,在杭州存在一个融藏书、刻书、研究学问、鉴赏古物、诗歌唱和为一体的文人群体。文人结社或集结,自宋以来就长盛不衰,而以藏书楼作为集合、活动的中心,在清代以前不多见。梁启超在《清代学术概论》中提出"学者社会"之说,重点谈及学者的读书札记与书信论学。梁氏云:"清儒既不喜效宋明人聚徒讲学,又非如今之欧美有种种学会学校为聚集讲习之所,则其交换知识之机会,自不免缺乏。其赖以补之者,则函札也。……每得一义,辄驰书其共学之友相商榷,答者未尝不尽其词。凡著一书成,必经挚友数辈严勘得失,乃以问世,而其勘也皆以函札。此类函札,皆精心结撰,其实即著述也。此种风气,他时代亦间有之,而清为独盛。"①

梁启超只是勾勒了"学者社会"的大致轮廓和运作机制,就其"又非如今之欧美有种种学会学校为聚集讲习之所"而言,明显有西方元素作参照。其实整个《清代学术概论》就是欧洲文艺复兴史刺激的产物。② 至于清代文人学者是否有聚集讲习之所,则地区差别颇为明显,一般而言,江南地区及京师稍多,其他地区则较稀缺。以钱塘振绮堂汪氏、苏州黄丕烈等为中心的文人群体及其活动为例,可以丰富、修订梁氏之说。此处,要进一步追究的是为何梁启超能提出"学者社会"这一概念。学术研究中的频频交流与讨论,相应的信札、稿抄本、批校本等实物留存,以及他与晚清学者群体的交往,应是他提出这一概念的条件;在此之外,应当还有其他触发因素。

---

① 梁启超著,朱维铮导读《清代学术概论》,上海古籍出版社,1998年,第64页。
② 徐雁平《〈清代学术概论〉考论》,见《清代文派与文体论丛》,凤凰出版社,2021年,第237—241页。

艾尔曼在《从理学到朴学》"初版序"中提及长江下游地区的学术共同体之说，在"中文版序"中则明晰为 1850 年前的"江南学术共同体"，且强调"本书还着重讨论了明清时期大运河沿岸的文化中心城市苏州、杭州、扬州、常州，力图透过政区和地方史的视角展示考据学的崛起"。① 其着意之处在江南的交通与人员交流，而该书第五章"江南地区的学术交流网络"中第一节"通行的研究方式：札记体著作"、第三节"协作、书信和会晤"，仍是沿用梁氏话题。为何两人的论说，尤其是艾尔曼学术共同体之说能给我们较多启示？除了艾尔曼所运用的新文化史视角之外，两人还先后受到科学研究机构、科学社会学的影响。由此看来，采用新眼光看清代的文人学者群体，尤其是晚清文人群体，是相关研究能取得突破的关键，然如何看其内部关联、作用机制，需要参照框架。2012 年春季在研究生课程讨论中，我曾提示研究生张莉注意艾尔曼这一著作背后的学术参考资源，她的查考后来形成一读书札记，现录其中片段如下：

> 罗伯特·默顿是科学社会学的开创者，被誉为科学社会学之父，主要著作除《十七世纪英国的科学、技术与社会》（以下简称《十七世纪》）外，还有《科学社会学：理论与经验研究》（商务印书馆，2003 年。以下简称《科学社会学》）。《十七世纪》是默顿科学社会学研究的开端，集中探讨清教和科学组织化间的关系、社会情势及需求（经济、采矿、航运、军事等实际事务）对科学研究范围的影响两大问题。作为立论背景，第二章"社会背景：职业兴趣的转移"、第三章"对科学和技术的兴趣的汇聚与转移"阐述了英国十七世纪的人才流向，科学如何从兴趣爱好转变为一种新型的职业。英国皇家学会是英国第一个科学组织机构，默顿常列举皇家学会材料论证自己观点，并涉及学术赞助、收益及优先权等诸多富有意味的话题。《科学社会学》收录了默

---

① 艾尔曼《从理学到朴学》"著者中文版序"，第 2 页。

顿科学社会学的主要成果，具有总结性质。托马斯·库恩主要致力于科学哲学研究，代表性著作《科学革命的结构》中提出的"范式"概念影响广泛。艾尔曼在考察十八世纪的清代学术史时，借鉴了二人的研究成果。

"江南学者的职业化"一章中，"职业化"一词无疑是讨论重点。江南学者为何出现职业化倾向，而这种职业化又何以实现？书中给出了很好的说明。考据学派是一个新的社会群体，由商人后代和文人组成，官方与半官方的资金支持，书院的兴盛让他们可以凭借考据学能力获得相对丰厚的收入，由此摆脱传统入仕途径的激烈竞争，转换自己的社会角色。

职业化是科学社会学及科学哲学领域的重要课题，默顿对于科学如何成为职业津津乐道，科学组织在其考察中举足轻重。库恩在《科学革命的结构》中为科学共同体作出界定，并将之同核心概念"范式"关联：科学共同体由同一个科学专业领域中的工作者组成，在一种绝大多数其他领域无法比拟的程度上，他们都经受过近似的教育和专业训练，钻研过同样的技术文献，并从中获取许多相同的教益。通常这种标准文献的范围标出了一个科学学科的界限；科学共同体即共有一个范式的人，而范式则是科学共同体共同承认的规则和标准。

《从理学到朴学》的主体概念"江南学术共同体"是对科学共同体概念的借鉴和移植，而艾尔曼对"共同体"概念的利用并未止步于此。在科学共同体中，"同样的技术文献"的钻研是科学家得以跻身共同体的前提；他们进入共同体后的研究成果也仅为内部人员所写，通过正式的论文或非正式的手稿、校样、书信等传播，并经由脚注等细节生发联系，在共同体内部产生影响力。基于此，艾尔曼从文献基础出发，探讨为清代江南学术共同体提供了基础文献支持的藏书楼和出版业，并涉及目录编纂及分类。而后，他又借鉴库恩提出的学术交流模式，将清代考据学者通常采用的札记体著作、协作的工作方式、书信与当面会晤作为考据学的学术交流方式考量，并借助默顿引入学术发明权争夺。由此艾尔曼完成了书中最精彩的三章。……我们欣赏《从理学到朴学》新颖论述的同时，有必要扩大阅读，这并不是要对《从理学到朴学》进行"解构"，而是要进一步追溯，了解此书富有启发意义的脉络框架背后还有更丰富的指涉。

这种"追查"，意在学习艾尔曼书中更多的方法或理论的援引。振绮堂当然不是近代的学会，然参考西方沙龙的形式来考察其活动及作用，似并无生搬硬套之嫌。振绮堂兼有较雄厚的经济资本和文化资本，汪氏家族对一些集会活动和书籍的刊刻，可视为"赞助"之举。西方艺术史中关于赞助的研究颇有积累，而艾尔曼《从理学到朴学》有"官方与半官方的赞助"一节，显然有所借鉴，故其以这一视角考察十八世纪的学术赞助，能新人耳目；此外，在官方与半官方的活动之外，富庶的文化家族或商人对学术与文学也有赞助之举，主要包括教学、编书、管理图书、绘画等举措，而这些都能在一个时段内促成文人的集合。

至于文人如何集合、文人来自何处，有何种活动或文化经营，则各有差别。由此而言，对处于多重关系网络中的钱塘汪氏家族的研究，可以指示若干探求的路径。

2. 地域文学研究中的"总—分"路径

文学世家，与地域文学传统建构之间关系密切，表现在地方总集的编纂中，往往是世家主导编选刊刻之事，故其中诗文选择、作者小传编写又留意世家文学传承脉络。以杭州府诗歌总集而言，有"国朝杭郡诗辑"系列，由《国朝杭郡诗初辑》（十六卷本、三十二卷本）、《国朝杭郡诗续辑》（四十六卷本）、《国朝杭郡诗三辑》（一百卷本）四种构成；在此之前，杭人已经开始整理郡邑诗选，钱塘赵时敏辑吴山远村之诗为《郭西诗钞》，仁和孙可堂辑西湖郊墅之诗为《湖墅诗钞》。在编纂《国朝杭郡诗初辑》

的过程中，吴颢不忘搜集、利用这些凝聚乡贤心血的诗歌选本。周敏以"国朝杭郡诗辑"系列为研究对象，还原诸集成书的背景环境与编纂、刊刻的具体过程，考察地方总集之成书与文化世家、私人藏书两大文化资本的密切联系；探究地域文学传统对总集系列的潜在影响与总集系列对地域文学传统的书写方式，进而揭示郡邑诗选与地域文学传统之间的关联。①这是一种以地方总集生成方式为中心的考察。而以汪氏振绮堂为中心的研究，则是一种较为综合的揭示方式，其中既有对东轩吟社的唱和集《清尊集》的分析，也有对以血缘、姻缘关联的人脉与相关文学活动的梳理。"国朝杭郡诗辑"系列、《清尊集》之类总集在这两种考察中皆成为建立文学空间的骨骼与血肉。

与汪氏振绮堂近似的还有杭州丁氏八千卷楼。八千卷楼的藏书史，也是晚清民初杭州一地文化变迁史的一个侧面。石祥《八千卷楼书事新考》（中西书局，2021年）上编中的"丁氏蟫林交游考"，下编中的"共同体与交游圈：丁氏丛书编刻的组织运作"，皆关联本地诸多文人学者。无论是"国朝杭郡诗辑"系列，还是振绮堂、八千卷楼，其中皆有"总集""图书汇聚"中心的意味。有此中心，便可查看汇合的轨迹，这种"总—分"样式的研究，要求"总"这一层面上文献含量大，同时"分"的交流枝节上也分布众多相应的别集、书信、笔记或其他小型文献。从这个角度来说，人文薮泽的杭州，为"总—分"式地域文化研究样式提供了多种可能性。

五、拓展阅读：如何避免家族的平面研究？

张剑《宋代以降家族文学研究的理论、方法及文献问题》，见《文学评论》2010年第4期

如作者所论，这篇论文从理论建构、方法设置、文献整理三个方面，对宋代以降家族文学研究作了较全面的探讨。论文十多年前发表，今日仍

---

① 周敏《〈国朝杭郡诗辑〉研究》，南京大学硕士学位论文，2013年。

有价值，尤其在理论与方法层面，还必须继续探求。

（1）为何以"宋代以降"为讨论范围？作者主要考虑到宋以后的家族与社会和唐以前的家族与社会有差异。研究宋以来的文学家族，自然可以借鉴研究方法较为系统的中古家族与文学研究成果，但也应看到宋以后的新变，尤其是清代家族文献及相关文献更为完备，理应显示这一时段家族文学的特质。追求"宋代性"或"清代性"的凸显，无疑是家族文学研究的长路。

（2）为何研究中用"家族"概念，而不用"宗族""家庭"？作者似更强调家族联系更紧密的时段和群体、强调"五服"，而这些设定是为了更有效地研究家族成员文学创作在"句法、意象、风格乃至精神气质等方面的承传变化"，这也是家族文学研究的核心问题：文化或文学的传承性问题。研究中不能泛泛谈影响，需要找出传承的事例和印迹。

（3）如何摆脱模式化和描述化的研究？论文中引述柳立言《宋代的家庭和法律》一书"前言"，尖锐地指出家族文学研究"止于量的增加，而少质的突破"，甚至使家族文学研究沦为家族血缘的"历史"研究和家族成员作品的简单汇集与评价。"如何避免平面描述家族成员的世系、行传、创作、家法，从古代宗谱、家乘的编撰模式中摆脱出来？"柳文所论重点在宋代；明清尽管史料丰富，然"明清家族文学研究的成绩并不令人满意"。此文发表后至今十多年间，有关明清家族文学的论著数量增长十分可观，然多数还是"复制化的论著生产"。作者所期待的"家族文献的整理与研究"，已有可观之处，而就与之共同进步的研究，如理论与方法的收获方面，则还是不如人意。模式化批量生产，不仅仅是家族文学研究的问题，或是人文学科的普遍问题。

单就家族文化研究而言，典型研究方法或研究模式，对于研究的开拓阶段或对于初学者而言，有引导之用。黄宽重的《宋代的家族与社会》（国家图书馆出版社，2009年）一书，应是宋代家族研究代表作，有建立范式之功；然其中六个家族个案研究也难免思路重复，因而整本书稳重有余而冲击力不足。这六个家族个案皆以单篇论文发表，在编辑成书时，原本相似度颇高的论文题目都被隐去或改换。从这批论文题目修订情况来看，也能感知家族研究突破"瓶颈"的艰难。

关于"家""家族""家学传承"的研究，德清俞氏家族、钱塘汪氏家族以及推荐阅读的越城周氏家族（见上一章），皆展现了"家"类问题的复杂性和"家学传承"研究方法的难度。这一系列问题，还可进一步思考。孙向晨指出："我们必须非常严肃地对待'家'，不回避其在中国文化传统中所扮演的关键角色。要让哲学真正面对生活，由此我们才能谈传统文化的现代转化，'家'作为理解世界的一种基本模式才有可能站得住。"① "家"作为中国传统文化中的核心观念，如何塑造人的价值观念、情感结构以及对生存世代连续性的强烈体认，是从事清代文学世家研究必须思考的问题。因此，孙向晨提出的说法，如"'亲亲'作为源初情感的结构"、"'孝'的'共世代'结构"、"'家'与'代际共在'"、"'学'作为'跨世代'的筹划"等，皆有助于对家族文学理论的探索，其中"共世代""代际共在""跨世代"已经标出"我"如何在"家"中存在，以及世界是如何向"我"敞开等命题，从"家"类问题的内外关联中似可见一种生生不息的力量。

---

① 孙向晨《论家：个体与亲亲》，华东师范大学出版社，2019年，第1—2页。其中对世家与家学传承研究有启发者，主要在该书第三部分"重建家的哲学"。

[下] 论　文

花萼与芸香：钱塘汪氏振绮堂诗人群*

> 武林藏书家，吴赵王与汪。（吴氏瓶花斋、赵氏小山堂、王氏养素园及君家振绮堂皆著名者。）诸家尽云散，振绮肩灵光。奇册隆世守，秘箧函幽香。（以下略）①

钱塘汪氏家族的兴起，始于乾隆年间的汪宪，衰落于咸同战乱之际的汪曾本；至光绪末年民国初年汪康年、汪大燮，汪氏家族略有复兴迹象。汪氏振绮堂作为两浙有名的藏书楼，在乾嘉道时期，多与赵氏小山堂、卢氏抱经堂、吴氏瓶花斋、孙氏寿松堂、郁氏东啸轩、吴氏拜经楼、郑氏二老阁、金氏桐华馆等在同一行列；在藏书之外，汪氏家族的汪宪、汪瑜、汪璐、汪端、汪远孙、汪迈孙、汪菊孙以及后来的汪康年，还有与汪氏家族因姻娅而建立联系的梁敦书、陈文述等家族，在杭州形成一个诗人群体，风雅绵延百余年。汪氏家族的起落变化之间，书香特质始终未变。藏书、著书、刻书活动为汪氏家族在作为人文渊薮的两浙塑造了独有的文化身份，作为振绮堂的藏书楼名，直到汪康年编刻丛书时还沿用。钱塘汪氏小宗谱，也以振绮堂标识。对于汪氏家族而言，振绮堂及其藏书是一种文化资本，它为汪氏家族赢得了无数声名；对于族人而言，振绮堂驰名而吸引集结大批文士，促使其成为一个文化或文学交流中心，汪氏的族人就是在这种氛围中成长并接受文学的熏陶。

＊ 作者：徐雁平。此文原刊于台北《汉学研究》第27卷第4期，2009年。
① 汪鉽《题小米松声池馆勘书图》五首其四，见《清尊集》卷一，道光十九年振绮堂刊本。

徽州人的外迁对各地文化的影响，是一个重要的研究题目。汪氏家族祖籍歙县，与其联系密切的瓶花斋主人吴焯也是歙县人，吴氏后人吴用威云："吾家故歙人，明季始移居于杭。康熙中门祚浸盛，一时群从多以谈艺好客相尚，而绣谷（吴焯）先生尤为眉目，瓶花雅集，东南称诗薮焉。"① 知不足斋主人鲍廷博是歙县长塘人，其父鲍思诩业冶坊于浙，先侨居乌程，后移家杭州；其父性嗜书，大购海内善本，廷博光大父志，遂以藏书刻书名世。② 此外，由休宁徙居桐乡的汪氏家族中，汪森、汪文柏、汪文桂三兄弟以藏书名世，又皆有诗集，如汪森的《裘杼楼诗稿》、汪文柏的《古香楼吟稿》，藏书、写诗传统到汪森的曾孙汪仲鈖、汪孟鋗犹得以延续，二人分别有诗集《桐石草堂集》《厚石斋诗集》。黄裳尝推测汪家"必休宁大贾也"，又云："颇疑汪氏之先为休阳巨贾，寄籍桐乡，好风雅，而名士者流亦依倚之，遂为文化中心。乾隆中扬州马佩兮兄弟则业鹾巨富，藏书好客，亦如之。较早杭州有汪然明，亦徽州大贾，尝为柳如是刊《湖上草》，亦自有《春星草堂集》。少后汪启淑亦徽人巨富，居杭州，藏书藏印，好事著名。"③ 其中汪然明即汪汝谦，生于万历五年（1577），卒于顺治十二年（1655），本是徽州歙县丛睦坊人，迁居杭州后，造"不系园"和"随喜庵"画舫，集结当时文人，如陈继儒、钱谦益等近五十人，雅集唱和，风雅之至。④ 自汪汝谦后，汪家代有文人出，《丛睦汪氏遗书》收录汪氏十五人诗文集，绵延八代，汪师韩即其中著名者。

这些迁入浙江的徽州人在经商致富后，由商转文，或亦文亦商，收藏作为文化财富的书籍，构建藏书楼，通过风雅的集会，逐渐形成文化中心。在此文化中心生活的族人，无论长幼，皆得文化之熏染。此种不断转化和承接，促使书香之绵衍，文化世家之形成。汪氏家族由徽州入浙江，

---

① 吴用威《药园诗稿跋》，见吴焯《药园诗稿》卷末，民国十二年重印本。
② 王立中《鲍以文先生年谱》，见《清代徽人年谱合刊》，黄山书社，2006 年，第 353 页。
③ 黄裳《前尘梦影新录》，齐鲁书社，1989 年，第 153—154 页。
④ 详细论述，可见曹淑娟《园舟与舟园——汪汝谦湖舫身份的转换与局限》，见《清华学报》新 36 卷第 1 期（2006 年 6 月），第 197—235 页。

以何种职业起家，又有何种凭借能维持百余年的风雅，在汪氏文士的诗文集中没有线索；而在汪诚《十村公遗训》中有一条重要材料：

> 我们人家除开当外，别无一事可做。①

1935 年洪业对汪适孙（号又村）藏书簿记抄稿本研究后，得出与上条材料相呼应的结论：

> 汪氏虽妇女辈，亦辄以书画诗词，名闻于世。一家四代，文雅风流，冠冕全郡。此亦唯其裕于财故能为力耳。今观此册叶八十二有奕懋典、恒泰典、宏兴典、宏丰典年月总账各若干册。所开当铺，已有四所，其富可知。故能豪于好客，而勇于买书刻书也。②

> 道光之初，东南数省岁时丰登，民生给足，世家右族尤能不事淫靡，好为文字友朋之乐。而其时知名之士，承乾嘉诸老之绪，论词章经术，具有原本。寻常觞豆，篇什流播，彬彬可观。先生［汪远孙］兄弟借祖父余资，读书好客，倡为吟社至十余年，又为世家右族之所未有。③

汪氏家族的当铺不止以上四所，检汪诒年撰《汪穰卿先生传记》，又提及"文泰当""临平当"。④ 典当业是汪氏家族优裕经济境况的保障；此外，身处承平之世和人文之区，也是振绮堂扬名于世以及振绮堂诗人群形

---

① 汪曾立纂修《汪氏小宗谱》卷四，光绪六年刊本。
② 洪煨莲《跋汪又村藏书簿记抄》，见《燕京大学图书馆报》第 77 期（1935 年 6 月），第 4 页。此条材料据郑伟章《文献家通考》（中华书局，1999 年，第 836 页）所引重检，特此说明。
③ 施补华《东轩吟社画像跋》，见《东轩吟社画像》，光绪二年刻本。
④ 汪诒年《汪穰卿先生传记》卷一，杭州汪氏印本，第 3 页。

成的重要条件。

一、振绮堂与两家藏书楼、五位馆师

振绮堂诗人群的核心成员当然是汪氏家族文士,而群体的形成牵涉成员的文学交流和氛围的营造,譬如成员间的关系、交游的范围、雅集的空间、诗艺和学问的递传、群体的风气和影响等等。之所以应留意考察这些因素,目的在于揭示振绮堂诗人群是在多重的交流与联系中形成。鉴于作为藏书楼的振绮堂和汪远孙兄弟的重要作用,本文以"芸香"与"花萼"为主要脉络,探究以藏书楼为中心的家族性诗人群体的活动及其显现的风貌。

藏书家群体

清代江浙私家藏书,极为兴盛。仅吴晗《江浙藏书家史略》就搜辑清代江苏藏书家238位,浙江藏书家267位。① 吴庆坻云:"吾杭藏书家,若赵氏小山堂、吴氏绣谷亭、孙氏寿松堂、汪氏振绮堂,海内无不知者。至如乾嘉之间,旧家遗俗,率好储书,而名不显著者尚多。"② 藏书家大抵可视为一地人文消长盛衰的标志,汪氏振绮堂正处在"前辈道洁,流风辉映,后生争鸣"的藏书氛围中。③ 艾尔曼论及十八世纪杭州的"相互交流的藏书家群体",引用 Nancy Lee Swann 的研究成果,表明"在九位向《四库全书》献书超过百种的私人捐赠者中,五人来自杭州,其中三人捐书超过 300 种。汪宪(1721—1770)似乎是当地藏书家的中心人物,孙宗

---

① 吴晗《江浙藏书家史略》,中华书局,1981年,第4、117页。该书由《两浙藏书家史略》《江苏藏书家史略》两部分组成,前一部分收录藏书家399人,其中清代267人;后一部分收录490人,其中清代藏书家据笔者统计有238人。
② 吴庆坻《蕉廊脞录》卷三,《续修四库全书》本,第37页。又阮元《两浙輶轩录》卷二十一引《杭州府志》"文苑传":"(朱藤)岁月浸久,轮囷盘曲,阴蔽四檐。花时,先生必置酒高会,出所藏古名瓷酒器一百八件以觞客,绘图乞诗。"《续修四库全书》本,第677页。
③ 吴晗《江浙藏书家史略》,第117页。

濂的藏书楼也是重要的聚书中心"①。来自杭州的五位藏书家是知不足斋鲍士恭（鲍廷博子）、寿松堂孙仰曾（孙宗濂子）、开万楼汪启淑、振绮堂汪汝瑮、绣谷亭吴玉墀（吴焯子），还有秀水裘杼楼汪如藻。

汪宪在藏书家群体中确实是中心人物，在其子汪璐编的《藏书题识》残篇中，向鲍廷博借抄书之记录有四条，鲍廷博《挽汪鱼亭比部》诗有句云："清白家声钦有素，丹黄手泽借还频。"又有注云："先生既捐馆，余尚向邺架借书。"②《藏书题识》中还出现吴焯瓶花斋与绣谷亭，而《读书敏求记》题识中提及的吴瓯亭，就是吴焯之子，朱文藻在《清波别志》题识中以另一种文字述及他与汪宪的交往。

> 吴焯字尺凫，号绣谷，其家庭有古藤一本，花时烂漫如绣，构亭其上，颜曰绣谷，因以自号，藏书最富。其子名城，字敦复，号瓯亭，嗜书，能善继之。余见时年已七十矣，其增蓄书处曰瓶花斋，距振绮堂数百武而近。两家主人常以文酒娱佳日，借书之伻，往来无虚日。③

两家之交往，朱文藻在另一处亦叙及："瓯亭先生所居瓶花斋在九曲巷口，与汪氏振绮堂南北衡宇相望，两家皆嗜藏书，精校勘，常各出所藏互相借抄。"④ 藏书之事将汪宪等人联系成一体，但他们之间的活动并不仅限于藏书，雅集唱和亦是常有之事。而这些文字也约略可见汪吴两家在藏书之外，还有其他文学方面的活动，而这种以藏书楼为中心的活动在清代可能较为普遍，然其声光往往被藏书业绩所掩。"升平日久，海内殷富，商人士大夫慕古人顾阿瑛、徐良夫之风，蓄积书史，广开坛坫，扬州有马氏秋玉之玲珑山馆，天津有查氏心谷之水西庄，杭州有赵氏公千之小山

---

① 《从理学到朴学》，第105页。
② 叶昌炽《藏书纪事诗》，上海古籍出版社，1989年，第495页。
③ 汪璐《藏书题识》卷一，《丛书集成续编》上海书店影印本，第177页。
④ 阮元《两浙辀轩录》卷二十一，第677页。

堂、吴氏尺凫之瓶花斋。名流宴咏，殆无虚日。"① 赵谷林小山堂的雅集，于厉鹗、全祖望的诗集中多有记载，全祖望称"小山堂池馆之胜，甲于钱塘"②。瓶花斋（包括绣谷亭）的雅集较小山堂而言，稍为密集，杭世骏、厉鹗诗集中可检出数十首唱和与集会的诗作，吴焯（尺凫）诗作所记载的雅集中有其兄吴宝崖、吴快亭、吴晥轮参加。从藏书楼创立的时间及其参与文学活动的先后而言，小山堂、瓶花斋在前，汪氏振绮堂随后与之相接。汪氏振绮堂从藏书到文学的发展路径，既受乾嘉以来藏书家风雅习气的影响，又与杭州藏书家群体的彼此濡染有关。汪氏振绮堂成为文士活动中心，是由多方面的力量促合而成，而杭州一地绵延的书香与文人雅集传统作用深远。

汪宪《绣谷亭紫藤盛放步入瓶花斋牡丹未残坐久雷雨口占呈主人》，其中有"草堂两地春都满，诗笔同时客共夸"之句。③ 汪宪《莲居庵修禊同用梅宛陵韵》所及雅集，多有汪氏族人参与，吴城在参与修禊的七人之中；《三月二十九日集云根园迎夏联句》，吴城及其弟吴玉墀（小谷）在参与联句的八人之列。这类唱和雅集，汪氏家族其他人极有可能随侍参加。钱陈群为汪宪所作传中言："回忆西泠文酒之娱，与君父子杖履周旋。"④ 汪宪之父为汪光豫，在其诗作《五月二十日香树师（钱陈群）以新葺表忠观告成省视竟招湖上侍家严率三子随师有诗纪事用东坡介亭饯杨次公韵即次韵奉呈》中出现。汪宪三子可能是指能诗的汪汝瑮、汪璐、汪瑜（如表3.1所示）。汪宪《高丈介如示九日纪游之作率尔次韵呈政索汤吉甫世兄同和兼示儿辈》结句云："明年登高兴未灰，试看谁是出群才。"⑤ 记同游之乐的同时，对晚辈亦有期望之意。

---

① 袁枚《随园诗话》卷三，人民文学出版社，1982年，第92页。
② 全祖望《爱日堂吟稿小序》，《鲒埼亭集》卷三十二，朱铸禹汇校集注《全祖望集汇校集注》，上海古籍出版社，2000年，第605页。
③ 汪宪《振绮堂诗存》不分卷，光绪十五年刻本。
④ 钱陈群《刑部员外郎鱼亭汪君传》，见《振绮堂诗存》卷首。
⑤ 汪宪《振绮堂诗存》不分卷。

表 3.1　振绮堂汪氏世系简表（局部）

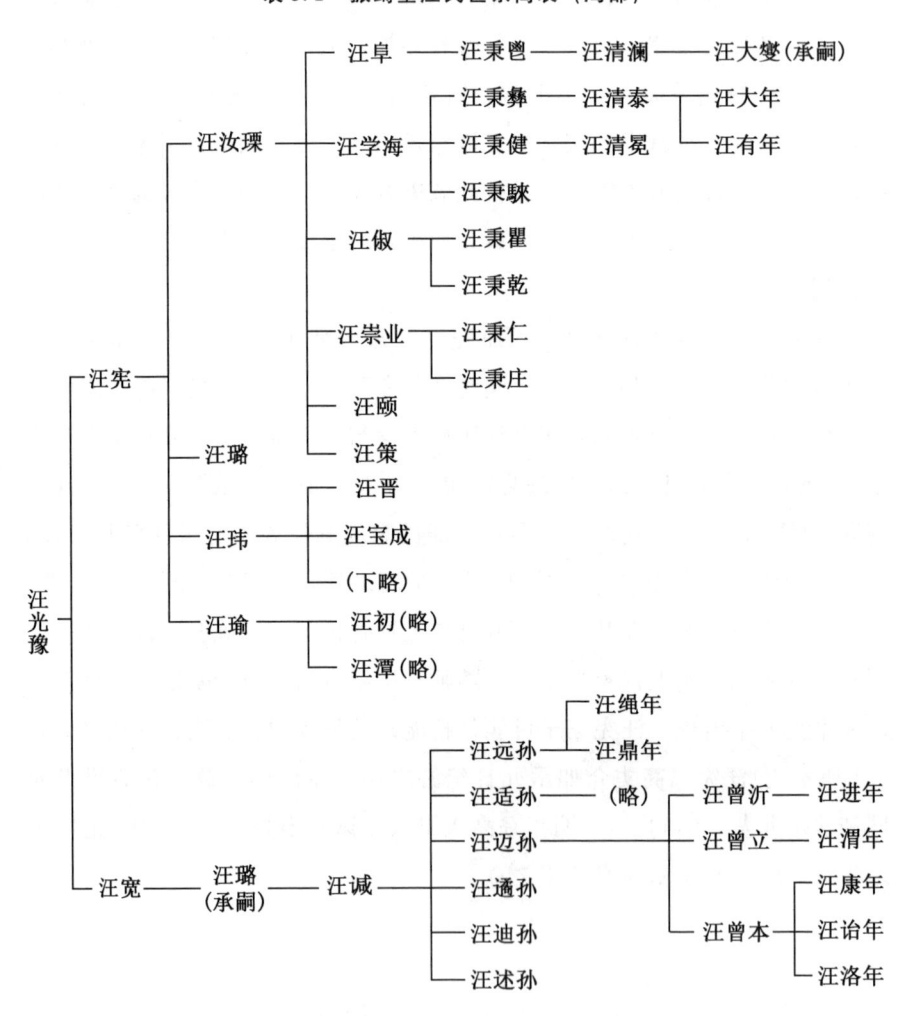

```
                            ┌─ 汪阜 ── 汪秉鄷 ── 汪清澜 ── 汪大燮（承嗣）
                            │                               ┌─ 汪大年
                            │         ┌─ 汪秉彝 ── 汪清泰 ──┤
                            ├─ 汪学海 ┤                     └─ 汪有年
                            │         ├─ 汪秉健 ── 汪清冕
                            │         └─ 汪秉騋
                            │         ┌─ 汪秉瞿
                ┌─ 汪汝瑮 ──┤─ 汪傲 ──┤
                │           │         └─ 汪秉乾
                │           │         ┌─ 汪秉仁
                │           ├─ 汪崇业 ┤
       ┌─ 汪宪 ─┤           │         └─ 汪秉庄
       │        │           ├─ 汪颐
       │        │           └─ 汪策
       │        │           ┌─ 汪晋
       │        ├─ 汪璐      │
       │        ├─ 汪玮 ─────┤─ 汪宝成
       │        │           └─（下略）
       │        │           ┌─ 汪初（略）
       │        └─ 汪瑜 ────┤
汪光豫 ─┤                    └─ 汪潭（略）
       │                                   ┌─ 汪绳年
       │                         ┌─ 汪远孙 ┤
       │                         │         └─ 汪鼎年
       │                         ├─ 汪适孙 ──（略）  ┌─ 汪曾沂 ── 汪进年
       │         汪璐            │                  ├─ 汪曾立 ── 汪渭年
       └─ 汪宽 ──（承嗣）── 汪诚 ─┤─ 汪迈孙 ─────────┤            ┌─ 汪康年
                                 │                  └─ 汪曾本 ──┤─ 汪诒年
                                 ├─ 汪遹孙                       └─ 汪洛年
                                 ├─ 汪迪孙
                                 └─ 汪述孙
```

检汪宪之子汪璐的诗集，其中也有随父参与雅集的记载，如"正是梅黄杏熟时，酒边刻烛赋新诗"①，是其《研雨斋夜侍家严陪安居王士会汝嘉镇之汝璧兄弟小饮分韵》诗句，诗中有注说明王氏兄弟时寓钱陈群家中。王汝璧为钱陈群之婿。② 汪璐集中有同兄汪汝瑮、兄汪汝琼、弟汪瑜外游的诗作，也有写给其子汪诫及诸婿之作，其中有一诗牵涉汪氏姻亲，即《孙烛溪招饮寿松堂看牡丹二首》，其一云：

庭院浓阴被绿苔，年年婪尾共衔杯。
名花解识东君意，都向春风笑口开。③

诗中"婪尾"指"婪尾酒"，白居易诗中有之，意为贪酒。浓阴庭院衔杯漱醪，年年如此，可见汪璐与寿松堂关系之密。汪氏与孙氏似有多重姻亲关联。汪汝瑮，配孙氏，乃孙宗濂女。④ 汪汝瑮一女适孙效曾之子孙肃元（雨卿）。⑤ 孙效曾、孙仰曾、孙传曾是孙宗濂之子或侄子。⑥ 汪宪到吴氏瓶花斋赏牡丹，汪璐到孙氏寿松堂续此风雅。花香与书香，来来往往的文士，多种多样的关联，杭州城东南的人文之区得以形成。

五位馆师

朱文藻，字映澘，号朗斋，浙江仁和人，乾隆三十年初馆汪氏振绮堂。据《清诗话考》所记，朱氏精文史金石之学，曾佐校《四库全书》，阮元辑《两浙輶轩录》、王昶辑《金石萃编》，均得其襄助，又编《明诗综

---

① 汪璐《研雨斋雨夜侍家严陪安居王增（汝嘉）镇之（汝璧）兄弟小饮分韵》，见《松声池馆诗存》卷一，光绪十五年刻本。
② 李调元云："安居王中安中丞，康熙辛丑庶常。与同年钱文端公先生同馆唱和，最契。文端复以女妻其子汝璧镇之，镇之以丙戌四名中试，殿试二甲。"见詹杭伦、沈时蓉校正《雨村诗话校正》，巴蜀书社，2006年，第264页。
③ 汪璐《松声池馆诗草》卷四。
④ 汪大燮、汪诒年纂修《汪氏振绮堂宗谱》卷一，《清代民国名人家谱选刊》本。
⑤ 汪大燮、汪诒年纂修《汪氏振绮堂宗谱》卷一。
⑥ 孙荣枝履历有孙氏家族的世系，见顾廷龙主编《清代朱卷集成》第82册，第355—362页。

补遗》，补朱彝尊《明诗综》之未备。① 汪璐《藏书题识》，由朱文藻编辑，"撮其要旨，载明某某撰述，何时刊本，某某抄藏校读评跋，手编十册"②。《藏书题识》原五卷，今存二卷，汪宪与朱文藻之交往，于残存藏书题记中可辑得数条，虽不能见全貌，然据此可以推想当时情景。

> 此书文藻乙酉岁初馆振绮堂，首抄是书。③（《辽史拾遗》题识）

> 乾隆丁亥八月一日，主人从瓯亭先生借得［抄本］，属余重校，三日而毕，向所未经是正及疑讹标识者，悉加改正，凡百余字。④（《读书敏求记》题识）

> 乾隆辛卯四月，吾友鲍渌饮得抄本一册于书肆，余假归东轩，属友人抄为一册。⑤（《昆仑河源汇考》题识）

上列三条材料时间分别是乾隆三十年、三十二年、三十六年，可见朱文藻在振绮堂的抄书、校书工作。汪宪卒于嘉庆十八年，朱文藻于藏书题识中有文字涉及，可知其作西宾时间较长。汪宪为乾隆十年进士，所结交的诗人中，有杭世骏、陈兆仑等，相关诗作有《伏日与杭堇浦陈勾山诸君南华堂避暑分得山字》，又有《三月二十九日集云根园迎夏联句（杭堇浦、吴西林、吴瓯亭、汪西颢、丁希曾、鱼亭、徐秋竹、吴小谷）》，其中鱼亭即汪宪。朱文藻也在汪宪为中心的诗人群出现⑥，如《八月十六同人樟亭

---

① 蒋寅《清诗话考》，中华书局，2005 年，第 184 页。
② 此乃振绮堂后人汪曾唯光绪十三年所撰题识，见汪璐《藏书题识》卷末，第 191 页。
③ 汪璐《藏书题识》卷一，第 173 页。
④ 汪璐《藏书题识》卷一，第 184 页。
⑤ 汪璐《藏书题识》卷一，第 181 页。
⑥ 笔者原以为是以汪璐为中心，经研究生张旭一考证，应是以汪宪为中心。现在重看，对于汪宪这一中心人物论说不够充分。

观潮联句》，五位诗人中就有朱文藻。可见朱氏在学问之外，亦擅长文学。胡敬序朱氏《碧溪草堂诗集》，于此多有述及："自乾隆己卯讫壬子，古今体数以千计。癸丑后未录入者，尚不在此数。大旨主详述事迹，多自注，足资考证，不屑屑模范山水，蹈江湖家流派，间或追步韩苏险韵，则应试及咏古作为多。"① 朱文藻与汪氏诗人交往最密者，似推汪宪之子汪璐。汪璐作《挽朱朗斋二首》，其一云：

> 弱冠论交共啸歌，当时意气喜同科。
> 高怀跌宕陵侪偶，插架纷纭借校磨。
> 心力直追千载上，丹铅留在故书多。
> 名山业就人归去，回首春风叹逝波。②

汪璐《庚子九月偕朱朗斋（文藻）赵恒斋家弟天潜（瑜）游径山宿松源庵》，汪璐与汪瑜偕朱文藻"松源庵中信宿住"，其中颇有"篮舆结伴恣探讨"之乐。③《四月三日一房山观牡丹朱朗斋家警斋（贤衢）有诗见赠明日予有苕溪之行舟中补作》，一房山是汪氏家族的亭舍，其中常有文人雅集；汪璐诗云："紫髯先生诗笔雄（谓朗斋），吾宗才子胜流亚（谓警斋）。"④ 朱文藻中岁馆汪氏振绮堂，"日与汤尹亭、孙爱白、赵恒斋、张载轩及主人群季涤原、兼山、秋岩分题斗韵，诗如束笋"⑤，"为勘校群籍，见闻日广，学日进，书法古茂"⑥。在朱文藻不断长进的过程中，与其相处的汪氏族人，有如上引诗所云与之"弱冠论交"的汪璐，还有汪瑜等，在学问、诗文方面也能得益。

---

① 胡敬《朱朗斋先生碧溪草堂诗集序》，见《崇雅堂文钞》卷一，《续修四库全书》本，第117页。
② 汪璐《松声池馆诗草》卷四，光绪十五年刻本。
③ 汪璐《松声池馆诗草》卷一。
④ 汪璐《松声池馆诗草》卷一。
⑤ 潘衍桐《两浙輶轩续录》卷十五引《缉雅堂诗话》，《续修四库全书》本，第385页。
⑥ 胡敬《朱朗斋先生碧溪草堂诗集序》，见《崇雅堂文钞》卷一，第117页。

与朱文藻同馆汪氏振绮堂的文士，还有吴颖芳（字西林）。吴氏入馆时间，据朱文藻言，在乾隆三十三年。吴颖芳与厉鹗有交往，吴氏尝从其问诗，"平居足不入城市，家有桑竹园池之胜。……晚年城中士大夫家争相延致，振绮堂汪氏则命季子、季怀执经请业，寿松堂孙氏则讲论经典，项生金门则请受诗法，先后假馆者十余年。谈宴追欢，群英聚首"①。大概作为馆师的吴颖芳，除在振绮堂中校书外，还有教授汪氏子弟之责。吴颖芳所任之事，或许亦与朱文藻同。今见吴颖芳之集有《临江乡人诗》和《临江乡人集拾遗》。据汪璐《藏书题识》所记，吴颖芳通乐律，著《吹豳录》，又熟精《选》理，擅长史学，"时馆于振绮堂，主人索其书抄为十册"②。与朱文藻相似，吴颖芳也参与汪宪的雅集。汪宪《莲居庵修禊同用梅宛陵韵》列出杭世骏等七人，吴颖芳在其中，《三月二十九日集云根园迎夏联句》有汪宪、杭世骏、吴颖芳等八人。

朱文藻、吴颖芳是汪氏家族以汪宪为中心人物时的馆师；至汪远孙为代表人物的道光年间，汪氏家族有三位馆师。黄士珣渊源家学，西泠诸老如丁敬、吴颖芳等皆属父执，故多所熏习，晚年馆汪远孙家，校勘《咸淳临安志》。汪迈孙从黄氏游，后为其刊行《北隅掌录》。绘制《东轩吟社画像》的乌程费丹旭以及其子费以耕也是汪家馆师。

> 君［费丹旭］继家学，兼及写生，汤贞愍公［汤贻汾］官于浙，与之友。先伯父小米公［汪远孙］嗜书画，以贞愍荐，遂馆于家，作《东轩吟社图》。时年甫壮，就学于黄芗泉［士珣］先生，诗遂工。张叔未［廷济］、高爽泉［垲］诸老辈以书法名噪四方，君日取古碑帖请业焉，不数年，书得晋人风格。由是而禾中，而金阊，舟屐所经，求书画者日踵至。杭之游，先后十五次，垂二十年，道光己酉秋犹下榻余家之荫园，逾年春，得瘵疾。③

---

① 王昶《临江吴西林先生传》，见《临江乡人诗》卷首，寿松堂刊本。
② 汪璐《藏书题识》卷一，第172页。
③ 汪曾唯撰费丹旭传，见费丹旭《依旧草堂遗稿》卷首，民国十八年仿宋聚珍排印本。

道光己酉是道光二十九年，以此逆推，费丹旭在道光九年前后至汪氏振绮堂。费丹旭生于嘉庆六年，至作汪氏馆师年正二十九岁。其时东轩吟社雅集唱和已展开，费丹旭与长自己七岁的汪远孙、汪鉽，应是同辈人，而张廷济乾隆三十三年生，黄士珣乾隆三十六年生，对于费丹旭、汪远孙等而言，二人乃长辈。费丹旭进入汪氏家族，诗、书法得益于老辈的指点，诗、书、画的进步，使费氏成为名家。据《汪穰卿先生传记》所示，汪家在收藏古书外，亦集字画古玩。这类收集，或许有费丹旭的襄助。对于汪远孙、汪鉽等而言，费丹旭还是他们的诗友，在汪鉽《二如居赠答诗》中，费丹旭出入汪氏的画隐楼、庚辛小筑、东轩、松声池馆、荫园。《销夏倡和诗存》中有一首汪适孙、汪远孙、汪迈孙及汪鉽的同题之作《喜费子苕至》，汪鉽诗云：

> 已喜故人至，况逢月满楼。
> 函书曾惜别，庭树又经秋。
> 乍展新图画，重联旧唱酬。
> 欲眠仍复坐，剪烛为君留。①

费丹旭与汪氏文士交谊颇深，在乌程和杭州的短暂分别让重逢充满欣喜。汪鉽的诗作中，有多处记录费丹旭作诗情形。费丹旭的诗集在其辞世后，由汪鉽编辑，其中也有与汪氏文士唱和或联句的记录。费丹旭在东轩吟社中的最主要身份是画师，《东轩吟社画像》就是应汪远孙之请完成的。汪氏家族闺秀汪菊孙亦善画，或从费丹旭学艺。据《依旧草堂遗稿》，费丹旭为汪鉽绘纪游图；据陆费瑔《真息斋诗续钞》，费丹旭为汪迈孙绘抚琴图。费丹旭还为其他文士绘图作画，他大概是这一文士群体的专用画师。

---

① 汪远孙辑《销夏倡和诗存》不分卷，道光十五年刻本。

二、以姻亲建立的诗人网络

　　振绮堂和瓶花斋、寿松堂营造了充满书香的活动空间，图书成为汪氏家族文士与外界交流的重要媒介。五位馆师入振绮堂，多与此媒介有关。汪氏家族与外界建立联系的另一途径是联姻，以此建立的联系在空间上不一定局限在杭州一地，可延伸到浙江其他地方，而且以姻亲为基础的联系更加稳固和亲密。汪氏家族通过与浙江重要文学家族联姻，也能更好地融入当地文化中，并逐步确立家族的声名。

　　在以汪氏家族为中心的诗人群中，桐乡陆费氏值得注意。汪璐有诗《甲子二月三日出城寓徐氏湖楼次陆费春帆（恩洪）婿韵》《段桥坐月次春帆婿韵》①，则陆费春帆是汪、陆费氏联姻中的一环。陆费春帆，即陆费瑔（原名恩鸿，又作恩洪），乃乾隆三十一年进士、《四库全书》副总纂陆费墀之孙，陆费元镳之子。② 陆费家族，在陆费瑔年轻时，似有衰落之态，在其悼元配汪氏诗作中有注云："壬戌冬（嘉庆七年）余赘居外氏家芝庭楼东，孺人从余受诗，辄三鼓不寐，有《咏雪》数首，清新可诵。"此即诗中所述："刀尺声中夜漏迟，寒闺清课旧传诗。灵缣断墨分明在，不是东楼听雪时。"③ 这段文字中有汪孺人从陆费瑔受诗事，亦述及陆费瑔入赘居汪氏家事，而此事正是细探汪氏家族文化影响力的一条重要线索。

　　陆费瑔《题妻侄汪小米孝廉（远孙）松声池馆勘书图》有句云：

　　　　松声老池馆，别我二十稔。重来步庭除，怀感涕为忍。图书三万轴，插架高于廪。……我昔忝乘龙，隅坐聆欬謦。晨昏谒起居，诗卷杂琴轸。馆我以西厢，文史勖勤恁。六经浩烟海，疑义

---

① 汪璐《松声池馆诗草》卷三。
② 严辰纂《光绪桐乡县志》卷十五人物下"宦绩"，《中国地方志集成》本，第544—545页。
③ 陆费瑔《悼亡诗三十首》其六，见《真息斋诗钞》卷四，同治九年刻本。

资承禀。①

又《外父汪春园（璐）先生挽辞》其三有句云：

忆昔依甥馆，追陪越二年。谈经夏侯坐，读画米家船。②

陆费瑔至少有二年的时间在汪氏振绮堂中读书，从岳父汪璐问学。诗句中弥散的温情，足以显示汪璐对女婿的看重。汪氏家族丰富的文化资源因联姻得以共享。

陆费瑔的诗艺，阮元评曰："格律性灵，兼擅其胜。上追乐府，中抗唐贤，当与国初诸大家并驱争先，乾嘉诗人，惟仲则古体堪与颉颃。"③此语可能有溢美之嫌，然观陆费瑔诗作及《论诗六百言寄蔡七浣霞仪部銮扬》，犹可称自有主张的诗人。陆费瑔诗作中有三首怀念汪璐之作，而与汪氏家族同辈或晚辈的唱和之作也有数首，如诗集卷四有《潞河舟次简汪六槎庵俶蒋大孟谋锡恺》《马头道中赠汪六槎庵》《偕汪少洪蓉坨昆季舍弟问渔》《湖楼寓居少洪以诗见赠次韵奉答》。诗题中提及汪俶、汪迈孙（少洪）、汪遹孙（蓉坨），又有陆费瑔弟参与。检汪氏宗谱，还可发现两个家族更多的姻亲关联。汪俶为汪汝瑮第三子，娶桐乡陆费元镜女，④汪俶一女适桐乡陆费瑔之子陆费榦，一女适陆费葆。⑤

闺秀诗人汪端是汪氏家族中活跃的人物。汪端聪颖天授，七岁赋春雪诗，读者谓不减"柳絮因风"之作，因以"小韫"呼之。汪端早年习诗以高启为标准，中年以后，诗风变为沉郁哀怨，常有名士牢愁、美人幽怨之意。汪端的诗歌创作，也是在汪氏家族的姻亲网络中展开，表3.2呈现

---

① 陆费瑔《真息斋诗钞》卷一。
② 陆费瑔《真息斋诗钞》卷三。
③ 陆费瑔《真息斋诗钞》卷首。
④ 汪大燮、汪诒年纂修《汪氏振绮堂宗谱》卷二上。
⑤ 汪大燮、汪诒年纂修《汪氏振绮堂宗谱》卷二上。

梁、汪、许三家姻亲网络中的局部。①

表 3.2 梁氏、汪氏、许氏三家联姻简表（局部）

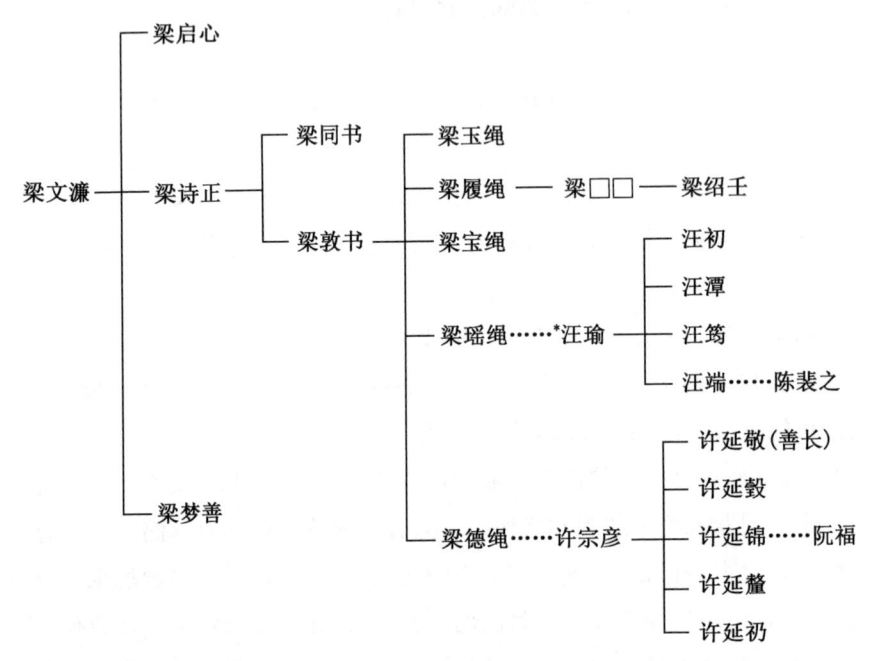

```
梁文濂 ─┬─ 梁启心
        │
        ├─ 梁诗正 ─┬─ 梁同书 ─┬─ 梁玉绳
        │          │          ├─ 梁履绳 ── 梁□□ ── 梁绍壬
        │          │          └─ 梁宝绳
        │          │
        │          └─ 梁敦书 ─┬─ 梁瑶绳……*汪瑜 ─┬─ 汪初
        │                     │                  ├─ 汪潭
        │                     │                  ├─ 汪笃
        │                     │                  └─ 汪端……陈裴之
        │                     │
        │                     └─ 梁德绳……许宗彦 ─┬─ 许延敬（善长）
        │                                         ├─ 许延毅
        │                                         ├─ 许延锦……阮福
        │                                         ├─ 许延釐
        │                                         └─ 许延礽
        │
        └─ 梁梦善
```

*……表示婚姻关系。

将上表与汪端的诗集结合考察，可知她在作诗方面承接三方面的影响：

其一，承自家之统系。汪端在其诗集卷一起首有识语云："端在襁褓，即从先太夫人口授六朝唐人诗，七岁试笔为小诗，多经先府君点定。"②母亲梁氏的口授，父亲汪瑜的点定，开启汪端的学诗路径。而那首为其赢得"小韫"雅誉的咏春雪之作，也是其父命诸兄及伯姊的同题之作，此举显然是仿效谢氏故事。汪端还得伯父汪璐之教，《题小米松声池馆勘书图》诗中有句云：

---

① 此图部分参照叶德均《再生缘续作者许宗彦梁德绳夫妇年谱》，见《戏曲小说丛考》卷下，中华书局，1979 年，第 710 页。
② 汪端《自然好学斋诗钞》卷一，道光十九年刻本。

松声旧池馆，弦诗常闭户。余幼承良迪，清谈侍挥麈。①

汪端早期诗作中有与其兄汪初（问樵）、汪潭（蒨士）、其姊汪筠（纫青）的唱和之作，如《秋夕次蒨士兄潭韵》《重至西湖寄纫青姊》《柳枝词和伯兄问樵》《上元夜雪月交辉同问樵蒨士两兄纫青伯姊同作》《秋月池上书寄纫青》等，而《秋夜同伯姊纫青玩月各占一绝》，可从比较中见姊妹的诗思：

候虫喧四壁，我心自闲静。启户寂无人，满地梧桐影。
（汪端）
凉萤飞夕苑，玉笛倚高楼。沧海一轮满，关山万里秋。
（汪筠）②

同作诗咏月，而诗中不及"月"字。一用候虫，一用凉萤，用细小之物引出后三句，起笔之法亦同。汪端诗从声音入手，写寂静，写树影，写庭院，乃眼前所见，眼光向下。汪筠从流光着眼，以眼前之高楼，写沧海与关山。举头遥想，多神游中之物象。一细微，一阔大。一自写所感，一从唐诗衍化。早年习作，虽未臻佳境，然取径不同，足资姊妹比较观摩。

其二，受抚于姨母梁德绳。梁德绳乃嘉庆四年进士许宗彦之妻，"所生子延敬、延毂，与侧室子延润，均未逮成童，恭人延名师以教之，所与交必通名于恭人，察其有器识文艺者而后命之交"③。梁德绳之姐梁瑶绳适汪瑜，早卒，遗女汪端亦由其鞠养，汪端因而沐浴来自另一家庭的关爱和书香。梁德绳的诗集中有长诗《小韫甥女于归吴门以其爱诗为吟五百八十字送之即书明湖饮饯图后》，汪端有和作《辛未春日返棹武林赋呈楚生

---

① 汪远孙辑《清尊集》卷一，道光十九年刻本。
② 汪端《自然好学斋诗钞》卷一。
③ 阮元《梁恭人传》，见梁德绳《古春轩诗钞》卷首，咸丰二年重刻本。许宗彦、梁德绳第三女适阮元第五子。

姨母即用赐题明湖饮饯图原韵》，此诗连同梁德绳的原唱一并收入汪端的《自然好学斋诗钞》中，现节录二诗，以见诗学传承之轨迹。

> 我姊失长年，遗汝在婴孺。虽非握手托，默默相委付。汝随严亲游，飘摇亦云屡。……我闻迎汝来，相依一年住。团圞表姊妹，提挈共朝暮。……论史多持平，颇合风雅趣。拟古揽荃桂，体物妙风絮。夫子论诗苛，瘢垢好磨锯。纷纷辨真伪，许汝得参预。（梁德绳《题女甥汪端明湖饮饯图》）

> 长兄没锦城，衰门运舛互。次兄滞功名，蓬莱嗟不遇。……十六失椿庭，悲怀孰堪诉。从兹依纱幔，画楼容小住。新晴绮阁春，华月南园暮。……若昭与令娴，婉娩耽竹素。胜境共留连，词华各丰腴。……年来成篇章，不解自琢锯。舅嬟擅风雅，问字时容预。妙理为剖析，绣谱金针度。（汪端《辛未春日返棹武林赋呈楚生姨母即用赐题明湖饮饯图原韵》）①

汪端十六岁入住，十八岁嫁陈裴之，与梁德绳、许宗彦一家相处时间似不过两年。其间之快乐，一方面来自人情，包括与表姊妹的"提挈共朝暮"，另一方面来自诗学的长进，得姨母姨丈的指点，得"绣谱金针"。汪端有《明三十家诗选》之作，梁德绳为撰序，阮元称汪端《诗选》，"亦恭人〔梁德绳〕之教也"②。梁德绳对汪端的指教，并不仅是诗艺方面，在《落叶和汪小韫甥女韵》一诗中，有"繁花零落总随时，犹记清阴满广墀""惊心霜早红辞树，转眼春生翠坐帏"之句。面对象征意味的落叶，梁德绳的诗呈现出通达与自强不息之意趣，这对于"飘遥忍悉数"③的汪端而言，无疑是劝勉。而汪端受教之时间，亦不仅限于相处的一二年。在《重

---

① 二诗见汪端《自然好学斋诗钞》卷二。
② 阮元《梁恭人传》，见《古春轩诗钞》卷首。
③ 汪端《自然好学斋诗钞》卷二。

过鉴园吊许周生姨丈并呈楚生姨母》二首其二中，汪端称"十年绛帐听论文"。①

其三，与陈裴之闺中唱和。陈文述在嘉道之际，主持东南文坛风雅，其子陈裴之（小云）亦以诗名。汪端入陈家，与陈裴之有一灯双管、拈韵分笺的乐趣。汪端有诗《丙子孟陬上旬与小云夜坐以澄怀堂集自然好学斋诗互相商榷偶成二律》，其二云：

> 明珠翠羽非吾好，善病工愁未是痴。
> 花落琴床春展卷，香温箫局夜谈诗。
> 班昭续史他年志，伏胜传经往事悲。
> 流俗何须矜月旦，与君得失寸心知。②

其时为嘉庆二十一年，汪端二十四岁。稍后汪端与陈裴之以"寒店""寒浦"等题为消寒杂咏，其中有"芳辰爱景光，帷房乐恬豫。唱酬陶性情，琴瑟宛在御"之句。③ 此外，汪端诗集中也有数首与"翁大人"陈文述的唱和之作。

汪端声韵史学兼善，对汪氏家族的其他成员也有影响，譬如侄女汪菊孙"自幼请业焉，故其诗亦取法青邱（高启）"。④ 汪菊孙有《停琴伫月轩诗钞》，《两浙輶轩续录》选其诗作二首，《国朝词综续编》录其词作三首。汪筠和汪菊孙行事可考者不多，但她们与汪端，汪秉健女汪清暎，汪远孙室梁端、继室汤漱玉以及汪远孙女一起形成汪氏家族诗人群的特色部分。⑤

汪端之兄汪初有《沧江虹月词》三卷行世，他在文学上的成就，也有

---

① 汪端《自然好学斋诗钞》卷四。
② 汪端《自然好学斋诗钞》卷三。
③ 梁德绳《题女甥汪端明湖饮饯图》，见《自然好学斋诗钞》卷二。
④ 潘衍桐《两浙輶轩续录》卷五十三，《续修四库全书》本，第197页。
⑤ 梁端、汤漱玉与汪远孙女三人小传，见施淑仪辑《清代闺阁诗人征略》卷八，上海书店，1987年，第450—451页；汪清暎在汪氏家族中"虽称晚秀，余韵犹有，浸渍含濡，故其诗清幽芊丽，意到笔随，绝无侻巧钝滞之病"。同书卷十，第584页。

图 3.1　陈裴之、汪端像

图片选自叶恭绰《清代学者像传》第 4 册（民国番禺叶氏编印本）。两人的主次地位巧妙地呈现。手捧书卷，也是清代文人肖像画的常见样式。此外，叶氏编印本中的陈、汪合像，较此后该书若干影印本更细致，更有神采。

得益于姻亲之处。许宗彦云："君母梁安人，山舟（梁同书）学士女侄也。学士精赏鉴，君数从谭论。学士喜收弆前人题尺，而君独爱诗笺。……辛酉、甲子间，君与乌程胡骏卿缙并从余游。"① 许宗彦又有《汪甥问樵初招饮山塘口占》诗②，因此汪初文学之发展，亦应置于姻亲网络中考量。

检汪氏宗谱，可发现汪氏家族已通过姻亲关系建立起颇为可观的书香网络，现将其中知名者列出：

1. 汪远孙有六女，一女适嘉庆二十二年进士朱阶吉之子朱瑞清，一女适龚自珍之子龚宝琦，一女适诗人夏之盛之子夏鸾翔。

2. 汪适孙之子汪曾复配诸城刘喜海之女，汪曾士配许乃裕之女；汪迈孙配孙熙元之女，其子汪曾学配胡琨（胡敬之子）女。

3. 汪璐诗《新葺后园小屋落成二首》后附孙花海婿和诗③，汪远孙有诗《上巳雨中偕鸥盟丈冯柳东（登府）孙花海邵庵两姑丈孙云塈我斯弟水北楼禊饮即送柳东之四明教授任》④，则知冯登府、孙花海为汪璐婿。诗中所提孙花海邵庵，即仁和孙熙元，其名出现在《清尊集》卷首所列七十六人中；孙熙元有一女适汪迈孙。鸥盟是严杰。

4. 汪阜一女适长兴朱昇黼（字星桥）之子朱步沆（字沁泉）⑤，朱步沆之名在《清尊集》卷首所列七十六人中。

5. 汪鉽配"归安陈氏，亦工诗词，常往来碧浪湖"，夏曾佑题诗云："夫妇同乘碧浪船，湖云如水草如烟。就中随唱诗多少，似曳残声付暮蝉。"⑥

6. 在汪氏宗谱外，还可查检到汪秉健之女汪清暎，有《绣闲吟草》，适王浤；而王氏"固世族也"⑦。

---

① 许宗彦撰汪初传，见《沧江虹月词》卷首，嘉庆九年刻本。
② 许宗彦《鉴止水斋集》卷四，《续修四库全书》本，第336页。
③ 汪璐《松声池馆诗草》卷四。
④ 汪远孙《借闲生诗》卷二。
⑤ 汪大燮、汪诒年纂修《汪氏振绮堂宗谱》卷二上。
⑥ 汪鉽《二如居赠答词》，光绪十七年刻本。
⑦ 施淑仪辑《清代闺阁诗人征略》卷十，第584页。

7. 此外，还有汪菊孙，适金文炳，有二子金城、金善，皆能诗善画。金善娶汪远孙女，亦能诗。①

这种关系较为繁复的网络，应当是其中各家族有意追求而营造出的一种结果，而汪氏家族似表现得更为明显，汪氏宗谱中收录汪诚《十村公遗训》，选录其中两条：

> 儿女定亲，不可高攀门户。为女择婿，人家自然要好些。儿子定妇，只要杭城旧家有闻教者为妙，家业差些不妨。

> 人家生子无论智慧，总要教他读书，一以拘其身体，一以化其气质也。至廿岁以后能读书者读书，不能读书者管生意、管家务，皆是紧要之事。②

两条遗训，实关系到一家族内外之发展。读书乃立其本，保证家族走上正道和书香继世，使一家有品位，亦即上文中所说的"化其气质"；有此基础，即使退而"管生意、管家务"，亦不失为书香人家。择婿，要好人家；定妇，"只要杭城旧家"，似强调门当户对，但亦有通达之处，"不可高攀门户""家业差些不妨"。汪氏家族的姻亲中，确实没有显赫之家，多是杭州府或邻近地区的诗礼旧家。前文提及的陆费墀赘居汪家，就是一好的例证。

陆费墀《奉题外大父鱼亭汪先生振绮堂诗全集》中有"正始千秋业，贻谋五叶繁"之句，自注云："自先生至子养孝廉，登贤书者五世。"③ 远近闻名的振绮堂，代有人才出现的家世，汪氏家族在两浙别具一格；而人丁兴旺，使得姻亲关系繁复，汪氏家族以通达的门当户对建立起较为长久稳定、往来较为密切的文士家族网络。汪氏家族中的成员，无论直接关

---

① 施淑仪辑《清代闺阁诗人徵略》卷八，第451页。
② 汪曾立纂修《汪氏小宗谱》卷四，光绪六年刻本。
③ 陆费墀《真息斋诗续钞》不分卷，同治九年刻本。

联，还是间接关联，都可置身于家族网络下内涵丰富的文士群体。这也意味着网络中每一个体的成长进步、闻见识度，都不是在一个封闭的家庭环境中取得与形成，他是较为开放空间中的幸运者。

三、汪远孙与东轩吟社诗人群

杭州的诗社或诗人群，自晚明以来先后有登楼社、西湖八社、西泠十子、孤山五老会、北门四子、鹫山盟十六子、南屏吟社、湖南诗社、潜园吟社等[①]，东轩吟社是杭州一地诗人结社风气的延续。

汪氏振绮堂作为杭州文人活动的重要空间，在汪宪和汪璐的乾嘉两朝，已初步形成；而将其再推进一步，形成一个中心，则全仗汪远孙（小米）之功。汪远孙十岁侍祖父受经，能持守振绮堂藏书，为有根柢之学，排日读《十三经注疏》，有《借闲生诗词》及《国语》《汉书·地理志》《经典释文》校补方面的著作行世。"著述之暇，与同里耆彦结东轩吟社，凡为岁十，为集百，荟萃所作，且绘为图。于湖滨起水北楼，春秋佳日，栖息其中。勘经之余，焚香晏坐，时复登山临水，寄其旷逸之情。"[②] 据吴庆坻言，诗社原由海昌吴衡照创立，"时振绮堂汪氏擅池馆之胜，藏书甲一郡。汪氏有静寄东轩，社集在东轩为多"[③]，故以东轩名社。诗社的发展，与汪氏池馆联系紧密。诗社为期十年的雅集，起于道光四年，讫于道光十三年，是集宾主八人轮值，每月一集，后选所作诗（含少量词）总数的十分之四五编为《清尊集》，共十六卷。道光十八年吴德旋为《清尊集》撰序，显示该集在诗史上的意义。

[①] 吴庆坻《蕉廊脞录》卷三，第48—49页。杭州地区结社，朱则杰对潜园吟社、铁花吟社有细致的考察，见朱则杰《清诗考证续编》，浙江大学出版社，2019年。此外，可见胡媚媚《清代诗社研究》（中国社会科学出版社，2022年）第四章"清代诗社的地域分布"第二节"浙社及诗家名流提唱"。
[②] 胡敬《内阁中书小米汪君传》，见《借闲生诗》卷首，道光二十年刻本。
[③] 吴庆坻《蕉廊脞录》卷七，第103页。

> 唐之诗人因事宴会而以韵语相唱酬者，往往有之，然非必有宾主迭为，期之以月日者也。至如宋之西昆、江西，明之前后七子，则以诗体之相同也，而建以为名，未免示人以不广。近时浙中故事，如厉樊榭、杭董浦、符幼鲁诸先生称诗倡和之雅，人艳称之，然在当日，亦第西泠数子之相为往复，而外此之得间诗席者，盖鲜矣。今钱塘汪君小米之《清尊集》，虽迭为其主者仅有八人，而浙东西千里间知名之士以及寓公过客之娴吟事者咸在，而闺秀之遥同者亦附录焉，可谓极一时觞咏之盛，而为前此所未有矣。①

吴德旋用笔之意明晰，但他以回环往复之笔，将唐宋明诗坛故事及晚近前辈风雅连带述及，因而使社集具有谱系性特征。在比较中，社集的特点也略有显露；欲对此特点作稍深入的探讨，不妨先对参与社集文人予以分析。

据《清尊集目》所列，参与社集文士有七十六人之多，其中钱塘二十八人，仁和二十一人，再加海宁二人，杭州府的文人超过六成，这多少显示了社集的地域色彩。这批文士是如何集结在一起的？以文会友，声气相投，当然是重要原因；或许还可进一步探究人物之关系。

其一，《清尊集》卷首所列七十六人中，汪氏家族文士有汪阜、汪鈇、汪远孙、汪秉健、汪道孙、汪遇孙；在《清尊集》中出现的汪氏文士有汪迈孙，以及闺秀汪端、汪菊孙。八人中，汪鈇与汪远孙同生于乾隆五十九年，但他是汪远孙的族祖，辈分最长；次者为汪阜、汪端，其他皆为平辈。社集中有一家族三代人，且有女性参加，可称文坛佳话。社集之延续，汪氏文士，当起核心作用，故清人张炳堃云："东轩吟社者，钱塘汪先生小米及其昆季倡始于道光甲申，远近名流响附。"②

---

① 吴德旋序，见《清尊集》卷首，道光十九年刻本。
② 张炳堃《东轩吟社画像序》，见《东轩吟社画像》卷首，光绪二年刻本。

其二，是姻亲而关联的文士，如仁和胡敬、胡珵，钱塘陈文述，仁和孙同元、孙熙元、孙颢元，仁和许延敬，桐乡陆费瑔，钱塘梁绍壬，钱塘夏之盛，长兴朱紫贵、朱步沅，共十二人。

其三，社集中有一批杭州诂经精舍弟子或相关文士。精舍弟子有：余杭严杰，嘉兴李富孙，仁和胡敬，仁和诸嘉乐，钱塘陈文述，仁和孙同元，仁和赵钺（雩门，即赵春沂），钱塘邹志初，钱塘戴熙。在阮元编《诂经精舍文集》卷首所列"荐举孝廉方正及古学识拔之士"当中，见于《清尊集》所列名单中的文士还有嘉兴张廷济，钱塘梁祖恩，青田端木国瑚等，共十二人。诂经精舍文士群形成于嘉庆年间，他们是杭州或浙江最活跃的文化力量。在此将其单独从七十六人中列出，一方面表明两浙自乾嘉以来，人文兴盛，杭州一地为文人渊薮，只要有雅集，不必担心无参与集会之人；另一方面有强调之意，诂经精舍弟子之所以能被汪远孙吸引，可能是汪远孙通训诂擅词章，这正与精舍弟子的学人和文人趣味相合。此外，振绮堂的藏书，或许是促进文士凝聚成群的因素之一。

查考《清尊集》《销夏倡和诗存》及汪远孙、汪鈇等人的诗集，可考出道光二年至道光二十年前后汪氏文士参与的雅集与唱和有六十八次之多。（见附录表3.3"道光二年至道光二十年前后汪氏文士参与的雅集与唱和表"）六十八次，只是编选的结果。以《清尊集》所涵盖的百余次集会推测，汪氏文士参与的雅集与唱和之数，应远在此数目之上。

表3.3所列十余年的雅集与唱和，所选择的地点明确可考者，在西湖和周边景点的有十三次，而在汪氏馆舍的有十九次，其中水北楼十一次，东轩（或静寄东轩）① 五次，半潭秋水一房山、振绮堂、画隐楼各一次。当然，还有一些唱和，虽未标明地点，但也极有可能在汪氏馆舍内，此类暂不论。汪氏馆舍的清美，多见于家族外文士之叙写。如胡敬写汪远孙的半潭秋水一房山：

---

① "静寄东轩"源自陶潜《停云》："静寄东轩，春醪独抚。"意谓静居于东轩之下，独自饮酒。见袁行霈《陶渊明集笺注》，中华书局，2003年，第4—5页。

> 看山看水懒出郭，借君园林卧游足。君家山水太崛奇，不贮园林贮轩屋。奇峰环列虚其中，有轩横跨池中通。前池屋覆后池敞，碧沙文石鱼浮空。（下略）①

仅从诗句来推测，汪氏的这一园林规模比较可观。汪氏祖籍徽州歙县，胡敬的"君家山水太崛奇"，似表明徽州风格的园林与杭州本地园林有意趣之差别。前文提及水北楼在西湖之滨，它在胡敬诗笔下屡屡出现，如春日之修禊，初冬看红叶，隆冬之对雪。

> 春深尚重裘，佳节忘上巳。多君好昆仲，招共二三子。②

> 从此园林可借居，安排诗几扫花除。③

胡敬和汪氏文士交往密切，在其诗集中有六十余首诗与汪远孙、汪适孙及汪鈇、汪端直接关联。胡敬既是汪家的姻亲，又在文学和学术上是汪远孙等人的老师前辈。他与陈文述是乡试同年，陈文述之子娶汪端。以此推之，对于汪远孙而言，胡敬要长两辈。胡敬是嘉庆十年进士，尝任《全唐文》《明鉴》总纂官，诗文并擅，有著述多种行世。胡敬出入汪氏馆舍，与汪氏文士往来密切，如胡敬与汪端的唱和，与汪远孙的"深知性情"④的晤聚，必然对汪氏家族的文学有积极影响。胡敬将汪远孙列为三位至友之一，他是汪远孙诗作的阅读者或评说者，其诗中有"频年寄我什"⑤ 之句。《挽汪小米中翰》四首其一有句云：

---

① 胡敬《雨中集汪小米—房山观瀑》，见《崇雅堂诗钞》卷七，《续修四库全书》本，第199页。
② 胡敬《上巳雨中汪又村招集水北楼修禊》，见《崇雅堂诗钞》卷九，第233页。
③ 胡敬《春日同人集汪小米水北楼分得书字》，见《崇雅堂诗钞》卷九，第222页。
④ 胡敬《内阁中书小米汪君传》，见《借闲生诗》卷首。
⑤ 胡敬《孟夏和屠修伯登韬光作写寄小米时已病不及展视矣诗未起草追记存之复用韵赋四章以志哀痛》其四，见《崇雅堂诗钞》卷十，第242页。

欲挽时流返古风，十年心迹印相同。识君已在耕归后，许我能超习俗中。偶占科名情冷淡，不矜家世度谦冲。择交似此交原重，太息书帷一夕空。①

作为汪远孙的性情之交，胡敬自然能体会出水北楼之妙，他作《题水北楼》八首，其五云：

遗砚依然旧日庐，避喧书味领三余。
载将秋色波间艇，添得春光陌上车。
日落柳阴看洗马，月明芦薄听叉鱼。
楼居莫讶神仙好，只恐蓬瀛尚不如。②

水北楼等已不是汪氏文士独享的园林，它们接纳汪氏姻亲，也吸引《清尊集》卷首所列的众多诗友。汪氏文士，特别是汪远孙和汪鉽在表3.3 所列的一系列活动中起主导作用。以道光唱和频频的销夏之会而言，几乎每一唱和都有汪氏文士参加，有多次唱和是以汪氏文士为主体，如《午睡》《画隐楼晓望》唱和，参加者为汪鉽、汪远孙、汪迈孙；而《夏日闲居》《夏闱用唐女子光威哀联句韵》等唱和是汪氏三人与胡敬。故胡敬称此次销夏之会为"小米［汪远孙］扬其波，剑秋［汪鉽］衍其派"③。汪远孙在东轩吟社中的核心作用，可从道光十五年所作《诗社久阕仲秋二十四日招同人集水北楼漫成二律以当息壤》看出，诗中有句云："草堂结社一星终，多少悲欢此集中。卧榻看山输贱子，骚坛树帜仗群公。杯盘随分休拘例，诗卷娱情底要工。"④

以汪氏馆舍为中心的雅集唱和活动能延续十余年，是因为其中有著名

---

① 胡敬《崇雅堂诗钞》卷十，第241页。
② 胡敬《崇雅堂诗钞》卷十，第238页。
③ 胡敬《销夏唱和诗存序》，见《销夏倡和诗存》卷首，道光十五年刊本。
④ 汪远孙《借闲生诗》卷三。

的东轩吟社的维持。黄士珣云:"东轩故汪氏先人雅集之地,〔吴衡照〕因与主人小米远孙续为吟社,月一会,会不必东轩,而东轩为多。"① 汪远孙请知名画家费丹旭(晓楼)绘《东轩吟社画像》,选七十六人中二十七人入图。费丹旭画名满东南,山水人物兼工传神,此图"高尺有咫,长三丈余,……布置树石,点缀琴尊,极惨淡经营之致"②。现录其中一段文字,并附汪氏文士部分图像(见图 3.2、图 3.3),由此可揣想当日诗会之盛况。

> 灌木依岩,略彴横水。随负花童子度而来者,汪剑秋鉽也。一童子扫花径,穿岩背出,老树下倚石阑、执葵扇者,秀水庄芝阶仲方。背侍女郎指荷池与语者,黄芗泉士珣。……水槛半露,二人对坐其中,女郎执拂侍者,为余杭严鸥盟杰及小米,小米执卷若问难状。(见图 3.2)小阁相连,据案作吟社图者,晓楼自貌也。……童子捧壶坐梧桐下,浮大白者,汪觉所皋。据石几捻吟髭者,胡书农敬。……古松蟠拏,下荫怪石,坐而琴者,武进汤雨生贻汾。并坐者,陈扶雅善。侧听者,钱蕙窗师曾。倚松根抚膝而坐者,汪又村适孙。(见图 3.3)松旁有石壁焉,童子捧砚执笔就题者,嘉兴张叔未延济也。茂林修竹,别成境界,二人自水石间来,持白团扇者,汪少洪迈孙。奚童捧诗卷于旁者,汪小逸秉健。③

仅以此七十六人中的二十七人与《清尊集》卷首所列七十六人题名相比,略有差别,画像中的龚丽正与高垲不在《清尊集》题名录中,不知何故?或许是吟社中往来之人较多,各家记忆因而略有出入。

画像将汪氏家族的几位重要文士都列入;就性情而言,他们也确实能

---

① 黄士珣《东轩吟社画像记》,见《东轩吟社画像》卷首。
② 张鸣珂《寒松阁谈艺瑣录》卷一,《续修四库全书》本,第 353 页。
③ 黄士珣《东轩吟社画像记》,见《东轩吟社画像》卷首。

融入这一诗人群体。汪远孙不必言,譬如汪鈵,"嗜学,尤工填词,喜纵游山水,大风雪亦偕童冠二三人笠屐登揽,买醉而归,习以为常",汪阜"常羊湖山,踢宕文宴,殆无间日",① 而汪远孙弟五人,皆能诗词,汪适孙有《甲子生梦余词》,汪迈孙有《道盦斋诗》,汪通孙有《余闲堂诗稿》,汪迪孙、汪述孙之诗,收入《国朝杭郡诗三辑》卷五十。在汪氏诸文士中,汪鈵尤刻意于词章,对于汪远孙而言,"虽为尊行,而性相契合,乐与倡和。或相偕宾席,或共策吟筇,中翰〔汪远孙〕集中犹间有联句。东轩吟社之集十余年,一时名流多与其中,剑秋周旋坛坫,兴复不浅"②。汪氏文士的倡导,其他诗友的热情参与,使得唱和与雅集既得吟社外文士的推赏,更得社内人的充分认可。

> 白头诸老吟怀健,杭厉而还有替人。(张珍皋)

> 兰亭回首久陈迹,觞咏胜事今千年。(钱杜)

> 故交彭泽荒三径,雅会兰亭阅九年。(胡敬)

> 藏书甲东南,亭馆致幽旷。吟社推扶轮,老辈未多让。(杨文荪)

> 一编诗集读《清尊》,白社风流羡尚存。(刘喜海)

> 东轩会比西园集,主客图中如相呼。(王柏心)

> 豪情北海徒尊酒,雅集西园更画图。③(洪昌燕)

---

① 见《东轩吟社画像》小传部分。
② 高学治《二如居赠答词序》,见汪鈵《二如居赠答词》卷首,光绪十七年刻本。
③ 见《东轩吟社画像》题词部分。

图 3.2 《东轩吟社画像》之四

图 3.3 《东轩吟社画像》之十

图3.2和图3.3选自《东轩吟社画像》（光绪二年刻本）。此木刻本相较《东轩吟社图》绘本而言，略去了较多背景与细节。

诸家题词将东轩吟社引入兰亭集、白莲社、主客图、西园雅集，直到开清代浙江文学风气的杭世骏、厉鹗的谱系中，一个家族文士的浓烈兴趣对一地文学风气产生的影响竟如此可观。上引杨文荪的诗句就有表彰之意，"吟社推扶轮"，是强调汪氏文士之功；而"老辈未多让"，则是指可与杭、厉媲美。

在这二十年间，费丹旭在众文士中另一有影响的作品当推厉鹗画像。据费丹旭诗集所记，他先后作厉鹗像二帧，其一见诗题《为奘子复（疑）摹厉征君集中溪楼作韵》，其二为《五月二日同人悬樊榭征君像于水北楼设祀用集中生日有感诗韵纪事分题于帧付交芦庵永为瓣香之奉》，其中有句云："杯传蒲酒又今日，图展冰绡已隔年。（余摹征君像有二，一以赠子复，此第二帧也。）"① 于水北楼设祀纪念厉鹗不是一件随兴偶发之事，而可视为厉鹗成为典范性人物的重要事件。

汪氏家族文士对厉鹗有特别的感情。在汪璐辑《藏书题识》残存部分的记录中，厉鹗的著作有四种，厉鹗所题跋书籍有一种；《振绮堂书目》卷二记录《樊榭山房文集》四册。汪远孙继室汤漱玉性爱六法，于古今宫闺善画者俱能鉴别精审，然未成书，汪远孙续搜得数百人，编成《玉台画史》，以配厉鹗《玉台书史》。② 光绪十年汪氏振绮堂刊《樊榭山房全集》，整理编辑之事，由汪氏文士承担；"全集"后的附录是《振绮堂诗存》和《松声池馆诗存》。③ 如果说这种关联还是外在的推崇，作诗用厉鹗诗作之韵，则可视为神意方面的体认。

以东轩吟社诗人群而言，《清尊集》中用厉鹗诗作韵八次，祭祀厉鹗的雅集三次。汪端《自然好学斋诗钞》有《西溪吊厉樊榭墓》诗，汪远孙《借闲生诗》中用厉鹗诗韵之作四首。除此之外，还有一细节不可忽略，《销夏倡和诗存》中有汪鈇、汪远孙、胡敬、汪迈孙的《夏日用唐女子光威哀联句韵》，题目中唐女子光、威、哀为姊妹三人，其姓不详，有七言

---

① 费丹旭《依旧草堂遗稿》不分卷。
② 施淑仪辑《清代闺阁诗人征略》卷八，第450页。
③ 可作补充的是朱文藻编有《厉樊榭先生年谱》，今收入《北京图书馆藏珍本年谱丛刊》。

联句诗，为鱼玄机称赏。这一风雅之举，很可能是对厉鹗《杭堇浦招集寄巢戏赋冬闺用鱼玄机和光威裒联句韵（消寒第一会）》的效仿。① 有学者指出厉鹗诗歌在艺术形式方面的最大特点是宗宋，具体表现是专法宋代诗人，好用宋代典故。② 东轩吟社诗人群对厉鹗的重视，也是承续宋代诗风的一种体现。在《销夏倡和诗存》中，用苏轼诗韵四次，用梅尧臣诗韵一次，用韩愈诗韵三次，用杜甫诗韵一次。汪宪诗集中用梅尧臣诗韵一次，苏轼诗韵二次，韩愈诗韵一次。用韵创作就诗艺传承而言，是与前人之作在形神上的潜心对话，无论是模仿还是突破，都在前人作品的影响之下。

上列自汪宪以来的诗人群，对梅尧臣的留意，可能是其在建立宋诗独特风貌的过程中，得风气之先的缘故；而对苏轼诗的偏爱，也许是苏轼诗最能体现宋诗特色，又能克服宋诗的尖巧生硬和枯槁乏味的缺点，而韩诗对宋诗题材走向产生深刻影响，受梅尧臣等人称赞。③ 因此，振绮堂诗人群所学习的诗人，从韩愈、梅尧臣到苏轼，再到近世厉鹗，在诗艺方面具有内在的关联。而厉鹗地位的更加突出，或许首先是因为厉鹗乃有清一代开浙派诗的乡贤前辈，其次因为厉鹗是诗人兼学人。厉鹗以诗名海内者三十年，"大江南北所至，多争设坛坫，奉为盟主"，其诗"以清和为声响，以恬淡为神味，考据故实之作，搜瑕抉隐，仍寓正论于叙事中"，④ 娴雅修洁的诗风，以及诗中所蕴含的学问，特别是对两宋史事的精熟，正合汪远孙及稍早的诂经精舍文士群的审美趣味，这种趣味或许是承平之际、风雅鼎盛之区文士闲适生活的表征。在表3.3所列雅集唱和中，以汪氏家族图书器物为主题者，就有八次，如《题小米松声池馆勘书图》《题剑秋除夕祭砚图》《振绮堂咸淳临安志刊成招饮有赋》；而《分题武林古迹》之类的同题之作，思古之幽情与识古之学问皆不可缺少。但也不可否认振绮堂

---

① 厉鹗《樊榭山房集》卷六，上海古籍出版社，1992年，第1395页。
② 朱则杰《清诗史》，江苏古籍出版社，2000年，第227页。
③ 莫砺锋《论苏轼在北宋诗坛上的代表性》《论韩愈诗的平易倾向》，分别见《唐宋诗歌论集》（凤凰出版社，2007年）第262、293、142—143页。
④ 阮元《两浙輶轩录》卷二十一，第660页。

诗人群在学习厉鹗的过程中，学问和故实的追求对诗艺略有损害，少数诗作有饤饾掉扯之病。

振绮堂及汪氏文士，因天时（承平之世）地利（身在杭州）人和（先与杭、厉相接，后又多投合者），加之其崇尚的学问与性情，集结了一批文士，通过雅集与唱和，使厉鹗诗之传播获得了更大的空间。

余　论

汪远孙道光十六年辞世，年四十三岁。此后汪氏家族文士参与的雅集唱和仍在继续，如汪鈵的诗集以及胡敬的诗集即有记载，但整体而言，是呈衰颓之态。咸丰三年汪迈孙去世，自道光十六年至此的三十余年间，汪氏家族"家用日繁费，且资产以分而见少"，又当铺经营亏损，"是时家中景况，已非昔比，即大乱不起，亦不能支矣"。① 汪迈孙之子汪曾本二十岁中举，但此后两次会试失利，后为生计四处奔波。光绪十五年汪康年中浙江己丑恩科第六名，堂兄汪大燮、堂弟汪鹏年也同科中举。② 重振家族之日似要到来，汪大燮在给汪康年的书札中说："杭中吾家局面，非有人振兴不可，而其势又不甚顺，故尤望吾弟极力写字也。"③ 书札中多谈写字，尤其是习楷书，当是为科举考试作准备。早期汪康年弟兄的信札，多有焦虑之意，揣摩举业是汪氏兄弟中常谈起之事，在此境况下，学问之长进自成问题。汪大钧致汪康年函云：

吾家自遭兵燹，当年诸先辈，多以衣食故奔走四方，故家遗

---

① 汪诒年《汪穰卿先生传记》，第3页。
② 汪氏家族在咸同之际景况，可参见廖梅《汪康年：从民权论到文化保守主义》，上海古籍出版社，2001年，第3—9页。
③ 上海图书馆编《汪康年师友书札》，上海古籍出版社，1986年，第645页。汪大燮致汪康年的信函中还有类似之语："吾家局势涣散，以致如今日之不能振兴。将来必得一个带一个，大以成大，小以成小，视其人之才，量我躬之力，不可再分畛域矣。"（第643页）"吾辈倘有出头之日，宜以敬宗收族为第一义，不力挽颓风，后之人必有起而为盗者矣。"（第653页）

风，阒焉几尽，昆季中粗识途径，可绍家业者，惟岭南三数人耳。然均少遭孤露，兼筹家计。弟于诸人中空言特甚，故其行最远，其荒落亦最久，即伯兄与兄亦颇为境累矣。泛览群籍，而无专门之业，此我兄弟之短，不可为外人道者。近年家运渐有转机，功名闻誉颇有意外之获，而虚实之故则自知之，深自刻励，企而及焉。①

持此语与汪氏家族嘉道年间的盛况相比，确实有"故家遗风，阒焉几尽"之感。变化之迹象，除家业由盛及衰外，还表现在汪氏文士的心态上。前此汪氏文士不事举业或不以举业为重，而现在则从制艺程式到习字方面皆细加揣摩；前此家族中多诗人，家中多雅集，是从容的诗意世界，现在则重经世之业，汪康年、汪诒年、汪大燮办《时务报》《中外日报》，所写之文乃政论，诗歌传统已断绝，汪康年的著作集中无诗，亦无闲情雅致之文。战乱摧毁了汪氏家族的经济来源，世变改变了汪氏文士的处世态度。一个文学世家和藏书世家渐然没落。"一家之兴亡，亦有数在，但人事不能不尽耳。气象如此，吾辈恐不足挽回万一。"②

"振绮堂中万轴书，乾嘉九野有谁如？"③ 这是龚自珍《己亥杂诗》中的诗句，龚自珍之父龚丽正是《东轩吟社画像》中人，而他本人与汪远孙兄弟有交往，写此诗时，振绮堂犹在，故多有赞美之意。而到汪康年弟兄手中，"万轴书"恐只存一二，书散楼毁，唯有标志性的振绮堂存在，汪氏文士仍以振绮堂或"钱唐汪氏"刊刻群籍。振绮堂是他们心目中的族徽。查检书目，振绮堂刊印书籍，自乾隆至民国初年，除中间战乱外，一直绵延未绝。（见表 3.4 "汪氏振绮堂刊印书籍目录"）这些书中，属于汪氏族人的有十种，厉鹗四种，杭世骏一种，姻亲与友朋的有十三种。文章不朽，寿比金石。当水北楼、东轩、振绮堂等馆舍园林消失之后，汪氏文

---

① 上海图书馆编《汪康年师友书札》，第 608—609 页。
② 上海图书馆编《汪康年师友书札》，第 699 页。
③ 龚自珍著，王佩诤校《龚自珍全集》，上海古籍出版社，1975 年，第 525 页。

士及其他师友借助书籍之刊印,又神奇地集合在一起。

总结上文述论,可得以下七点结论:

其一,汪氏自徽州歙县入杭,经营典当业,有足够的资财保证文学活动的进行;文学活动为汪氏家族建立起以"旧家"为主的人际网络,从而扩大家族在杭州的影响。汪氏家族是徽商入浙、亦商亦文的成功个案,其他来自徽州的藏书和文学家族有吴焯家族,鲍廷博家族,汪森、汪文柏、汪文桂家族。

其二,由以上一点并结合前文,可以断定有实力的藏书楼往往是文人活动中心,如吴焯及其子的瓶花斋,赵昱及赵一清的小山堂,汪氏三兄弟的裘杼楼,还有本文重点讨论的汪氏振绮堂。从浙江放眼到江苏,也可找到例证,如马氏兄弟的小玲珑山馆、黄丕烈的百宋一廛、袁廷梼的渔隐小圃。① 对清代文士的活动空间的探究,或许可因此再拓宽些许。

其三,以汪氏振绮堂为活动中心的诗人群,从汪宪开其端,至汪远孙兄弟最为兴盛,七十六人的东轩吟社及《东轩吟社画像》乃兴盛的标志。

其四,振绮堂诗人群以汪氏几代文士为中心,其中包括数位女性。汪氏文士有发起推动之功。围绕中心的有汪氏家族馆师,有多重关联的姻亲,还有其他性情投合的诗友,如诂经精舍文士群。

其五,汪氏的馆舍园林是唱和雅集的中心,汪氏文士在此良好环境中成长,或参与唱和,或得往来文士的指点。汪氏家族文学传统的形成,汲取了大量外来的文学营养。

其六,汪氏文士对厉鹗有特别的感情,如收集刊刻其著作,于水北楼为其设生日祭,用其诗韵作诗。此种连贯性的行为既可视为对本土前辈的敬重,更可看出崇尚宋诗的诗学取向。

其七,汪氏文士在参与诸多文学活动外,还以振绮堂的名义刊印族人、师友、乡贤著作,自乾隆至民国初年,除因战乱中断外,刊印活动自

---

① 黄丕烈、袁廷梼的相关论说,见徐雁平《"荛圃藏书题识"与嘉道时期吴中文士活动图景》,见莫砺锋编《周勋初先生八十寿辰纪念文集》,中华书局,2008年。

成脉络。振绮堂是家族的标志。

附 记

本文完成于2007年年底，2008年4月于研究生专题课"清代文学与学术"与诸位同学讨论初稿，随后投稿台北《汉学研究》，接纳匿名评审的建议，修订两次，2009年2月定稿。今日翻检电脑中储存所得清代文史研究论文，于柳向春《陈奂交游研究》（复旦大学中国古代文学研究中心2005年博士论文）发现陈奂与振绮堂交往事迹，颇可补本文之未及。照理应引入正文，改订振绮堂的馆师为五人之论。然本文结构已定，如再引大段文字，似有不妥；且陈奂相关史料，与本文之"诗人群"略有不合。故录附柳文重要史料与考订于此，以见振绮堂在当时学术研究中的重要作用。2009年3月30日记。

"道光十一年（1831），陈奂重抵杭州，与汪远孙相偕寄宿于西湖葛林园。六月，赁西溪俞氏之屋，有终老之志。"（柳文，第24页）

"道光十三年（1833），陈奂为汪远孙所订，助汪远孙、吴颢校刻《国朝杭郡诗辑》，从此，陈奂即馆于振绮堂中。陈奂坐馆汪氏，宾主相得，酬酢甚欢。陈奂尝追忆此际与汪氏一门之交游云：

余之治《毛诗》也，初为《义类》，随类分编。小米曰：近代法家，治毛必兼郑，宗传说者，非君而谁矣！盍为大毛公传作专疏乎？余羸弱，恒多疾。小米又曰：吾侪精力不逮古人，万一中道不讳，又无贤子孙以绍其业，不如早为之，所赖有一二知之者共相确证乎？此乙未年事也。先是，小米喜读《汉书地理志》，又留心《春秋》《国语》及陆氏《经典释文》，闻京都藏书之家有旧抄本出，重财购得之，欲作《释文》注若干卷，余曰：《释文》无善本，《集韵》之所散载，犹是不经改之书。对《集韵》校《释文》，裁得善本。本子已定，正是非，辨得失，廓清之功伟矣！于后已《释文》之学，遂并心致力于《春秋》《国语》无厌倦。……余时时贡其疑，小米或题之。呜呼！小米春秋强盛，深思好学，庶乎同术，切磋有功，草创初成，修饰未备。丙申四月十二日，小米与余共立课程，炷香刻度，晨起得齿痛，余曰：外疾也，不可医。医之不效，延入内疾。疾笃，犹自注释，密勿无已。五月八日遂卒，卒年仅四十有三耳。小米姓汪氏，名远孙，小米其字也。先世黟人，徙居武林为名族。家有振绮堂，书目数十万卷，甲于郡。丙子举乡，官中书，不就仕。……好读书以自乐，交知名士遍天下。出与诸前辈宴乐酬和，消摇乎山水之胜；入则闺房静好，衽席间若遇师友。元配梁孺人，继配汤孺人，并有著述，行刻于世。杭州自我本朝定鼎，名流辈出，堇浦之淹博，大鸿之严峻，杭人至今师事称之。故诸前辈相引成风，好道词章，作为吟社，绘图以盛纪其事。诸前辈愿与小米约共入社，小米亦不违诸前辈意，而其胸次磊落，渊雅宏通，独具巨眼，视密如发，卓然为经学名家，诸前辈或不知之，而小米不欲讻讻负经学鸣于时，其韬晦有如此也。卒之日，弟亚虞名适孙，陈其兄遗书，请任以校雠之役。……诸亚虞请，既受其书而不辞。惟余时作《毛诗疏》，而稿未脱清。亚虞亟趣为之。朝夕披览，寒暑无间。盘桓于西湖之水北楼，楼后他属，又优游岁月，信宿于馆驿后之观驯斋。其斋与楼也，皆小米读书地也。亚虞悬乃兄像于堂壁间，对之如良友焉。余作句云：君去更无知己友，我留且读未刊书。盖纪其实也。亚虞曰：子之书录稿矣，吾兄之书落成矣，其将趣而锓诸版可乎？亚虞忽得舌强病，余有事于嘉禾，及返，视亚虞病急，竟目瞑而长逝矣。癸卯十月十八日也。……盖余与汪氏交二十有年矣。余少游学，不轻与人交，交必久，识振绮昆季，不思远出，流寓于西湖山西之西溪，去就自由，主宾相合。①"（柳文，第25—27页）

"陈奂居于振绮堂之际，或则曾司典掌图籍之责。故而一时学人之欲观书汪氏者，皆与陈奂有所往来。"（柳文，第27页）

"道光二十年（1840）夏，劳格请陈奂借振绮堂所贮朱彝尊旧藏《大

---

① 陈奂《国语校注三种序》，见《三百堂文集》卷上，1935年《乙亥丛编》本。此处引文与柳向春博士学位论文引文稍有差异，特此说明。

唐类要》以备校勘之需。而止道光二十七年（1847），吴兴丁宝书再就陈奂借观振绮堂所藏《大唐类要》。……再若道光二十二年（1842）五月，陈奂于汪氏馆中检得明嘉靖四年柯维熊校本《史记》世家及列传，寄予嘉兴钱泰吉等，皆见振绮堂藏书于陈奂之交游及学术事业之重要意义。"（柳文，第28页）

附录

表3.3　道光二年至道光二十年前后汪氏文士参与的雅集与唱和表

序号	时间	作者	诗题	出处
1	壬午（道光二年）	汪远孙	《人日大雪初霁偕余丈慈伯（锷）章次白（黼）吴桵华（鄂堂）孙雨生（承福）雨珊（曰烈）午泉（曰庠）泛湖上小饮苏祠读书堂分韵得日字》	《借闲生诗》卷一
2	壬午	汪远孙	《上巳同吴桵华周鉴湖（承烈）王羲亭（兰）袁藕生（灏）井眉叔亚虞我斯两弟湖上修禊用梅宛陵韵》	《借闲生诗》卷一
3	壬午	汪鈗	《壬午孟夏集童肖轩（光炜）赵子骏（荣勋）家竹君（廷锡）六我（镐）泛舟湖上自茆家埠至灵隐登韬光绝顶日暮归舟即事联句限韬字得二十四韵》	《二如居赠答诗》卷上
4	甲申（道光四年）	胡敬	《雨中集小米半潭秋水一房山观瀑》	《清尊集》卷一
5	甲申		《题小米松声池馆勘书图》	《清尊集》卷一
6	甲申	胡敬	《集小米静寄东轩送扶雅之吴门》	《崇雅堂诗钞》卷七
7	甲申		《八月二日书农招集报国院池上》	《清尊集》卷一
8	乙酉（道光五年）	胡敬	《花朝集樊桐馆以小米携来朱碧山银槎觞客同赋长歌》	《清尊集》卷二

(续表)

序号	时间	作者	诗题	出处
9	乙酉	汪远孙	《仲冬十五日钱许玉年梁晋竹表史（绍壬）于孤山巢居阁玉年以冬心先生天寒欲雪水际小楼台词意写孤山话别图分韵得台字》	《借闲生诗》卷一
10	乙酉		《题小米重得旧藏吕东莱春秋大事记后》	《清尊集》卷二
11	丁亥（道光七年）	汪远孙	《钱武肃王铁幢歌》	《清尊集》卷三
12	丁亥	汪适孙	《飞来峰》	《清尊集》卷三
13	丁亥	汪迈孙	《送春曲》	《清尊集》卷四
14	丁亥	汪远孙、汪道孙	《春秋宫词》	《清尊集》卷四
15	丁亥	胡敬	《小米席上出翠螺杯饮客同人赋赠》	《崇雅堂诗钞》卷八
16	戊子（道光八年）	胡敬	《小米招同人集灵隐山庄作烧笋会饭前先游弢光余时以腰病坐冷泉亭相待坐此解嘲》	《崇雅堂诗钞》卷八
17	戊子		《题剑秋［汪鉽］除夕祭砚图》	《清尊集》卷六
18	戊子		《分题武林古迹》	《清尊集》卷七
19	戊子		《题小米继室汤德媛漱玉寒闺病趣图》	《清尊集》卷七
20	己丑（道光九年）		《鹅黄李》	《清尊集》卷七
21	己丑		《题南湖华隐楼图》	《清尊集》卷八
22	庚寅（道光十年）	胡敬	《春日同人集汪小米水北楼分得书字》	《崇雅堂诗钞》卷九
23	庚寅	汪远孙	《上巳雨中偕鸥盟丈冯柳东（登府）孙花海邵庵两姑丈孙云壑我斯弟水北楼禊饮即送柳东之四明教授任》	《借闲生诗》卷三

(续表)

序号	时间	作者	诗题	出处
24	庚寅	胡敬	《初冬小米招集水北楼看红叶》	《崇雅堂诗钞》卷九
25	庚寅		《春日小米招集水北楼以闭户视书累月不出登山临水竟日忘归平声字分韵》	《清尊集》卷八
26	辛卯（道光十一年）	胡敬	《五月二十七日招同人集水北楼》	《清尊集》卷十
27	辛卯	钱师曾	《六月同人集振绮堂率成一律奉赠主人》	《清尊集》卷十
28	辛卯		《振绮堂咸淳临安志刊成招饮有赋》（四人作诗）	《清尊集》卷十一
29	辛卯		《祁忠敏公遗砚歌》	《清尊集》卷十一
30	辛卯		《小米新得吴姬诗以调之》	《清尊集》卷十二
31	辛卯		《岁除日雪中小米招同人湖上探梅》	《清尊集》卷十二
32	壬辰（道光十二年）		《费君晓楼摹厉征君遗像以赠奚君子复盖子复所居榆荫楼即昔年鲍氏溪楼也胜地因缘余风未沫亦翰墨中一段佳话晓楼属媵以诗同用征君溪楼作元韵》	《清尊集》卷十三
33	壬辰		《过小米三层楼眺雪用前韵》	《清尊集》卷十四
34	壬辰	汪远孙	《小除日芗泉招集湖上叠前韵》	《清尊集》卷十四
35	癸巳（道光十三年）		《喜晴同人集小米静寄东轩》	《清尊集》卷十四
36	癸巳		《上巳日小米又村招集水北楼雨中修禊以洞口桃花上巳山分韵》	《清尊集》卷十四
37	癸巳	汪菊孙	《题河东君妆镜》	《清尊集》卷十五
38	癸巳		《五月二日同人悬樊榭征君像于水北楼设祀即用集中生日有感诗韵纪事分题于帧付交芦庵永为瓣香之奉》	《清尊集》卷十五

（续表）

序号	时间	作者	诗题	出处
39	癸巳	胡敬	《小除日芍泉招集湖上次小米韵》《小米招饮静寄东轩仍用前韵》	《崇雅堂诗钞》卷九
40	甲午（道光十四年）	胡敬	《上巳雨中小米招集水北楼分得映字》	《崇雅堂诗钞》卷十
41	甲午	汪远孙	《脾疾止酒用梅宛陵樊都官劝止酒韵》	《销夏倡和诗存》
42	甲午	汪远孙	《晚凉招书农先生小酌诗以代束三叠前韵》	《销夏倡和诗存》
43	甲午	汪鋆	《喜芍泉疾愈诗以代讯》	《销夏倡和诗存》
44	甲午	汪远孙、汪鋆、汪迈孙	《午睡》	《销夏倡和诗存》
45	甲午	汪鋆、汪远孙、汪迈孙	《画隐楼晓望》	《销夏倡和诗存》
46	甲午	汪远孙	《烹雪水试灵隐僧所遗野茶用东坡试院煎茶韵》	《销夏倡和诗存》
47	甲午	汪远孙、胡敬、汪鋆、汪迈孙	《夏日闲居》	《销夏倡和诗存》
48	甲午	汪鋆、汪远孙、胡敬、汪迈孙	《夏闺用唐女子光威裒联句韵》	《销夏倡和诗存》
49	甲午	汪鋆、汪远孙、胡敬	《池上纳凉联句用韩孟纳凉联句韵》	《销夏倡和诗存》
50	甲午	汪远孙、汪鋆、胡敬、汪迈孙	《观驯斋石笋用昌黎山石韵》	《销夏倡和诗存》

（续表）

序号	时间	作者	诗题	出处
51	甲午	汪远孙、汪鋆	《张云巢鹾使招集玉玲珑阁再叠前韵》	《销夏倡和诗存》
52	甲午	汪鋆、汪远孙、胡敬、汪迈孙	《雨后口占》	《销夏倡和诗存》
53	甲午	汪远孙、汪鋆、汪阜	《枯桂叹用少陵枯楠韵》	《销夏倡和诗存》
54	甲午	胡敬	《以藏香赠小米用东坡子由生日以檀香观音像及新合印香银篆盘为寿诗韵》	《销夏倡和诗存》
55	甲午	汪远孙、汪鋆、胡敬	《买得红鲤一头放之池中用东坡放鱼韵》	《销夏倡和诗存》
56	甲午	胡敬、汪鋆	《水北楼观金龟镇纸云是山舟先生所遗盖唐时物也诗以识之》	《销夏倡和诗存》
57	甲午	胡敬、汪远孙、汪鋆	《秋暑用韩孟秋雨联句韵》	《销夏倡和诗存》
58	甲午	胡敬、汪鋆、汪远孙	《新秋闺词仍用光威裒联句韵》	《销夏倡和诗存》
59	甲午	汪适孙、汪远孙、汪迈孙、汪鋆、费丹旭	《喜费子苕至》	《销夏倡和诗存》
60	甲午	费丹旭	《甲午春汪剑秋（鋆）小米（远孙）坐冷泉亭联句用石田卷中刘宾山汝其通韵秋日至杭为剑秋作图纪游复与联句》	《依旧草堂遗稿》

(续表)

序号	时间	作者	诗题	出处
61	乙未（道光十五年）	汪远孙	《诗社久阕仲秋二十四日招同人集水北楼漫成二律以当息壤》	《崇雅堂诗钞》卷三
62	庚子（道光二十年）	胡敬	《又村招游灵隐感作仍用去春游韬光元韵》	《崇雅堂诗钞》卷十
63	庚子	胡敬	《同人集古欢书屋汪剑秋用东坡乐令先生生日以铁拄杖为寿二首韵咏天台藤杖寿余七十依韵奉答并抒近怀》	《崇雅堂诗钞》卷十
64		汪鈵	《秋夜晓楼沈竹宾（焯）集东轩时竹宾寓吴山》	《二如居赠答诗》卷下
65		汪鈵	《梅花引·同晓楼家小逸（秉健）登癹光》	《二如居赠答词》
66		汪鈵	《黄芩泉（士珣）吴仲耘（振棫）张仲甫（应昌）晓楼小集东轩时仲耘将入都》	《二如居赠答诗》卷下
67		汪鈵	《竹宾约过寓斋雨阻不果同晓楼次家少洪（迈孙）韵》	《二如居赠答诗》卷下
68		费丹旭	《南山秋禊图题为奚子复七十寿子复避寿湖上是日集者为罗镜泉（以智）汪剑秋又村（适孙）及吾乡张同庄（珍臬）高巳生（锡蕃）期而不至者朱沁泉（步沆）》	《依旧草堂遗稿》

表 3.4　汪氏振绮堂刊印书籍目录

序号	作者	作品	时间
1		《御题曲洧旧闻》	乾隆刻本
2		《御题书苑菁华》	乾隆刻本
3	汪初	《沧江虹月词》	嘉庆九年刻本
4	厉鹗	《东城杂记》	嘉庆二十五年刻本
5	厉鹗	《辽史拾遗》	道光元年刻本

(续表)

序号	作者	作品	时间
6	杨复吉	《辽史拾遗补》	道光元年刻本
7	汪端	《明三十家诗选初集》《二集》	道光二年刻本
8	梁履绳	《左通补释》	道光九年刻本
9		《咸淳临安志》	道光十一年刻本
10	吴衡照	《莲子居词话》	道光十二年刻本
11	赵雍	《赵待制遗稿》	道光十二年刻本
12	舒位	《瓶笙馆修箫谱》	道光十三年刻本
13	梁绍壬	《两般秋雨庵随笔》	道光十七年刻本
14	汪端	《自然好学斋集》	道光十九年刻本
15	汪远孙（辑）	《清尊集》	道光十九年刻本
16	汪远孙	《借闲生诗》	道光二十年刻本
17	黄士珣	《北隅掌录》	道光二十五年刻本
18	厉鹗	《东城杂记》	道光二十七年刻本
19	陈奂	《诗毛氏传疏》	道光二十七年刻本
20	阎若璩	《尚书古文疏证》	同治六年刻本
21	王鼎诗	《劫余存稿》	同治七年刻本
22	费丹旭	《依旧草堂遗稿》	同治七年刻本
23	费丹旭（绘）	《东轩吟社画像》	光绪二年刻本
24	厉鹗	《樊榭山房集》	光绪十年刻本
25	杭世骏	《道古堂全集》	光绪十四年刻本
26	汪璐	《松声池馆诗草》	光绪十五年刻本
27	汪初	《沧江虹月词》	光绪十五年汪曾唯修补本
28	汪鈇	《二如居赠答诗词》	光绪十七年刻本
29	汪康年（辑）	《振绮堂丛书二集》（其中有汪宪辑《列女传》）	光绪二十年刻本
30	汪康年（辑）	《振绮堂丛书初集》（其中有汪远孙《经典释文补续偶存》《借闲随笔》）	宣统二年活字排印本
31	汪曾诒	《汪穰卿先生传记七卷附遗文三种》	民国二十七年杭州汪氏铅印本

第四章 文章经典化·古文删改·文学批评

张知强　编写

[上] 解　读

一、古文删改：特殊的经典化方式

二、文献学与文艺学的结合

三、"发现"不难，"发明"不易

四、文学批评的复杂性

五、拓展阅读：从文学本位的角度研究诗歌删改

[下] 论　文

桐城派的"义法"实践与古文删改

[上] 解 读

一、古文删改：特殊的经典化方式

1. 零星材料的积累与问题浮现

首先要说明的是，我并不是最早关注桐城派在选本、评点本中删改诗文的人。钱锺书《管锥编》之《全三国文》卷一六①、徐雁平《批点本的内部流通与桐城派的发展》② 等都曾提及此现象。

2016 年夏秋之际，在导师的建议下，"桐城派文学评点研究"成为我博士论文的方向。这个课题以往较少有人关注，且有大量的文献材料可以利用，是一个比较理想的选择。但同时也有一些要克服的难题，一是我对桐城派不是很了解，二是桐城派评点文献太过丰富，且大都没有被整理，深藏于各图书馆、博物馆中。所以，在最初的兴奋过后，我便进入茫然阶段，不知如何下手。导师建议，从目录学入手，将刘声木的《桐城文学渊源考》和《桐城文学撰述考》过录一遍。在《渊源考》中，刘氏将 1223 人收入桐城派的谱系当中，虽有过泛之嫌，但也可见桐城派在清代、民国时期的影响力。《撰述考》收录桐城派成员的著作，其中有相当一部分是评点本。在熟悉材料之后，心中的兴奋、迷茫被惊喜所取代。至此，我对研究对象有了初步的把握。

接下来便是老老实实地看书，因为要补的课有很多。除方苞、刘大櫆、姚鼐等桐城派核心成员的诗文集、书信之外，《曾国藩日记》《吴汝纶

---

① 钱锺书《管锥编》第 3 册，生活·读书·新知三联书店，2007 年，第 1689—1693 页。
② 徐雁平《批点本的内部流通与桐城派的发展》，《文学遗产》2012 年第 1 期。

日记》《慎宜轩日记》《贺葆真日记》等史料也有助于研究者从细节处体会桐城派的方方面面。在评点本方面，如何迅速地在繁复的材料中抓住主线，寻找评点本所蕴含的重要问题，是我的当务之急。在阅读当中，《史记》《孟子》和《古文辞类纂》逐渐进入我的视野。《史记》是古文家重点学习的典范，归有光、方苞、吴汝纶等均有《史记》评点本存世，在桐城派内部有较大影响，于是我开始"制作"自己的《史记》汇评。《孟子》是我们读书会研读的经典之一，除朱熹、焦循的注解外，刘大櫆、姚永概、吴闿生等的评点也是参考书。① 《古文辞类纂》对桐城文派的建立有特殊意义，桐城派成员对其阅读、评点也值得关注，如林纾评点过《古文辞类纂》、徐树铮辑有《诸家评点古文辞类纂》等。② 将关于某种书的评点本汇集起来有很多优点，既可以并观评点者从不同角度对文本做出的解读，也可以考察桐城派对某一著作、某一问题的历时性关注。③ 经过系统地学习，我对桐城派的传衍有了更直观的了解。在资料积累的过程中，我毕业论文的框架也逐渐浮现眉目。

在翻阅评点材料的过程中，我遇到一些有趣的材料，即桐城派删改古文。如方苞评点《史记》时删去"之年称王"及"改制度，制正朔矣"两句④，《吴汝纶日记》记载方苞评点归有光文章时对《李廉甫行状》《曹节妇碑阴》《潘府君室沈孺人墓志》有删改意见⑤，林纾在《选评〈古文辞类纂〉》中对归有光《周弦斋寿序》一文有所改动⑥。对桐城派而言，《史

---

① 潘务正《晚清民初桐城派的〈孟子〉文法研究》(《文学遗产》2019 年第 5 期)有专题研究，可参考。
② 桐城派成员对《古文辞类纂》的评点，周游有专题研究，如《论严复的古文旨趣——以严评〈古文辞类纂〉为中心》(《文学遗产》2019 年第 5 期)、《诙诡之趣：晚近桐城派的韩文阐释趣味》(《文学遗产》2021 年第 6 期)、《制造出的桐城古文家——从曾国藩等人对嘉兴二钱的建构谈起》(《暨南学报(哲学社会科学版)》2023 年第 6 期)等，可以参考。
③ 凤凰出版社有黄霖、陈维昭、周兴陆主编的"古代文学名著汇评丛刊"系列成果，收录《诗经》《文选》等经典著作的汇评，受到学界的广泛好评。
④ 王拯《归方评点史记合笔·周本纪》，光绪元年锦城节署刻本。
⑤ 吴汝纶著，宋开玉整理《桐城吴先生日记》下册，河北教育出版社，1999 年，第 824 页。
⑥ 慕容真点校《林纾选评古文辞类纂》，浙江古籍出版社，1986 年，第 247 页。

记》、归文都是应该仔细揣摩的经典文本,但方苞、林纾竟然会动手删改这些文章。他们为什么要删改这些经典的作品?他们为什么敢删改这些作品?这种行为在桐城派内部是否普遍?进一步地,删改在古人的阅读、批评习惯中占据什么样的地位?这一现象及相关问题很快引起我的兴趣。但遗憾的是,我一开始搜集的材料比较零散,不成系统,所以一直未能动手写作。

2. 关键词与文献线索

2017 年,由于博士生中期考核临近,需要提交读书报告,我"被迫"开始认真对待这个尚不成熟的题目。我所要面对的首要难题仍是材料的获取,因为此时我所掌握的材料根本无法支撑起一篇论文。据《桐城文学撰述考》记载,桐城派有大量的评点本存世,但学界对这一话题的关注并不多,没有太多的线索可以追寻。时间有限,材料又太多,因此,漫无边际地翻阅材料也不现实。我只能充分挖掘手头的材料,希望能找到一些规律或突破口。终于,姚永概《慎宜轩日记》中的一则材料引起我的注意:

> 借外舅所录惜抱圈评《震川集》来过录之。此本张筱传方伯得之京师,以赠其族兄小愚大令,通伯得而传录焉。其中窜易原文至多,而《项脊轩》《遂初堂》二记、《亡儿翻孙圹志》尤甚。吴至丈及外舅皆以惜翁未肯轻改古人,不蹈方、刘结习为疑。余谓惜抱于渔洋《故明景帝陵怀古》亦尝钩乙,或以其时代较近,不似八家以前过事矜慎,亦未可知。①

其中虽有几则删改的材料可以利用,但更重要的是在论及删改时吴汝纶提到的"方、刘结习"。"结习"是一个负面的评价,指积久难除的习惯,说明"轻改古人"是"方、刘"经常做的事情;而在桐城派的话语当中,

---

① 姚永概著,沈寂等标点《慎宜轩日记》,黄山书社,2010 年,第 781 页。

"方、刘"是特指名词，为方苞、刘大櫆所专属。再结合此前已经搜集到的方苞删改《史记》和归有光文章的材料，可以证明吴汝纶观点的正确性。于是，在"方、刘结习"这四个字的启发下，我开始对方苞、刘大櫆的著作进行普查。方苞《古文约选》《方望溪遗集》所收《评点柳文》、上海师范大学图书馆所藏方苞评点柳文，李绂《与方灵皋论所评欧文书》《与方灵皋论所评柳文书》《与方灵皋论所评韩文书》，刘大櫆《精选八家文钞》，徐树铮辑《诸家评点古文辞类纂》等文献陆续进入我的视野。材料越来越多，其中所蕴含的问题也逐渐展现出来：文献丛林中的一片新天地就此开启。

二、文献学与文艺学的结合

1. 材料层面：关注"文献集群"

文章得以成形，首先得益于关联文献的大量发现。桐城派是一个文学流派，一种文学观念、批评方法在流派中是否能够产生影响，可以将能否发现批量的关联文献作为评判的标准。这些关联文献，用概括性的话语来表达，就是"文献集群"。①

如何才能有效地寻找"文献集群"呢？首先要找准关键的突破口。对本文而言，"方、刘结习"就是这个突破口。方苞、刘大櫆在桐城派的地位毋庸赘言；能够被称作"结习"，说明删改行为有较多的数量和较大的影响，具有一定的典型性。接下来探讨"方、刘结习"与删改的联系，就需要借助目录学的帮助。《桐城文学撰述考》详细记载方苞、刘大櫆的各种著述，在此指引下，检索就近的南京大学图书馆、南京图书馆馆藏，然后依次目验，可以得到基本的答案。

完成如上工作还不够，因"方、刘结习"只是桐城派删改风习的开

---

① 徐雁平《"文献集群"与近代文学研究的新拓展》，《文学遗产》2022年第3期。

始,至于桐城派后学对删改持什么样的态度,需要通过文献来进一步考察。桐城派删改古文的材料来源,基本可分为两个系统:古文选本系统(以《古文约选》《精选八家文钞》为代表)和古文评点本系统(以《群书点勘》为代表)。古文谱系中的各类文章,数唐宋八大家的文章被桐城派删改较多。因此,在寻找桐城派后学的删改材料时,我的目标更为明确,即重点关注与唐宋八大家有关的选本和评点本。王元启《读欧记疑》、左庄《唐宋八家文选》、吴汝纶《群书点勘》《经史百家杂钞评点》《古文辞类纂评点》、吴闿生《古文范》、林纾《选评〈古文辞类纂〉》等文献中的删改材料陆续被发现。有的放矢,可取得事半功倍的效果。至此,可以得出如下结论:桐城派内部一直存在删改古文的行为,这种行为主要通过评点的方式进行,具有较强的流派属性。

解析所得材料,可见大部分流派成员都支持删改,但也有一些反对的声音。这些反对声来自两个群体,既有桐城派成员,也有非桐城派成员。这些"负面"材料应该如何处置呢?能否刻意忽视?在短暂的慌乱之后,我决定"聆听"这些声音,因为反对意见的存在,使得桐城派的古文删改包含更为丰富的意蕴。非桐城派成员对删改的反对,足以说明桐城派古文理念的独特性;而流派成员稍显微弱的反对声,说明作为文学流派的桐城派,是由充满个性的成员组成的"众声喧哗"的团体,其内部并非铁板一块。这些反对意见,并没有减弱桐城派的向心力和凝聚力,相反,这种开放性的讨论空间,保障了桐城派在理论方面的革新,加强了桐城派的活力。若只关注赞同删改的材料,会使古文删改的问题简单化、片面化。

2. 文章修改:理论化的增强

坐拥丰富的材料,让我对写好论文充满信心,但写作的过程并不轻松。从提交给导师的第一稿,到最后的期刊定稿,中间的修改不下十次。正是在这篇论文的"磨炼"下,我才算踏上了真正意义上的学术之旅。

翻看历次的修改稿,可以看到文章的理论性逐渐增强。删改行为是一种文学现象,这种现象是在什么样的观念下产生的,删改的发生对文学理论和批评又能产生什么样的影响，也是需要探讨的话题。理论性的强化，可以通过文章题目的数次改动看出一二。如最初的标题朴实无华——"桐城派对前人文章的删改""评点本对前人文章的删改与桐城派的传衍"，只是单纯对文学现象的描述，缺少深度，因此收到导师和同门不少建设性的批评意见。于是，论文题目先后调整为"论'方刘结习'及与桐城派的重塑经典""'方刘结习'：桐城派评点本、选本对古文的删改"，而"经典重塑"也成为文章修改的方向。投稿之后，在编辑老师的建议下，删去略显笼统的"方刘结习"，改为"桐城派的'义法'实践与古文删改"，将删改与桐城派的古文理论相结合，题目至此终于定型。

在文章写作的过程中，我的大部分精力被用来寻找材料、论证猜想，考核的时间又比较紧张，故文章在理论提升方面有所欠缺。正如外审意见所言：

> 文章的主体部分注重现象的罗列，缺少对这一普遍行为的深入分析。作者虽在"余论"部分有所提升，但仍觉不够深入。作者文献功底扎实，但理论及思考的深度尚有待加强。

这确实精准指出了本文的问题所在。其实，在日常的学习中，导师非常强调对理论的吸收和借鉴。学习理论，并不是简单地为了写作时的征引，使文章看起来"高大上"，而是为了增加材料阐释的可能性向度，锻炼思维的敏锐性。因此，导师在读书会上带领我们对一些理论书籍进行专题阅读，平时也经常分享阅读书目及正在思考的问题，在讨论文章时也会予以针对性地点拨、启发。但我在吸收转化方面做得不是很好，文章在理论方面还是有些薄弱。具体而言："文章对题目中'古文删改'这一关键词论证得尚觉充分，但对于'"义法"实践'则论述得不够清晰。若能从古文删改行为中总结出桐城义法的具体原则，则更具有说服力。"在修改稿中，我以删改欧文为例，总结桐城派删改古文的四个角度，作为对"'义法'实践"的说明。我在写作、修改文章时想尽可能多地解决一些困惑，但实际上仍有很多问题没有得到很好的处理，留下不少遗憾。

三、"发现"不难,"发明"不易

1. 不同类型的古文删改

文章重点关注了桐城派对古文经典的删改。对非桐城派者对删改的看法,文章虽然提及李绂、夏之蓉反对方苞删改古文,但只是一笔带过,并未深入。若能对比一些非桐城派者的删改材料,有望深度分析桐城派删改的特点所在。遗憾的是,此类相关材料很少见,我也并未刻意去搜寻,只好暂付阙如。

桐城派对古文的删改并非仅限于古文谱系中的经典作家、作品,就删改的对象而言,还包括对自己文章的反复修改、对友朋或近人作品字句的商榷等。虽然同为古文删改,但两者的性质明显不同。前者的对象是古文经典,删改属于可接受范畴,也是古文经典化过程的一环;后者更多地属于创作过程。当然,这一区分略显简单,因对古文经典的删改,也包含一定的"创作"因素。另外,删改者在面对古文经典和自己及友朋的作品时,心态肯定有所不同。这是一个值得继续思考的问题,但因为论文篇幅的限制,写作时不能太过蔓衍,故我未对这些删改进行对比、分析。

2. 欧阳修古文的独特性

在桐城派的古文删改实践中,欧阳修的古文被删改最多。因此,文章以欧文为例,讨论桐城派删改的具体关注点。但对于"桐城派为何删改欧阳修古文最多"这个问题,却并未找到有说服力的解释。桐城派删改唐宋八大家古文的原因很多,但文中提及的那些原因都是共通的,并非只是针对欧阳修而发。正如编辑老师在修改意见中所言:

> 本节概括了桐城派删改欧文的四个角度和三点认识,但这些结论都与欧文本身的特点无关,只不过对欧文的删改尤多,于是

拿欧文来谈对唐宋八大家的删改罢了。……本节也根本没有回答，为什么桐城派对欧文的删改如此之多？数据比例如此可观，如果不谈数据背后的原因，恐怕是一种遗憾。

由于学识所限，这个问题自始至终都没有得到很好的解决，成为文章最大的缺憾。

桐城派为何如此重视欧文？余来明认为，唐宋派"'宗欧'理论的提出，意在通过研磨欧文上窥《史记》为文的风神格调，进而领悟先秦元典的精义，借此改造明中期科举文风，创作出'高古典雅'的八股文"。[①]欧文不仅是古文创作的典范，而且与科举考试有较为密切的关联。而"具有教化功能的经典作品往往是可做删减和添加的"[②]，因此，作为八股文和古文的双重写作范本，欧文无法避免被删改的命运。

3. 清代古文审美观念的形成

桐城派建立起悬鹄很高的古文评价标准。在桐城派所建构的古文谱系中，几乎所有的作家——尤其是唐宋八大家、归有光等人——都有作品被删改。这是否可以说明，桐城派的审美观念与唐宋八大家及其影响下的审美观念相比，已经发生一些新变。如果这种猜测具备合理性，那么，双方的差异体现在哪里？这种新变又是始于何时？新的审美观念是否对后来的文学创作、文学批评产生影响？这种审美观念是否可以看作清代文学的特色？古文删改对唐宋八大家古文的经典化有何意义？这都是一系列可以继续探讨的问题。

---

① 余来明《元明科举与文学考论》，武汉大学出版社，2015年，第229页。
② ［美］M. H. 艾布拉姆斯著，吴松江等编译《文学术语词典》，北京大学出版社，2009年，第63页。

四、文学批评的复杂性

1. 经典化过程的复杂性

桐城派的古文删改揭示了文学作品经典化过程的复杂性。作品只有一直受到读者关注,才能维持其经典地位。这种关注,并不只有正面的阐释、揄扬,也应包含一些负面的批评、讨论,甚至是删改。删改是一种比较激烈的文学批评方式,更容易引发读者的关注和讨论,从而加速作品的经典化。

读者在作品经典化过程中的地位也应受到"修正"。面对前贤的作品,后代的读者在仰望、学习之外,也会有批评意见。但读者的能动性并不止于此。读者可以强势介入作品的"创作环节",由阅读者、鉴赏者变为作品创作的"合作者"。被删改的作品同时融合了不同时空的创作背景、文学理念等因素,其内涵更为丰富多彩。同时,被删改的作品通过选本、评点本等传播性较强的媒介,为更多的读者阅读和讨论,从而引发更丰富的连锁反应。文学接受、作品经典化的链条不再是"作者——作品——读者"这样单线的发展,而衍化为更复杂的网状结构。如此言说,并非刻意把简单问题复杂化,而是试图更接近、还原文学接受和文学批评的真实场景。

2. 作为批评方法的删改

虽然桐城派的古文删改自有其特色,但删改并非桐城派所独有的批评方法。而且,删改也并不只适用于古文,在诗歌、小说、词等文体的批评史中,也都存在删改现象。以诗歌为例,早在春秋时期,就有孔子删《诗》的说法;宋代开始大量出现删改诗歌的记录,如:苏轼删去柳宗元《渔翁》后两句;桐城派也在评点本中删改诗歌,所用方法与古文删改类似。而在小说领域,金圣叹曾有将《水浒传》删为70回的举动,以英雄齐聚梁山作为故事的结尾，引发很多议论。王昶编纂《明词综》，对入选的词作有不少改动。① 凡此可见，删改是一种长期存在、被古人广泛使用的批评方法。在此有必要汇集各类删改材料，对这种批评方法进行集中、深入地研究。

五、拓展阅读：从文学本位的角度研究诗歌删改

莫砺锋《论后人对唐诗名篇的删改》，《文学遗产》2007 年第 2 期

1. 材料来源与问题意识

本文涉及的删改材料主要来源于诗话，如《历代诗话》《历代诗话续编》《清诗话续编》等，还有一些选本，都较为常见，容易获得；被删改的诗歌，如题目所云，多为"唐诗名篇"，也是研究者重点关注的对象；所讨论的问题，是后人在唐诗接受过程中对作品的删改，是有趣味性的重要问题。因此，本文是从常见材料中发现重要问题的典型论文。

2. 文学的研究

近年来，文学本位的研究不再热门，文学研究出现琐碎化、外围化等趋势。为此，研究者不断呼吁，要求强化文学研究的文学性，如张伯伟《"去耕种自己的园地"——关于回归文学本位和批评传统的思考》② 等。而本文正是一篇立足于文学文本的文学研究。

作者先后对李峤《汾阴行》、高适《哭单父梁九少府》、韦应物《郡斋雨中与诸文士燕集》、韩愈《山石》、李白《子夜吴歌》、柳宗元《渔翁》、骆宾王《帝京篇》等名家名篇进行细读，认真比对诗歌删改前后的变化，

---

① 叶晔《清代词选集中的擅改原作现象——以〈明词综〉为中心的考察》，《中国文化研究》2006 年第 1 期。
② 张伯伟《"去耕种自己的园地"——关于回归文学本位和批评传统的思考》，《文艺研究》2020 年第 1 期。

进而评判删改水平之优劣。在此基础上，作者不仅总结出删改唐诗的两种情形，还发现删改效果与诗歌体式之间存在某种规律。可见作者与删改者存在历史对话，而非盲目征引并顺从删改者之主张。

3. 从现象到理论

程千帆《古典诗歌描写与结构中的一与多》提出："从理论角度去研究古代文学，应当用两条腿走路。一是研究'古代的文学理论'，二是研究'古代文学的理论'。"① 删改古文与诗歌，在古人看来是习以为常的做法，很少集中讨论，只是偶尔提及。因此，相关论说并不属于现成的"古代的文学理论"。在此，围绕某一个主题，系统地搜集删改材料，可以部分地还原古人在文学创作、文学批评等方面的理念，丰富对"古代文学的理论"和"古代的文学理论"的研究。

---

① 程千帆《古诗考索》，见《程千帆全集》第 6 册，凤凰出版社，2023 年，第 25 页。

[下]论　文

桐城派的"义法"实践与古文删改*

桐城派是清代最著名的古文流派,历来学者从文学理论、批评、创作、鉴赏等角度进行了较多的研究,以期对其兴盛做出解释,已取得丰硕的成果。但某些桐城派所特有的批评方法、文章观念,较少被研究者所关注,如桐城派对古文理论和创作的自信、在实践中对前人古文的删改等,很有进一步探索的价值。

一、方苞、刘大櫆对唐宋八大家古文的删改

作为古文家,方苞非常推崇唐宋八大家。除文集收录《书韩退之〈平淮西碑〉后》《书柳文后》等文章外,方苞还有《古文约选》十卷、《评点唐宋八家文》、《评点韩文》、《评点柳文》①等选本、评点本与八家相关,可见其重视程度。但方苞也有不满之处,其《古文约选序例》云:

> 《易》《诗》《书》《春秋》及《四书》,一字不可增减,文之极则也。降而《左传》、《史记》、韩文,虽长篇,句字可薙芟者甚少。其余诸家,虽举世传诵之文,义枝辞冗者,或不免矣。未便削去,姑钩划于旁,俾观者别择焉。②

---

* 作者:张知强。此文原刊于《文学遗产》2019 年第 5 期。
① 刘声木撰,徐天祥校点《桐城文学渊源考撰述考》,黄山书社,2012 年,第 446—447 页。
② 方苞著,刘季高校点《方苞集》下册,上海古籍出版社,2008 年第 2 版,第 615—616 页。

只有这几部经书是完美的,"一字不可增减,文之极则也",是学习古文的参照标准。这些"文之极则",除文章方面的因素外,也是儒家推崇的经典,承载了儒家之"道"。因此,最高的古文标准应该包括"道"与"文"两个方面。这也与方苞"学行继程、朱之后,文章介韩、欧之间"① 的理想相符。在此之外,即使是"举世传诵"的名篇,也可能有瑕疵。"义枝辞冗"便是从"义法"的角度提出的批评。方苞认为只有将这些瑕疵删去,才能使古文的优点更加突出:"子厚文笔古隽,而义法多疵。欧、苏、曾、王亦间有不合。故略指其瑕,俾瑜者不为掩耳。"②

正因为有这样的思想,方苞才有删改前人古文的行为,如《古文约选》和《评点柳文》。《古文约选》由方苞主编,但挂名果亲王允礼,带有官方的性质。该书选录两汉散文家及唐宋八大家的散文,对文章精彩部分进行圈点,评语以眉批、夹注、文末总评等方式呈现;对古文的删改以"⌐"符号为标识。方苞文集最早刊刻于乾隆十一年(1746),是王兆符等辑录的《望溪集》;其《史记评点》于光绪元年(1875)由王拯以《归方评点史记合笔》的形式刊刻;而《古文约选》早在雍正十一年(1733)就已面世,并于同治八年(1869)重刻③。另外,乾隆三年(1738)皇帝下令将《古文约选》等官方书籍"着各省抚藩将书板重加修整,俾士民易于刷印。坊间有情愿翻刻者,听其自便,无庸禁止"④。果亲王虽然曾经刊刻《左传》,收录方苞的评点,但"传印甚稀"⑤。所以,《古文约选》的刊刻使方苞的评点和古文理论(即"义法"说)在当时得到更大范围的传播,方苞对唐宋八大家古文的删改意见也得到扩散⑥。《评点柳文》记

---

① 王兆符《方望溪先生文集序》,《方苞集》下册,第906—907页。
② 方苞《古文约选序例(代)》,《方苞集》下册,第615页。
③ 《中国古籍总目·集部》第6册,中华书局,2012年,第2968页。
④ 《钦定学政全书》卷四,《续修四库全书》第828册,上海古籍出版社,2002年,第567页。
⑤ 廉泉《方氏左传评点序》,方苞《左传义法举要》卷首,光绪间刻本。
⑥ 关于《古文约选》对"义法"说的意义,参见孟伟《清人编选的文章选本与文学批评研究》,复旦大学2006年博士论文,第34页。

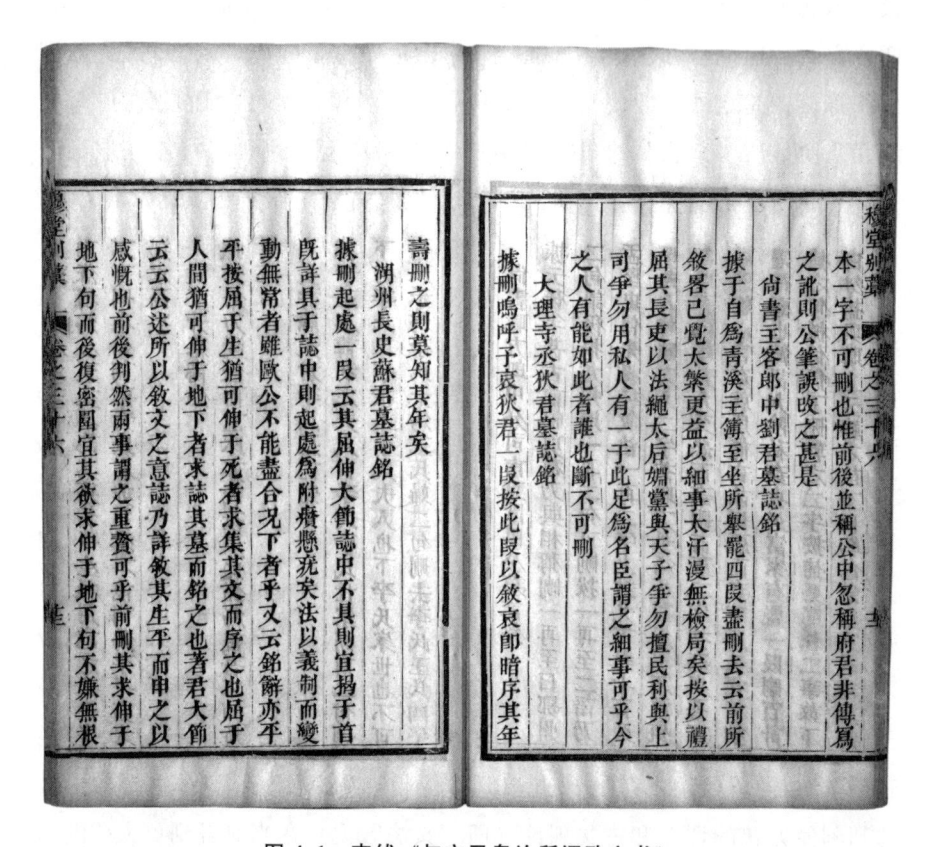

图 4.1　李绂《与方灵皋论所评欧文书》

图为李绂《穆堂别稿》卷三十六（道光十七年奉国堂重刊本）。李绂与方苞往返的书信中，记载了方苞删改欧阳修文章的信息。在本图中，方苞对《尚书主客郎中刘君墓志铭》《大理寺丞狄君墓志铭》两篇文章进行删改。

录了方苞对柳宗元古文的圈点、评语以及删改，凡删改处以"涂"字标出①。

另外，李绂虽非桐城派中人，但与方苞争论的文章中亦包含方苞删改古文的信息，如《与方灵皋论所评欧文书》《与方灵皋论所评柳文书》《与方灵皋论所评韩文书》②，其中一些评语未被现存方苞的评点本所收录。

评点，包括评语和标点。但历来的研究者多注重评语，而较少关注标点。其实，标点也可以反映出评点者对文本的态度。

"⌐⌐"符号出现在《古文约选》中。首先，《古文约选》中该符号旁边有一些评语，如韩愈《送杨少尹序》："见今世无工画者，而画与不画，固不论也。"评语为"三语无谓"③。联系方苞在《古文约选序例》中"其余诸家，虽举世传诵之文，义枝辞冗者，或不免矣。未便削去，姑钩划于旁"的观点，可推测"⌐⌐"符号是方苞所谓的"钩划"。其次，以方苞评点柳宗元古文为例，《古文约选·柳文约选》与《评点柳文》颇有异同，可以进行对读。两书均对《贺进士王参元失火书》一文进行了评点。凡是《柳文约选》有"⌐⌐"符号的句子，在《柳文评点》中均被标注"涂"字。再次，徐树铮《诸家评点古文辞类纂》中引用方苞的圈点，方氏的文本中有"⌐⌐"符号的句子，徐刻均直接用"删"字。可以证明"⌐⌐"符号即为删改符号。

刘大櫆认可并继承了方苞的删改行为。《精选八家文钞》是刘大櫆在唐宋八大家文集中"精选百篇，抄为读本"，有圈点、评语。《精选八家文钞》在刘大櫆生前并未刊行，以抄本的状态流传。直到道光三十年

---

① 参见方苞《评点柳文》，方苞撰，徐天祥、陈蕾点校《方望溪遗集》，黄山书社，1990年，第129—160页。
② 李绂《与方灵皋论所评欧文书》附评语四十八条、《与方灵皋论所评柳文书》附评语四十九条、《与方灵皋论所评韩文书》附评语八条，所载方苞删改欧文、柳文、韩文信息颇有《古文约选》之外者。参见李绂《穆堂别稿》卷三六、三七，《清代诗文集汇编》第233册，上海古籍出版社，2010年，第343—358页。
③ 方苞《古文约选·送杨少尹序》评语，同治八年重刻本，第89b页。此书重刻时更名为"九种古文"，但版心仍刻"古文约选"字样。为行文方便，本文继续使用"古文约选"作为书名。

(1850)由同乡徐丰玉刊刻,"旧有圈点、钩乙暨方侍郎、姚太史评语"①。光绪二年(1876),刘继重刊此书,"(海峰先生)于意义之警策、字句之松泛者,悉从旁圈点而钩乙之,而本来面目绝不涂抹一字,甚盛心也"②。保留了刘大櫆的"钩乙",即删改意见。《精选八家文钞》所使用的删改标识也是"⌐ ⌐"。

方苞、刘大櫆这些文本的删改情况是:《古文约选》中,两汉古文没有删改③;唐宋八大家中,韩愈是2/72(即所收72篇古文中有2篇被删改,下同)、柳宗元是11/45、欧阳修是12/58、苏洵是9/32、苏轼是3/34、苏辙是2/20、曾巩是13/26、王安石是7/26,合计删改古文59篇。《评点柳文》共收录柳宗元古文176篇,其中5篇古文被删改。《精选八家文钞》共有13篇古文被删改,其中柳宗元文4篇、欧阳修文5篇、曾巩文2篇、苏洵文2篇④。

可知,方、刘很少删改唐以前的古文,主要针对的是唐宋八大家。唐宋八大家的古文历来被尊奉为古文之典范,是古文家学习的范本。桐城派建立起以唐宋八大家为主干的古文系统⑤,又通过删改,与圈点相呼应,去芜存真,示人以法度。方苞、刘大櫆对经典作家作品的删改,体现了桐城派以自己的衡文法则为依据,删改前人的古文,对经典进行重塑。

对唐宋八大家的作品进行删改,需要过人的才学、识见,不受传统观念的束缚,不盲目崇拜古人。刘大櫆云:

---

① 徐丰玉《精选八家文钞序》,刘大櫆《精选八家文钞》卷首,光绪二年重刻本。
② 曾纪云《精选八家文钞跋》,《精选八家文钞》卷末。
③ 梁章钜《制艺丛话》卷一○记载:"张惕庵曰:(方望溪)先生自命甚高,有《古文约选》一书,于刘向、扬雄文皆为绳削,人或非笑之。"(梁章钜著,陈居渊校点《制艺丛话 试律丛话》,上海书店出版社,2001年,第180页)然检索《古文约选》中刘向、扬雄之文,未见有删改。
④ 因为部分刻本删改符号有模糊的情况,影响到对数量的判断。因此本文所列数字与实际情况可能有所出入,但相差不大,不影响结论。此说明适用于本文所有的数字统计。
⑤ 王达敏认为,姚鼐所构建的桐城文统由两部分构成:一是方、刘、姚等桐城籍文士组成的"桐城文系",二是以唐宋八大家为主线的"古典文系"。参见王达敏《姚鼐与乾嘉学派》,学苑出版社,2007年,第103页。

> 以古之道为不足法者，妄也；以古之道为高远而不可几者，怯也。今之善弈者未必不如秋，善射者未必不如养。至于赋诗作文，专以末流自待，言及于杜甫、韩愈，则愀然变色，以为是天人，非吾之所企，吾是以悲其志之不立也。①

前人的优秀作品，固然值得尊敬、学习，但也不可妄自菲薄，"以末流自待"。即使是作为榜样的《史记》和韩文，方苞也敢指瑕，如《评点史记》中的删改②。这样的胆识和自信，引发了吴汝纶的感慨："吾辈读柳文，几仰若天人。方侍郎乃殊不快意，时摘其瑕颣。何识量之相悬邪？"③ 方苞、刘大櫆不盲从经典，坚持己见，这种在古文理论、创作方面的自信，是桐城文派能够产生、发展的内在原因之一，也体现了桐城派以古文正统自任的态度。

作为有意识的文学流派，派内成员对典范性的作家作品进行模拟是不可避免也是不可缺少的。桐城派有自己的古文谱系，上自《左传》《史记》，下至唐宋八大家、归有光，均为其模仿、学习的对象。但桐城派并非一味被动地模拟，而是在学习、揣摩的同时有自己的判断标准，对于不符合标准的古文，会提出批评，甚至进行删改。删改体现了作家对于自己理论和标准的自信，也有对创作的思考。

---

① 刘大櫆《东皋先生时文序》，见刘大櫆著，吴孟复标点《刘大櫆集》，上海古籍出版社，1990年，第92—93页。
② 方苞云："'文王盖受命五十年'段，文王无受命称王之事。欧阳公、朱子辨之甚明。史公盖据《大雅·有声》之诗'文王受命'而误为此说也。其实伐崇、断虞芮之讼，乃方伯之职，《诗》所谓'受命'者，乃受方伯之命耳；其曰'文王'，则诗人追称。……又王莽之篡，刘歆辈窜经诬圣，以为之征，至增《康诰》篇首谓'周公称王'，则此篇或亦为所伪乱。今删去'之年称王'及'改制度，制正朔矣'十一字，辞意相承，浑成无间。"王拯赞同方苞的意见，但反对删字："方评甚允。但必删其文，为未安耳。"（王拯《归方评点史记合笔·周本纪》卷一，光绪元年锦城节署刻本，第7a、9b页）
③ 马其昶《书〈方望溪评点柳集〉后》，见《抱润轩文集》，《清代诗文集汇编》第781册，第246页。

二、删改行为在桐城派的延续

韩愈从维系儒家道统的角度出发,认为"荀与扬,大醇而小疵",因此有删削《荀子》的想法。其《读荀》云:"余欲削荀氏之不合者,附于圣人之籍。"① 韩愈是否曾删削《荀子》暂且不谈,此观点已足够影响后人。方苞《书〈删定荀子〉后》云:"昔昌黎韩子欲削荀氏之不合者,附于圣人之籍,惜其书不传。余师其意,去其悖者、蔓者、复者,俚且佻者,得篇完者六,节取者六十有二。其篇完者,所芟薙几半;然间取而诵之,辞意相承,未见其阂也。"② 刘大櫆《删录〈荀子〉序》亦云:"韩愈有言:'删荀氏之不合者,附于圣人之籍,孔子之志也。'余仿其意,节而录之,得什之四五。"③ 对方苞、刘大櫆而言,韩愈的观点具有榜样的作用,在韩愈的删改本缺席的情况下,"师其意""仿其意"也足够使删削《荀子》的行为有"合法"的依据④。同理,在姚鼐构建桐城文统后,方苞、刘大櫆作为桐城派的标志性人物,其作品、观点必然成为后人学习、模仿、讨论的对象。

桐城派后学在行为上继承了方、刘,或删改前人的古文,或收录这些删改建议。如:马其昶《韩昌黎文集校注》收录方苞、姚范、曾国藩对四篇韩文的删改。吴闿生《古文范》有对苏洵一篇古文的删改,"删节数百字"⑤。徐树铮刻《诸家评点古文辞类纂》收录方苞、刘大櫆对三十篇唐宋诸家古文的删改(除去与《古文约选》《评点柳文》《精选八家文钞》中删改信息完全相同的篇目)。其中,马其昶《韩昌黎文集校注》是以文字

---

① 韩愈著,马其昶校注,马茂元整理《韩昌黎文集校注》上册,上海古籍出版社,2014年,第41页。
② 方苞著,刘季高校点《方苞集》上册,第37页。
③ 刘大櫆著,吴孟复标点《刘大櫆集》,第44页。
④ 刘声木撰,徐天祥校点《桐城文学渊源考撰述考》,第446、458页。
⑤ 《上韩枢密书》评语,吴闿生《古文范》卷四,民国十六年刻本,第15b页。

校勘为主的校注本，也收录评点；吴闿生《古文范》是想成为"学文之圭臬"①的古文选本，是属于桐城派系统的、面向初学者的评点本；徐树铮刻《诸家评点古文辞类纂》是对姚鼐选本的集注本。可见桐城派评点本形式的多样化。

也有明确表示学习《精选八家文钞》评点方法的文本。左坚吾"师事外祖刘大櫆，受古文法"②。萧穆《跋左叔固先生删订海峰文集》云：

> 昔海峰先生有《唐宋八家文选》，《凡例》有曰："古人行文，神妙不测矣。而精神不到，间有一二败句，今拟削去，未敢擅改，但钩乙其旁，以示学徒。古人之是非，与我之是非俱在，后学择而取之。"今先生删订《海峰文集》，即遵海峰《八家文选》之式。③

左坚吾对刘大櫆的古文理论和创作都比较熟悉，也认可刘大櫆对前人古文的删改。《唐宋八家文选》虽非《精选八家文钞》④，但所用评点方法一致。因此，左坚吾用评点《唐宋八家文选》的方式来编订《海峰文集》，对文章"精神不到，间有一二败句"的地方进行删改、钩乙⑤。但因左坚吾"自匿其撰述"，未曾刊刻，故少有流传。

左庄有《唐宋八家文选》的抄本，在学习之余，还践行了刘大櫆的删改行为："君聚汉唐以来之文甚夥，于先辈所未入选者，辄择取之，或删

---

① 吴兆璜《古文范后序》，吴闿生《古文范》卷首。
② 刘声木撰，徐天祥校点《桐城文学渊源考撰述考》，第129页。
③ 萧穆撰，项纯文点校《敬孚类稿》，黄山书社，1992年，第178页。
④ 萧穆《刘海峰先生唐宋八家文选序》指出，《唐宋八家文选》收录的古文作者除八家之外，尚有李翱、晁补之、归有光，入选古文数量共有"五百余首"，显然不同于收文仅百篇的《精选八家文钞》。（萧穆撰，项纯文点校《敬孚类稿》，第40页）
⑤ 吴孟复《文献学家萧穆年谱》云："我选《刘大櫆文选》时，亦有数处稍作删定，但即本此意。《刘大櫆集》之校点，则一字未易，所以存真。"（《敬孚类稿》附录，第566页）可见其影响。

薙数行，或一二句。"① 将那些未曾入选的古文"评定朱墨，交错陆离，至不可辨"，以达到"庄雅可诵"的效果。

另外，杨彝珍《国朝古文正的·凡例》云："斯编于所录原文，有词近俚而伤繁者，间为芟薙之，然不敢窜改。"② 芟薙的目的是"刊落浮华，采掇精英，以表示学者复古之旨，而不欲出连拇枝指，眩后进耳目"③。这是桐城派一贯的追求。

有趣的是，对删改行为继承较为明显的，是对删改行为有所不满的吴汝纶。④

吴汝纶对前人的删改，主要收录在《群书点勘》《经史百家杂钞评点》《古文辞类纂评点》等评点本中。但吴汝纶没有继续使用方、刘的"⌐""涂"等形式，其删改方式主要通过"掷"体现出来，也有其他的方式，如"删""增""删改""删＋评语""掷＋评语"等。

在中国古代，没有统一的圈点符号系统，符号的功能需要结合评点者的实践来判断。"掷"是一种较为复杂的圈点符号，有正、反两种含义。⑤归有光在评点《史记》时就使用了"掷"："墨掷是背理处，青掷是不好要紧处，朱掷是好要紧处，黄掷是一篇要紧处。"⑥ 不同颜色的掷，代表不同的作用。掷本身的功能仅为一种提醒的符号，其意义通过颜色来传达。

---

① 萧穆《左端临先生传》，《敬孚类稿》，第341页。
② 杨彝珍《国朝古文正的》卷首，光绪四年刻本。
③ 宦懋庸《国朝古文正的跋》，杨彝珍《国朝古文正的》卷末。
④ 姚永概《慎宜轩日记》记载："借外舅所录惜抱圈评《震川集》来过录之。……其中窜易原文至多，而《项脊轩》《遂初堂》二记、《亡儿翱孙圹志》尤甚。吴至丈及外舅皆以惜翁未肯轻改古人，不蹈方、刘结习为疑。"（姚永概著，沈寂等标点《慎宜轩日记》下册，黄山书社，2010年，第781页）"结习"一词含贬义，说明吴汝纶对方、刘的行为有不满之意。本条材料由徐雁平《批点本的内部流通与桐城派的发展》（《文学遗产》2012年第1期）提示，该文亦曾提及桐城派评点本对前人文章的删改。
⑤ 徐树铮《诸家评点古文辞类纂》卷二〇所收王安石《上仁宗皇帝书》（民国五年铅印本，第1a—17b页）中，凡在文字右侧有长竖线的句子，文末所附刘大櫆圈点均标注"掷"，可知在桐城派的评点话语中，长竖线即为"掷"的符号，亦称为"抹"。《宋真德秀批点法》中，"抹"表示主意、要语，提示文章的关键点所在。（徐师曾《文体明辨序说》，王水照主编《历代文话》第2册，复旦大学出版社，2007年，第2067页）
⑥ 归有光《评点史记例意》，王拯《归方评点史记合笔》卷末，光绪元年锦城节署刻本。

在此之后，刘大櫆、姚鼐等人均使用过"掷"，但颜色的作用减退，只保留了黑色，"掷"符号本身的意义凸显出来。虽然"掷"并非吴汝纶的专用，但他用"掷"来表示删改的数量是最多的，因此最具代表性。通过对吴汝纶评点案例的归纳，可知"掷"既有批评、删改的意思①，如《群书点勘·苏老泉集》之《上余青州书》："岂亦不足以见己大而人小邪？"用"掷"，评云："陋句。"② 又会代表古文脉络，如《经史百家杂钞评点》之《唐书·兵志》中"府兵""犷骑""方镇"等词用"掷"③。因为"掷"含义的丰富性，为谨慎起见，本文仅选用有负面评语的"掷"作为删改标识。

通过梳理方苞《古文约选》《柳文评点》，李绂《与方灵皋论所评欧文书》《与方灵皋论所评柳文书》《与方灵皋论所评韩文书》，刘大櫆《精选八家文钞》，姚范《援鹑堂笔记》，王元启《读欧记疑》，曾国藩《读昌黎集》，吴汝纶《群书点勘》《经史百家杂钞评点》《古文辞类纂评点》，马其昶《韩昌黎文集校注》，吴闿生《古文范》，林纾《选评〈古文辞类纂〉》，徐树铮《诸家评点古文辞类纂》，姚永朴、姚永概《历朝经世文钞》等评点本、选本中对前人古文删改的信息，得出桐城派诸人施加删改的古文篇次为（同一篇古文删改版本不同者，分别计算）：方苞110篇，刘大櫆25篇，姚范4篇，王元启85篇，姚鼐7篇，曾国藩3篇，王拯1篇，吴汝纶45篇，吴闿生1篇，林纾1篇，姚永朴和姚永概5篇。可知，桐城派通过评点本对前人古文施加删改的行为一直在延续。从数量看，方苞删改最多，王元启、吴汝纶次之。

从方苞、刘大櫆一直到晚清的吴汝纶、吴闿生等人，删改行为的延续，表明对古文理论和创作的自信已经成为桐城派的内在力量。对于后期

---

① 本文将对古文的"删改"和提出"删改意见"同等对待，主要使用"删改"一词。虽然两种行为有所不同，提出"删改意见"比直接删改古文更为谨慎，但两者目的相同：指出或删去古文中的"败句"，留下一个更加"完美"的文本。
② 吴汝纶《群书点勘·苏老泉集》，民国十二年刻本，第14a页。
③ 吴汝纶《经史百家杂钞评点》，民国三年刻本，第52b页。

的桐城派成员而言，由于方苞、刘大櫆的推广，删改行为已经成为流派的惯性。

三、古文删改与经典重塑

桐城派的古文删改，有何效果？

首先，删改能使文章更加简练。曾纪云《精选八家文钞跋》云：

> 海峰先生精选百篇……于意义之警策、字句之松泛者，悉从旁圈点而钩乙之，而本来面目绝不涂抹一字，甚盛心也。……有删一二字者，有删数句者，有删整段至数行者。再四展玩，觉较原文局尤紧、格尤练、语尤快、气尤遒……洵后学之津梁也。①

删改并不是要否定古文的价值。相反，去掉枝蔓，方能显示枝干之匀称。《古文约选·泷冈阡表》的评语也提到："撕其繁复，则格愈高、义愈深、气愈充、神愈王。"② 删改前人，是希望其古文更加完美，符合自己的古文标准。同时，在评点本中，圈点的目的是选出精彩部分，删改是为了去掉冗杂，评语则是有赞赏、有批评，多种方式互相配合，使得评点方法自成系统。

其次，删改有利于启发初学者领悟为文之法。萧穆《刘海峰先生唐宋八家文选序》云：

> 以穆所见，国朝惟和硕果亲王《古文约选》，并高宗纯皇帝《御选唐宋文醇》，大体雅正严谨，足为后学之所宗仰。而果亲王之本，实出吾邑方侍郎之手……评点确实，钩划精当。二本皆足

---

① 刘大櫆《精选八家文钞》卷末。
② 方苞《古文约选·泷冈阡表》，第147a页。

以开后学神智。继侍郎而起者，则莫如刘海峰先生《唐宋八家文选》。……于前人精神不到，间有一二败句，则钩乙其旁，以为后学择取。①

桐城派删改前人古文分两种情况：其一，直接删改原文，将删改后的结果呈现出来，如《古文范》；其二，保留原文，只提出删改意见。桐城派的古文删改大多属于第二种。删改后的古文更为简洁、凝练，但在"开后学神智"方面，却不如给出删改意见效果好。指出一篇古文精彩的地方，可供后学学习；指出有瑕疵的地方、"精神不到"之处，让后学避免重复犯错，"见之可悟作文之法"②，比空洞地罗列为文的"禁忌"更容易被接受。同时，删改意见也可以将删改者的思考展现出来："观其涂乙窜易，日锻月炼，致思之密如此，则于文事思过半矣。"③ 桐城派历来重视教育和方法④，删改古文的深意便被后学继承下来。

前文提到，方、刘等人的删改，主要针对唐宋八大家的古文展开。对待经典文本，桐城派并非不加选择地盲目接受，而是有所甄别，甚至删改，对经典进行重塑。对经典的重塑是否合理，不仅要看删改的标准、重塑后的文本，也要关注后人对"新经典"的接受态度。在桐城派中，相同的删改意见并不少见。

方苞、刘大櫆、姚范对欧阳修《岘山亭记》均有删改。方苞删去"羊祜叔子、杜预元凯是已"，并于"而二子相继于此"中"而"字后增加"羊祜叔子、杜预元凯"⑤，应该是在删去二人名字后认为"二子"无所指认，故有此改动。刘大櫆删去"其人谓谁？羊祜叔子、杜预元凯是已"⑥。

---

① 萧穆撰，项纯文点校《敬孚类稿》，第39—40页。
② 章玉政编著《刘文典年谱》，安徽大学出版社，2011年，第176页。
③ 傅增湘《望溪文稿跋》，《方望溪遗集》，第170页。
④ 吴孟复《桐城文派述论》，安徽教育出版社，2001年，第20—21页。
⑤ 李绂《穆堂别稿》卷三六，《清代诗文集汇编》第233册，第346页。
⑥ 徐树铮《诸家评点古文辞类纂》卷五四，第12a页。

姚范亦认为"'其人谓谁'二句可删"①。姚鼐并未删改，但认为"其人谓谁"二句"实近俗调，为文之疵颣。刘海峰欲删此二句，而易下'二子相继于此'为'羊叔子、杜元凯相继于此'"②。态度偏向删去此二句，但误将方苞的观点归为刘大櫆。方东树也赞同刘大櫆的删改。方苞、刘大櫆、姚范、姚鼐、方东树对《岘山亭记》近乎相同的删改意见，表明桐城派内部在古文评点方面的一脉相承。考虑此五人之间的地域、师承、家族、朋友关系，可见桐城派内部联系、交流的密切③。

桐城派作为古文流派，注重对文字的经营，排斥骈俪文风。姚范认为：

> 欧公《内制集序》："凉竹簟之暑风，曝茅檐之冬日。倦余支枕，念切平生；顾瞻玉堂，如在天上。"④而《思颍诗后序》有云："不类倦飞之鸟，然后知还；惟恐勒移之灵，却回俗驾。"此类文字，公自订《居士集》皆入之，而《游鲦亭记》《李秀才东园记》与诸他篇颇有佳者，皆弃而不录，殊不可解。⑤

姚范对这两句话颇有疑问。方东树有按语："欧公此二序俗韵特甚，遂开流俗。坡公无之。学者不可不严辨也。"认为是"俗韵"，对欧阳修有所批评。吴汝纶在《群书点勘·欧阳文忠公集》中则径直删去这两句话。虽无直接证据表明吴汝纶一定参考了姚范、方东树二人的意见，但吴汝纶在《内制集序》《思颍诗后序》两文中只删去姚、方二人批评的句子，不应只是巧合。

---

① 姚范《援鹑堂笔记》卷四四，《续修四库全书》第1149册，第112页。
② 徐树铮《诸家评点古文辞类纂》卷五四，第11a页。
③ 方东树认为，姚范《援鹑堂笔记·文史谈艺》中有不少刘大櫆的观点，"先生与刘先生同术相友善，或识论素合，今不可辨"（姚范《援鹑堂笔记》卷四四，《续修四库全书》第1149册，第113页），可见刘、范二人关系之密切。
④ 此处引文与欧阳修文集所收有所出入。原文为："凉竹簟之暑风，曝茅檐之冬日，睡余支枕，念昔平生仕宦出处，顾瞻玉堂，如在天上。"（欧阳修著，洪本健校笺《欧阳修诗文集校笺》中册，上海古籍出版社，2009年，第1109页）
⑤ 姚范《援鹑堂笔记》卷四四，《续修四库全书》第1149册，第110页。

评点的一致性、继承性可以为研究桐城派古文评点的来源提供思路。桐城派评点本有集评的性质，诸家的删改意见经过"集评本"的重新组合，在扩大影响的同时，也强化了删改的"惯例"。有的评点本汇集诸家评点，标注出处，如《诸家评点古文辞类纂》；有的则将前人的观点进行融会、选择，内化成自己的观点，如方苞、刘大櫆、姚范、姚鼐对《岘山亭记》的删改意见，除姚鼐标注"刘大櫆"的观点外，其他三人的意见只有通过对读才能得知其渊源所在。桐城派评点本之间自成系统，互相征引、批评，因此不能独立评判各家评点本。只有汇聚各家观点，才能更好地了解评点之意。

对重塑后的文本的接受，也能看出后人对删改的态度。姚永概日记记载光绪九年（1883）至光绪三十年（1904）之间抄录《古文约选》等文本的情况。其中，《两汉文约选》《韩文约选》《柳文约选》《欧文约选》《老苏文约选》，均为《古文约选》子目；还有惜抱先生改本《遂初堂记》、"吴评曾选古文二十册"①。除过录《古文约选》《经史百家杂钞评点》等评点信息外，还可看到此类评点本在桐城派内部亲朋好友之间的流传方式，如赠送（"外舅赠予此书"）、借阅（"此书明年二兄欲携之湖口"）等②。地域、师承、姻亲等多重纽带，使得桐城派的传衍更为稳固。

《贺葆真日记》亦记载光绪十七年（1891）至民国六年（1917）之间抄录评点本的删改信息，如吴先生评点曾巩《南丰集》，方望溪、吴先生评点《柳集》，吴先生评点梅曾亮《柏枧山房文集》及张裕钊《濂亭文集》等③。其中，方望溪评点《柳集》见前文；吴汝纶评点《南丰集》《柏枧山房文集》《濂亭文集》均收于《群书点勘》，且均有吴汝纶的删改。贺涛、贺葆真父子抄录的不是像姚永概所抄《古文约选》这样完整的选本，而是以丛书中单行的文本为主。可见桐城派评点本流通、接受的多样性、复杂性。而且，贺氏父子抄录方苞、吴汝纶评点本持续多年，可见贺氏赞

---

① 姚永概《慎宜轩日记》，第134—135、137、143、144、154、163、176、895页。
② 姚永概《慎宜轩日记》，第163、134—135页。
③ 贺葆真著，徐雁平整理《贺葆真日记》修订本，凤凰出版社，2023年，第3、42、153、431页。

同在评点本中删改前人古文。

除刊刻、阅读信息外，也可以从读者的反应中得知本书的流传与接受。《古文约选》的选文、体例就被曾国藩、吴汝纶所继承，如：

> 其（按：即《古文四象》）节抄《史记自序》，记仍与《古文约选》同起讫，但未能确记。①
>
> 刘喜删古人诗，于明清诸家，所删则皆允当，于李、杜、韩诸公，则往往不应删而删，盖其学识不及作者，则以私意去取，不能餍人人之心。故不佞前请尽抄元诗，而于刘所删之句，上下勾乙，以识其处，如此，则读者不以妄删为病，方氏《古文约选》即用此例。今径删削本诗，而但注删几句于下，实使读者不快，殆此书之一憾也。②

所论刘氏选本即刘大櫆《历朝诗约选》，此书对历朝诗歌颇有删削，但往往径直删去，只标注"删某句"，留下删削后的文本，遭到吴汝纶的批评。可知，《古文约选》不仅是重塑经典的内容，而且其删改的方式也影响到桐城派后学。

经典文本不仅被阅读、解释与评价③，也会被改动。桐城派在唐宋八大家的经典形成过程中所扮演的角色，不仅有揄扬、传播，也有对其文本进行删改、重塑；同时，随着桐城派在时间、空间上的扩散，这些"被修订的经典"又会被读者当成经典来研读。经典，成为一种流动的文本，而非固定的、客观的。而且，在经典的形成过程中，除读者之外，不仅有进行创作的原作者、从事筛选的批评家，也有改造文本的"中间人"存在；有时，筛选者与改造者、读者与改造者可能是同一个主体，如本文提到的

---

① 吴汝纶《与曾重伯》，吴汝纶撰，施培毅、徐寿凯校点《吴汝纶全集》第3册，黄山书社，2002年，第137页。
② 吴汝纶《与萧敬甫》，吴汝纶撰，施培毅、徐寿凯校点《吴汝纶全集》第3册，第214页。
③ 刘象愚《经典、经典性与关于"经典"的论争》，《中国比较文学》2006年第2期。

桐城派诸人。经典本身并非完美无瑕，围绕着经典的讨论、删改不一定就会解构经典，反而可能巩固经典的地位①。关注桐城派的删改行为，有助于加深对文学经典形成过程的思考。

然而，对于具体文本的删改意见，以及是否应该对前人文本进行删改，桐城派内部有不同的看法。

删改有时会引发一些连锁反应：后来的删改者评论前辈的删改。康绍镛刻本《古文辞类纂》将韩愈《送区册序》"若能遗外声利而不厌乎贫贱也"删去"若能"二字②。林纾在《选评〈古文辞类纂〉》中批评了这一做法：

> 惜抱选本，将"若能"二字删去，似真谓区生能遗外声利者，则过许区生矣。须知昌黎用字，一字不苟，万难轻易加以移易。试观两"若"字，何等活泼，乃可轻去其一耶！③

其态度较姚鼐更为谨慎。但在对归有光《周弦斋寿序》的评点中，姚鼐与林纾对待古文的态度恰好对调，林纾云："篇中用'断断'二字，误，惜抱讥之。故僭为'洞洞'，敬也。"④ 姚鼐讥讽归氏用词，认为"'断断'字屡误用"⑤；林氏直接改动原文，性质便有不同。但是，若综合考量，对待同样的文本，姚鼐、林纾对于是否删改所持态度不同，可知删改带有一定的主观性。而且，不同的评点者提出的删改意见不同，在坚持流派风格的同时也保留了一定的个人特色。这种流派特色与个人风格之间的张力，保障了桐城派理论与创作的向心力与活力。

正如吴汝纶评论删改行为是一种"结习"那样，桐城派内部对删改前

---

① 关于后人对经典的删改，参见莫砺锋《论后人对唐诗名篇的删改》，《文学遗产》2007 年第 2 期。
② 姚鼐《古文辞类纂》卷三一，《续修四库全书》第 1609 册，第 541 页。
③ 慕容真点校《林纾选评古文辞类纂》，浙江古籍出版社，1986 年，第 202 页。
④ 慕容真点校《林纾选评古文辞类纂》，第 247 页。
⑤ 吴汝纶《群书点勘·归震川集》，第 19a 页。

人古文的行为也有反对的声音。贺培新《文编·例言》云："余文多采桐城吴先生、霸县高先生所著书，评点更多本之吴先生及徐又铮集印《诸家评点古文辞类纂》，亦俱以私意补其未备。"① 吴汝纶、徐树铮的评点中均有删改现象，贺氏却未收入一条删改意见。

而且，从具体篇目来看，贺培新批评柳宗元《梓人传》"文似伤繁"②，但仍未采纳方、刘之删改。另外，刘大櫆删《伶官传论》"原庄宗之所以得天下，与其所以失之者，可以知之矣"③。姚范亦云："'原庄宗之所以得'句，似近世时文原题，而中段极力形容处太矜张。"④ 有所批评，但未言明是否删去。高步瀛认为此三句"弱"，但反对删去："古人之文，心知其失可也，不宜以意妄改。"⑤ 故高氏古文选本少有对前人古文的删改。贺培新、高步瀛并不否认原文的缺点，但仍坚持选录作品原文，反对删改，这种谨慎的态度表明桐城派内部并非只有一种声音，而是"众声喧哗"，具有多样性、对立性。

《古文约选》等文本的流传和接受，表明至少在桐城派内部形成了对经典的重塑。虽然也有一些成员拒绝进行删改，但也会承认前人文本有缺陷，并未盲目维护前人。在这个层面上，桐城派成员的态度是一致的。而在非桐城派成员看来，情况并不相同。《古文约选》等开始流传后，在当时曾受到一些批评，如李绂通过书信与方苞"条缕申辨"⑥，夏之蓉也"往复至再三"⑦与方苞争论。方苞虽然重视两人的意见，但并未妥协。通过对比，更可看出桐城派的独特性。

---

① 贺培新《文编》上册，民国三十五年印本，第5页。
② 贺培新《文编》下册，第54页。
③ 刘大櫆《精选八家文钞》第2册，第4a页
④ 姚范《援鹑堂笔记》卷四四，《续修四库全书》第1149册，第112页。
⑤ 高步瀛选注《唐宋文举要》，上海古籍出版社，1982年，第669页。
⑥ 夏敬观撰，刘强校注《清世说新语校注》，复旦大学出版社，2015年，第155页。所言应指李绂《与方灵皋论所评欧文书》《与方灵皋论所评柳文书》《与方灵皋论所评韩文书》等文。
⑦ 方苞《半舫斋古文序》，《方望溪遗集》，第7页。夏之蓉（1698—1785），字芙裳，号醴谷，江苏高邮人，雍正十一年进士。

四、义法实践：以对欧阳修的古文删改为例

通过梳理桐城派的删改信息，可得出不同朝代被删改古文的数量（重复篇目按一篇计算）：东周1篇、西汉3篇、唐32篇、宋188篇、明18篇、清15篇。唐代以前的古文很少被删改，唐、宋是桐城派重点关注的朝代。

若以作家为中心，被删改的古文数量（重复篇目按一篇计算）分别为：庄子1篇，司马迁3篇，陆贽2篇，韩愈10篇，柳宗元20篇，欧阳修125篇，苏洵20篇，苏轼9篇，苏辙2篇，曾巩19篇，王安石12篇，司马光1篇，王守仁1篇，归有光17篇，顾祖禹1篇，方苞5篇，姚鼐5篇，梅曾亮2篇，曾国藩1篇，江忠源1篇。除陆贽、司马光、王守仁、顾祖禹、江忠源外，其余均属于桐城派古文谱系中人。其中，唐宋八大家被删改的古文共有217篇，超过总数的84%，仅欧阳修一人被删改的比例就接近总数的49%。即使除去专门评论欧文的《读欧记疑》，欧文被删改的数量也有46篇，比例为17.9%，仍为唐宋八大家之最。因此，本文选择欧阳修作为个案，具体分析桐城派删改的角度和特点。

作为当时的文坛盟主，欧阳修非常重视对文字的经营。在古文写好后，还经常进行修改、润色，最有名的例子就是对《醉翁亭记》"环滁皆山也"的推敲[1]。即便如此，在后人看来，作为典范的欧文仍有诸多不足。以《泷冈阡表》为例，其初稿是《先君墓表》，收入《居士外集》。通过对比可知，文章经过了诸多改动，通过虚词和复笔的使用，使古文更有表现力[2]。但方苞、刘大櫆仍能发现不足之处，从文法的角度对古文进行删改。正如方苞所言："撕其繁复，则格愈高、义愈深、气愈充、神愈

---

[1] 黎靖德编，王星贤点校《朱子语类》第8册，中华书局，1986年，第3308页。
[2] 参见王水照《从〈先君墓表〉到〈泷冈阡表〉——欧阳修修改古文一例》，《文史知识》1981年第2期；[日]东英寿《从〈吉州学记〉看欧阳修的古文修改》，见东英寿著、王振宇等译《复古与创新：欧阳修散文与古文复兴》，上海古籍出版社，2013年，第72—85页。

王。"欧文在字句、章法上的瑕疵,可能会不利于作者感情、才气的呈现,甚至会干扰行文的流畅。因此,方、刘的删改就很有必要。

方苞《古文约选》、李绂《与方灵皋论所评欧文书》、刘大櫆《精选八家文钞》、姚范《援鹑堂笔记》、王元启《读欧记疑》、吴汝纶《群书点勘·欧阳文忠公集》、徐树铮《诸家评点古文辞类纂》等评点本、选本中都有对欧阳修古文的删改。其中,王元启《读欧记疑》专为分析欧文而作,虽非评点本,但所用方法与评点无异,删改意见多达85篇;方苞删改了38篇,刘大櫆有7篇,吴汝纶有6篇。被删改的文体包括论、经旨、碑铭、墓表、墓志、记、序、祭文、论辨、志铭、书等,几乎涵盖了所有文体。

具体而言,桐城派删改欧阳修古文有以下四个角度:

其一,古文脉络不通顺。在《尚书主客郎中刘君墓志铭》的评论中,王元启云:

> 原本叙举察当贤否及诸蛮宜鸟兽畜于被废起复之后,既嫌倒置,又先著"荆湖北路转运使"七字于举官之前,则后文"以选为荆湖北路"句为衍复。今灭去"开封府判官"下"荆湖"七字,即入"言事者"以下二百九十二字,而于"蛮卒无事"下接入"坐举官免"四十四字,"知涟水军"后直接"复为司勋"等语。如此叙次为顺。①

有两处改动:一是"荆湖北路转运使"出现两次,删去第一处;二是将"坐举官免"至"知涟水军"一句移至"蛮亦卒无事"之后。通过改动,叙述更为通顺。另外,桐城派删改古文常用的方式有删除、改动、增添字句等,"移置"的方式较为独特,目前仅见王元启使用。

---

① 王元启《读欧记疑》卷一,《丛书集成续编》第23册,台湾新文丰出版公司,1989年,第14页。

桐城派重视文章转接的自然、流畅。吴汝纶认为《仲氏文集序》中"余谓君非徒知命而不苟屈"句"转接率"①，不够自然、熟练。古文有转折、波澜，能够丰富文采、增强可读性，但不可刻意为之。王元启认为《内殿崇班薛君墓表》"转折太多，究嫌辞费，余为改一字，通删四十三字，庶不失公之本意云"②。

叙事应讲究详略、去取。《江宁府句容县令赠尚书兵部员外郎王公墓志铭》详细叙述王氏历次迁官，王元启认为"凡历官无事业可纪者，不必备书"③，删去六十字。一些"人所共知"之辞，"不宜渎说取厌"④，简洁明了即可，不需太过繁复。方苞亦因为此文叙事"太汗漫，无检局"，删去"为青溪主簿"至"竟坐所举罢"⑤一段。

不仅一篇文章内部要讲究叙事策略，相关文章之间也应使用互见法，彼此各有详略。王元启认为，欧阳修"尝志尹师鲁父墓，后为《师鲁志》，遂不复次其世家"，因此应删去《尚书驾部员外郎致仕薛君墓志铭》中"赠太傅讳温璹之曾孙、殿中丞赠太师讳化光之孙"二十字，因为"驾部为简肃兄子，其祖、曾二世赠官与讳，见于《简肃志》者详矣"⑥。

其二，文辞不雅洁。桐城派历来重视文辞之"雅"。王元启认为《大理寺丞狄君墓志铭》中"君其可不惜其殁乎"一句"似黄口学语"⑦，于是进行了改动。吴汝纶删去《思颍诗后序》"不类倦飞之鸟然后知还，惟恐勒移之灵却回俗驾尔"二句，认为"杂四六语"⑧，因为触犯了桐城派的"古文辞禁"⑨。同时，文辞也应简洁。王元启认为"欧文往往多闲句

---

① 吴汝纶《群书点勘·欧阳文忠公集》，第 38b 页。
② 王元启《读欧记疑》卷一，《丛书集成续编》第 23 册，第 9 页。
③ 王元启《读欧记疑》卷一，《丛书集成续编》第 23 册，第 12 页。
④ 王元启《读欧记疑》卷一，《丛书集成续编》第 23 册，第 4 页。
⑤ 李绂《穆堂别稿》卷三六，《清代诗文集汇编》第 233 册，第 348 页。
⑥ 王元启《读欧记疑》卷二，《丛书集成续编》第 23 册，第 19 页。
⑦ 王元启《读欧记疑》卷一，《丛书集成续编》第 23 册，第 13 页。
⑧ 吴汝纶《群书点勘·欧阳文忠公集》，第 38b 页。
⑨ 关于桐城派的"古文辞禁"，可参考潘务正《清代"古文辞禁"论》，《文学评论》2018 年第 4 期。

曼辞"①，因此颇有删改。

若不讲究文辞，不仅不利于字句意思的表达，甚至会影响文章的脉络。王元启删去《桑怿传》"知今人固有而但不尽知也"一句，认为"多著此等语，文便散漫不谨严"②。

其三，与文章主旨无关。重视文章主旨、反对文辞枝蔓，为桐城派纪事之"义法"。王元启删去《龙武将军薛君墓表》中"有子直孺早卒，无后，以其弟之子仲孺为后"一句，认为"其事与龙武君无涉"③。但王氏去取标准过于严苛，子嗣信息对传主而言意义重大，且为文体所需，不宜删去。

其四，不符合相关事实。王元启删《尚书屯田员外郎张君墓表》中"年尚少"三字，认为"上云他橡属多少壮，则说及君身不宜复云年少。又考公至西京，在天圣九年辛未，张卒皇祐五年癸巳，张与公聚时年三十七，已逝强仕，视公长十二岁，不得云'尚少'，此三字宜删去"④。王元启通过考辨张君与欧阳修的年纪、交游，做出删除的判断。

在桐城派中，方苞删改前人古文最多，标准严苛。其依据主要是"义法"说，但综观方苞的评语，关注点主要是"义法"之"法"，即"言有序"和"雅洁"。虽然诸人对古文细节处的删改有所不同，但所持标准相差不大。王元启多次提及"律以昌黎法""史法固应如是""据法当云"⑤，当指古文的基本文法而言。虽并未言明遵循方苞"义法"说，但仍在"义法"范畴之内。刘声木认为王氏"为文一本于韩，义法之正，文词之美，真今之归有光"，于是将其收入《桐城文学渊源考》⑥。要言之，诸人的标准可以用"言有序"和"雅洁"来归纳。

---

① 王元启《读欧记疑》卷二，《丛书集成续编》第23册，第26页。
② 王元启《读欧记疑》卷三，《丛书集成续编》第23册，第37页。
③ 王元启《读欧记疑》卷一，《丛书集成续编》第23册，第9页。
④ 王元启《读欧记疑》卷一，《丛书集成续编》第23册，第9页。
⑤ 《屯田员外郎张君》《句容县令王公》《大理寺丞狄君》评语，见王元启《读欧记疑》卷一，《丛书集成续编》第23册，第9、12、13页。
⑥ 刘声木撰，徐天祥校点《桐城文学渊源考撰述考》，第55页。

在桐城派的各种删改方式中，最常用的是"删"。受评点手法客观条件的限制，评点者难以大幅度地调整文章的结构，只能在字句上下功夫，最方便的就是删除冗余的字句，但也有个别篇章删改在百字以上，如方苞删《尚书主客郎中刘君墓志铭》、刘大櫆删《梅圣俞诗集序》、王元启删《赠太子太傅胡公墓志铭》等①。

删改行为体现了桐城派的"尚简"倾向。方苞云："夫文未有繁而能工者。"② 主张削去古文中的繁芜之辞。另外，"柳子厚称太史公书曰'洁'，非谓辞无芜累也，盖明于体要，而所载之事不杂，其气体为最洁耳"③。"雅洁"说在文辞、叙事等方面都要求简洁、得体。刘大櫆《论文偶记》有"文贵简"条，包括"辞切则简""神远而含藏不尽则简"，因此"简为文章尽境"④。姚永朴《文学研究法·繁简》亦有集中论述。正如《文心雕龙·镕裁》所言："善删者字去而意留。"⑤ 桐城派希望通过删改取得这种效果。欧阳修推崇"简而有法"的文风，但在桐城派看来，还是不够简洁，这说明古文创作之难，亦可见"义法"之严格。

删改他人文章固然有诸多优点，但对删改行为也应有所反思。王芑孙《读小岘所作亡弟行状书后》⑥ 虽非评点之作，但对方苞删改《泷冈阡表》有所评论，有助于加深对评点的认识。首先，他说："方侍郎苞举韩、欧文字而笔削之，凡所刊落，果胜原作。……如《泷冈阡表》，欧公绝作也，不经侍郎刊削，犹不免有冗长处。"认可方苞的删改。其次，他说："《泷冈阡表》，吾曹以文字读之，侍郎以文字论之，痛加刊落，境自益胜。在欧公当时，至性至情激宕而出，言之短长与事之繁简所不及计，势不能无

---

① 参见李绂《与方灵皋论所评欧文书》卷三六（《清代诗文集汇编》第 233 册，第 348 页）、刘大櫆《精选八家文钞》（光绪二年重刻本，第 2 册，第 7a—7b 页）、王元启《读欧记疑》卷二（《丛书集成续编》第 23 册，第 19 页）。
② 方苞《与程若韩书》，《方苞集》，第 181 页。
③ 方苞《书〈萧相国世家〉后》，《方苞集》，第 56 页。
④ 刘大櫆《论文偶记》，王水照主编《历代文话》第 4 册，第 4112 页。
⑤ 刘勰著，范文澜注《文心雕龙注》下册，人民文学出版社，1958 年，第 543 页。
⑥ 王芑孙《惕甫未定稿》卷二三，《清代诗文集汇编》第 442 册，第 556 页。

图 4.2　《诸家评点古文辞类纂》中《泷冈阡表》的评语

图片为徐树铮辑《诸家评点古文辞类纂》（民国五年铅印本）。方苞评点欧阳修《泷冈阡表》一文。据本图所示，方苞共有 5 处删节。代表文章脉络、精彩之处的圈、点和代表不满意见的删节错综布置，构成丰富的批评图景。

冗长。且欧公能改薛史，为冯道、李程诸传，此其识宁在侍郎下者？及其自表《泷冈》，则不能矣。大抵家门文字不宜自为。"① 认为单从文字论之，《泷冈阡表》确有冗长之处。但欧阳修自作祭表文，情感所系，不复顾忌文字之繁简，情有可原。同时，也暗示删改不应只关注文字而忽视创作的具体情况。再次，他说："侍郎……自改《泷冈表》，意非以欧公为不足也，徒以作文义法示吾曹而已。"既然欧文之缺点情有可原，那么方苞的删改并非意在指出欧阳修古文有不足，而是为了展示"作文义法"。

另外，方苞等人对欧文的删改，也有不当之处。

其一，李绂《与方灵皋论所评欧文书》认为方苞所评欧文的底本选择不当。欧阳修生前自编《居士集》，标准严格。方苞评论欧文依据的是茅坤的选本。李绂认为茅选杂乱，不能代表欧文水平。李绂的四十八篇反对意见中，有八篇以《居士集》未收为理由。未入自选集的古文，不能视为欧阳修的代表作，对这类古文进行删改，效果并非最佳。

其二，方苞删去《大理寺丞狄君墓志铭》中"其寿止于五十有六"一句，正如李绂所言："此段以叙哀，即暗序其年寿，删之，则莫知其年矣。"② 叙其年寿，于情于理皆属正常，不宜删。另外，上文所论王元启删改《龙武将军薛君墓表》，也不妥当。

而且，关于某篇古文是否删改以及删改时的具体意见，桐城派内部也有分歧；即使是同一个评点者，不同时期对同一古文的删改意见也有不同，如方苞对《泷冈阡表》的删改，《古文约选》与《诸家评点古文辞类纂》所录意见完全不同。对古文的删改只是评点者一时、一己之见，不必"执一法以例天下之学者"③。

删改古文的标准也值得商榷。方苞删改古文的依据是"义法"。但在

---

① 刘大櫆也从这一角度批评韩愈《祭十二郎文》："退之文独此篇未免俗韵，盖本称述家人骨肉俗情俗事故也。"姚范《援鹑堂笔记》卷四二，《续修四库全书》第1149册，第96页。
② 李绂《穆堂别稿》卷三六，《清代诗文集汇编》第233册，第348—349页。
③ 曾灿《过日集·凡例》，转引自谢正光、佘汝丰编著《清初人选清初诗汇考》，南京大学出版社，1998年，第193页。

桐城派成员看来，"义法"说本身亦非衡文之最佳准则。姚鼐在给弟子的书信中写道："望溪所得，在本朝诸贤为最深，然较之古人则浅。其阅太史公书，似精神不能包括其大处、远处、疏淡处及华丽非常处；止以义法论文，则得其一端而已。"① 认为方苞并未完全领略《史记》的精神，且"义法"说也只是古文创作的一个方面而已，并非全部。姚永朴也认为："义法虽文学家所最重，而实不足以尽文章之妙。"② 与姚鼐见解相同。徐树铮《钞古文辞类纂批点记》云：

  余意为著书计，固宜不著迹象，待其人深思而自得之；若为读书计，则无宁丹铅涂乙、提要钩玄，譬人夜行，畀之以炬，不甚善欤？……望溪绳墨太谨，海峰抉择有时近肤，又多好删乙古文字句，就我义法。殊不思古人当日命意运笔，浩然而沛然，决不以挫啬自拘。③

他从"著书"和"读书"两个角度分析，对评点的作用认识得更为具体。而"绳墨太谨""有时近肤""就我义法"等评语则说明方、刘的删改、评点等行为主观性比较强。徐树铮对原作者"不以挫啬自拘"的创作状态给予了更多的尊重。

  虽然方苞用"义法"说评论、删改他人的古文，但方苞的理论与创作并不一致，其作品并没有完全达到理想的境界。吴汝纶在《群书点勘·方望溪集》中，对其中五篇古文提出了删改意见，也主要从文辞和脉络两方面进行批评。如《记徐司空逸事》删"时江浦刘无垢"至"遂出孔道辅下乎"，认为"此等最望溪客气，删薙乃能雅洁"④。吴敏树亦认为方苞之文

---

① 姚鼐《与陈硕士书》，姚鼐撰，卢坡点校《惜抱轩尺牍》，安徽大学出版社，2014年，第75页。
② 姚永朴著，许结讲评《文学研究法》，凤凰出版社，2009年，第33页。
③ 徐树铮《诸家评点古文辞类纂》卷首。
④ 吴汝纶《群书点勘·方望溪集》，第5b页。

在语言方面并不擅长："望溪之文，厚于理，深于法，而或未工于言。"①在删改前人古文的同时，自己的古文也被后人删改，所持标准也相同，说明删改前人古文的自信以及删改的标准在桐城派内部得到传衍。

余 论

钱锺书在《管锥编》中谈到古人选本中的删改现象，认为"古人选本之精审者，亦每削改篇什"。古人选本如《文选》、姚铉《唐文粹》、吕祖谦《皇朝文鉴》，均有此现象②，但桐城派的删改行为自有其特色。桐城派中，方苞第一个在评点本中大力删改前人古文，刘大櫆继承了这种方式。姚鼐虽有删改，但并不多见，且其删改意见主要针对归有光的古文③。虽然桐城派后学对删改行为褒贬不一，但这种方式还是得到了传承，吴汝纶是桐城派后期删改古文最多的人。桐城派删改的对象，多是其古文谱系中的代表作家和作品，以唐宋八大家作品为主。随着众多流派成员的参与，以"义法"为标准的删改行为成为桐城派的一大特色。对古文经典的"重塑"，能够将古文的精彩、不足都展现出来。经过删改的文本，在体现评点者古文理论的同时，也可以作为初学者学习古文的示范。同时，对方、刘等人删改前人古文的讨论，说明桐城派内部的"众声喧哗"，彰显了流派内部的张力和活力。

桐城派通过评点本、选本对前人尤其是唐宋八大家古文的删改，具有重塑经典的意义。评点作为一种具有民族特点的文学批评方法④，在古文评点本、选本中被桐城派赋予了新的功能：不仅可以赞扬、批评文本，也

---

① 吴敏树《与筱岑论文派书》，吴敏树《柈湖文集》卷六，《续修四库全书》第 1534 册，第 196 页。
② 钱锺书《管锥编》，生活·读书·新知三联书店，2007 年，第 1689—1693 页。
③ 吴汝纶《群书点勘·归震川集》，第 12a、14a、18a、19a、23b、27b 页；姚永概《慎宜轩日记》下册，第 781 页。
④ 张伯伟《中国古代文学批评方法研究》，中华书局，2002 年，第 590 页。

可以删改文本。① 这种删改，并非对作品的过度阐释，而是对文本的改造和强势干预，这与桐城派在古文理论和创作方面的自信是相互关联的。

《四库全书总目》在"总集类"小序中，将总集分为两类。一种如《全唐诗》，"网罗放佚，使零章残什并有所归"；另一种如《文选》《古文约选》等选本，"删汰繁芜，使莠稗咸除，菁华毕出"②。对《古文约选》等兼具评点本、选本性质的文本而言，编者在选篇择目时已进行过一次"删削"，选出具有代表性的古文；同时，又利用评点对古文进行第二次"删削"，去芜存真。通过双重筛选为读者提供一个符合编选者古文观念的文本。在选本已经成形后，评点者还可以对文本进行较大幅度的调整、删改，可以引发对于选本新的思考。读者阅读前人作品，选本是主要途径之一。方孝岳认为："从势力影响上来讲，总集的势力，又远在诗文评专书之上。"③ 可见优秀选本的影响力。如果选本无法提供一个忠实的文本，读者接触到的是经过删改、重塑的文本，便会对原作者的认识有所偏离。

方孝岳评论删改前人作品，认为"在前人未必受过，而后人所推的，固亦未尝不是"，态度比较平允，读者可以各取所需，"或者有讥方氏过事苛求，迹涉无谓者。然方氏本为善诱学人而设，而吾人今日讨论散文字句之格律，利此为有用之资料，正不嫌其苛求"④，提示了删改材料的新价值。有研究者在回顾散文研究史时，呼吁加强对中国古代散文句法理论的

---

① 关于评点对小说、戏剧、词的删改，参见谭帆《论小说评点研究的三种视角》、朱万曙《评点的形式要素与文学批评功能——以明代戏曲评点为例》、林玫仪《清代词籍评点叙例》。（章培恒、王靖宇主编《中国文学评点研究论集》，上海古籍出版社，2002年，第55—86、129—156页）
② 永瑢等《四库全书总目》下册，中华书局，1965年，第1685页。
③ 方孝岳《中国文学批评 中国散文概论》导言，生活·读书·新知三联书店，2007年，第20页。
④ 方孝岳《中国文学批评 中国散文概论》，第324、333页。

研究①,而桐城派于此有独特的领悟。桐城派有丰富的评点文献存世,对许多文本有详细的分析、体会。若能结合桐城派的文学理论,有效利用这些材料,或许可以对散文句法理论的梳理与研究做出新的贡献。

---

① 黄霖主编,黄念然著《20世纪中国古代文学研究史·文论卷》,东方出版中心,2002年,第185页。

第五章 文学流派·批点·政治性·书籍史

尧育飞　编写

[上] 解　读

一、闲谈、观摩及必要的任务

二、古文秘传的多重指向

三、片段缀合、论文攻坚及留痕

四、批校本与文学政治学研究

五、拓展阅读：明清时期的"用书"

[下] 论　文

秘本与桐城派古文秘传

[上] 解 读

一、闲谈、观摩及必要的任务

1. 学术闲谈

我为何会从事桐城派研究？2023年底，《文学遗产》编辑马昕老师在线上组织了一次论文复盘会，邀请我分享《秘本与桐城派古文秘传》（以下简称"《秘本》"）一文从构思到发表的全过程。我得以借机回顾写作历程，可转瞬一想，论文创作过程中的诸多兴奋点，已不太能记忆。好在我有记日记的习惯，钩沉自家日记，为回忆文章缘起提供了有力的帮助。

桐城派，我在读博以前接触很少，但从2017年迄今，个人日记大概有420次提及"桐城"，可见读博以来我对桐城派的关注迅速攀升。个中机缘，与刘文龙有关。众所周知，桐城派研究的一大重镇在安徽。近年来，安徽很多本土学者及学生都喜谈桐城派。2017年2月23日，我在南京参加南京大学博士入学考试，初次结识刘文龙，就听他谈起桐城派。当日日记有记载：

> 至刘文龙处聊天，言桐城派研究多，安徽大学此方面研究多。云李克强中学老师李诚也是吴孟复的老师，李诚则桐城派最后一家。

人们年少时谈话总是海阔天空，无所禁忌。说起桐城派研究，刘文龙滔滔不绝，安徽省的桐城派研究状况及其他一些桐城派研究掌故，对我而言都算是新闻。那时我对桐城派不甚了然，对桐城派的终局，更不知所谓。无论是吴孟复还是李诚，我都感到茫然。从前的中国文学史教材给我灌输过有关桐城派的知识，但我对桐城派仍缺乏感性认识。

2. 观摩与切磋

2017 年，我到南大读书以后，在导师徐雁平教授的带领下，师兄弟们组织了小型的读书会。在这个周期相对固定的活动中，我读过一些研究桐城派的论文，仅 2018 年 10 月间，就读过徐雁平老师的《局外人日记与晚期桐城派研究的新观察》①、张知强《方刘结习及桐城派传衍》② 等。从此可见，我们这一小型学术群体，对桐城派有较多关注。通过这些文章，我真正与桐城派结下缘分，也触及桐城派研究的前沿。

在许多场合，徐老师都提醒我们留意社会学家爱德华·希尔斯（Edward Shils）《论传统》一书对传统如何生成及流变做出的精彩解释。我无意于从事社会学研究，但观摩社会学的研究方法令我在思考桐城派的传衍、传统、文化世家等问题时，更加关注中国文化的连续性，留意文学本身的生长机制。那几年，学界较为重视桐城派的传衍问题。即以身边同学而论，印象较深的论文就有徐亦然《传义法与笃师说：桐城文派传衍初期的不同倾向》（《安徽大学学报（哲学社会科学版）》2017 年第 6 期）一文。而同学刘文龙 2019 年 8 月 27 日又写成《桐城之外有新城》③，述桐城派在江西传衍的这一脉。他将文章传于我，请我提建议。我注意到该文所引刘师培论述："先是，赣省陈用光传姚鼐古文之学，派衍于闽中，故粤西朱琦、龙翰臣，均以古文名。而仁和邵懿辰、山阳潘德舆，均治古文、理学，略与桐城学派相近。"④ 我对此颇有感慨，随即给出建议：

---

① 该文 2018 年 10 月 8 日讨论，发表时改题为《贬抑桐城派的众声及其文学史意义——以"局外人"日记为考察范围》（《南京大学学报（哲学·人文科学·社会科学）》2019 年第 3 期）。
② 此文 2018 年 10 月 20 日讨论，发表时改题为《桐城派的"义法"实践与古文删改》（《文学遗产》2019 年第 5 期）。
③ 该文后以《桐城派传衍至江西的史学考察》为题，发表在《安徽大学学报（哲学社会科学版）》2020 年第 6 期。
④ 刘师培《近儒学术统系论》，《刘申叔遗书》，凤凰出版社，2014 年，第 1535 页。

刘师培的话，值得再三玩味。桐城派在江西的传衍这一题目，需要面对江西古文传统、福建古文传统。此题魅力有三：1. 桐城派如何收编江西旧有古文传统，战胜并容纳了魏叔子这一线的传统；2. 桐城派在江西攻城略地得益于福建朱仕琇等人；3. 被桐城收编的江西桐城派群体如陈用光，又作为链接点，影响福建古文传统。在这种错综复杂的进程中，桐城派得以拿下江西、福建两点。而其基础，在于两地旧有的古文、理学"略与桐城学派相近"。

由此引出话题。桐城派遍及天下，传衍于各地均有"在地"特点。为何至江西更有特色？我以为，在这种错综复杂的传衍过程中，江西、福建两地的古文、理学"略与桐城学派相近"，是桐城派能够进入并最终"鸠占鹊巢"的根由。这种"中观角度"的桐城派传衍研究，是我比较欣赏的，如此想问题也进一步激发了我思考桐城派内部隐性的传承。

在思考桐城派传衍的过程中，我还有幸较早阅读到徐雁平老师所写《书籍、手艺、风习与桐城派长久发展》[①]一文，该文出色地将桐城一地的文学氛围、书籍氛围以及桐城派经营书籍的手艺勾勒而出，给我留下很深的印象。我将秘本与桐城派古文秘传放到桐城派内部，作文学内部观念、记忆传承方面的思考，直接受益于此。

3. 毕业论文的结构

如上的种种因缘，多是事后回思得来的，在情理之中。然本论文之最终出炉，也有出乎意料者。相关问题的真正提出，包括资料的收集等，实际上是毕业压力使然，是我写作博士论文不得已而为之的结果。在毕业压力之下，我需要把毕业论文设计得更加完善，而这篇论文正是完善博士论

[①] 该文后发表于《文学评论》2020年第3期，改题为《中国古代文学流派的桐城模式——基于萧穆咸同时期日记的研究》。

文的必要环节。兴趣是论文最好的缘起，但适度的压力才是论文完成的决定性因素。

我的博士论文《清嘉道时期的文献样态与文人表达》题目较广，所涉内容很多，构思的框架并非圆熟的闭环结构，而是具有较强延展性的开放体系，故所涉专章选题有较大伸缩性。《秘本》一文的写作时间在 2020 年。我最先完成的是一篇与顾炎武祠有关的文章。关于顾炎武祠，复旦大学段志强已出版《顾祠——顾炎武与晚清士人政治人格的重塑》（复旦大学出版社，2015 年），得到王汎森的高度评价。而彼时我刚刚整理完成《何绍基日记》，其中何氏道光年间的日记有助于推进先行研究，我因此重估何绍基在顾祠会祭中的重要作用，顺利完成《顾祠空间和道光文坛》一文。

根据博士论文的整体框架构想，在顾祠这一建筑空间之外，与文学关系更为密切的纸本文献样态，是我必须考虑的。在此，桐城派的文献自然浮现于脑海。顾祠的政治性因素，令我想起桐城派的政治理想。嘉道时期，是中国古今社会转变的重要时段，而桐城派在这一时期也发生重要转变。颇有些心仪神秘主义的我，觉得桐城派的发展壮大过程中有鲜为人注意的内容。

为此，我有意识地翻阅了相关资料，一边阅读一边继续思考。对此，我的日记还有一些记载：

> 翻阅甘熙《白下琐言》，笔记颇精彩，录书中美食、姚鼐与桐城派等材料甚多。（2020 年 3 月 29 日）
>
> 傍晚取得快递《清史稿》48 册，780 元，读桐城派人相关传记，颇有启发。（2020 年 5 月 5 日）

这些材料都是我在广东购买的；而在此前，一般的桐城派相关著述的电子文献，我恰恰也掌握最充分，这些也为论文的推进奠定了基础。毕竟，从文献出发，论文可以较为切实。不过，根据我们的观察，桐城派研究的成果相当丰富，推进很难，而一些重复性的劳动业已出现。故我在阅读过程中，也不免有些担心。幸运的是，我最终找到突破口。当我觉察到圈点颜色触及桐城派的一些秘密，从中可见桐城派批校本、过录本的奥秘时，我想是时候集中力量专攻这个题目了。

二、古文秘传的多重指向

1. 从圈点颜色开始

与相对漫长的选题过程相比，一旦开始写作，因为目标明确，剩下的只是如何抵达，进度也就加快许多。不过，其间我也面临诸多不确定性因素，使最初的构想发生较大变形。如果将论文写作比作长征，那么其中可能有"遵义会议"式的重要转折。2020年12月，我真正着手写这篇论文，不久之后，论文的重心就发生较大调整。相关过程，日记中仍存有一些线索：

> 2020年12月23日，拟写桐城派的颜色一文，找一些材料。
> 12月27日，是日仍写桐城派颜色一文，以为桐城派圈点与义法关联密切，相须以生。
> 12月29日，天骐宿舍谈。所研究桐城派，乃将个人情感投射其中，将桐城秘传统绪建立在对清统治（不满）的基础上。一腔热血，无处散发，乃发之于文、于论文。
> 2021年1月6日，至文龙宿舍取姚永朴《起凤书院答问》《旧闻随笔》。是日写两千字。全文近三万字，桐城一文费时太久。
> 2021年2月9日，写桐城古文秘传一文。
> 2月10日，写桐城古文秘传一文。白天进展大。傍晚跑步两圈。夜来刷《觉醒年代》，富于理想的陈独秀、李大钊、毛泽东等人均令人动容。许久没有思考这种理想问题，但这种对于政

治、社会与人生的理想始终在我的血液里流淌。我把它放进论文中。——腊月二十九,次日除夕。

多亏这些日记记载,我才能重新追溯这篇论文的写作过程。我在圣诞前两天开始写作,此后直至除夕还醉心于此。起初我想讨论"桐城派圈点与义法关联密切,相须以生"的问题,着眼于桐城派的圈点颜色。我注意到"五色圈点"藏有诸多秘密,可惜,国内对颜色的研究很欠缺,那时只有《颜色的故事》等少数译著问世。色彩如何在古文批校本系统中发挥作用?我处理起来感到难度不小,尽管尝试做了讨论,但结果并不令自己满意。

此时恰有一部主旋律电视剧《觉醒年代》推出,我在写论文的空隙,每天两集,持续追剧。电视剧中陈独秀、李大钊等人的形象十分生动,令我非常感慨。一方面,我惭愧于自己很久没有思考此类理想性的问题;另一方面,这部片子激发了我注意桐城派对政治、社会和人生理想的一些热情。由此,我找到桐城派古文秘传更广阔的社会背景。这就是日记所说:"将桐城秘传统绪建立在对清统治(不满)的基础上。一腔热血,无处散发,乃发之于文、于论文。"

从桐城派的政治热情和清流精神出发,探讨桐城派秘传的问题,同样困难重重,但我自认为值得。正是在处理这个问题的过程中,我对桐城派产生同情之了解,慢慢从贬抑桐城派的一员变为拥抱或至少能客观看待桐城派的一员。此后的一段时间,大概以每天两三千字的速度推进。写着写着,论文重心也由圈点颜色逐步转向古文秘传。到二月,我已基本写出桐城古文秘传的主体部分,篇幅远超发表的《秘本》一文。

2. 三大典范秘本

《秘本》一文的修改和发表相对而言比较顺利,但这种顺利并不意味着无须修改。事实上,十来万字的初稿,要删改成如今刊物所要求的一万多字的文章,绝非易事。并没有其他诀窍,我只能对论文大加砍削。我把原有的十一个章节内容拆散分解,删除风险较大的"圈点颜色与义法""未成文的学说与桐城派秘传的关系"等部分,最终以两万字的篇幅投稿。

《文学遗产》编辑部在初审之后认为应当对秘本的概念加以界定,并提醒我界定桐城派的"掌故"等术语。此时,论文进入了绝不含糊的自我拷问阶段,我因此重新理清相关概念,并对材料进行芟剪。最终,在送外审之后,我获得两份外审专家意见,其中一份外审专家意见表扬得比较多。另一份提出较多批评意见,兹抄录如下:

其一,第一部分中,提出桐城派的古文秘传包含三大主体内容,在此之外,古文秘传范围能否再扩大一些?比如桐城派的文话著作,像刘大櫆的《论文偶记》,也是长期处于秘传状态,此外还有吴铤《文翼》、吴德旋《初月楼古文绪论》,等等;又比如桐城派文人的尺牍,像姚鼐尺牍,其间多有不便告人的论文之语(《与陈硕士》之九十三,特别强调"勿与人见可耳");又比如桐城派文人的一些文集抄本或稿本,也是处于不公开的状态,等等。

其二,第二部分中,(1)桐城派选本与秘本的关系,宜解释一下;(2)什么样的秘本,才能成为"典范",或者说,"秘本典范"有哪些特征,建议文中应该交代清楚;(3)论三大秘本典范的迁移,对其迁移的具体原因和具体过程,论述不多。(4)对秘本《古文四象》的阐述,不及对《归评史记》《古文辞类纂》论述得那样细致。

其三,第三部分中,(1)自"对秘本的重视,表征桐城派人的古文历史观"以下部分,似与前面所论《归评史记》的流传,关联度不高,倒与第四部分论述秘本生成,有较强的关联;(2)秘本传衍的实践层面,除了《归评史记》外,是否也要交代一下《古文辞类纂》的秘传情况。毕竟,《古文辞类纂》

是桐城派选本的显著代表，倘若能做一些阐述，说服力会更强一些。

针对专家对论文第一部分的意见，如古文的秘传范围能否再扩大，如文话著作、文人尺牍、文集的抄本或稿本等是否可纳入秘传体系，我基本吸收，因它促使我完善秘本概念。当然，此处仅是部分吸收，它并不动摇我对于秘本特质的见解。专家所指第二部分的意见，关涉桐城派选本和秘本的关系，涉及秘本概念，即何种选本方可成为典范。因我文中提及《归评史记》《古文辞类纂》和《古文四象》是秘本典范，但核心论述在《归评史记》，故专家对所论三大秘本典范迁移的观点提出疑问。此点意见对我修改文章结构意义重大。如果对三大古文秘本典范平均用力加以论述，将使问题进一步复杂化，毕竟，每一部书的流传状况都足够写成一篇论文。

针对外审专家的意见，我一一回应，其中着重回答了为何桐城派的三部秘本中独独选择《归评史记》的问题。大略言之，《归评史记》是桐城派兴起以来群相推服的经典，历史最久，最可见桐城派传衍的全景，又因相关材料最富，方便见出桐城派传衍的细部。故在修改过程中，我将《归评史记》提出，作为个案加以分析，管中窥豹，足以将秘本典范性的内涵揭示出来。

3. 多元意蕴的散发

《秘本》一文最终放入博士论文，改题为"圈点、秘本与桐城古文秘传"，与发表时有所差别，但从题目关键词可见论文在多个维度上所呈现的价值。

好的论文应在研究的各领域、多个层面体现价值，这样文章的意蕴才比较丰富，才比较耐读。在写《秘本》时，我虽尚未对此形成自觉，但已略有体会。如今回过头去看，《秘本》一文在如下五个研究维度上，均有一定价值。第一，在桐城派的传衍和文学教育上，这篇文章有所思考。第二，关于古代文章选本，尤其桐城派选本的研究脉络上，本文有其位置。第三，近年比较时兴的书籍史研究，本文有一些"中国本土化"的思考。第四，关于清代文献样态的研究，它是一个纸本文献样态的重要案例。文献样态是我思考清代规模较大文献所使用的一个定义，它包括建筑空间、石刻等一系列样态。其中的文学文献样态在哪里？我想桐城派的秘本是一个很好的样例。此类文献在清朝嘉道年间的崛起，与士人精神的复起互为表里。第五，在方兴未艾的日记研究方面有一些探索。写论文以前，我已整理完《何绍基日记》①，此番便顺理成章地利用这部分资料，并较为自觉地使用其他日记文献。这是在文学视角中日记研究的一次小小探索。

《秘本》一文最终在多种维度上都具有发散性，其较为耐读或与此有关。然而，此类选题未必没有风险。有人也可能认为它"四不像"，因在每一个具体的研究价值坐标上，论文都有可能给他人造成"研究不过是如此"的可怕印象。如欲尽量避免此类恶评，研究者一方面要对所涉研究方向均有较多了解；另一方面，也应明白选题的真正价值究竟在哪里，真正将选题落在文史研究的枢纽型路口。好的论文不只是明确解决了某个问题，其背后的意蕴一定是复调、暧昧的，是具有多重指向的。

三、片段缀合、论文攻坚及留痕

1. 连缀碎片

在《秘本》一文的写作过程中，我意外地尝试与从前不太一样的论文写作办法，我将其命名为片段缀合法。这篇论文在主题上存在游移，章节也有所调整，不仅受写作过程中思考变化的影响，更因为这篇论文是碎片

---

① 何绍基日记以稿本形式分藏公私机构，陆续印行部分。收罗现存何绍基所有日记的《何绍基日记》经毛健、尧育飞整理，由岳麓书社 2023 年出版。

化写作的产物。

  2021年2月8日，桐城派一文材料堆积至七万多字，然组合起来大为麻烦。
  2月14日，是日梳理桐城古文毕。
  2月16日，论文至八万多字，对得起桐城，然而琐碎甚，修改不容易。凌晨制作归有光评点《史记》流传图，颇自得。
  2月18日，昨夜熬夜写论文，喝茶数杯，灌以牛奶，所谓奶茶。写至凌晨三点，窗外路灯光一片，偶尔有车辆飞过。近凌晨六点，实在困甚。乃略睡，七点起来。继续修改，至十一时半，总算将论文稿粗略（整理）一过，近九万字交徐老师。

  以前我写论文或写其他文章，基本上力求一气呵成，主题及结构想好，基本上一两天之内可以完成。但这篇文章却在相对模糊的主题下，在一个比较宽泛的范围之内，把桐城派的相关材料分成小的主题堆积出来。通过一个个小的观点，连缀材料，逐步成段。在初步完稿时，文档中是诸多散落的论文碎片。到2021年2月份时，相关片段已经达到七万多字。此后，我的大部分时间都是梳理式的写作，是将那些论文碎片缀合成稿的过程。这一聚合过程苦不堪言，但于今想来，这或许很符合当下研究者的工作节奏，未来将会是流行的论文写作模式。①
  在这缀合写作片段的过程中，我起初拟定题目为"圈点作为桐城派特色"，一个很宽泛的题目。然为了理清这些散乱的线头，我依然按照这条主线梳理。好在，2月10日前后，已形成"圈点与古文秘传"这一标题，但还不够细致。2月15日，形成"圈点与桐城古文秘传"。最终在三月

---

① 写完论文后，我读到德国学者申克·阿伦斯（Sönke Ahrens）所撰《卡片笔记写作法：如何实现从阅读到写作》（人民邮电出版社，2021年），该书激活了传统的卡片笔记法，认为写作者应当按照大大小小的主题开展分片式、分段式书写，最后再将相关写作板块进行模块式组合。如此一来，写文章的速度将大大加快。我对此深表赞同。

份，完成题为"秘本圈点和桐城古文"这篇论文，共计十一节，大概十万字。文章交给老师后，基本获得肯定。

不过，细思此次写作，起初进展很快，但最后的梳理难度不小。故而，尽管采取片段式写作，写作者仍应当在一段时间内集中围绕一个主题收集材料写作。我因兴趣比较广泛，平时写作的很多题目是多线条并行。可人的精力毕竟有限，多条线推进往往意味着哪一篇文章都写不好。好在，在写作这篇论文时，我基本做到心无旁骛，所写内容都高度集中在桐城派研究领域。最终，那些片段得以较为顺利地缀成长文。

2. 学术交谊

一篇较大规模的论文，写起来很难一帆风顺。在朝设想迈进的过程中，我不时感到困难重重，这时候，不能不求助朋友。我在许多方面存在知识盲区，如前述关于色彩的文化史研究即是一例，很多较好的设想根本无从深入。在处理到知识秘传问题时，我同样感到力有未逮。固然，我略知国内有不少相关研究，尤其在关于近代秘密社会的研究中。但这些研究多集中在中下层社会人士，对中上层知识分子的论述相对较少。于是，我决定向西方研究取经，寻求师友帮助。我找到在北京航空航天大学任教的同学王江伟，他是伦理学研究名家廖申白的学生，熟谙西方知识史和哲学史。王江伟为我提供了重要的信息。我的日记有如下记录：

    王江伟告知知识秘传信息。抄录如下：
    ……关于知识或知识团体的秘密传播，我最先想起的就是古希腊早期毕达哥拉斯学派的学问传承以及所谓柏拉图的秘密教义。……（2021年1月20日日记）

循着他的提示，我翻阅了先刚等人的柏拉图研究成果，获得不少信息，这也启发了我对学派中知识传衍的认识。

不只观点和研究方法得到启发，在我写论文过程中，朋友们还提供了诸多宝贵材料。

彼时，受制于疫情，出外访书并不容易。我注意到《红楼梦》的批校本极具特色，而其中一个著名的批校本是浙江图书馆藏黄山寿等人过录批点的。恰好同学龚迋将往杭州看书，我就拜托他帮忙拍摄。这部分资料对我认识古人批点本的过录层次有较多帮助。虽然后来在论文的修改过程中，考虑到小说和文章的差异，把这一部分内容删掉了，但龚迋的帮助我铭感于心。

此外，在日常写作中，和朋友实现图书资料的互借、电子文献的分享也是《秘本》一文顺利完成的一大保障。譬如，刘文龙处藏有很多桐城派相关书籍。我 2021 年 1 月 26 日日记记载："写桐城派一文。昨文龙处借《苌楚斋随笔》翻阅毕，今日又借《戴名世集》。"在书籍借阅往还过程中，我们谈论日常琐事，也不断交流论文写作进展和心得。无论是知识还是视野，我都在这些长长短短的交流中取得进步。虽然其他同学如张天骐等的研究方向与我差异较大，但我们也常在宿舍谈论文思路、可拓展的方向等。往往谈着谈着，自己的思路更加清晰，一些灵感也不自觉蹦出。

大部分硕博生在校学习期间往往有些"自闭"。一方面是因为论文写作遇到困境，宁愿自己默默闷头思考，也不想和别人聊，怕惹来烦心。另一方面，一些同学因题目比较接近，担心老在一起交流，观点和灵感的火花难免泄露。我想，这两种想法都是非常错误的。回看当时日记，我写《秘本》一文之所以灵感不断，是因为每天饭后和各个领域同学的交流。况且，每个人都有知识盲区、资料盲区，通过聊天，互通有无，这样一来，不就多了一层同道相助的保驾护航吗？换言之，一个勇于进取的研究者应从排斥和同道沟通，转变为渴求与同道多交流。

3. 精校与留痕

一篇论文，写完之后，并非万事大吉，在修改、投稿过程中，需要不断打磨，这种打磨包括内容及结构的调整，更涉及引文核对等技术性问题的解决。

《秘本》一文在投稿后不久，就收到《文学遗产》编辑部关于引文格式的修改邮件，我感到十分汗颜。因为当时自己不信论文还有那么多错误，然而编辑部所说的却是实话。我据以核查，改正了九十多处标点、用语等问题。到 2021 年 8 月 2 日，我又将引文核查一过。《文学遗产》编辑部要求将文章的每一则引文都截图保存，以便复查。此时，我正好在办理入职手续，在武汉、南京两地奔波，找材料比较困难，有些只好委托同学朋友去图书馆帮忙拍照，有些则是通过查找电子文献。我原以为这一过程是编辑对我的"折磨"，最后却仍发现不少错误，其中有一些简直不可容忍。

　　一言以蔽之，文章要精校，资料要留痕。这是《秘本》一文修改过程中，我所得到的教训。

四、批校本与文学政治学研究

1. 批校本与"细部"研究

　　相对"过熟"的桐城派研究领域并非没有开垦的余地。以《秘本》一文为例，尽管顺利发表了，仍有诸多空间可继续拓展。

　　以典范秘本而言，尽管《古文辞类纂》和《古文四象》不如《归评史记》那么重要，但二者"细部"仍有诸多的考察余地。其中有相当多的批校本，尤其值得注意。理清批校本的不同层次，是解决批校本中各类信息如何沉积问题的基础工作。① 不同的圈点符号及圈点颜色，是各种过录本的密码，蕴藏古文秘传的诸多信息。

　　现下散文研究、文章学研究均颇受学界瞩目，而从评点入手无疑是进入研究的好办法。近年，复旦大学黄霖教授正组织团队整理《古代文学名

---

① 南江涛《批校本的层次类型及梳理方法刍议——以清人批校本〈文选〉为例》，《文艺研究》2020 年第 11 期。

著汇评丛刊》，由此出发，可望开启明清散文研究的新模式。① 不过，欲揭示古代文章批校的价值，仍不能不接触原始批校本。韦胤宗以清初文人何焯的批校本研究为中心，提出清代"批校文化"概念，"即清代学者与批校有关的一系列行为，这些行为所创造的学术成果、所反映的清人的学术心态，以及这种学术文化对更为广阔的社会与历史的影响"。② 韦氏将批校本置于学者的"学术行为"中加以考量，赋予批校行为及批校成果以更为宏富的思想史和学术史空间，为清代文学史研究增添了必要的"批校"元素。

2. 政治维度的桐城派及其他

《秘本》一文，有意凸显桐城派政治理想的一面。早在 2007 年，曹虹《清代帝王训诂与文统理念——桐城派开宗传衍背景的一个考察》（载《桐城派与明清学术文化》，安徽大学出版社，2007 年）一文即高度关注帝王权力话语与桐城立派的密切关系。近年所见著作中，王达敏《中国现代化进程中的桐城派》（安徽大学出版社，2020 年）对此有相当全面的思考。然由于 20 世纪后半叶桐城派研究多受政治环境左右，故改革开放以来，学者多有意避开政治层面的讨论。揆诸桐城派发展，实大受政治与权力的影响。古文固然是桐城立派的根本及标志性的符号，但桐城派诸多艺文活动部分仍属于政治实践。晚近桐城派更与近代中国历史进程密切相关。回归传统文论术语，政治维度的桐城派研究也涉及时运与文运的关系。《秘本》一文集中关注嘉道时期，因此期是桐城派发展的转折时代。近年学界政治史研究的回潮，我相信将助推桐城派及近代文学政治关注的升温。

清代文学的议题是无穷的，政治史层面的重新介入只是其中一端。然由史学界兴起的政治史研究，重回清代文学研究，表明我的一个基本看

---

① 《古代文学名著汇评丛刊》由凤凰出版社出版，自 2016 年以来，已陆续推出《诗经汇评》《文选汇评》《世说新语汇校汇注汇评》《唐贤三昧集汇评》《苏轼诗文汇评》《唐诗三体家法汇注汇评》《震川先生集汇评》《第六才子书西厢记汇评》等八种。

② 韦胤宗《浩荡游丝：何焯与清代的批校文化》，中华书局，2021 年，第 11 页。

法，即清代文学研究的视野和论文的打开方式往往不自清代出。《秘本》一文的发端，往往并不来自清代文学研究领域，来自政治史、新文化史的影响可能触发我更多的思考。譬如文章所涉桐城派的立派或派别属性问题，认为桐城派内部存在以秘本文化为中心的凝聚方式，便是从 E. P. 汤普森所撰《共有的习惯：18 世纪英国的平民文化》等著作获得启发。清代文学的文献极其丰富，而所关文学事务往往并非文学尤其是纯文学立场所能解决的，故而更为广阔的视野和纷繁的外部研究当是创新清代研究的必然选项。

五、拓展阅读：明清时期的"用书"

何予明《家园与天下——明代书文化与寻常阅读》，中华书局，2019 年

在明清书史研究中，人们已经普遍注意到书籍生产、流通及阅读等各个环节，但对书籍如何使用、人们如何利用书籍达成各自目的则关注较少。何予明这本书的英文版于 2013 年由哈佛大学亚洲研究中心出版，2015 年获美国列文森中国研究书籍奖，2019 年作者亲自修订中文版并交由中华书局出版。在一众海外学者的书籍史著述广受推崇的当下，该书出人意料地未在中国学界引发热烈关注。事实上，该书开辟了明代书籍史研究的诸多新议题。该书不仅对明代通俗图籍的生产、传播、阅读和消费做了过程性的分析，其最令人感兴趣的，是书中对这些图籍文献在明人阅读生活中所发挥的作用有相当的关注。该书认为书籍并不天然扮演阅读对象的角色，明朝人在阅读之外，因应日常生活需要而产生诸多"用书"方式。书籍可以扮演普通生活物件，可以是居室的装饰品，也可以是小说的叙事题材，等等。这就提醒研究者思考明人如何"用书"，为研究者在阅读指向的普遍关注之外，打开书籍史研究的新空间。

在有关桐城派著述和阅读趣味的相关研究中，先行研究仍在早期书籍史和阅读史的既定范畴中趑趄不前。《秘本》一文花费较多篇幅讨论桐城派的"用书"，注意桐城派如何使用书籍，以便将古文传衍的奥秘寄托其上。笔者认为，文学流派内部的"用书"既包括派别指向的经典读物的生产（如《古文辞类纂》等），也包括他们如何阅读前代读物，更应探寻他们如何使用这些读物，并最终将阅读成果及思考结晶置于其中的"痕迹"。其中，桐城派所留存的大量批校本，为考察这一不断发展的长时段文学流派如何"用书"提供了丰富的文献。桐城派如何通过批校本的运作，建构起派别特色的书籍体系，是清代书籍史研究的有趣话题。尽管桐城派所涉书籍有别于明代的通俗读物，二者在日常生活中也扮演着不同的角色，但这种差异，正可拓展明清书籍史研究中的"用书"课题，并为人们思考书籍之于文学流派、书籍之于文人日常生活的交互作用，提供了值得期待的观测点。

[下]论　文

秘本与桐城派古文秘传[*]

从乾隆末年章学诚《文理说》初揭桐城古文秘传，到咸丰年间曾国藩《欧阳生文集序》高标桐城传衍路径、王拯《归方评点史记合笔》公开桐城秘本，其间五十多年的嘉庆、道光两朝，是桐城古文秘传形态凸显的关键时期。桐城派在嘉道时期的发展壮大，有赖于师友、家族、姻娅等一系列关系的稳步推进，也得益于书院、京师等空间和地域的精心经营。这种显性传衍的内容、路径及展开方式，是认识桐城派的重要依据。但在一系列公开性的言说之外，桐城派古文还有秘传的一面。圈点秘本、诵读体系、与古文相关的掌故等是构成桐城派古文秘传的核心内容。围绕桐城派的秘密传衍，派内派外生出诸多言论。这些关于"古文秘传""家法""圈点""秘本"的言说，构成了桐城派的秘本系统，揭示了桐城派发展壮大的另类面相。

一、古文秘传与"桐城家法"

桐城派古文有秘传形态。章学诚《文史通义》云：

> 偶于良宇案间，见《史记》录本，取观之，乃用五色圈点，各为段落。反覆审之，不解所谓。询之良宇，哑然失笑，以谓己亦厌观之矣。其书云出前明归震川氏，五色标识，各为义例，不

---

[*] 作者：尧育飞。此文原刊于《文学遗产》2021年第6期。

相混乱。若者为全篇结构，若者为逐段精彩，若者为意度波澜，若者为精神气魄，以例分类，便于拳服揣摩，号为古文秘传。前辈言古文者，所为珍重授受，而不轻以示人者也。又云："此如五祖传灯，灵素受箓，由此出者，乃是正宗；不由此出，纵有非常著作，释子所讥为野狐禅也。余幼学于是，及游京师，闻见稍广，乃知文章一道，初不由此。然意其中或有一二之得，故不遽弃，非珍之也。"①

此文为章学诚乾隆五十四年（1789）游安徽太平时所作②。章学诚与左眉（1749—1820）关系十分密切，曾一道游采石矶，结伴至武昌，在毕沅幕府共事。左眉为学讲求躬行实践，师从戴震、邵晋涵③，与汉学家关系匪浅，同时工古文辞。方骥德同治十三年（1874）所作《重刊静庵遗集序》云："先生当乾嘉盛时，渊源望溪，拱挹惜抱，身虽隐而道益尊。"④ 左眉并未亲炙姚鼐门下⑤，所作《哭姚姬传先生》云"生憎标榜习，键户默相师"⑥，说明他只是私淑姚鼐。因此，左眉幼年所受之秘传古文非从姚鼐而来，似表明桐城"古文秘传"有多条路径。

章学诚这段材料讲述了一则关于《归评史记》的切己故事。前人多从章学诚的立场出发，批评桐城派保守秘密⑦，或认为桐城派过于拘泥⑧，但这则故事最引人注意之处在于章学诚初见《归评史记》时"不解所谓"。

---

① 章学诚著，叶瑛校注《文史通义校注》卷三《文理》，中华书局，1985年，第286页。
② 胡适《章实斋先生年谱》，耿云志、李国彤编《胡适传记作品全编》第2卷，东方出版中心，1999年，第51页。
③ 左眉《静庵文集》"序"，《清代诗文集汇编》第398册，上海古籍出版社，2010年，第273页。
④ 方骥德《重刊静庵遗集序》，《静庵文集》，《清代诗文集汇编》第398册，第276页。
⑤ 《静庵文集》卷二《梦谷先生传》，《清代诗文集汇编》第398册，第294页。
⑥ 《静庵诗集》卷六《哭姚姬传先生》，《清代诗文集汇编》第398册，第394页。
⑦ 马宗霍即持批评桐城派"不可示人以法"的主张（参见马宗霍《文学概论》，台湾明达出版社，1975年，第154页）。
⑧ 邬国平编著《中国历代文论选新编》（明清卷），上海教育出版社，2007年，第388页。

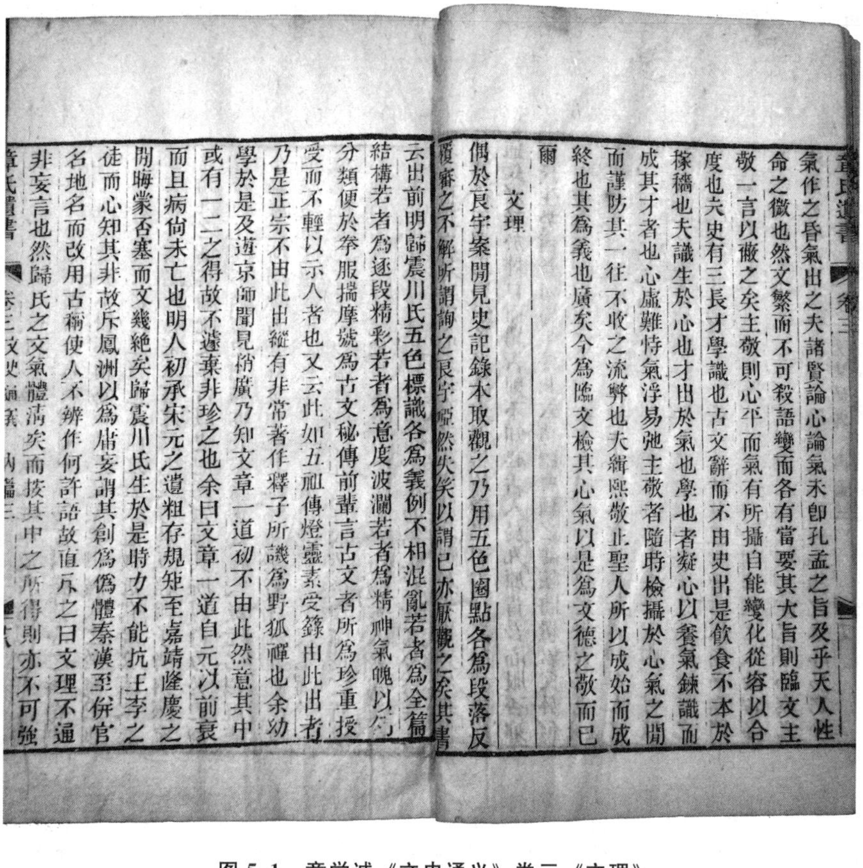

章氏遺書 卷三

氣作之昏氣出之夫諸賢論心論氣未卽孔孟之旨及乎天人性
命之微也然文繁而不可殺語變而各有當要其大旨則臨文主
敬一言以蔽之矣主敬則心平而氣有所攝自能變化從容以合
度也夫史有三長才學識也古文辭而不由史出是飲食不本於
稼穡也夫識生於心也才出於氣也學也者凝心以養氣鍊識而
成其才者也心慮難恃氣浮易弛主敬者隨時檢攝於心氣之間
而謹防其一往不收之流弊也夫緝熙敬止聖人所以成始而成
終也其爲義也廣矣今爲臨文檢其心氣以是爲文德之敬而已
爾

文理

偶於良宇案閒見史記錄本取觀之乃用五色圈點各爲段落反
覆審之不解所謂詢之良宇啞然失笑以謂己亦厭觀之矣其書
云出前明歸震川氏五色標識各爲義例不相混亂若者爲全篇
結構若者爲逐段精彩若者爲意度波瀾若者爲精神氣魄以次
分類便於拳服揣摩號爲古文秘傳前輩言古文者所爲珍重授
受而不輕以示人者也又云此如五祖傳燈靈素受籙由此出者
乃是正宗不由此出縱有非常著作釋子所譏爲野狐禪也余幼
學於是及遊京師聞見稍廣乃知文章一道初不由此然意其中
或有一二之得故不遽棄非珍之也余曰文章一道自元以前衰
而且病尚未亡也明人初承宋元之遺粗存規矩至嘉靖隆慶之
閒晦蒙否塞而文幾絕矣歸震川氏生於是時力不能抗王李之
徒而心知其非故斥鳳洲以爲庸妄謂其創爲僞體奏漢至併官
名地名而改用古稱使人不辨作何許語故直斥之曰文理不通
非妄言也然歸氏之文氣體淸矣而按其中之所得則亦不可強

章氏遺書 卷三文史通義 內篇三

图 5.1 章学诚《文史通义》卷三《文理》

图为南京大学图书馆藏道光十二年刻本《文史通义》。章氏此书精义纷呈，读者每能从中拈出议题。即此论文理，稍及于桐城派之文章秘传，亦可作一篇大文章。

经左眉解释，章学诚方知围绕着《归评史记》存在"古文秘传"。章学诚的转述表明，五色圈点《史记》号为"古文秘传"并非无因，其所构筑的阅读壁垒，助推外界认识这一古文群体的独特风貌。尽管尚无法估计据此研习古文者的规模，但从章学诚的记载来看，古文传习标榜秘传已成风气。古文秘传风习具备如下特征：秉持对古文的坚定信念，一群古文学习者追逐相似的目标——写出像古人那样的古文。为此，他们愿意遵循一些共同的规范，以便觅得古文奥义。受这一共同信念的感召，群体内部形成了规定性的约束和认同感，并将其投射到五色圈点《史记》等经典上。五色圈点《史记》在这一群体中获得尊崇地位，甚至作为启示性文献被师傅传授给有"资质"的学习者，要求学习者"拳服揣摩"。由此，群体围绕五色圈点《史记》，展开了一系列古文实践活动。以此书的传授为基础，桐城的古文传播以秘传形式展开，师徒授受中有"拳服"般的虔诚热情。种种迹象表明，此期桐城派略具宗教性质，有意宣扬一系列关于古文的秘传规则。

桐城派古文秘传可能有较早的起源，在方苞和戴名世时期初露端倪，到刘大櫆手中，"因声求气"说已成"秘传家法"[①]。桐城派强调古文秘传，是对桐城古文产生深远影响的八股秘传之法的遗留。科举考试残酷的竞争，使大量八股制艺书籍以秘本形态流传。再加上古文学习主要囿于特定空间，如家族和书院的内部，本身即具秘传性质。以书院为例，古文技艺是教师赖以生存的职业技能。文人面临生计压力，必然构筑起学习古文的藩篱，提高古文技艺的门槛，以应对职业竞争。此外，在乾嘉以来各地古文家竞起的大环境中，仰赖古文秘传，方便树立鲜明旗帜，有利于桐城古文崛起。再次，古文学习与时文切磋密切相关。尽管清代对文人结社限制甚多，但一般为应考而组成的文社不在禁绝之列。桐城一地蕴藏晚明文

---

① 许总《论戴名世与桐城诗派》，《古代文学理论研究丛刊》第 12 辑，上海古籍出版社，1987 年。

人的结社遗风，文人交往十分频密，且部分保留文社交流的秘密特征。①
这为古文秘传营造了良好氛围。

　　以古文秘传为标榜的桐城派，试图通过一系列建立在经典之上的古文秘传规则，守护并继续探寻古文奥义。这套古文秘传规则最初被认为蕴藏于五色圈点《史记》中，《归评史记》因而获得尊崇地位。于桐城派后学而言，唯一的古文秘传规则成为每一代人不断追寻的目标。在此过程中，古文秘传规则被不断地言说和改写，形成多种关于经典的学习书单。古文的秘传规则作为象征符号，在对不同经典的衍生意义所做的整合中获得稳定的意义。由此累积而成的桐城派文话著述如《论文偶记》《初月楼古文绪论》《文翼》等，也是古文长期私密授受的产物。扩而言之，古文秘传的文献样态还表现于桐城派尺牍中，如姚鼐致陈用光书中，每于论述诗文要诀时，提醒陈用光"慎秘之，勿告人也"②。在桐城派内部流传的稿抄本文集和选本，同样蕴含着一系列古文秘传规则。18世纪晚期到19世纪初，置身于古文学习环境中的人纷纷加入寻求古文奥秘的行列，在对"经典—古文"秘传规则的追寻中，越来越多的经典被卷入其中。古文学习由此成为一场颇具声势的运动，而类似"义法"等古文秘传规则的地位越发尊崇。蕴藏古文秘传规则的各类秘本也因此成为桐城派古文秘传的重要载体。

　　在追寻终极古文奥义的历程中，蕴含古文秘传规则的秘本构成桐城古文秘传的重要内容。在秘本内外，对声气、音节的口传性叙说，构成桐城古文秘传的第二部分内容。吴汝纶传授唐文治古文法时，曾亲身予以示范，认为："文章之道，感动性情，义通乎乐，故当从声音入，先讲求读法。濂亭初见文正时，文正告之曰：'子文学《南丰类稿》，筋脉太缓，宜读介甫文以遒炼之。'即就座中朗读王介甫《泰州海陵县主簿许君墓志铭》

---

① 温世亮《明末清初"潜园社"考论——兼谈文人结社与明清桐城文学发展的关系》，《安徽大学学报（哲学社会科学版）》2012年第6期。
② 姚鼐撰，卢坡点校《惜抱轩尺牍》卷七，安徽大学出版社，2014年，第121页。

一过，濂亭闻之大有悟，此文家入门诀也。"① 吴汝纶所开示的学文之法蕴藏桐城古文秘传的两项内容："因声求气"的读文之法及与学文有关的掌故。这一蕴含声音的"濂亭顿悟"故事②，揭示了圈点秘本之外，桐城古文秘传的另一面。就重视声音而言，在刘大櫆之后，桐城内部嗣响不断，如姚鼐对陈用光说道："大抵学古文者，必须放声疾读，又缓读，只久之自悟。若但能默看，即终身作外行也。"③ 对"因声求气"读文之法的一系列言说，以及桐城派关于古文的其他故事的叙说，则又构成桐城派的古文掌故。这类与古文有关的掌故，包括文章、文体、吟诵、逸事等内容④，它们共同构成古文秘传的第三部分内容。桐城文人热衷掌故的言说与著述，桐城耆旧故事、旧闻等成为桐城文人的重要谈资，有的形诸笔墨，见于戴名世《忧庵集》、姚范《援鹑堂笔记》、马其昶《桐城耆旧传》、姚永朴《旧闻随笔》等著作。凡此，可见桐城派悠久的掌故传统。

经由以上分析，桐城派古文秘传三大主体内容轮廓渐现，可初步概括为：以圈点本为核心，涵括选本、尺牍、文话、文集等诸种秘传文献样态构成的秘本系统；基于"因声求气"的诵读叙说；与古文有关的各类掌故。在桐城派的古文传衍中，这三大主体内容并非单独授受，而是依倚相须。它们组成的桐城派古文秘传体系，共同承担了桐城派文学传承之任。

与古文秘传相类似，嘉道以后，对桐城派古文传衍的另一种叙说，强调"桐城家法"。家法原是汉儒对经师学问专门授受的指称，但至迟在道光初年，家法已进入桐城派的叙说话语。"桐城家法"由此成为桐城派重要的派别特征。道光年间，邓显鹤致陈用光诗云："海内文章姚比部，桐

---

① 唐文治《桐城吴挚甫先生文评手迹跋》，王桐荪、胡邦彦、冯俊森等选注《唐文治文选》，上海交通大学出版社，2005年，第344页。
② 周游《晚清桐城派中的王安石文风——兼谈〈泰州海陵县主簿许君墓志铭〉的意义》，《文学遗产》2018年第6期。
③ 《惜抱轩尺牍》卷六，第94页。
④ 徐雁平《中国古代文学流派的桐城模式——基于萧穆咸同时期日记的研究》，《文学评论》2020年第3期。

城家法守新城。"① 称赞陈用光能守"桐城家法"。从邓显鹤诗可见,"桐城家法"所指当是文章之道,重在表明师徒传授。随着时间推移,"桐城家法"的意蕴逐渐丰富,并深入文章内部。谭献《复堂日记》记载青浦人熊其英"文有桐城家法,亦姚春木之流"②。此处,"桐城家法"成为一种衡文标准,意指文章风格具有桐城派文章的气息。在谭献的印象式批评话语中,"桐城家法"代表一类特定的文法。这种从文章风格角度诠释"桐城家法"的批评路径,应者颇众。《清史列传》在评断清人的古文家法时,往往以此为标准,界定某人与桐城派的关系。如论及吴敏树时,以为"敏树少治诗,既治古文,得桐城家法"③。在刘声木《苌楚斋随笔》中,"桐城家法"甚至被作为套语大量使用,以评论刘开、方宗诚等人的文章④。由此,"桐城家法"渐成标记桐城派文章色彩的批评术语。

在桐城派内部,"桐城家法"的内涵更为丰富而具体。吴汝纶《答姚叔节》一文表明,所谓"桐城家法",还可指程朱理学⑤。关于"桐城家法"中文与道的轻重关系,桐城派内部存在分歧,但有一点十分明确,即"桐城家法"不仅指文章之事,也包括学宗宋儒。严迪昌引曾国藩《欧阳生文集序》所云"姚先生独排众议,以为义理、考据、词章,三者不可偏废。必义理为质,而后文有所附、考据有所归",认为此即"桐城家法"或心法。⑥

经桐城派内人士诠释,"桐城家法"在文章内部的具体指涉也日渐清晰。吴闿生在《答张江裁书》中明确指出,"桐城家法"所指的文章风格

---

① 邓显鹤撰,弘征校点《南村草堂诗钞》卷一四,岳麓书社,2008年,第219页。
② 谭献《复堂日记》"光绪十八年四月十一日"条,南京图书馆藏稿本,第57册《周甲记》。本文所引《复堂日记》材料均承湖南大学吴钦根赐示,谨致谢忱。
③ 王钟翰点校《清史列传》卷七三,中华书局,1987年,第6057页。
④ 刘声木撰,刘笃龄点校《苌楚斋续笔》(与《苌楚斋随笔》《三笔》《四笔》《五笔》合刊)卷九"论刘开等文"条,中华书局,1998年,第427页。
⑤ 吴汝纶著,徐寿凯、施培毅校点《吴汝纶尺牍》,黄山书社,1990年,第94—95页。
⑥ 严迪昌《姚鼐立派与"桐城家法"》,《文学遗产》2006年第1期。

是宗尚秦汉，"家法"本身则是学问的途辙和门户。① 吴闿生这一提法，充实了邓显鹤的言说，并再次提醒人们："桐城家法"是事关桐城派传衍的重要概念。随着时间的推移，在桐城派后学的言说中，"桐城家法"所指愈发清晰。如徐世昌告诫贺葆真："读书以声调为主，此桐城家法，汝父亦每论读书之宜酣畅，但曰余体弱不能大声读书，然知所以读之。"② 在徐世昌的论述中，"桐城家法"包含了围绕声音展开的读书法，进而言之，应当也指包括"因声求气"在内的学文方案。

综上所述，"桐城家法"包括文章之道、宋儒之学，讲求师徒传授，强调门户途辙。具体到文章层面，可指代桐城派风格的文章，也可指代桐城派学文的策略和方法（包括宗尚旨趣、因声求气等）。这种基于派别传衍而产生的共同性话语，时代越晚，其内涵的轮廓就越加清晰，从而构成桐城立派的显性指征。从嘉道时期直至光绪年间，桐城派成员不断言说"桐城家法"，这昭示出一种自觉的派别意识。

"古文秘传"和"桐城家法"是嘉道时期围绕桐城派逐步成熟的两组概念，也是桐城派发展壮大的客观写照。就叙说的时间先后而言，先有桐城古文秘传，后有"桐城家法"。而就概念指涉内容而言，"桐城家法"与桐城古文秘传颇有重合之处，不过"桐城家法"更多地强调桐城派传授的内容，而桐城古文秘传则偏重于桐城派传授的形式与方法。古文秘传为桐城立派奠定坚实基础，"桐城家法"则为桐城派派别意识的高扬提供话语支持。二者合力，令桐城派成为派别色彩十分鲜明的文学流派。在咸同以后关于桐城派的论述中，"秘传"与"家法"已成题中应有之义。江标在光绪年间怀想萧穆的诗中说："先生十载闻名久，杯酒相逢愿始消。此是桐城真嫡乳，文章天许续方姚。"③ "桐城嫡乳"一说道出桐城派古文传衍的奥秘，而其内涵正指古文秘传和"桐城家法"。桐城派中人对古文秘传

---

① 吴闿生《北江先生文集》卷九，民国二十二年（1933）文学社刻本，第3b页。本条材料页码承上海图书馆梁颖拍照复核，谨致谢忱。
② 贺葆真著，徐雁平整理《贺葆真日记》（修订本），凤凰出版社，2023年，第528页。
③ 江标著，黄政整理《江标日记》，凤凰出版社，2019年，第165页。

笃守不移。李详在民国十九年（1930）致张涵锐的信中，曾以吴闿生为例，批评桐城派将古文文法视为"枕秘，不肯轻语他人，必待执贽门下，始露微旨"①。在李详眼中，民国年间的桐城派仍具秘传性质。

二、秘本典范的迁移

在桐城古文秘传中，居于中心地位的是由一系列枕秘书所构成的秘本体系。徐雁平曾指出，桐城派"围绕批点本存在一个'批点本书籍交流网络'，这一网络的'私密性'是家学传承秘不外传风习的一种表现；而家学的'私密性'，也是形成桐城派'地域性'的基因"②。在"交流网络"之外，桐城派自身对秘本也有叙说，并形成秘本故事。《归方评点史记》③、姚鼐《古文辞类纂》、曾国藩《古文四象》等经典评本和选本在不同时期均被桐城派视作秘本，成为派别内外叙说的重要题材。这些秘本故事、秘本"交流网络"及秘本本身，共同组成了桐城派的秘本系统。如前文所示，这一秘本系统以圈点本为核心，涵盖经典评本、选本、文集、尺牍、文话等多种文献样态，内部关系错综复杂，若统而论之，不易见出秘本系统的流变历程。考虑到桐城派秘本的核心在于圈点，经典评本和选本蕴藏着最为复杂的圈点意蕴，且秘本的影响力又以经典评本和选本为最著，故桐城派经典评本和选本实为桐城派秘本的典型。经典评本和选本形态的秘本，以内容而言，有高下之分；以受众群体而言，有广狭之别；以地位而言，有中心与边缘之异。综合这三方面因素，并考虑到其在桐城派发展历程中的关键作用，《归方评点史记》《古文辞类纂》《古文四象》堪称桐城派秘本的典范。嘉道以后，这三大秘本典范迭代竞起，因时而变，

---

① 徐一士著，郭建平点校《一士谈荟》"李审言文札"条，山西古籍出版社，1996年，第219页。
② 徐雁平《批点本的内部流通与桐城派的发展》，《文学遗产》2012年第1期。
③《归方评点史记》至同治年间方由王拯合刊，在此之前，《归评史记》与方苞《史记评点》并行于世。

各领风骚，却又相生共存，合力助推桐城派流衍天下。

随着桐城派的崛起，清人发掘《史记》文学价值的兴趣日趋浓厚，作为秘本的《归方评点史记》也获得更大的影响力。关于《归方评点史记》在道光年间的流传情况，王拯有所披露：

> 余始通籍，官京师……与仁和邵位西舍人从上元梅先生游。……日与位西游厂肆，见《史记》评点本，朱绿烂然，以告先生，曰："此望溪笔也，不知何人所录。"……展转于吾友唐子实而归余，位西喜，假录焉。余又从梅先生乞过震川评点于上。盖归氏学尤深《史记》，其评点世多有，独梅先生传本尤精。方氏讲于为文义法，而所评点则罕流播，故自余得此传本后，同游奔走相告，从假录者几无虚日。①

在王拯的叙述中，梅曾亮的身份十分突出，这意味着道光年间梅氏在桐城派中占有重要地位。这与梅曾亮于桐城秘本有精深造诣密切相关。对桐城派人而言，梅曾亮获得尊崇地位，是因为他在两方面获得认可：一、梅氏所论暗合归评旨趣；二、梅氏所论超越同代人所述。至于梅曾亮"尤精"《归方评点史记》，可能关涉两部分内容：一是梅曾亮对《归方评点史记》内部体例及各家系统十分了解，梅曾亮仅凭王拯讲述《史记》的版本形态，即判定此书出自方苞之手，可见他熟谙"秘本"；二是梅曾亮对此书独有造诣，能新立宗旨。在此，过录、诠释《归方评点史记》，不仅是桐城派传承古文的重要形式，还象征着派内的地位与话语权。

《归方评点史记》是桐城派最重要的秘本，对此书的精心研习，是嘉道时期桐城派重要的派别文化。尽管方苞批点《左传》与"义法说"关系密切，但《左传》文有害理之处，不宜于初学者，故并非桐城派使用最广

---

① 王拯《归方评点史记合笔》"序"，清同治五年刻本。

泛的读本。至于《史记》，则"古文大家，未有不得力于此书者"①。而《归方评点史记》是归有光和方苞精心结撰之作，故桐城派多将其奉为"研究古文方法的指南针"②。

嘉道年间，在《归方评点史记》之外，桐城派关于《古文辞类纂》的言说也屡见不鲜。曾国藩高度评价《古文辞类纂》："嘉、道以来，知言君子群相推服。谓学古文者求诸是而足矣。国藩服膺有年。"③ 作为嘉道年间新崛起的桐城秘本，姚鼐《古文辞类纂》的兴起挑战了《归方评点史记》的地位。《古文辞类纂》在嘉道年间主要以抄本形态流传，实即以秘本形态流通。此情形部分延续至光绪年间。张佩纶光绪十八年（1892）正月初二日日记记载：

> 近日作古文者，于鹿门所选八大家，亦未涉猎。案头置姚姬传《古文辞类纂》一部，便高视阔步，有睥睨一切意，甚无谓也。偶阅"序说"一门，归震川寿序数篇，亦复入选，体固陋劣，文实不佳。……恃姚选为秘本，稗贩偷窃，以水济水，流于空滑无味之文也。④

以《古文辞类纂》为标靶，张佩纶对桐城派的经典进行批判，也批评姚鼐的选文标准。在学问途辙上，张佩纶不赞同桐城派将自己局限于《古文辞类纂》的范围内。比较张氏所言与章学诚《文史通义》所载，可有更大发现：从乾隆末期到光绪中期将近一百年时间里，古文家的神圣经典发生了重要的变化。首先，案头读物（秘本）从归有光五色圈点《史记》转变为

---

① 吴德旋著，范先渊校点《初月楼古文绪论》（与刘大櫆《论文偶记》、林纾《春觉斋论文》合刊），人民文学出版社，1959年，第24页。
② 方孝岳《中国文学批评》（与方孝岳《中国散文概论》合刊），生活·读书·新知三联书店，2007年，第231页。
③ 曾国藩《〈古文辞类纂〉正误》，《曾国藩全集》第14册，岳麓书社，2011年，第426页。
④ 张佩纶著，谢海林整理《张佩纶日记》，凤凰出版社，2015年，第427—428页。

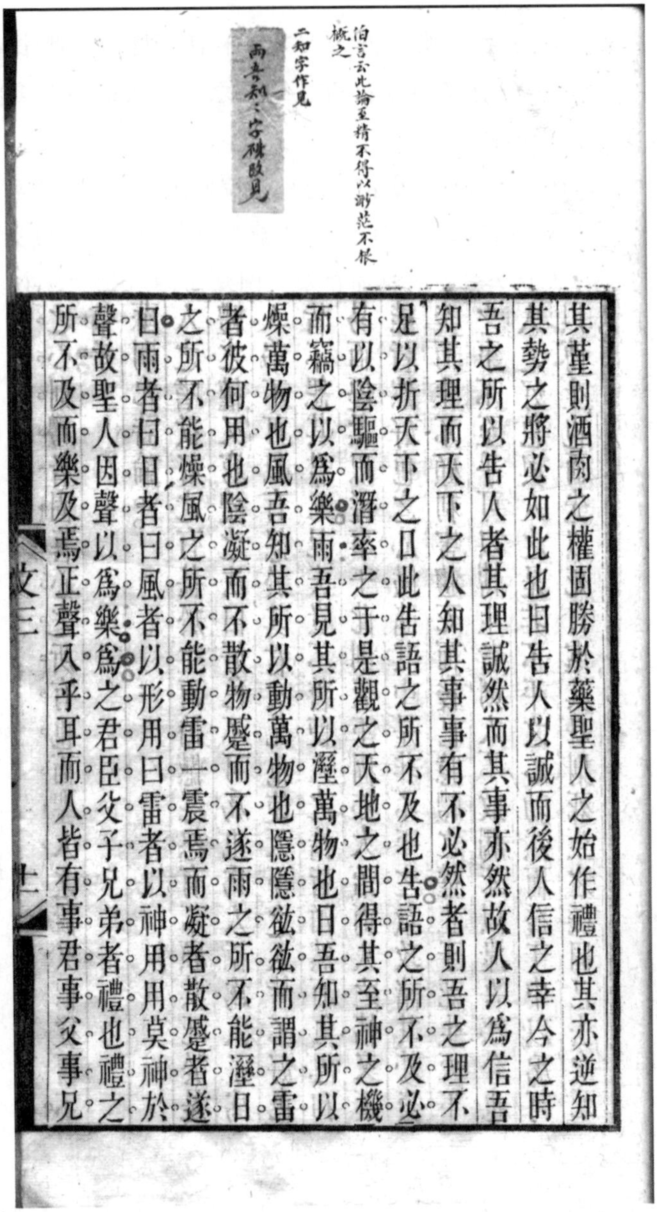

伯言云此論至精不得以游談不根概之

二知字作見

兩其知之字據改見

其葦則酒肉之權固勝於藥聖人之始作禮也其亦逆知其勢之將必如此也曰告人以誠而後人信之幸今之時吾之所以告人者其理誠然而其事亦然故人以爲信吾知其理而天下之人知其事事有不必然者則吾之理不足以折天下之口此告語之所不及也告語之所不及必有以陰驅而潛率之于是觀之天地之間得其至神之機而竊之以爲樂雨吾見其所以溼萬物也日吾知其所以燥萬物也風吾知其所以動萬物也隱隱谹谹而謂之雷者彼何用也陰凝而不散物蹙而不遂雨之所不能溼日之所不能燥風之所不能動雷一震焉而凝者散蹙者遂曰雨者曰日者曰風者以形用曰雷者以神用用莫神於聲故聖人因聲以爲樂爲之君臣父子兄弟者禮也禮之所不及而樂及焉正聲入乎耳而人皆有事君事父事兄

文三 十二

图 5.2 道光年间合河康氏刻本《古文辞类纂》

姚鼐《古文辞类纂》自康绍镛刊刻后，已由秘传走向公开，然学习桐城派古文者，批校过录于此书者代不乏人。图为温州图书馆藏康氏刻本，有项传霖过录方苞、梅曾亮等人评语，并校以吴启昌刻本，书中批校以朱、蓝、黄等色别之，且贴浮签甚多，不啻造就了《古文辞类纂》的一个新秘本。

姚鼐编选的《古文辞类纂》；其次，桐城派"局外人"读《古文辞类纂》"序说"即可明是书大旨，不再像章学诚那样难以进入桐城派的古文世界；再次，即便已公开刊刻，桐城派仍将《古文辞类纂》视作秘本，保存其秘传性质。这一系列变化表明，桐城派学习的秘典发生了典范迁移。

《古文辞类纂》超越《归方评点史记》成为古文学习的新典范，是受桐城派发展新形势的影响而产生的结果。嘉道年间，伴随着姚鼐的强势崛起，《古文辞类纂》不断刊刻印行①，为古文学习者大开方便之门。鉴于《归方评点史记》已经渗入桐城派的知识结构与古文理念之中，且此书刊刻之后较易获得②，故《归方评点史记》不再是古文学习的唯一典范。而在各地古文群体兴起的背景下，桐城派需要不断更新秘典，以保持活力。咸同以后，归有光在文坛的影响力相对萎缩，姚鼐成为桐城派具有凝聚力的核心人物，其所编《古文辞类纂》的地位因之不断跃升。《古文辞类纂》成为桐城派群相推服的新秘本，是桐城派文章风气发生迁移的写照。

尽管古文群体内部秘传的经典文献发生了变化，但维持秘本系统仍是古文群体的普遍共识，即"秘本"可以不断变化，但"秘本"必须存在。张佩纶所见到的《古文辞类纂》刻本，圈点甚少，容易入手，神秘性大为降低，故张佩纶颇为轻视。这与章学诚因读不懂五色圈点《史记》而虚心求教的态度很不一样。典范的迁移，表明桐城派内部古文秘传的主要途径在于抄本，或依赖对刻本进行圈点过录予以维持。一旦圈点本经典得到刊刻，则抄本的"封闭性"被打破，虽然流传更广③，却也容易被外人读懂，古文授受的神秘性势必大为降低。当然，从另一角度来看，《古文辞类纂》在阅读受众上的普适性，决定了它相较于五色批点《史记》，更易

---

① 此书自嘉庆二十五年（1820）至民国七年（1918），共有二十一个版本（参见徐雁平《贬抑桐城派的众声及其文学史意义——以"局外人"日记为考察范围》，《南京大学学报（哲学·人文科学·社会科学）》2019年第3期）。
② 清末杨守敬云："迩来学文者喜读古文家绪论，纷纷刻《归方评点史记》。"（杨守敬《日本访书志》，辽宁教育出版社，2003年，第211页）
③ [英]彼得·伯克著，贾士蘅译《知识社会史：从古腾堡到狄德罗》，台湾麦田出版社，2003年，第294页。

于为桐城派以外的人所学习。这就表明,桐城派秘本从《归方评点史记》转变为《古文辞类纂》,一方面扩大了古文的受众,另一方面却也消解了派别的神秘性。在《古文辞类纂》被古文学习者消化吸收并成为"常识"之后,若无新"秘本"取代《古文辞类纂》,则桐城派的"秘传"脉络必将走向终结。为应对秘本难以为继的危机,《经史百家杂钞》《续古文辞类纂》均作出相当的努力。然而它们一则未取得《古文辞类纂》那样的地位①,二则不甚重视圈点和评语,故而不利于维系神秘色彩,难以自塑为新的经典"秘本"。

在《古文辞类纂》之后,桐城派的新秘典当推曾国藩编选的《古文四象》。此书与吴汝纶有特殊渊源,吴汝纶教授唐文治桐城文章时,曾披露这段故事:"某日,文正出,吾(引者按:指吴汝纶)偕濂亭检案牍,见公插架有《古文四象》一书,盖公手定稿本也。亟取之,录其目,越日归诸架,逾数月,文章大进。文正怪之曰:'子等岂窃窥吾秘本乎?'则相与大笑。"② 吴汝纶和张裕钊从曾国藩学古文,起初毫无进展,及至偷窥曾国藩手定稿本《古文四象》,于文章之道始大有进步。曾国藩惊讶于吴汝纶文章进步神速,疑心吴汝纶等人偷窥秘本。在吴汝纶的论述中,曾国藩的古文秘本是《古文四象》。该秘本指向古文的"阴阳刚柔之道",这是古文"进境"的关键。经由吴汝纶论述,《古文四象》作为古文的高阶秘本,与曾国藩、吴汝纶、张裕钊三人发生联系,并传授给唐文治。吴汝纶通过一个故事,呈现出他对唐文治的古文传授,这一叙说形式耐人寻味。在古文学习的关键阶段,"秘本"故事以亲身经历的方式被讲述并加以精心处理。于是,这些秘本故事构成了情境式的"知识包"。在关于桐城派秘本的故事中,很容易看到上一代的影子,似乎每一代桐城派人士都掌握许多恰到好处的秘本故事,懂得在不同的古文学习场合讲述适当的秘本,并准确传达秘本所涉的意义。围绕秘本,桐城派人士塑造的古文故事往往与一

---

① 清末国文教科书中,《古文辞类纂》与《经史百家杂钞》呈双峰并峙之态(参见陆胤《清季国文教育中的古文门类》,《清华大学学报(哲学社会科学版)》2019年第1期)。
② 《桐城吴挚甫先生文评手迹跋》,《唐文治文选》,第344页。

位新的古文家的诞生相同步。在这一秘本故事中，吴汝纶所讲述的，正是一种基于秘本的古文传递的言语实践。

　　桐城派秘本典范的迁移，是桐城派因应时势不断调适自我的必然结果。因此，秘本典范的迁移，并非某一秘本取代另一秘本，而是新秘本超越旧秘本，新秘本补充旧秘本。这一过程往往由关键人物来推动，故而秘本每完成一次典范的迁移，就意味着新的桐城派巨匠的崛起。作为桐城派秘本典范，《归方评点史记》《古文辞类纂》《古文四象》在嘉道以后各擅一时，蔚然迭兴，这与一二名公巨手的作用密不可分。推尊《归方评点史记》是方苞以来桐城派的集体行为，道光年间梅曾亮在京师的弘扬，益著其势。而《古文辞类纂》则是经由姚鼐及其门弟子的共同推阐而逐渐成为经典的。至于《古文四象》，由曾国藩密授门人，于桐城派中别张"湘乡"一军。要而言之，由秘本典范的迁移，还可观觇桐城派发展的关键转向。

三、秘本流传的个案：《归评史记》

　　秘本对桐城派而言，并不仅仅是一种话语的建构，更是传衍的指南，而秘本流传则是桐城派发展壮大的一种写照。《归方评点史记》《古文辞类纂》《古文四象》作为桐城派三大秘本典范，其流传情况均可映照桐城派的传衍过程。由于《归评史记》为桐城派兴起以来群相推服的经典，历史最久，最可见桐城派传衍的全景，又因与其相关的材料最为丰富，可见出桐城派传衍的细节，故本文主要以《归评史记》的流传为例，蠡测桐城派发展壮大的一种可能情形。上文王拯所述，已道出嘉道年间《归方评点史记》在京师等地的流传情况。何绍基稿本日记又揭示了《归评史记》流传的几条隐秘渠道。何绍基道光二十二年（1842）三月初五日日记记载：

　　　　张澄斋来晤，问我《归批史记》，伊从温明叔学士处转过，明叔则从余所得本转过者也。昔余得此本于内城护国寺书坊，借石士侍郎丈所过姚姬传先生旧本校之，则余本精审多矣。然归太仆阅《史记》之法，余亦不甚心服也。①

何绍基与梅曾亮、姚莹等人交往颇多，他钻研《归批史记》，可能是受京城古文学习风气的影响。但何绍基并非桐城派人物，其所藏《归批史记》得自书坊，表明在此之前，这一桐城秘本的流传线索曾一度中断。何绍基获得此本后，利用陈用光过录的姚鼐旧本重新校读。这一行为不仅续接了姚鼐、陈用光一系的《归批史记》传承脉络，也重新激活了线索中断的书坊本。桐城后学温葆琛、张淳从何绍基处过录此本后，书坊本及姚鼐、陈用光一系的秘本传承脉络再度恢复运作。以何绍基批本《史记》为中心，观察这一秘本流传过程，可知在《归批史记》这条线索中，何绍基居于中转环节。

在何绍基之后，围绕翁同龢，另有关于《归评史记》的秘传线索。据翁同龢题跋《史记》②及《翁同龢日记》关于《归评史记》的多次记载③，可知翁氏十分关注这一桐城秘本。翁同龢所得《归评史记》有四处来源，即姚鼐、王拯（传自洪亮吉）、庞钟璐（庞宝生，传自张惠言）、杨绍和（杨协卿，传自钱泰吉）。通过翁同龢的合勘过录，这几种《归评史记》在流传中实现了地域之间的互动。在京师，姚鼐评本经陈用光等人之手得以流播，此外，尚有王拯所得洪亮吉本、梅曾亮由江南北传之本在流动；而在江南，张惠言、钱泰吉所得秘本也在流通。最终，经翁同龢之手，京城的《归评史记》系统（姚鼐、王拯）和江南地区的《归评史记》系统（张惠言、钱泰吉）再度得到整合。

秘本的流通，在何绍基、翁同龢等人身上较为复杂，在钱泰吉、曾国藩等人身上则是单线传承。钱泰吉《曝书杂记》卷二记载其获得庄仲方（字芝阶）过录本《归评史记》④，曾国藩同治九年（1870）正月廿二日日

---

① 何绍基《草堂日记》，中国科学院图书馆藏稿本。
② 北京图书馆善本组《翁同龢书跋》，《文献》1984年第1期。
③ 翁同龢著，陈义杰整理《翁同龢日记》第1册，中华书局，2006年，第469、471、581页。
④ 钱泰吉《曝书杂记》卷二，《续修四库全书》第926册，第28页。

记称"王霞轩寄来王少鹤所纂《归方评点史记合笔》"①。钱泰吉、曾国藩等人揭示《归评史记》单一流传线索的材料,也很有价值。如钱泰吉所记,有助于追溯翁同龢所得杨绍和本更早的来源。通过曾国藩日记之所示,则可见秘本流通网络的末梢。

根据何绍基、翁同龢、钱泰吉、曾国藩等人所记材料,外加王拯《归方评点史记合笔》中的相关线索,可初步勾勒出《归评史记》在嘉道以后的局部流传网络(表5.1):

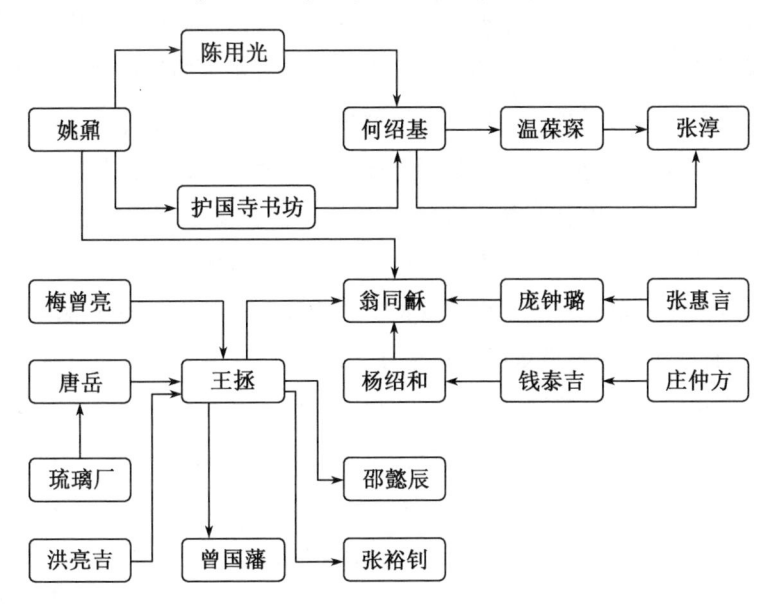

表5.1 《归评史记》的局部流传网络

```
                    陈用光
                   ↗        ↘
         姚鼐 ──→            ──→ 何绍基 ──→ 温葆琛 ──→ 张淳
                   ↘        ↗              ↑                    ↑
                    护国寺书坊 ──────────────┘                    │
                                                                 │
         梅曾亮 ─────────→ 翁同龢 ←── 庞钟璐 ←── 张惠言
                         ↗    ↑
         唐岳 ──→ 王拯 ──→ 杨绍和 ←── 钱泰吉 ←── 庄仲方
           ↑      │  ↘
         琉璃厂    │    邵懿辰
           ↑      ↓  ↘
         洪亮吉   曾国藩  张裕钊
```

由上所示,可知桐城秘本流传具有如下特点:其一,秘本流传不仅发生在文人之间,也可能发生在文人与书坊、文人与藏书楼(如翁同龢藏本即从稽瑞楼而来)之间。作为秘本的归宿或中转站,书坊和藏书楼为秘本开启新一轮传递提供了可能。其二,派外人士在桐城秘本流传中发挥重要作用,有时可谓"兴灭继绝"。何绍基等人不仅激活了失落的秘本,也让

---

① 曾国藩撰,唐浩明编《曾国藩日记》第4册,岳麓书社,2015年,第291页。

秘本在派内的流传变得更加顺畅。在此过程中，何绍基、翁同龢等人还过录他本，给桐城派增添新的知识来源。凡此，均显示桐城文学的"教外别传"。其三，秘本的流传与整合，是文人之间书籍交往（借阅、传观等）的产物，也是书籍市场（购买行为）作用的结果。秘本在市场交易物和文人礼物之间不断变换角色，增添了流转中的不确定性，却也最大限度地保持了活力。此外，由于不同秘本的流通存在地域差异，故秘本整合还可促进不同地域之间知识与学术的互动。其四，在文人网络、书籍市场及派内派外人士的共同参与下，桐城秘本构筑起范围庞大且不断生长的流通网络。透视这一流通网络，秘本的传递线索清晰可见，而桐城派传衍路径也在此留下了确定性的证据。其五，由于桐城派对秘本的持续性关注和精心耕耘，原本"水网密布"的秘本流通网络，逐步被桐城派一系的"干流"强势侵占。最终，关于《归评史记》这一秘本流传的叙事被简化为"桐城派的"秘本故事。曾参与秘本流通的其他人士在秘本叙事中被逐步边缘化，甚至被排除在外，这些人在后世被认为非桐城派成员。

桐城派古文秘传与一系列"秘本"的构建有关，也受益于桐城派推广"秘本"的活动。在嘉道年间，常见某人劝说某人学习古文的故事。如梅曾亮少习骈体文，经管同贬斥骈文"意"不广，乃改学古文词①。这种劝说可能包含对秘本的推广，如王拯力劝翁同龢读《古文约选》，并主动借出方苞评点《史记》本②。不过，这种秘本推广行为并不总是成功的。谭献日记云："《归评史记》，桐城一派古文家主张之。予少游京师，孙琴西、王少鹤二公方从事铅丹，以为枕秘。予过读不甚喜之。……三十年来粗明群籍，折衷大谊，乃知归氏虽得史迁之肤末，而不可谓无所见。"③谭献对秘本视而不见，表明他不赞同桐城派的主张，对学习桐城古文也没有兴趣。不过这种秘本接触经历，仍在他心中留下印记，为谭献后来扭转对桐城派的观感提供了必要的契机。

---

① 姚永朴著，张仁寿点校《旧闻随笔》卷二，黄山书社，2011年，第104页。
② 《翁同龢日记》，第1册，第341页。
③ 《复堂日记》"光绪七年正月十三日"条，第40册《山桑宦记》。

秘本影响了桐城派的学文方式，也促进了桐城派内部的整合。围绕秘本的获得，桐城派学习者不断网罗文献，最终促成不同秘本的融合。秘本在流传过程中遭遇各异，往往掺杂不同的学术信息，故秘本的融合实际上促成了各种古文理念的交汇①。秘本融合的痕迹，则为考察桐城派传衍提供了新的思路。在桐城派的传衍过程中，师友渊源和乡谊发挥了重要作用，但这种传递在嘉道以前往往呈线性模式。姚鼐之后，桐城派传衍的"单线流动的态势"发生改变②，以评点秘本为基础的书籍流转成为桐城派跨地域传播和"私淑"传承的重要途径。借助评点本，跨地域、无血缘关系、非师友的人，都可以师法桐城。③ 因为秘本的流通，桐城派得以模糊家族属性，从而避免了家族传播过程中的低效和裙带关系，有利于不断输入新鲜血液。这也使得非桐城关系圈的文人，成为桐城派一员的概率并不小于桐城境内人士。因此，秘本改变了桐城派内部的整合方式，也再造了"桐城家法"。

对桐城派而言，包含圈点与过录的秘本系统，随时间流逝，不断被言说，由此构成派别"记忆所系之处"④。作为桐城派"记忆所系之处"的秘本系统，具有物质性、功能性和象征性等特征。就物质性而言，秘本系统是桐城派派别记忆的化身，秘本在一定程度上代表了桐城派；就功能性而言，秘本系统是桐城派派别记忆化身的载体，对桐城派的读书、作文有实际的教化功能；就象征性而言，秘本系统体现了桐城派群体的集体认同

---

① 如刘声木认为曾国藩《论文臆说》"颇多钞录阳湖吴耶溪茂才铤《文翼》三卷中语，然文正亦非盗取他人书者，当是文正当时实见《文翼》刊本，爱其论文之语，录于《论文臆说》中"（刘声木《苌楚斋四笔》[与《苌楚斋随笔》《续笔》《三笔》《五笔》合刊]卷六，下册，第791页）。
② 曾光光《桐城派与晚清文化》，黄山书社，2011年，第130页。
③ 刘大櫆《评点孟子》在江西南丰的传播情况即是一例（参见殷陆陆《刘大櫆〈评点孟子〉今存评语考》，《经学文献研究集刊》总第24辑，上海书店出版社，2020年）。
④ 法国学者诺哈（Pierre Nora）认为："'记忆所系之处'意指具物质性、功能性与象征性之记忆载体。"（潘宗亿《历史记忆研究的理论、实践与展望》，蒋竹山主编《当代历史学新趋势》，台湾联经出版事业股份有限公司，2019年，第255页）本段论述参考其对记忆载体三大特征的划分。

感。无论在派内还是在派外，在围绕秘本的言说中，桐城派都成为有明确团体特征的古文群体。在寻找秘本、过录秘本、传承秘本的过程中，桐城派人坚定了对古文理念的信仰，而秘本也进入他们的生命历程中。可以说，秘本赋予古文学习者的动力与能量，最终令一个桐城古文的学习者成为真正的桐城派中人。

四、圈点、过录与秘本生成

桐城派秘本的生成是桐城派精心建构其范本体系的成果，这包括书籍圈点、秘本言说等一系列内容。其中，承载桐城派知识的具体形式——圈点，不断缔造新的古文范本，成为传统典籍地位升格的技术性推动力，是桐城派秘本不断生成的关键。翻阅桐城派精耕细作的书籍，往往朱墨灿然，书籍内部长长短短的评语与断续接连的圈点跃然纸面。这些评语和圈点组成的符号系统，不仅给物理性的书籍染上桐城派的色彩，也使桐城派对经典的阅读转向文章义法。在评语和圈点的作用下，古老的经典逐步为桐城派所"渲染"，并不断受到"浸润"，最终散发出越来越浓烈的桐城气息。

以圈评等技术手段为基础，桐城派不断将四部经典转化为桐城派自身的经典。从《史记》这样的史部著作开始，桐城派以"义法"为指归的评点系统逐步扩展到经部、集部、子部。以经部为例，唐文治于民国十年（1921）所作《施刻十三经序》言该书所收集评采"自锺、孙以逮方、刘、姚、曾诸名家，参以五色之笔，阅十数年而成书。由是各经之文法显……无复向者艰涩不通之患矣"①。在史部内，桐城派圈点《汉书》等史部书籍也参照圈点《史记》之法。② 于是，书籍领域的"四部"经典皆受到桐城之学的濡染，桐城义法在书籍领域遂成弥漫之势。由此看来，圈评书籍

---

① 唐文治《施刻十三经序》，《唐文治文选》，第 213 页。
② 孙寿铭《临摹姚惜抱评点前汉书跋》，孙家玉编《娄东孙氏家集》卷下，转引自徐雁平编著《清代家集叙录》，安徽教育出版社，2017 年，第 761 页。

是桐城派自居古文正宗的显著标识。桐城派成为贯穿有清三百年的古文流派，除去一系列派别言说话语外，这种将重要典籍转化为派内秘本的垄断式占有①，当是流派发展壮大的核心原因。

以圈点为核心构筑的桐城派秘本，具备便于读者阅读的特点，这就为秘本提供了广阔的市场空间，并有助于圈点之法的传承。唐彪《家塾教学法》认为圈点可使"读者易于领会而句读无讹"，显示出"章法与命意之妙"②。故秘传信息寓于圈点，就不易为一般人所察觉。然而不断制造圈点、保存圈点、传承圈点，仍是维系秘本文化的关键。对秘本的再造而言，抄录至为关键。孙从添《藏书纪要·钞录》云："书之所以贵钞录者，以其便于诵读也。……况书籍中之秘本，为当世所罕见者，非钞录则不可得，又安可以忽之哉。从未有藏书之家而不奉之为至宝者也。"③ 秘本的再造，实仰赖抄录（对文字的誊写）和过录（对文字和圈点符号的誊写）这两种方式。

关于圈点过录的形式与规则，桐城派有一套较为完备的体系。"照临""照录""过录"等均是桐城派言说圈点过录的常见术语，其内涵在王拯《归方评点史记合笔》"凡例"中有清晰说明。据王拯所言，过录的内容应当包括圈点符号、评注校勘文字等。至于圈点颜色，在过录过程中，也应大体保留。若变换圈点颜色，则应统一体例，并予以说明。此外，过录时应当尽量选择与原书版本一致的书籍。过录时不得掺杂臆见，除非原文内容有重复或明显讹误，否则均应照录。④ 这套通行的规则在桐城派内部有着广泛的应用。如吴汝纶致信曾广钧，要求寄送其祖父曾国藩节抄的《庄子》和《史记》，即强调："将评语及圈点起讫，依王少鹤《归方史记》之例，照录一分见寄，以便校定付刻。"⑤ 这种严格的过录形式，有助于维

---

① 据尤信雄统计，吴汝纶一人评点书籍即达九十六种（参见尤信雄《桐城文派学述》，文津出版社，1975年，第116—117页）。
② 唐彪著，赵伯英、万恒德选注《家塾教学法》，华东师范大学出版社，1992年，第63页。
③ 孙从添《藏书纪要》，中华书局，1991年，第5页。
④ 《归方评点史记合笔》"凡例"，第1a—3b页。
⑤ 《吴汝纶尺牍》，第93—94页。

护秘本在流传过程中的稳定性,使得圈点移植到另一书籍上,不至于过度变形。① 秘本的这种传承特点有助于制造复制型的新秘本。

基于圈点和过录产生的桐城秘本,是在古代经典与当代文集这两个方向上不断增殖,而主要侧重于古代经典。与桐城派相比,阳湖派在"定集"和"品评"这两个方面贡献甚多,他们也经常评点文章、删改文集等②。陆继辂《七家文钞序》指出,阳湖派同样有"点定"文章的习惯,也注重选文,并试图将选文作为子弟传习的范本。③ 但阳湖派的评点所针对的主要是同时代人的作品,而非古人的经典。评点的目的是形成当代文集的定本,文集刊刻后,评点即告结束。与阳湖派相比,桐城派的评点与过录更具传承性质。对桐城派而言,一次过录的结束并不代表评点和过录的终止。一次过录之后,圈点与过录沿着两条途径继续前进:一是过录本成为学习和揣摩的榜样;二是过录本开启下一段的过录和圈点之旅,重新缔结新的范本。由此,桐城派的过录和圈点在保存旧有内容的同时,还能不断吸纳新的评点,最终呈现出波澜式前进的态势。在这一过程中,桐城派的文本不断"再生",而每一次抄录都相当于为书籍提供一次意义"再造"的机会。不断地过录和圈点旧本,成为桐城派秘本生生不息的秘诀。

以圈点与过录为枢纽的秘本生成,是桐城派文法和价值观不断发展并走向成熟的反映。过录是一种选择,背后暗含着观念的认可与价值的区分。圈点的大量使用,容易对正文文本造成喧宾夺主之势,因而使学习者即便学习权威文章也不至过于驯服。通过圈点和过录,桐城派人得以不断挑战经典文章的地位。密密麻麻的圈点,则是桐城派不断探索新的文章理解思路的痕迹。在这种竞争性话语的指引下,桐城派圈点不断涌现,逐渐累积。可以说,圈点不断发展的过程,是桐城派"义法"精神由抽象理念

---

① 南江涛《批校本的层次类型及梳理方法刍议——以清人批校本〈文选〉为例》,《文艺研究》2020 年第 11 期。
② 曹虹《阳湖文派研究》,中华书局,1996 年,第 70 页。
③ 陆继辂《七家文钞》"自序",《稀见清代四部辑刊》第八辑第 79 册,学苑出版社,2016 年,第 7 页。

进入实践的重要进路。桐城义法本由圈点提炼而出，至此复归于文本实践，"义法"精神由此回荡在桐城派的学文过程中，从而贯穿了桐城派的整个成长史。尽管在方苞之后，桐城派中人对义法有不同理解，但借助圈点和过录的展演，桐城派内部的分歧最终走向的不是疏离和分裂，而是更为完整地揭示前人"义法说"不曾烛照的所在。

通过西南大学图书馆所藏苏惇元道光年间过录的《古文辞类纂》，可见过录对于桐城派秘本生成的作用。由该书跋语可知，道光十八年（1838），苏惇元在广州以道光五年吴佑之刻本为底本，从姚鼐儿子手中借得姚鼐手批本，再取康刻本，将圈评信息过录其上。道光二十二年四月，苏惇元将方苞《古文约选》圈点及方苞弟子程崟所录《古文约选》未收的方苞评韩愈文章语，过录其上。同年十二月，苏氏跋语又称："刘海峰先生有《八家古文约选》尚未刊刻，兹将其圈点、钩划用蓝笔临于此本。其评语除此本已采者不录，余俱补录于上方目录中，亦用蓝笔圈出，其姚选未收者仍有二百二十二篇，另录其目，并录其例评九则以附于此。"咸丰六年（1856），苏惇元又"将朱子评论语补录文内"。① 这一漫长的过录历程，是苏惇元力求建构理想秘本的写照。通过不断过录，疑义相析，苏惇元心目中的古文奥义也得以逐步显现。

通过分析以上各类过录情况，可初步总结出桐城派关于秘本学习的过录程序。这一程序包括两套固定序列：秘本序列与过录者序列。每一次秘本过录，都是秘本与过录者的连接，它们从此构成联系。这种"秘本—过录者"联系的反复发生，是信息量甚少的重复学习。但过录者对秘本的每一次过录，都是当下两个序列组合产生的交响。随着新的过录者到来，秘本和过录者继续拼接，构成新的秘本叙事。只要过录不断推进，新的过录者的偶然性过录最终会成为秘本序列中不可避免的续发事件。秘本序列稳步朝着理想秘本行进，而新的过录者不断被卷入其中。在这一过程中，秘本所增添的信息十分有限，却有助于建立起关于古文学习的秩序。毕竟，

---

① 转引自张丽芬《西南大学图书馆藏古籍题跋辑释》，《四川图书馆学报》2019 年第 1 期。

新的过录者的加入，使得对整个秘本序列的叙述变得顺理成章，也变得更容易被接纳。一系列过录者对桐城派秘本序列的造访，以及一种大家默认的对桐城派秘本叙说的建立，使略带神秘色彩的桐城秘本虽不再构成令人瞩目的事件，却也在事实上造就了一种关于桐城派古文的独特的历史叙说。

圈点本构成的书籍世界并非纯粹的刻本世界，而是掺杂了大量以批点为主要形态的"附加信息"的新文本（参见《批点本的内部流通与桐城派的发展》），维系着桐城派秘本的珍秘性。由于圈点和过录，桐城秘本多存在批校痕迹，故而往往兼具稿抄本和刻本的双重特征。桐城派秘本不断地被过录，意味着这类书籍始终呈现出两种分离形态：一种是固定的可复制的刻本，其与外界所传并无区别，有助于维护知识传播的稳定性；另一种则是具有流动性的抄本，其中存在着诸多游离于正文之外的评点文字与圈点符号。这些圈评信息可能来自共同的书籍，也可能来自不同书籍中的相同文本，从而给文本增添额外的意蕴。秘本的这两种形态使得秘本在流传过程中既有传承，也有丰富，甚至还有误植。此外，秘本的书写形态还使得桐城派的书籍始终处于一种未完成的状态，其所包含的内容可以不断调整，信息也可以不断增殖。桐城派秘本在写本与刻本之间游走，令这个古文流派的传承既略显神秘，又能大体稳定。

在桐城派的传衍过程中，制造秘本、言说秘本、抄录秘本逐渐成为桐城派内部人士共有的习惯。秘本在此提炼了桐城派不断生长的共同观念，在涵养古文秘传核心内容的同时，构筑了凝聚桐城派内部文化的基础。

结　论

古文秘传是桐城派古文传衍的重要形态。乾隆以前，古文秘传是桐城派发展的显性特点。乾隆末年，章学诚予以披露。整个嘉道时期，桐城古文秘传声势渐宏，并逐步走向公开。至同治年间，王拯刊刻《归方评点史记合笔》，将最初的古文秘传之法公之于世。此后，桐城派传衍中的古文秘传方式并未根绝，民国年间仍有延续。直至桐城派终局，古文秘传方告消歇。

圈点连同言说、掌故等组成的桐城派古文秘传体系，是一个亟待开拓的研究领域。尽管圈点已经存在相当长时间，在清代前中期也十分流行，但人们普遍将其视作无须多言的常识。在此，圈点仅被视作一种低层次的读书法。而桐城派则高度认可圈点的重要作用，有意凸显其超越技术层面的价值，并将其引发为文坛关注的话题。这一情况表明，桐城派从强调理论层面的捍卫文道，下沉到具体的实践层面去卫道。借助圈点、古文等一度失落的"学术性资源"，桐城派重新获得势能，引领文统议题，重塑一批批执文卫道者的日常惯习，成为大时代中不可忽视的力量。

桐城派的古文秘传根植于桐城深厚的文化传统中，是明季遗风的自然延伸，受八股时文的深刻影响。在"文字狱"等文化高压政策稍显松弛的嘉道时期，以卫道与弘道为己任的士人急于表达自我，而桐城派古文秘传则恰当地为士人提供了有效的表达方式。桐城派利用圈点不断扩大派别的古典资源，最终在事实层面上形成了"无声的"复古潮流。以秘传为号召，桐城派的秘本风行天下。围绕秘本，全国各地也形成了大大小小的桐城古文学习共同体。最终在一种"古文至上主义"的号召下，桐城派成为晚清文章领域统摄性的力量。可以说，桐城派古文秘传是嘉道时期"世界之'内在'节奏、'深层'潮流，事物无言之迈进者"①。

18世纪末到19世纪上半叶，古文篇章秘传圈点的流行，再度证明人们想要对经典做出不一样的诠释。秘本与圈点秘传的半公开状态，令文章变得愈发神秘。神秘化的圈点提升辞章的地位，令人想起文学这份古老事业的崇高与神圣。桐城派古文秘传是19世纪以来文人势力崛起的一个标志，古文也再度成为诸多文人的共同事业。嘉道年间，社会发生重要变化，各个群体都试图寻找解决之道。对嘉道年间的桐城派群体而言，写作就是行动，学习古文就是行动。因此，桐城派将古文作为一种道德事务、

---

① ［英］以赛亚·伯林著，彭淮栋译《俄国思想家》，译林出版社，2011年，第80页。

一种文化资本甚至是一种人生信念来加以经营。桐城派的这份热情鼓舞了许多人，为嘉道以后文人更为广泛地参与政治和社会事务做出了必要的准备。

第六章 书院・学派・答问体・文献学路径

杨 珂 编写

[上] 解 读
　　一、点・线・面：文献如何生出问题
　　二、"寻常文献"的研究路径与价值探寻
　　三、"影响的焦虑"和个案研究的难度
　　四、书院文献中的文学研究和近代学术
　　五、拓展阅读：书院文人群与语录体

[下] 论 文
　　清代书院答问的文献价值与文化意义
　　　　——以李兆洛《暨阳答问》为中心

[上] 解　读

一、点・线・面：文献如何生出问题

1. 作为"线索人物"的李兆洛

　　研究者与自己的研究对象之间，似乎都存在一种难以言明的缘分，个人的喜好、性格、专长，往往会指引自己去寻找最适合的题目，所以有时必须"众里寻他千百度"，才会与那个能真正令自己不胜欢喜的题目相逢。相较于"纯文学"研究，文献学的抽丝剥茧、文学背后广阔的时代图景和难以切实捕捉的思想因子，往往更容易吸引我的注意。正因如此，2016年硕士入学后，选择什么样的题目作为今天看来所谓的"研究起点"，便成了一个让我偶感焦虑的问题。在先后阅读曹虹教授与杨旭辉教授的同名之作《阳湖文派研究》（中华书局，1996年；江苏人民出版社，2010年）后，又经导师的提示，我隐约感到清代中晚期被魏源等人称为"通儒"的常州文人李兆洛，或许正是自己需要的那个"线索式"人物，可指引我思考那些影响文学发展的内外因素及与之相关的种种问题。在后来完成的硕士论文"李兆洛研究"中，我更加明确了这一点：

　　　　在研究框架方面，本文以问题为中心展开设计。同时，更关注李兆洛一巨子在常州文人、学人群体中的特殊性，以其个体及与之相关人物（尤其是李氏弟子）的活动为"阿里阿德涅之线"，穿针、引导，不仅可以更为全面地了解李兆洛在文学与学术等领域的实际成就及地位，更能经由对学缘、血缘、地缘等多重人物关系网络的探索，走出复杂的"迷宫"，深化对常州学派、阳湖文派的研究。

由于李兆洛的成就不仅仅在诗文领域，因此研究时我常要面对一些相对陌生的话题，以厘清其由学缘、血缘、地缘等搭建的社会关系网络。李兆洛在江阴暨阳书院的教学活动正是其中之一，而这其实大致涉及两个研究方向，一是书院的教学活动，二是地方学派的建立。在对相关文献进行梳理与细读后，遂有《清代书院答问的文献价值与文化意义——以李兆洛〈暨阳答问〉为中心》（以下简称"《清代书院答问》"）与《博通与实用——李兆洛"养一学派"论》两文，后者的着重点在于地方学派，而前者则主要考察李兆洛的书院教学活动，参以地方学脉的形成与传承。《清代书院答问》初稿成于 2018 年夏，如今再看，无论是行文逻辑，还是研究深度，又或文字表达，都存有不足，然这些问题、缺点或可作为行进道上"弯路"的标记，不管于己于人，都能起到些许提示的意义。

2. 在书院文献当中发现答问体

首先还是回到《清代书院答问》的写作当中。在考察李兆洛暨阳书院教育活动的过程中，我先后遇到两个主要问题。第一个问题，是最基础的文献问题，即有哪些类型文献可作为这一研究的核心材料。书院作为社会学缘网络的重要纽带，早已受到学界的重视，胡适便曾讲过："这一千年来造就人才，研究学问，代表时代思潮，提高文化的唯一机关全在书院里。"[①] 前辈学者的研究，如邓洪波《中国书院史》（增订版，武汉大学出版社，2012 年）等，已较完善地梳理出中国古代书院发展的历史，并对不同时代、地域的书院进行了数量统计。就文学研究而言，从对象主体上看，基本是以书院山长为重心，考察其文论主张及在日常考课中的命题；从文献类型上看，研究者的目光也多集中于书院弟子课艺。对于各地知名书院山长、课艺的研究，作为文史领域过去相当长一段时间内的学术热

---

① 胡适《书院的教育》，载《胡适全集》第二十卷，安徽教育出版社，2003 年，第 373 页。

点，近年来已是少有"漏网之鱼"，鲁小俊《清代书院课艺总集叙录》（武汉大学出版社，2015年）可以说为相关研究提供了相当的便利。较可惜的是，李兆洛担任暨阳书院山长的十余年间（1823—1841），未见有课艺集传世。直到徐雁平《一时之学术与一地之风教——李兆洛与暨阳书院》（《汉学研究》2006年第2期）与邱新立《李兆洛评传》（江苏人民出版社，2010年）一文一书，先后注意到《暨阳答问》对于李兆洛书院活动的研究价值，才使得相关问题的解决得到切入的路径。如此也便有了第二个系列问题：何为"答问"，这是不是一种著述体裁，应如何界定，又有怎样的发展脉络？

对这一问题，诚如徐雁平所言："师弟之间一问一答之情状，师如何领弟子'进门'以及弟子如何'修行'，借此存之。此体可上溯孔子及孔门弟子的《论语》，以及朱子及其门下的《朱子语类》。"① 更进一步地说，答问体实属语录体的一个分支或变体，以师生一问一答为固定形式。书院答问，自然是以书院为答问的发生场域。发展至清代，该著述体裁已较为成熟，并出现如《暨阳答问》《无邪堂答问》《起凤书院答问》等经典之作。鲁小俊指出，书院语录体"在书院教学活动中的运用大致有三种形态：引申先贤语录、记录师长讲论、拟想现场语境"②，答问体看似指第二种形态，然后世读者亦可从文本中拟想出现场语境。因此，答问体具有课艺文献所不具备的"展演性"（performativity），这是其文献价值所在；它所能回应的问题，不仅仅是科试训练或文学观念，还有更为复杂的学术交流与思想碰撞；师生答问的记录也存在由口语到书面语的"转译""转写"，这一过程也为研究者提供了可深入探寻的"缝隙"。

---

① 徐雁平《一时之学术与一地之风教——李兆洛与暨阳书院》（按，此文原刊于《汉学研究》2006年第2期，第289—322页），载《清代东南书院与学术及文学》，安徽教育出版社，2007年，第96页。
② 鲁小俊《如聆謦咳：语录体与书院教学》，《文艺研究》2023年第6期，第43页。

3. 通行版本中"消失的文字"

在确认研究赖以支撑的具体文献后，便需进一步分析其内容。研究是否有价值，问题是否足够有趣，在此之前都尚未可知。必须承认，这往往也是最看"机缘"与"运气"的环节，而出现"机缘"与"运气"的前提，则是要下踏实的细读功夫，对文本十分熟悉。对于《暨阳答问》，此前研究看似已经充足，因此在初步阅读时，自己并未抱有太高期待，然在多次翻阅此书及徐雁平文、邱新立书后，还是得到意外发现：邱书中有一大段引文，徐文中亦曾引用，然只有前一部分。初时以为只是未引完整，后转念一想，原书中似乎也不存在后一部分。核对一看，确实如此。由此意识到，邱书所引版本与徐文所用、当时最通行的《丛书集成续编》本有所不同，脑中便生出此文写作的一系列驱动问题：《暨阳答问》是否存在多种版本？版本之间有何关系？为什么会出现删削的文本？删削者是谁？删削文本的目的是什么？被删削的内容价值如何？足本《暨阳答问》能否对此前的研究进行学术上的补充？更进一步地想，这一现象是否仅限于《暨阳答问》，其在历代的语录体著述当中又是否具有普遍性？

4. "说"：大纲的建立与重建

带着几分犹疑，我向导师徐雁平教授提出了自己的发现，老师则是十分欢喜，丝毫未因以前研究时可能的疏漏表现出一点不悦，并提议我在其研究生课上用十五分钟的时间来发表自己的发现与思考。这种纯以事实说话、仅仅关注问题本身的治学态度，令我印象深刻，也是这几年来在南京大学古代文学、古典文献学专业学习时常感受到的一种研究氛围。为了有更好的展示效果，我埋头于《暨阳答问》的版本考证，并将《暨阳答问》足本、删削本分别整理出来，细致比对，因而发现既有研究存在的不足，也有了古籍整理的"副产品"。怎样才能在规定时间内准确、直观地呈现问题、表达自己的观点？出于这样的思考，我在草拟文章时想象与人讲解的场景，进而慢慢建立起文章的初步框架，而在后来的课堂发表中，又重新留意到此前思考上的一些看似微小的阻滞，这些小的阻滞实际存在逻辑上的大问题。倘若没有"说"的过程，或许在行文之时，要么再度卡壳，要么便会无意识地忽视了这些问题吧，文章的大纲也因此被重新建立。至此，相关问题的思索也基本完成了由"出发点"到"线索"，再到组织成"面"的整个过程。

二、"寻常文献"的研究路径与价值探寻

1. "寻常文献"不应视而不见

如前辈学者所言，文学研究应始终守住"常见书"。所谓"常见书"，想来并不仅仅是指四书、五经、《诗》、《骚》、《文选》、杜诗、苏词这些经典之作，还应包括那些易得易见的"寻常文献"。正因寻常，加之清代文献的传世数量颇丰，所以今见的诸多清代文献所存在的基本问题可能会被人们视而不见，如版本、校勘方面的问题。因为有《清代诗文集汇编》《清代诗文集珍本丛刊》与《四库》系列等大部头的古籍影印出版，以及日渐完善、日益便利的古籍数据库，学者研究时往往取易得易见的版本，而未能详加考证。对于较宏大问题的讨论或许可以"无伤大雅"，但若涉及具体的问题，则有必要在文学研究当中真正落实"文献学与文艺学的结合"。

2. 化"静"为"动"：在版本比较中看文本生成

材料、问题与方法，早已成为自己写作论文前必要考量的三个要素，然在当时还只有模糊的感受。读研后，我写作的第一篇文章《国图藏抄本〈辨志书塾文钞〉与李兆洛别集流传》（以下简称"《辨志书塾文钞》"）完成于 2017 年夏天，后刊于《文献》杂志。两篇文章有一相似方法，即比较法。文献学讲究校勘，其最基本的方法也正是比较。《辨志书塾文钞》一文是对不同时期纂成的、内容差异较大的别集的对照，而《清代书院答问》一文则是对同一种书的不同版本进行对读。于此基础上，我又在西方

理论的阅读学习中受到德比亚奇文本发生学（《文本发生学》，天津人民出版社，2005年）等理论的启发，尝试通过文本之间的差异，来还原"动态"的文本生成过程，进而探讨影响这一过程的社会要素以及"人"的思想与心理。文献学与文艺学的结合，或是要求下扎实基本功的同时，不断开拓、转变自己的思维方式。对于初学者或需要窥见门径的人而言，比较法应是较易发现问题、解决问题的方法。我们更应通过有意识地训练，使其成为一种始终存在于脑中的"潜意识"，如此，在阅读文献时方可进行下意识的判断与思考。

3. "用数字说话"的意义

在论文写作之前以及写作过程当中，我对《暨阳答问》的文本做了一些数据统计，有些数字以表格形式保留在文章当中，如本书表6.2所示，呈现了简、繁本《暨阳答问》各卷的问答数以及简本占繁本的比重，以此证明删削本缺失文字之多。用"数字"说话，应是本书多篇选文都展示的一个研究特色。其弊端可能在于失之琐碎，又或表格占据了期刊的版面，因而不那么容易受到编辑的欢迎。本论文发表时，我也不得不因篇幅有限而删去余论中《暨阳答问》对话主体的一个统计表格。然而，有时非数字不能说明问题，非数字不能直观呈现结论，非数字不能取信于读者。因此，即使不放在文中，有些统计也必须去做，因它是相关研究的基础工作，可以辅助判断。

4. 溯寻文学事件的历史语境

如前所言，《清代书院答问》主要考察李兆洛在暨阳书院的教学活动，因涉及各种学术的讨论，有助于考察地方学脉的形成与传承，而在真正进入研究后，我发现《暨阳答问》这一文献实具有多层次的探索空间。若以关键词形式拎出，则有书院教学研究、地方学派研究、答问体或讲学语录体研究、版本比较研究等等，其中，文学研究不容忽视。对于李兆洛的诗文创作、批评理念，以往研究多关注其别集《养一斋集》及所辑骈文选本

《骈体文钞》等①，然在李兆洛与书院弟子的日常交流中，常会流露出更为"真实"、未经过多"掩饰"的创作主张与批评理念，如他对韩愈文章的批评等。此外，考察一个人的文学主张、观念如何散发影响，除了探究别集、选本等书籍的售卖、流传、接受外，人与人之间直接的互动，也是切实的考察依据。换言之，一个文学事件发生时的具体环境和氛围，即与文本的生成互动密切的历史语境，至此有了再现的些许可能。对于材料丰富的清代诗文研究而言，具有"展演性"意义的类型文献是可供深入探寻的领域，研究者或可从中收获难得的"在场感"与"置身感"体验。

三、"影响的焦虑"和个案研究的难度

1. 论文写作中的"避让"问题

在论文写作过程中，已有研究所提供的便利，有时也会转化成为一种"影响的焦虑"，而这种"部分重复"的研究，或是当下人文学科研究中的一个常见现象。徐雁平《一时之学术与一地之风教——李兆洛与暨阳书院》一文，虽未用到《暨阳答问》最合适的版本，然其利用简本《暨阳答问》所载 143 则问答，已做了整体的价值介绍，如将简本《暨阳答问》的问答分为六类：文章、汉学与宋学、常州庄氏·魏源·龚自珍、礼与"礼即理"、荀子·管子·贾谊、时事与人才。尽管繁本《暨阳答问》有 475 则问答，数量是删减本的三倍之多，但在论文写作过程中，《暨阳答问》的内容价值似已难再作为一个核心亮点。在文章初稿中，我将繁本的内容分为十方面：读书学习法、为人处世法、儒家经典及先贤、诸子学说、先贤及同辈著述、诗文观念、经学研究、史观与史学、时政评论、实学研

---

① 如吕双伟在论述乾嘉道时期的骈文选本时，特别标举李兆洛及其《骈体文钞》。吕氏指出，虽然有许多骈文家甚至古文家都在为骈文地位"摇旗呐喊，主张骈散合一"，但影响都不及李氏编纂《骈体文钞》，甚至称赞"其影响在丰富的清代骈文选本中最为巨大"。参见吕双伟《清代骈文理论研究》，人民出版社，2011 年，第 155—163 页。

究。虽主题更显系统、丰富，但部分精彩亮眼的问答，因为此前文章中已有论说，写作时便需"避让"。这种"避让"，带有针对投稿的功利性目的，无疑会削弱选题材料及部分论述的重要性。因此，虽然在版本研究、文本细读、答问体的体裁研究等方面，论文可能对徐文有所补充与超越，然未能很好地处理这种"部分重复"带来的问题，导致论文本身未能非常充分地揭示《暨阳答问》的学术与文学研究价值。

2. 作为"中心"的个案？

标题不易拟，是本文写作过程中的又一难题。因为初时求全，所以内容难免驳杂；由于几经删减，是以文章略显割裂。论文初稿完成后，总计有两万五千余字，拟题"李兆洛《暨阳答问》的文献价值与版本差异——兼论'答问体'的体裁源流"，然在后续的修改过程中，又想以《暨阳答问》为中心，推及讨论清代其他答问体乃至语录体文献的问题，以提升选题的广度与深度，因此在投稿时改题为"以某某为中心"的形式。只是几经较大幅度的删改后，在《暨阳答问》这一"中心"之外，未能真正利用更多、更丰富的同类材料来辅助论证，是以尽管《暨阳答问》在清代书院答问当中颇具代表性，但此题目并不准确。相比之下，作为过程稿之一的题目"李兆洛《暨阳答问》的文学价值与文化意义——兼论'答问体'文献中的删润现象"，可能还更精准一些。此外，文章初稿涉及诸多问题的考证，自己虽感到有价值，但就核心主题而言，确属枝节，便"忍痛"删去。今收录此文时，亦仅还原因版面有限而删去的部分引文及余论，不再呈现那些枝节论述。

四、书院文献中的文学研究和近代学术

1. 书院文献的集群及其研究

硕士论文选题"李兆洛研究"确实给了自己一片广阔的垦种园地，在

八个专题研究外，还形成《李兆洛年谱》初稿，近年来也逐步得到完善。同时，这一研究也引导自己确定了博士论文的选题"清代骈文的理论批评与应用研究"。至于书院文献、书院教育与文学之间的互动关系，依旧在自己的考察视野中。受徐雁平论文启发，我在读博期间又撰写《论清代的书院教学与骈文演进》一文，论述"群"的目光与清代书院的骈文风衍。徐雁平指出："文献集群在狭义层面指一组同类型文献，在广义层面则指一组密切关联的文献。……二是某一作家之交游群体的较完整著述，据此可组织出其交游网络中的关联著述系列。"① 与张知强、尧育飞等对桐城文人群体的关注类似，对于清代书院，亦可进行系统的"群"的分析。清代书院实际凝聚两类文人群体：一类是以书院山长为中心的文人交游与师生砥砺群体，该群体所催生出的文献群，在直观反映考课内容的课艺集之外，尚有书院答问、书院藏书目、书院章程以及师生日记等；另一类则易被忽视，即游离于书院之外却与之关系密切的地方学官群体如教授、学正、教谕等，他们所撰的劝学书目、训士书亦是书院研究不可或缺的文献类型。书院课艺所集结的文章可视为山长教学活动的成果，至于师生授受的具体过程，则有赖于自具"场景性"的类型文献，激活阅读者的"置身感"或"在场感"，使之更加深刻地体悟清代书院中的教学场景。书院答问是其中的重要代表，可与其他类型的书院文献相互参照，进而深化书院研究的诸多方面。

2. 近代学术书写的再思考

林则徐是"睁眼看世界"的第一人，如今似已成为一种常识，然而在对《暨阳答问》以及李兆洛暨阳书院教学活动的研究当中，我始终存在这样一个疑问，即清代中晚期偌大的学者群体真的未曾"睁眼"吗？据李兆洛弟子蒋彤所编《李夫子年谱》，道光元年（1821），李兆洛在广州看到西洋商铺，"见夷人形状之殊诡，室屋、衣服、器用之穷巧极侈。欲求土人

---

① 徐雁平《"文献集群"与近代文学研究的新拓展》，《文学遗产》2022年第3期，第173页。

能通晓外夷事，一询诸国所在远近、海道曲折，及其国之大小强弱、风气厚薄美恶、政令刑禁之大凡"①，此后整理有《海国纪闻》二卷，可惜今已亡佚。而林则徐编译《四洲志》（1839）及魏源《海国图志》（1843），已是近二十年后事。李兆洛看到西洋乐器，也甚为好奇，在暨阳书院与弟子交谈时还曾论及此事。李兆洛的"通脱"不仅体现在学术研究及文学观念上，还在他的教学实践中。在担任暨阳书院山长期间，李兆洛十分重视实学。弟子之中，蒋彤专研《丧服》，宋景昌工于天文、历数，沧瀛致力于朴学校勘，缪尚诰精通六书、音韵，吴咨擅书法、绘画及金石之学，可谓各有所长。尽管在"知识"或"世界观""认识论"等方面，以李兆洛为代表的有济世之心、崇尚实用之学的学者可能尚有不足，但在"视野"上，他们并未真正闭上看世界的眼睛。那么，今天再看清代学术，是否应在所谓主流的考据学、朴学之外，重新发现、组织并书写其脉络？

五、拓展阅读：书院文人群与语录体

1. 徐雁平《一时之学术与一地之风教——李兆洛与暨阳书院》，初刊于《汉学研究》2006 年第 2 期，后收入《清代东南书院与学术及文学》（安徽教育出版社，2007）

李兆洛在暨阳书院的讲学活动，实际关涉到嘉道时期的诸多文学、文化研究议题。即使是经过删减的简本《暨阳答问》，也反映出相当丰富的教学内容。一地之学术传统如何进行传播、产生影响，书院怎样成为讲艺论学的中心场所，地方官员与书院弟子在此过程中又扮演怎样的角色，这些关键问题都在文中得到了较为充分的讨论。此文的得与失，前文已有较多的讨论，故不复赘言。值得一提的是，此文被收入《清代东南书院与学术及文学》一书后，另附录有李兆洛弟子表、李兆洛暨阳书院时期的著述

---

① 蒋彤《李夫子年谱》，《清代诗文集珍本丛刊》第 482 册，国家图书馆出版社，2017 年，第 97—100 页。

编校年表以及他在该时期所撰写的序跋等，这些基础的文献工作，对于暨阳书院弟子群体的研究、李兆洛年谱的编纂，也颇具参考价值。

2. 鲁小俊《如聆謦咳：语录体与书院教学》，《文艺研究》2023 年第 6 期

相较于某一具体的文献材料，本文是从文体形式的角度切入，主要讨论了语录体在中国古代书院教学活动中的各种运用形式。作者认为，书院教学中的语录体大致呈现为引申先贤语录、记录师长讲论与拟想现场语境三种形态，进而探讨了语录体在书院教学活动中的文体属性及所发挥出的文化作用。语录体作为一种著述体裁，被广泛运用于书院教学活动，可以重现或模拟面对面的现场情境，营造出接受知识的近距离氛围，其文本不仅具有权威性、精粹性，还存在平等化、生活化的转向。语录体与教学理念、教学效果的互动关系，无疑可印证其在历代书院教学活动中的重要性。那么，在此文基础上，研究者或可更进一步地思考并拓展研究，如在更为翔实的文献发现与整理基础上，夷考语录体体裁特征的历时演变，又或者在书籍史的研究视域下，追问和探查此类著述的面向读者以及其流传、售卖与阅读等实际的传播和接受情况。那么，语录体的文献价值想来便不会仅仅停留在书院文学与学术空间当中。

[下] 论　文

清代书院答问的文献价值与文化意义
——以李兆洛《暨阳答问》为中心 *

　　近代以前，书院长期承载国家的文化教育、学术交流、选拔人才等重要功用，发展至清代，其规模及影响达到顶峰。据统计，有清一代共出现5836所书院，其数约为唐至明书院数量总和的两倍。其中，作为朴学重镇的东南三省（江苏、安徽、浙江）即有917所。① 这些书院的山长多为知名的饱学之士，如钱大昕、姚鼐、卢文弨、李兆洛等。他们在书院中培养的学生，也有不少为后世所知，有的甚至成为学界的中坚力量。因此，书院是清代学缘网络中的一个重要纽带，将之置于学术、文学史的考察脉络之中，即可从更为广阔的视野来观照清代东南的文学与学术生态。书院答问，便是书院发展过程中出现的一种极具价值的文献。

　　追流溯源，清代的书院答问当滥觞于宋代书院中出现的语录体问答，如朱熹《延平答问》等，借师生问答的形式，记录书院内部的教育活动，传达老师的学术理念。大多数的书院答问内容庞杂，涉及四部。刘声木曾予以关注，在笔记中提及李兆洛《暨阳答问》、朱一新《无邪堂答问》与姚永朴《起凤书院答问》等五种书院答问。② 在这五种之中，《暨阳答问》

---

* 作者：杨珂。此文原刊于《苏州大学学报（哲学社会科学版）》2021年第1期。
① 917所书院分布情况是江苏277所，安徽204所，浙江436所。相关数据引自邓洪波《中国书院史》，武汉大学出版社，2012年，第450—452页。
② 刘声木指出："我朝崇尚儒术，书院遍天下，名儒辈出。……一院之中，生徒无虑千百人，从游者执经问难，师为之剖析疑义。自十三经以逮子史等书，爬罗剔抉，旁推互证，豁然贯通，宜有专书，以资启迪而垂久远。"后论及五种书院答问。见刘声木《苌楚斋随笔》卷九，中华书局，1998年，第199—200页。

尤为重要，这是阳湖派代表作家李兆洛（1769—1841）主持暨阳书院期间（1823—1841），由其弟子蒋彤记录的师生、师友问答。蒋彤在道光二十二年（1842）《暨阳答问序》中有语云：

> 彤之从李夫子于暨阳也，急于求通，疑无不问焉。夫子喜其可教，问无不答，答无不尽辞焉。……今夫子逝矣，其言则历历在耳，且历历在书。彤之庸瘣，不足得夫子之万一，其为所悦而信者，不过就彤见之所能到已尔，然天下后世，焉知无即其辞而得其意者乎？乃取前所录，略为删润，公诸世之学者，并置座右，时时省览，以考他日所见之进退云尔。①

李兆洛在主讲暨阳书院期间，不仅与弟子讲诵、教习经典，还主持刊刻先贤遗书，关注天文、地理与方志等学，在文学、学术领域多有撰著，他将自己的见解融入书院的教学实践当中，别具一格，姚莹称他"东南讲席，惟先生一人而已"②。蒋彤"疑无不问"，李兆洛则"问无不答"，可知此书内容之丰赡。李兆洛在诸多领域的成果，仅通过他的别集是无法整体呈现的，故可参考《暨阳答问》中李氏与蒋彤、毛岳生等人的交流问答。缪荃孙指出："申耆先生通天纬地之才，成茹古涵今之学，除专书外，诗文不自收拾，殁后其徒录存多至一二十卷，真赝不分，宗旨未能表见。此书虽少，精语实多。"③

《暨阳答问》所涉领域可谓广博，不仅表现书院弟子对于科举制艺的学习，更反映清代常州地区的经世致用之风，具有时代价值。可惜的是，

---

① 蒋彤《暨阳答问序》，载《暨阳答问》书前，《清代诗文集珍本丛刊》第 482 册，国家图书馆出版社，2017 年，第 275—277 页。
② 道光十七年（1837）姚莹致书李兆洛云："莹常为人言，东南讲席，惟先生一人而已，非谀言也。"参蒋彤《李夫子年谱》，《清代诗文集珍本丛刊》第 482 册，国家图书馆出版社，2017 年，第 219 页。
③ 缪荃孙跋，载《暨阳答问》书后，《丛书集成续编·子部》第 88 册，上海书店出版社，1994 年，第 631 页。下文所引缪氏跋语皆同。

此书长期不为人所重视，直到徐雁平与邱新立先后关注此书，并将之与对李兆洛及暨阳书院的研究相结合，才较为充分地向学界揭示了它的学术价值。① 徐雁平指出：

> 师弟之间一问一答之情状，师如何领弟子"进门"以及弟子如何"修行"，借此存之。此体可上溯孔子及孔门弟子的《论语》，以及朱子及其门下的《朱子语类》；清代书院山长讲学，亦有弟子记录相关"问答"者，虽少孔门及白鹿洞讲学的雍容气象，然犹可视为难得的学术史料。……《暨阳答问》正是有道之君子昌明讲学论道的真实记录，此书之重要，在于保存了李兆洛许多学术和思想的原本状态，更见锋芒和力度……学问与民生建立关联，而此种思想是通过书院讲学这一途径传播。众多论议和实践，似有百川归海之势，从而促进整个学术界向经世之学的转变和发展。②

然而问题在于，徐、邱二人在使用《暨阳答问》时，未关注其版本问题，他们所用版本也不相同：徐文较邱书所用版本，问答数量少了约三分之二；邱书也未对《暨阳答问》的版本及版本背后的删削现象予以更深一步的探究。

那么，《暨阳答问》的版本情况如何，版本间有多少差异，为何会产生这些差异？通过研究版本间的差异，是否可对徐文、邱书进行学术上的补充，呈现书院答问对清代文史领域的研究价值？借此，又能否进一步考察以《暨阳答问》为代表的"答问体"著述的删润现象？以上便是本文希

---

① 见徐雁平《一时之学术与一地之风教——李兆洛与暨阳书院》，原载《汉学研究》2006 年第 2 期，第 289—322 页。邱新立《李兆洛评传》，江苏人民出版社，2010 年。曹虹《清代常州骈文研究》与杨旭辉《阳湖文派研究》等都留意到《暨阳答问》，但充分利用此书材料并作论述者，当属徐、邱二人。
② 徐雁平《清代东南书院与学术及文学》，安徽教育出版社，2007 年，第 96—118 页。

冀解决的问题。

一、《暨阳答问》版本源流考

由蒋彤序中"乃取前所录，略为删润"一语，知《暨阳答问》当有一稿本，惜未得见，不知是否亡佚；而据《中国古籍总目》等目录记载，经由蒋彤删减的传世本《暨阳答问》，今存多种版本，须对它们的源流情况进行梳理。根据内容的多寡，可将其大致分为繁、简两个版本系统。

其中，简本系统目前仅见盛宣怀、缪荃孙编《常州先哲遗书续编》本一种，由盛氏思慧斋刊刻，今《丛书集成续编》收录①。左右双栏，黑口，单鱼尾，中缝有书名、卷次及页数，每半叶十四行，行二十五字。末有跋语，署名"盛宣怀"，跋云：

> 《暨阳问答》四卷，蒋彤录。彤字丹棱，受业李申耆先生之门。先生主讲暨阳，门人答问之语汇存四卷。外间盛行活字本，语意有不完备者，字句亦有拖沓者。今此钞帙，丹徒赵申甫所贻，似为前人删节，较有精神，故以此本著录。……武进盛宣怀跋。

缪荃孙曾作《常州先哲遗书正续集缘起》一文，讲述《常州先哲遗书》的成书始末，指出此书在编纂过程中由盛氏出资、缪氏出力。《艺风老人年谱》光绪二十四年载："是年盛愚斋宫保嘱编刻《常州先哲遗书》，皆荃孙搜罗，宫保出资而已。"光绪三十四年："七月到上海，盛宫保属续刻《常州先哲遗书》，体例照前编。"因此，杨洪升认为："该书（《常州先哲遗书》《续编》）多附精湛的跋语，率出缪荃孙之手。"② 如此一来，该本

---

① 以下所用皆《丛书集成续编》本，称为"《丛书集成续编》简本"。
② 以上材料见杨洪升《缪荃孙研究》，上海古籍出版社，2008年，第333页。

《暨阳答问》最后所谓的"盛宣怀跋"便值得怀疑。《缪荃孙日记》中有如下记载：

> 庚寅年（光绪十六年，1890）四月朔："得赵刻《咸淳毗陵志》《表忠录》《李申耆先生年谱》《暨阳答问》《养一斋诗》……"
>
> 同年九月五日："夏彦保送《归愚集》《江阴列女志》《梓里文献录》《暨阳答问》诸书。"①
>
> 己酉年（宣统元年，1909）三月廿五日："柳诒谋还《南村帖考》，又借钞本《暨阳答问》来。"
>
> 辛亥年（宣统三年，1911）四月十五日："还柳叶谟《暨阳答问》。"
>
> 同年十一月十六日："嘱刻《饮渌轩题识》《暨阳答问》《大学修业》《教经堂笔记》。"
>
> 壬子年（民国元年，1912）四月七日："校《大学正业》《暨阳答问》。"②

"盛宣怀"跋语称："外间盛行活字本，语意有不完备者，字句亦有拖沓者。今此钞帙，丹徒赵申甫所贻，似为前人删节，较有精神。"只有曾搜见至少两种版本，并亲自进行过校勘的缪荃孙才能下如此判断，而盛宣怀仅作为出资者，未经比勘不同版本，如何能下此按语？因此，杨氏之说较为可信，此本《暨阳答问》书后所附跋语，其义实当出于缪氏。

然而，《缪荃孙日记》中并未提及所谓"丹徒赵申甫所贻"的"钞帙"。赵申甫即丹徒人赵勋禾，著有《淮南子考证》与《丹徒掌故》等，曾与缪荃孙、柳诒谋等人相交③。缪氏从柳诒谋处得到的"抄本"，或与

---

① 以上分别见缪荃孙著，张廷银、朱玉麒编《缪荃孙日记》第一册，凤凰出版社，2014年，第119、140页。
② 以上分别见《缪荃孙日记》第三册，第23、138、172、194页。
③ 赵凤来《〈丹徒掌故〉摘抄》，载《镇江文史资料》第14辑，1988年，第190页。

赵申甫有关，但尚无明证。

至此，从缪氏跋语中可推出以下结论：其一，"《丛书集成续编》简本"书后所谓的"盛宣怀"跋语当与缪氏关系密切；其二，《暨阳答问》简本系统有两种版本，最早的简本成于何人之手尚未可知，今亦未见；其三，今见"《丛书集成续编》简本"当为缪荃孙在最早简本的基础上加以校定，二者在内容上应差异较小①。

繁本系统的《暨阳答问》又有三种版本：

其一为《清代诗文集珍本丛刊》所收"蒋氏三种"十二卷本（以下简称"道光本"），此书除收录《暨阳答问》外，还有《李夫子年谱》《先师小德录》等。书名页著录其版本信息为"清道光光绪武进盛氏洗心玩易之室刻暨木活字本"，四周单边，白口，单鱼尾，每半叶九行，行二十字，中缝有书名、卷次、页数及"洗心玩易之室"，每卷卷末有"男志畴校字"。

其二为南图藏《暨阳答问》四卷本（以下简称"光绪本"）。蒋彤书序题名下有"乐琴书斋主人珍藏"②，卷一首页有"丁福保读书记"钤印，每卷卷末无"男志畴校字"，书末有蒋彤胞弟蒋振声《后叙》及重编、校梓人员。与《珍本丛刊》繁本相比，版本形态基本一致，但字体不同，个别字相异，问答缺漏"《古文尚书》不可纯疑为伪"与"淮阴将兵，多多益善，是何本领"两则。

其三为北京大学图书馆藏"道光二十二年海虞顾氏抄本"（以下简称"北大抄本"）。一函四册，函套题"暨阳答问"，其中蔡懋德《蔡忠襄公入圣分路》和朱用纯《毋欺录》为一册，顾天叙《百稽引》与朱天麟《观论》和《暨阳答问》卷一为一册，《暨阳答问》卷二、三为一册，卷四和《先师小德录》为一册，似有丛书性质。左右双栏，白口，单鱼尾，每半叶十一行，行二十四字。书前有蒋彤序，书末记有"卷中拟节去数则，用

---

① 缪氏跋语中提到"故以此本（笔者按：最早简本）著录"，且《常州先哲遗书》及《续编》刊刻时基本不会改动所收书的原有内容，因此缪氏应未对最早简本加以增删，只是在付梓前对文字予以校正。
② "乐琴书斋主人"疑似湖州人闵嗣会，有藏书楼名"乐琴书斋"。

尖圈注在上方，乙巳十月望日锡畴读记"，书中有 31 条问答被尖圈标记。

问题的关键在于，此三种版本孰先孰后，又是否有因承渊源。

《珍本丛刊》本书名页著录的版本信息为"清道光光绪武进盛氏洗心玩易之室刻暨木活字本"，经考证，其言有误。据《先师小德录》："庚寅、辛卯间，彤得咯血疾，夫子危之，令冠英为写照，名之曰《洗心玩易图》。"① "洗心玩易之室"实为蒋彤室名，而盛氏文献资料中，亦未见有与"洗心玩易"相关的内容。此处将之误认属于盛氏，疑似受《常州先哲遗书》及《续编》的影响。

此外，"清道光光绪"一语，未指明刊刻时间②，据《清代诗文集汇编》所收《丹棱文钞》可佐证版本年限。《丹棱文钞》与"道光本"在行、字形态上确有不同③，但版心皆题"洗心玩易之室"，卷末同有"男志畴校字"，且据样式推断，二者均为活字④，因此关系极近。《丹棱文钞》目录后有"道光二十二年冬孟用活字集印于东堰家庙中"，结合上述版本形态信息及目录文献，可确定《汇编》本《丹棱文钞》即道光二十二年木活字本；而蒋彤《暨阳答问序》写于同年十月，提到"公诸世之学者"，当已付梓或即将付梓，与《文钞》刊刻时间几乎重合。故推测，《珍本丛刊》本当为"清道光二十二年蒋氏洗心玩易之室刻暨木活字本"。

至于"光绪本"的由来，书末的蒋振声《后叙》可提供线索：

---

① 蒋彤《先师小德录》，《清代诗文集珍本丛刊》本，第 261 页。
② 《清代诗文集珍本丛刊》影印的是国家图书馆所藏"蒋氏三种"，实际包含《丹棱文钞》《李夫子年谱》《先师小德录》与《暨阳答问》四种，皆由蒋彤撰著。因《先师小德录》或可看作是《年谱》的附录，故国图自行将此四种拟名作"蒋氏三种"，并不妥当。其中，《丹棱文钞》为光绪三十四年《常州先哲遗书续编》重刻本，而另三种则为道光年间活字印本，因此国图将此书著录为"清道光光绪"。至于与李兆洛相关的三种书，究竟刊于道光几年，却未予明确记载。此外，邱新立《李兆洛评传》或受国图著录误导，将其所用道光本《暨阳答问》著录成了"光绪本"。
③ 《清代诗文集汇编》收《丹棱文钞》版本形态为：四边单栏，白口，单鱼尾，每半叶十行，行二十一字，中缝有书名、卷次、页数及"洗心玩易之室"。
④ 原因有五：一、栏线四角横线竖线的拐角连接有缝隙，界格行线两头与栏线互不衔接；二、部分排字不齐；三、部分字的墨色轻重不一；四、版心鱼尾与两旁行线有隔离；五、行格界线时有时无。

  一卿四弟与吾言："先师著述尽可传世，业经此大劫，谅亦犹有存者，宜鸠资以刻之。"予思吾兄在日有已刻、未刻者各数种，其精力所注，尤在《丧服表》一书，惜剩草底数本而已。惟《答问》尚存，但此特兄之绪余耳，其实学初不在是也。咸曰："全豹既不易得，于此亦可略见一斑。"遂将此书重付诸梓云。光绪三年岁次丁丑六月初一日。①

由《后叙》及版本样式可知，"光绪本"为光绪三年木活字重印本，参与重印的有蒋彤门人暨李兆洛再传弟子朱凤鸣、胡殿荣及蒋彤胞弟蒋振声、蒋桂清等人。此本形态又与"道光本"极为接近，仅寥寥几处字句有异，因此它很可能是以道光二十二年活字本为底本。此外，"北大抄本"的著录信息亦有问题，其辑录者与成书时间无法准确判定，但据文本内容，可知其亦源自"道光本"。

  进而要考虑的是，缪荃孙得到的简本，究竟是在哪个繁本的基础上进行删减的。

  前文已言，"光绪本"比"道光本"少两则问答，可能是光绪三年重订时有意删去或无意漏刻。"《古文尚书》不可纯疑为伪"一则，不易判定是否有意删削，不仅"光绪本"中缺漏此条，"《丛书集成续编》简本"中亦未得见；而"淮阴将兵，多多益善，是何本领"一则，"道光本"在此则下又有"淮阴真不可敌，其明如镜，其才如海"一条，上下两则问答相似，"光绪本"重订时可能误脱其一。"《丛书集成续编》简本"中存"淮阴将兵"一则，故而缪氏所得简本，不可能是在"光绪本"的基础上删减得来。至于"北大抄本"，结合书末所记，书中有尖圈的问答为拟删而未删者，共31条，而其对应条目及数量均与今见简本不同，多有标而未删、不标而删者，故不构成源流关系。因此，缪氏简本的底本当为"道光本"

---

① 蒋振声《后叙》，载《暨阳答问》书后，南京图书馆藏光绪三年"洗心玩易之室"本，以下所引《后叙》皆同。

或其他未见版本。

至此，可将《暨阳答问》的版本源流列成表（表 6.1），简示如下（虚线表未明）：

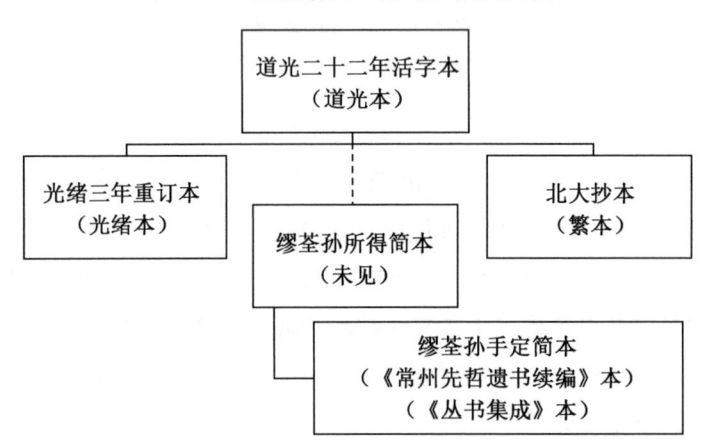

表 6.1 《暨阳答问》传世版本源流简表

```
          道光二十二年活字本
              （道光本）
         /        |        \
        /         |         \
光绪三年重订本  缪荃孙所得简本   北大抄本
  （光绪本）      （未见）      （繁本）
                  |
              缪荃孙手定简本
           （《常州先哲遗书续编》本）
              （《丛书集成》本）
```

二、重构文本：问答的删削与"道光本"的价值

徐雁平《一时之学术与一地之风教——李兆洛与暨阳书院》一文以"《丛书集成续编》简本"为底本，统计共有 143 则问答，并据主题，将之分为文章、汉学与宋学、常州庄氏·魏源·龚自珍、礼与"礼即理"、荀子·管子·贾谊、时事与人才等六类。① 《暨阳答问》之涉类广博，由此可见一斑：

> 李兆洛之学术，正是排除汉学宋学门户之见，所追求的乃通儒之学。……李兆洛经世取向的通儒之学，出现在嘉道之际，其实也与清代学术的发展及国势由盛及衰有内在的联系。他没有局

---

① 徐雁平《清代东南书院与学术及文学》，第 98—118 页。

限于校勘学大师卢文弨的学术范围，或许有外在的大形势影响，更有地域性的常州学术的带动。①

然而经统计，最贴近原始面貌的"道光本"《暨阳答问》有475则问答，相较"《丛书集成续编》简本"而言，内容更为丰赡，可总结为以下十方面：读书学习法、为人处世法、儒家经典及先贤、诸子学说、先贤及同辈著述、诗文观念、经学研究、史观与史学、时政评论、实学研究等。②

由统计数据可知，"《丛书集成续编》简本"的问答数只约占"道光本"的30%，而缪荃孙跋语言："外间盛行活字本，语意有不完备者，字句亦有拖沓者。今此钞帙……较有精神。"按照缪氏的判断，"前人"之所以对《暨阳答问》进行删减，是为了"去芜取精"，即简本为精华所聚。那么，被删去的70%问答都涉及哪些内容，又为何会被删去，繁本是否价值低于简本，便成为需要解决的问题。③

由于不知删减者的身份，便不能得知其主要目的：是为付梓牟利，还是出于学术层面的考虑，抑或为了改造文本再加以利用？假设缪氏所作判断无误，就文本而言，"去芜取精"，无非关注其体例与内容上的问题。《暨阳答问》通篇是对话记录，且经蒋彤整理，体例已较完备；至于内容，则可能涉及多方面，如不够精审（史实讹误、文字烦冗）、不合时宜（话语尖锐、触犯时忌）及价值不高（浅率偏驳、流于谬妄）等。

首先，"道光本"确实枝节过多，不够精练。李兆洛与弟子讨论经典的章句、文法，常关注字眼与前人品评，连续多则问答如此，甚至重复，未免失于琐碎，并无大义可发，即所谓"字句有拖沓者"；部分问答则语

---

① 徐雁平《清代东南书院与学术及文学》，第102—103页。
② 《暨阳答问》中的一则问答，可能是来回数次对话，也可能仅录一句话。笔者统计问答数，依据其行文形态：凡另起一行，即看作是一则新问答。经统计，"《丛书集成续编》简本"有145则问答，与徐文统计数据不一。另，繁本与简本在问答分行上有两处不一致，此处不再细致讨论。
③ 前文已论证，最早简本的内容应与"《丛书集成续编》简本"相差较小。因此，下文将"《丛书集成续编》简本"与"道光本"加以比对，梳理、探讨删减的内容及可能原因。

句混乱，似有讹、脱、倒、衍等问题，盖蒋氏在整理时未能详细审定，即所谓"语意有不完备者"。如此种种，删去并不奇怪。

最能体现"道光本"叠床架屋的是卷三。察"《丛书集成续编》简本"，会发现分卷的不合理：卷一，40 则问答；卷二，26 则；卷三，17 则；卷四，62 则。由于每则问答的长短不一，故每卷的问答数量不定，编卷时或只求在文本体量上达到大致平衡。如卷二虽只有 26 则，但每则问答较长，与卷一 40 则问答在文本体量上相去未远。唯有卷三明显少于其他三卷。对比来看，"道光本"分卷如下：卷一，115 则；卷二，88 则；卷三，113 则；卷四，159 则。再计算简本各卷问答数占"道光本"的百分比，可得表（表6.2）如下：

表6.2 简、繁本《暨阳答问》各卷问答数及简占繁百分比

	卷一	卷二	卷三	卷四	总计
《丛》简本	40	26	17	62	145
《珍》繁本	115	88	113	159	475
简占繁百分比	35%	30%	15%	39%	31%

由上表可见，卷三删去的问答比例最大，保留的内容甚至还不到各卷平均值（31%）的一半，当有其特殊性。蒋彤在《序》中说："迨己亥、庚子间，夫子衰且病，言语气息时若不属者，故所论益少。私有所得，辄敷陈畅言于其前，其合则领之，不合则默不应也。"① 蒋氏专研《丧服》，而卷三多是蒋彤"敷陈畅言"，阐发自己对礼制尤其是《丧服》的看法。如：

问："前日夫子说嫁母、出母无甚分别，彤退细思，《丧服》曰'出妻子之子为母'，不曰'嫁母之子'，又曰'继母嫁从为之服'，而不曰'母嫁'，看来继母恩浅，犹有家理，圣人不为嫁母

---

① 蒋彤《暨阳答问序》，《清代诗文集珍本丛刊》本，第276页。

制服，似与出母毕竟分别。"夫子颔之。①

仅此一例，便知《丧服》礼制之精微，但其细碎处，非精研者不能明达。卷三中与《仪礼》相涉的有 33 则问答，约占整卷的 30%，而与之关系密切者如《礼记》，以及相关的义理讨论等又有数条。这些以蒋彤为主且大量讨论礼制、义理的问答，在简本中多被删去。这样一来，卷三的体量便大大减少。

其次，"去芜"或是对触犯时忌的问答加以芟夷，以避免争议。《暨阳答问》中多有论及时事处，其中不乏尖锐者，如"我看天下大势如此，似不能久，必须改换局样，方可过下去"一则，批评时政可谓直白。还有一些批评在简本中被删去，如：

> 问："改换局样，必遭杀戮。"曰："固然，周之末、唐宋之末、元明之末，原似经一小混沌，方能安顿一时。今风气已坏到极处，再坏亦坏不去。"②

李兆洛评价当时社会风气，似已知晓自己身处王朝末世，虽然明智，但不合时宜。对这种触犯时忌的问答进行"改造"，并非都是删去整个问答，也可能截取部分，如简本中有这样一则：

> "本朝国史虽流布中外，而临文则事实不宜使用。留中札子，人家亦不敢刻，如洪稚存《与成亲王书》。"③

此语看似已完结，但在繁本中，后面还有很长一段：

---

① 蒋彤《暨阳答问》卷三，《清代诗文集珍本丛刊》本，第 457 页。
② 蒋彤《暨阳答问》卷三，《清代诗文集珍本丛刊》本，第 407 页。
③ 蒋彤《暨阳答问》卷三，《清代诗文集珍本丛刊》本，第 416 页。

>"睿皇帝虽说他好,然终不敢刻,故此书亦少传本。……前明则不然,国史虽无一字传出,而文章中旧事尽管用,时事尽管说,绝无避忌。言事之疏乍上,便刊板传布,谕旨未下,而天下已莫不知。……大抵前明风气,人人可开得口,是好处,亦是坏处。……"①

将"前明"与"本朝"相提并论,并在有意无意中流露出对当下避忌时事、"人人开不得口"的不满,可谓相当大胆,此条可作为清代嘉道文人心态史研究的重要史料。简本中虽保留了部分李兆洛对时政的看法,但过于敏感的评论到底还是被删去。当然,除了时政,部分涉及先贤、佛老内容的删减,也可作类似的考量,如以下三则:

>"朱子说'一旦豁然贯通',是欺人语。学者做一点,便得一点明白,逐渐积累,逐渐贯通。《中庸》所谓'其次致曲,曲能有诚',孟子所谓'君子深造之以道,欲其自得之',那有'一旦豁然'之理?是便是参禅家顿悟法门了。"②
>
>"韩魏公气魄大,若玩天下于股掌,看得太容易,所以亦有败事。富郑公便失之狭,欧公则失之弱。范文正自好,气魄究不及魏公。"问:"荆川先生何如?"曰:"毕竟气魄小,做天下大难事,如利斧斫木节,木节已断,斧不及觉,否则斫一节已难,岂堪复遇一节?"③
>
>润庵曰:"使二氏遇孔子,当在弟子之列否?"曰:"二氏遇孔子,总不能越其范围,必不敢与掘强。天下可无二氏,不可无孔子,无孔子则一日不能度。二氏虚而孔子实,虚无用而实有

---

① 蒋彤《暨阳答问》卷三,《清代诗文集珍本丛刊》本,第417页。
② 蒋彤《暨阳答问》卷二,《清代诗文集珍本丛刊》本,第356页。
③ 蒋彤《暨阳答问》卷三,《清代诗文集珍本丛刊》本,第454页。

用，所谓实处住也。……"①

李兆洛虽非对前儒、二氏进行猛烈的抨击，但这些议论多少会引起时人争议。可是，一经删减，李兆洛对时局、人物等进行的议论也难免会被"断章取义"。

再者，偏颇谬妄、异想天开的问答也被删去。"道光本"最接近蒋彤稿本，自然也更能真实还原师生间的对话。李兆洛虽被称作"通儒"，但囿于时代所限，终究有他所不能理解的事物；而弟子问及，又需作一回应。因此他和蒋彤的某些对话，真可说是"异想天开"：

> 问："星河何以得流？"曰："流星不在恒星之数，盖是地上的火气凝结，上现于天者。故惟夏、秋有之，春、冬则不见。史家载陨星事，谓初陨时如火热不可近，既变为石，以星为石之精，皆诞不可信。"②

李兆洛嘲笑史家对流星的见解，而他自己的想法实际也未能突破朴素唯物主义的观点。不过，他也会意识到自己的"无知"：

> 问："天地开辟，万物始育，惟人生得最晚。"曰："我亦如是想，言之恐骇人听。天地初开，如一盆水置中庭，受天日夜之气，便生无数细虫。虫出水，化而飞，形亦渐大，如蚊蝇之属，乃化而为羽属，乃化而有兽属，如马骡之类，而后生人。……"③

李兆洛认为自己的想法"言之恐骇人听"，细细琢磨，或有自嘲意味。这样的问答虽不乏奇思妙想，但终究于学无益，又不合常理，被删去也在情

---

① 蒋彤《暨阳答问》卷四，《清代诗文集珍本丛刊》本，第 496 页。
② 蒋彤《暨阳答问》卷二，《清代诗文集珍本丛刊》本，第 398—399 页。
③ 蒋彤《暨阳答问》卷二，《清代诗文集珍本丛刊》本，第 400—401 页。

理之中。然而，在《暨阳答问》中，有时连续数则问答讨论一个主旨，可能是蒋氏将一次对话析成数则。如此一来，一有删汰，便觉突兀。如在上引两则问答之间，李氏还提出"非常之人，英爽之气上见于天则为星"与"当混沌时，第一先必无水"等见解，前后实有内在的逻辑关联。这种关联性在"道光本"中十分常见，简本加以删削，无疑造成了文本的割裂。

以上总结的三种"去芜取精"，乃据删削内容所作的推测。问答的删减毕竟只是删减者的主观行为，内容是否烦冗、触忌、谬妄或偏颇，皆由删减者一人判定。卷三中蒋彤对《丧服》的研究与议论，是否仅可看作烦冗而毫无价值？此外，被删去的问答，囊括经史子集，遍及地理、乐律诸领域，而有一些文字精练、见解独到，又不犯时忌的问答也被删去，如"道光本"中这样一则：

> "今人家祠堂之制度尤为荒谬。天子诸侯，只祭四亲，以上便祧毁之；今庶人家，合百数十世之祖，罗在一龛，到祭之时，一神主派不到只杯双箸，以为孝乎？以为观美乎？古人将祭，七日戒，三日斋，思其居处，思其饮食，思其笑语，精神何等浃洽，仪节何等繁重。"①

所谓"今庶人家，合百数十世之祖，罗在一龛"的现象十分普遍，李兆洛对这种现象的批评可以说是切中肯綮，简本为何要加以剔除？原因便不在于"去芜取精"。

《汉书·艺文志》总序中言："今删其（笔者按：《七略》）要，以备篇籍。"颜师古注曰："删去浮冗，取其指要也。""删"之一字，合训"删""取"正反二义。如孔子删《诗》，"删"的同时即是"取"，这样的字义逻辑在历代诗文选本中也行之有效。《暨阳答问》等"答问体"著述的删减亦可如是考虑——删汰问答即是存取问答，而被保留的部分当符合删减者

---

① 蒋彤《暨阳答问》卷二，《清代诗文集珍本丛刊》本，第 381 页。

的学术理念与审美旨趣。因此，部分问答被删去，未必便是内容本身存在问题，删减者或有意或无意的个人表达，当是删减行为最初的驱动因素。

《暨阳答问序》中提到，李兆洛晚年对蒋彤的见解，"其合则领之，不合则默不应也"。删减者对一些问答的剔删，正是他对"道光本"（或其他版本）中的"不合"所作出的一种"默不应"。这种"不合"可能是上述提及的几种"去芜取精"，也可能在其之外。但无论如何，删减者通过摘选文本，重构了《暨阳答问》的文本秩序，进而在新的文本——简本《暨阳答问》中，将自己的理念、喜好传达给读者。当然，在此过程中，问答精华的流失以及文本的割裂不可避免。

综上可知，"道光本"《暨阳答问》被删去的70%，虽有一些存在烦冗、虚妄、偏颇等问题，但依旧有重要的学术价值。如：还原文本的真实面貌，弥缝简本"文本的断裂"；了解蒋彤对《丧服》等礼制的研究，重现书院的教学活动；更为真实、全面地呈现李兆洛对人物、著作乃至时局等所进行的评价，补充他在暨阳书院期间的各种学术见解。此外，某些问答还能反映人物的真实性格，为今日研究提供新材料。

在《先师小德录》及其他传状材料中，李兆洛通常是以一个温柔敦厚的长者形象出现，对弟子较为宽容。然而，在简本中被删去的这则问答却表现出他对学生严厉的一面：

> 缪子钦问："《中庸》注'心存理得'，'心存'似在前。"夫子曰："有何先后？天命之谓性，性即理，心亦是理，何必分？"问："大德、小德似有偏全。"夫子曰："有何偏全？……"问："礼似小而乐似大。"夫子曰："有何大小？……汝所云大小、先后、内外，都是蒙语，不知汝病根中在何处，数年不在此，抑至于是。我有入骨入髓语与汝说：……宋冕之只讲究天文，与时文绝不相关，我甚喜悦；汝如今看《大全》、看讲章，将'仁''义'等字纠缠不清。我痛恨《大全》、讲章，汝偏要看他。前明讲道学者，见人辄将两手作太极图样子……太极圈儿大，先生帽

图 6.1　李兆洛画像

此图由江阴人吴俊（字子重，号冠英）绘成，载咸丰本《李养一先生集》卷首，李氏弟子夏炜如为之作赞云："炯炯者目，伪莫眯之；渊渊者心，善必止之。扶蹶令起，为吏则循；呼寐令觉，为儒则醇。旁汇众流，仰承千古；厚植基扃，宏扩堂宇。郢匠运斤，王良执策。宜遇以神，勿泥于迹。"此图实为李兆洛一生经历及其道德学术之写照，也直接影响到后世文人、学者对其形象的认知。

子高，汝将来即是此等恶习。我总将不明白事体做到他明白，汝偏将甚明白道理讲到他不明白。"①

缪子钦不过就道学者所言提出自己的疑问，李兆洛的反应便极为激烈。"都是蒙语，不知汝病根中在何处"，"我痛恨《大全》、讲章，汝偏要看他"，"汝将来即是此等恶习"，虽只寥寥数语，却能感受到李氏对道学家的强烈排斥与对弟子的极度不满。作为"通儒"的李兆洛，形象已被后人逐步"儒雅化"，但他与孔子一样，遇到不成器的学生便加以斥责，有严厉的一面。若没有繁本中的这条问答，恐怕今日更是无法全面了解他的真实性情。

因此，无论是考虑文献版本价值还是学术价值，道光二十二年活字本《暨阳答问》都比所谓"较有精神"的简本更重要，在整理、研究《暨阳答问》时，当以"道光本"为主。至于简本，则需关注它所呈现的文本删削问题，其为"答问体"删润现象中的一个层面，对此，将在余论中进一步展开。

三、别集外的视角：《暨阳答问》中的诗文讨论

除书院山长身份外，李兆洛作为文学大家，其诗文观等须予以关注。"道光本"较简本多330则问答，其中不少与文学相关，如书院师生对文学家、文学创作的讨论，以及对《易》《左》《论》《孟》等儒家经典进行的文法分析。以往研究阳湖派领军李兆洛的文学观，除利用他所编纂的《骈体文钞》外，大多聚焦于其别集中《骈体文钞序》与《答庄卿珊书》等文章。因此，通过"道光本"《暨阳答问》，不仅能印证已有的研究成果，还可对之进行较为丰富的补充，并从文学研究的角度进一步呈现书院答问的文化价值。

---

① 蒋彤《暨阳答问》卷四，《清代诗文集珍本丛刊》本，第499—502页。

《暨阳答问》中有 37 则问答涉及李氏的诗学观、古文观等①。首先是诗，蒋彤在《先师小德录》中言：

> （李兆洛）不劝人学诗，以其无实益也。有所酬应则为之，不自寻题目。毛休复自负其诗过于文，夫子终以为文逾于诗也。彤幼时好吟，初至院，购《吴诗集览》在架上，夫子见而尤之，遂恍然觉，自是不复买诗，亦不敢作诗。②

从这段文字中可得到三条信息：一、李兆洛不鼓励弟子作诗，认为无益于学，不如作文；二、李氏并非不作诗，但他创作往往是为了酬应；三、他对吴伟业的诗无感。李兆洛为何对诗有如此态度？在《暨阳答问》中，有 6 则问答与诗有关，可与此段文字相参照。

> 夫子谓门人曰："……诗赋是时下子弟恶习，自以为工，实不直识者一哂。诗赋须有性情、学问，方可做得。"③

可知李兆洛"不劝人学诗"，有两方面的原因：一是作诗需出于真性情，因此勉强不得；二是作诗要以学问为基，需日积月累。须注意，"性情"与"学问"正是乾嘉以还诗坛标举的两个核心诗学主张，蒋寅在《清代诗学史》（第二卷）中充分讨论了乾嘉时期诗歌创作中的"学问"与"性情"取向，并指出"性情与学问的冲突，其实是人类文学活动中的一个普遍问题"。④ 由是可见，李兆洛的诗学倾向，或受时代潮流影响，但亦有其独到之见。什么样的诗才是李氏心中的好诗？他向弟子推荐王士禛，原因是

---

① 简本《暨阳答问》涉及文学的只有 14 则问答（文法讨论除外），约为繁本的三分之一，故以下所用皆为"道光本"。
② 蒋彤《先师小德录》，《清代诗文集珍本丛刊》本，第 252 页。
③ 蒋彤《暨阳答问》卷四，《清代诗文集珍本丛刊》本，第 541 页。
④ 蒋寅《清代诗学史》（第二卷），中国社会科学出版社，2019 年，第 34 页。

王氏《唐诗三昧集》在唐诗选本中最好并且易学："唐诗选本莫过《三昧集》，其光油然而幽，湛然而定，却又易学。王渔洋一生本领在此。"① 李兆洛不"屑屑焉较之以时代"（《刘海树诗序》），不专尊某代诗文，但或许在他心中，唐诗更能体现所谓的"性情"与"学问"，其中尤以杜诗为最：

> 问："杜、韩二公晚年之作尤奇，生文硬字，并造化自然。"先生曰："此境真不可到，此由其小学精深故也，工部尤胜。"②
> 问："韩诗终不及杜诗之正。"曰："韩公学问大，不能不随处发露。"③
> "李、杜诗，非天分高者学不得，恐入浅率一路。看韩昌黎及李义山集，便知诗固不易做，非可随口唱出者。套《文选》作面子诗，总可看得。次之庶几晚唐。"④

李氏欣赏杜甫的诗，是因他在"小学精深"的基础上达到"造化自然"之境，这更是在"学"（学问）、"情"（性情）之外，提出了"才"（天分）的要求。三者需在一定程度上达到平衡，如"学"过盛，便可能像韩愈一样"失正"。李兆洛对诗才极为看重，在他心中，李、杜天赋极高，造化自然，常人难以企及；韩、李的诗尚有迹可循，但学之依然不易。时人争相作诗，不过蹈袭前人，才力不足，更无"性情"与"学问"可言。李兆洛说自己"惟颇嗜佳句，而苦不善诗"⑤，他不以诗为己业，想来也考虑到自己的天赋。因此，"才""学""情"，或可视为李氏诗学观的立鼎三足。

---

① 蒋彤《暨阳答问》卷二，《清代诗文集珍本丛刊》本，第395页。
② 蒋彤《暨阳答问》卷四，《清代诗文集珍本丛刊》本，第513页。
③ 蒋彤《暨阳答问》卷四，《清代诗文集珍本丛刊》本，第513—514页。
④ 蒋彤《暨阳答问》卷二，《清代诗文集珍本丛刊》本，第395页。
⑤ 李兆洛《五古·酬季仙九觞荷原诗次韵》，载《养一斋诗集》，《续修四库全书》本，上海古籍出版社，2002年，第411页。李兆洛不曾专门写文讨论诗学，除《暨阳答问》《先师小德录》外，他的诗学观散见于为他人所作序跋、墓志铭等文中。邱新立借这几篇文章，还指出李兆洛的"诗教"理念等。参邱新立《李兆洛评传》，第362—369页。

当然，才华横溢者毕竟少数，对于普通人而言，利用《文选》，即可套作"面子诗"。李兆洛指出《文选》对后世的深远影响，但不仅是诗，文章亦是如此：

> "《文选》用虚字眼处，总与后人不同。精熟之，非止利于诗赋，并甚利于八股。若论文章，六朝为盛。东坡谓昌黎'文起八代之衰'，此言殊不可信。"①

阳湖派对六朝文、唐宋文的看法与桐城迥异，学界已有较充分的讨论，曹虹指出："他们（按：阳湖派）尊重《文选》传统，不废骈体，深得辞赋骈文之翰藻的浸润……桐城派尊古文为正宗，桐城古文是从归有光直接唐宋古文而上接秦汉，六朝则不在这个文统之内。"② 而借由此则问答，亦可见李兆洛对韩愈文章观念及其宗主地位的质疑。

李兆洛通过编纂《骈体文钞》，将骈文的源头追溯至秦汉："《六经》之文，班班具存。自秦迄隋，其体递变，而文无异名。自唐以来，始有古文之目，而目六朝之文为骈俪。而为其学者，亦自以为与古文殊路。"③ 李氏指出，桐城尊崇的"古文"实始于唐，进而挑战桐城派对秦汉"古文"的定义，同时也恢复了六朝文的地位；而作为唐宋古文的代表，韩愈自然成为李氏讨论的一个重点。

《暨阳答问》中有8则问答涉及韩愈。一方面，因韩氏排斥六朝骈俪，却空于"说理"，"立古文之名，变古文之法"④，故李兆洛否认他"文起八代之衰"：

---

① 蒋彤《暨阳答问》卷一，《清代诗文集珍本丛刊》本，第296页。
② 曹虹《阳湖文派研究》，中华书局，1996年，第94—95页。
③ 李兆洛《骈体文钞序》，《清代诗文集汇编》本，第77页。
④ 曹虹《阳湖文派研究》，第211页。

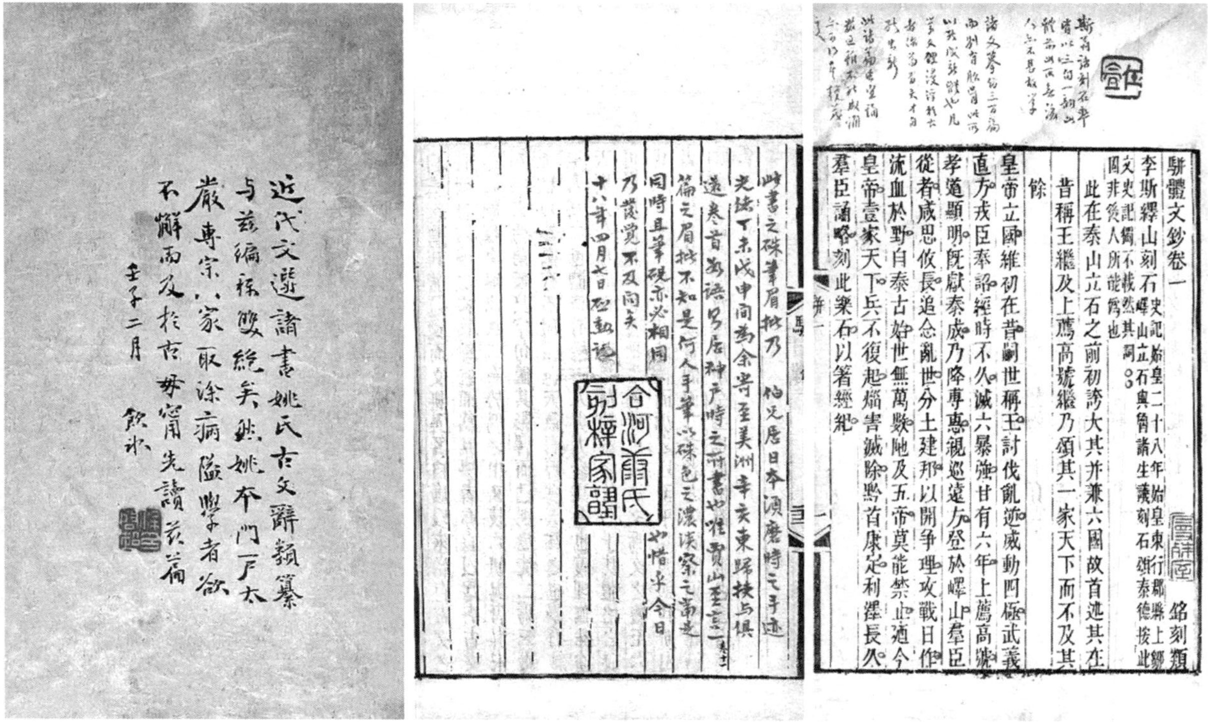

图 6.2　梁启超评点《骈体文钞》

图为梁启超评点《骈体文钞》书影（载中华书局编辑部、北京匡时国际拍卖有限公司编《南长街 54 号梁氏档案》下册，中华书局，2012 年，第 768—775 页）。《骈体文钞》的选文与其书序、随文所附李兆洛的评点等，在《鬐阴答问》受到关注之前，是研究李氏文论主张的核心材料。此书是可与姚鼐《古文辞类纂》相颉颃的重要清代骈文总集，有谭献等多位名家评点。

> "唐初犹有六朝风味,至昌黎公便说理,说理便空。吾谓昌黎特辟一条容易路与后人走。"①
>
> "韩文笔力天纵,善会欺人,所谓晋楚之兵,以无道行之,亦足畏也。如《送温处士序》《送杨少尹序》,评家钦为至宝,其所谓'伯乐一过冀北之野而马群遂空,不知城门外送者几人'云云,不知说甚么话,到底有何好处,自是英雄欺人处。"②

唐初、六朝的骈俪文风为李兆洛所偏好,这正见桐城派与阳湖派的不同。此处的"说理""欺人",指的是韩愈重"说理"轻"达意":"装头安脚,故作扭捏,便有心所不欲言而不得不言,心所欲言而不能言者,唐宋八家之文已往往犯此病。"后人一旦学习韩愈此法,"能文之家汗牛充栋,而实无一语可存",不仅无内容,还无形式之美。因此在李兆洛看来,"说理"之文的规范当属秦汉文:"只就事论事,言尽即止,此秦、汉人之文所以直上直下,磊磊落落也。"如此一来,"便可自抒所得,不蹈袭前人,不附会今人,理足、气足、意足,即不谓之文不得矣"。③

李兆洛推崇秦汉、六朝文,似与桐城派以唐宋古文为尊的文章观念针锋相对。但另一方面,《暨阳答问》中也提到韩愈"笔力天纵",这是韩文长处:

> "自古为文,司马子长、韩退之二人,纵笔所之莫可当。"问:"昌黎公生平鹿鹿衣食,其一股如龙如虬之气,到老不耗散,是何神通?大都由其志向于道,故其真气弥漫,世故百折之而不挠败也。"曰:"然。"问:"昌黎文驾空为之者虽奇,而尚有踪迹可寻;其议事诸篇,文完义明,真不可增减一字。严简如班

---

① 蒋彤《暨阳答问》卷一,《清代诗文集珍本丛刊》本,第 320 页。
② 蒋彤《暨阳答问》卷二,《清代诗文集珍本丛刊》本,第 395—396 页。
③ 以上见蒋彤《暨阳答问》卷四,《清代诗文集珍本丛刊》本,第 515 页。

《书》，旨趣宏亮则过之，此乃是学问得来。"曰："然。"①

韩愈何以"纵笔莫当"？在于他"志向于道"并有深厚的学问功底。李兆洛虽批评韩愈空于"说理"，但也十分欣赏他为文的气势与文字严简、旨趣宏亮，未必完全不合所谓的"理足、气足、意足"。因此，李兆洛批评韩愈，与其说是"破他"，不如说是"立己"，他并非要彻底否定桐城文或唐宋文，而是希望借以传达他的古文理念。

那么，李兆洛的古文理念具体是什么，他又是否将此理念融入书院的教学实践，即可参考他如何教导弟子写作古文：

> "学古文大约有二种：根柢充足，时有过当不合法处，是为里打出；根柢不足，作法不差，是为外打入。我教人作古文，初不拘拘呆法。随他去说，尚恐说不出甚么；放纵之极而后约以法律，未晚也。"②

李兆洛提出学古文要同时在意"根柢"与"作法"。"作法"即指写作的规范、章法与技巧，却不必急于一时，所谓"初学古文者，切弗安排腔套，有意吸张"③；相较而言，"根柢"更为重要，这与作文者的学问、阅历息息相关：

> 问："近闻生甫先生讲古文法，极精密，一字一句，必有安顿道理。然素闻夫子论古文以载道，非技术之比，学问足，见识大，畅所欲言，是为至文。"夫子曰："是也。"④
>
> 问："今学古文者实处似太少。"曰："实处固不可无。震川、

---

① 蒋彤《暨阳答问》卷四，《清代诗文集珍本丛刊》本，第512—513页。
② 蒋彤《暨阳答问》卷二，《清代诗文集珍本丛刊》本，第397—398页。
③ 蒋彤《暨阳答问》卷四，《清代诗文集珍本丛刊》本，第515页。
④ 蒋彤《暨阳答问》卷四，《清代诗文集珍本丛刊》本，第473页。

望溪文实处甚少，只缘做官时少，故阅历不多，于事理只虚描个样子。究竟结实处亦何可少，古文非技也，若只调弄虚机，拘守死法，何以为古文？又何以古文为？"①

若古文创作一味讲技法、规矩，而无阅历、不求以学问为根柢，则写不出好文章。② 李兆洛评价汪琬、魏禧的文章道："是时无人留意古文，顾亭林、阎百诗辈，但讲考据。然亭林文，视汪、魏到底有本原。"③ 顾炎武作为学者，他的文章并非古文典范，但因讲究实学，文章反比专作古文的汪、魏二人更有味道。因此在李兆洛看来，要作上等的古文，必以学问为先、阅历为基，方能稳定根本；进而学习文章的章法与写作技法，自然事半功倍。李兆洛在暨阳书院期间，不急于催促弟子作文，而让他们学习天文、历算等实学，并与之谈论时政，正是以学问、阅历为基的教育实践。

此外，学作古文当以理解前人之文为前提，李兆洛教给弟子的办法是诵读：

"经书、《史》、《汉》殊难读，然既熟后，便从舌底滚滚流出，忘其艰涩。"④

"《三都》《两京赋》，乍看似佶屈聱牙，到熟读后，自然滚滚从舌底涌出，略无沮碍，以其声韵之调也。"⑤

夫子谓圣谕："汝读《离骚》颇合拍，须细想其命意处，并其节奏、结构、造句、措辞之法。能读《离骚》，自能读《三百

---

① 蒋彤《暨阳答问》卷二，《清代诗文集珍本丛刊》本，第397页。
② 曾国藩亦对归有光文评价不高，认为归氏缺少阅历："借有光早置身高明之地，闻见广而情志阔，得师友以辅翼，所诣固不竟此哉！"见曾国藩《书〈归有光文集〉后》，载《曾国藩全集（修订版）》第14册，岳麓书社，2011年，第227页。
③ 蒋彤《暨阳答问》卷四，《清代诗文集珍本丛刊》本，第527—528页。
④ 蒋彤《暨阳答问》卷一，《清代诗文集珍本丛刊》本，第296页。
⑤ 蒋彤《暨阳答问》卷一，《清代诗文集珍本丛刊》本，第319页。

篇》。我少时读之极熟,今再四寻复,尚能成诵。《三都》《两京》雅如此。"①

又曰:"……余最喜听小儿读书,字字入我耳中,有未了者思之,了者领之,真觉四书、六经、圣贤之言,味之无穷。"②

陈引驰指出,中国历来便有重视诵读的传统,不仅骈文因其对仗、骈偶而朗朗上口,古文也是如此:"古文亦远非仅供默看的文本而已,尤其在清代桐城古文家的视野中,从刘大櫆始,姚鼐、梅曾亮、方东树、张裕钊、曾国藩,乃至姚永朴,对声音之于古文,皆多有关切、阐发。"③陈氏留意到桐城派对文章声音的关注,如刘大櫆:"文章最要有节奏。"姚鼐:"诗古文要从声音证入。不知声音,总为门外汉。"李兆洛虽与桐城派的观点不甚相合,但同样在意古文的声韵、节奏,或有两方面原因。一是诵读有利于加深对古文韵味、结构的理解,即陈引驰所认为的"声音,上通神气、下主字句,不仅是涵咏体味的重要途径,更属缀字成篇的关键因素",这也是诵读何以成为一种"传统"。二是可以佐证李氏所提出的"骈散合一"论,通过诵读,可以更为直观地感受到古文中的骈、散交错——尤其是秦汉古文,进而明白古文创作不能对骈偶、对仗等加以排斥。

至此可知,在李兆洛看来,古文创作首先立足学问,进而精练文字、摹习章法,在追求气势与意旨的同时,不斥骈偶、调协韵律,兼该形式之美。

余 论

《暨阳答问》的版本源流情况与其所代表的清代书院答问的学术、文

---

① 蒋彤《暨阳答问》卷三,《清代诗文集珍本丛刊》本,第412页。
② 蒋彤《暨阳答问》卷三,《清代诗文集珍本丛刊》本,第433页。
③ 陈引驰《"文"学的声音:古代文章与文章学中声音问题略说》,《文艺理论研究》2012年第5期,第35—36页。下同。

学价值已揭橥如上，但仍有两个问题值得探讨。

第一个问题围绕暨阳书院展开。《暨阳答问》的内容遍及四部，涵括天文、历算、方志诸学，当与书院的教育特色密切相关。那么，暨阳书院又对当时的东南学界起到怎样的影响？

常州府在清代学术史、文学史上占有特殊而重要的席位，龚自珍作《常州高才篇》，开篇即言"天下名士有部落，东南无与常匹俦"，足见其乡人对"我常"强烈的自豪感与认同感。武进、阳湖地区的张惠言、张琦开常州词派，李兆洛、恽敬等开阳湖文派，庄存与、庄述祖等开今文经学派，隐约有经、文、词博雅贯通之势。相较之下，江阴则显得较为"落寞"，在学术、文学领域的成就难与武、阳相提并论。然而，它却因独特的地理位置，获得绝佳的政治文化资本，成为江苏学政衙署所在，可视为全省的文化教育中心。

江阴原有澄江书院，乾隆二十三年，光禄寺卿李因培来督江苏学政，改"澄江书院"为"暨阳书院"，并延请卢文弨为讲席，数年后，卢氏弟子李兆洛任书院山长，将暨阳书院的声望推至最高。柳诒徵言："江阴者，提督学政驻节之地，故虽一僻县，而为文化枢纽。'暨阳'之资地，视省会书院。"① 在李兆洛的教育、引导下，暨阳书院这一"省会书院"人才辈出，可说是名副其实。

宋代以降，书院以培育科举人才为主，但从《暨阳答问》的内容来看，暨阳书院别具一格。李兆洛以"通儒"名世，他的"通脱"不仅限于学术研究及文学观念，还有他的教育实践。暨阳书院的最大特点，便是十分重视实学。除蒋彤专研《丧服》外，弟子宋景昌工于天文、历数，沧瀛致力于朴学校勘，缪尚诰精通六书、音韵，吴咨擅书法、绘画及金石之学……刘声木在《桐城文学渊源考》卷九中，"专记师事及私淑李兆洛诸人"，有三十余人，多为暨阳书院弟子，其中又有六承如、六严等李氏高

---

① 柳诒徵《江苏书院志稿》，载《中国历代书院志》第一册，江苏教育出版社，1995 年，第 64 页。暨阳书院史参卢思诚、冯寿镜修，季念诒、夏炜如纂《（光绪）江阴县志》卷五。

足，精研地理、古文等①。《暨阳答问》几乎无所不包，正缘于此。

　　书院弟子不泥于读书作文，赖于李兆洛通达的学术视野。李氏有极强的求知欲，他对蒋彤言："冕之算学大进已十七八，徐康甫学地理甚勤，《古今地理通释》草稿将毕，独有一事再四思之，无从措手，乐律是也。"② 除诗文外，李兆洛深谙历算、地理诸学，但犹惜不通乐律，他在广东看到西洋乐器，甚为好奇，"欲购以审音，恐其坏，不能修，值又甚昂，遂止"。③ 有他作表率，书院中的学术氛围可想而知。

　　刘声木将李兆洛及其弟子群体纳入桐城谱系之中，这一行为是否妥当，尚可商榷；但他这一举措无疑是一步妙招，利于"桐城学派"的建构。那么，从阳湖派的视角来看，这一群体又何尝不是一支有生力量？或许是出于对"文"的重视，陈光贻在《阳湖派主要作者简介》一文中忽视了他们。然而，曹虹在《阳湖文派研究》中指出，常州文士崇尚实学，如洪亮吉及其后人精于地志，张琦研习兵、医、刑法等，可知李兆洛对实学的重视实是渊源有自。如此一来，李氏在暨阳书院所培养的弟子群体，自然也可被纳入阳湖谱系之中。他们在创作文章的同时，不失对实学的热衷，这也成为阳湖派的重要特质。清代东南地域文化的独特性与丰富性，也借《暨阳答问》得到了进一步呈现。

　　第二个问题，则关注以《暨阳答问》为代表的"答问体"著述中常见的删润现象。

　　"答问体"的删润其实可分作两个层次：记录者的删润行为与流传过程中的删改现象。后者较为直观易见，并在前文已有讨论，如本文第二节指出，"删"即"选"，简本的制造者通过删选《暨阳答问》来表达自己的学术理念与审美旨趣；今见"北大抄本"虽是繁本，但其用尖圈标注，亦体现明显的删削意图，表明《暨阳答问》具有一定的文本开放性。相较之

---

① 参刘声木撰，徐天祥点校《桐城文学渊源撰述考》卷九，黄山书社，1989年，第275—284页。
② 蒋彤《暨阳答问》卷四，《清代诗文集珍本丛刊》本，第508页。
③ 蒋彤《暨阳答问》卷二，《清代诗文集珍本丛刊》本，第376—377页。

下，前者即记录者的删润，常常被人忽视或"视而不见"。

除缪荃孙等人外，《暨阳答问》还有一个隐蔽的文本干预者，即问答的记录人蒋彤。《暨阳答问序》言："（蒋彤）乃取前所录，略为删润，公诸世之学者。"但是，此处的"删润"，已是他第二次对文本进行处理。

《答问》中的对话多为蒋彤发问，李兆洛回应；也有较多是李氏自己的见解与评论；而有 42 则问答涉及他人，如李兆洛的朋友及其他弟子（见表 6.3）。

表 6.3 《暨阳答问》中的对话主体及出现数次

	与谈主体	人名	问答数	合计	
				人数	问答数
弟子	冕之	宋景昌	9	11	28①
	子乔	李岳生	4		
	若芳	缪仲诰	4		
	尧羹	陈大韶	3		
	备三	钱模	2		
	粟观	沧瀛	2		
	周省初	?	1		
	圣谕	吴咨	1		
	缪子钦	缪尚诰	1		
	遹仝	李敩	1		
	仲孙	黄志述	1		
友人	蒙山先生	路同申	5	6	12
	邹润庵	邹澍	2		
	龚定庵	龚自珍	2		
	郑樵仲	?	1		
	山子先生	吴育	1		
	生甫先生	毛岳生	1		
其他	未知		2	2	2
共计				19	42

---

① 其中有一则问答同时涉及若芳和尧羹。此表统计，不包括蒋彤。

就文本所见，蒋彤并未直接参与这 42 场对话，那他为何会记录它们，又是如何记录的？蒋彤在书院受教近 20 年，若记下所有的师生、师友问答，则数量远不止现在所见。因此，蒋氏或只记录了自己在场时其他人与李兆洛的对谈；而这些对话在汇录成文本时，受形式与内容所限，不得不加以重新组织与梳理。同时，问答条例清晰，语言更近书面语。在从口语到文本的过程中，想必也经过一定的修润。

由此可知，蒋振声在《后叙》中将此书的"版权"归于蒋彤，并非毫无道理。简本《暨阳答问》的制造者只能对所见文本进行删削，而蒋彤却能决定文本的最初面貌。纵览《答问》，李氏极少对蒋的见解作出否定，更未表现出如对缪子钦一样的严厉态度。蒋彤虽称高足弟子，但也存在这样的可能：蒋氏通过镕裁文本，选择性地向世人呈现师生间的对话。

众所周知，宰我在《论语》中形象不佳，总为孔子批评；但同列"言语科"，他却排在子贡之前。因此，《论语》中的"宰我"形象或为他人所构建。类似的还有朱熹，从《朱子语录》到《朱子语类》，他的言谈对话也几经弟子删减与重新分类，《四库全书总目》言道：

> 《靖德目录》后记有曰："朱子尝言《论语》后十篇不及前，六言六蔽，不似圣人法语。是孔门所记犹可疑，而况后之书乎？"观其所言，则今他书间传朱子之语而不见于《语类》者，盖由靖德之删削。①

即知蒋彤对老师所言进行删润的行为，实是《论语》以降，包括《朱子语类》等"语录体""答问体"著述中一脉相承的"传统"。此外，书中又多有蒋彤的"敷陈畅言"，他的学术理念也在《答问》中借以构建并传达后世。可见在《暨阳答问》的文本场域中，蒋彤的话语影响极大，也只有意识到他的影响，才能在此书的基础上较为客观地审视李兆洛的学术与

---

① 永瑢等《四库全书总目》，中华书局，1965 年，第 782 页。

教育理念等。不仅是《暨阳答问》，在对《论语》《朱子语类》《起凤书院答问》等"答问体"文献进行研究时，亦须作此层面的思考。

　　书院可与一时之学术、一地之风气达成互动。暨阳书院以发达的实学著称，并可视为阳湖派的重要传续。《暨阳答问》作为重要的书院材料，自然值得再三审视，以期深入了解清代书院背后的学术与文化世界。其版本流衍过程中出现的文本删削问题，为考察"答问体"著述的删润现象提供了新的视角。而书院答问在清代文史研究领域中的文献价值与文化意义，也得到了充分的展现。

第七章 手卷・语境・文人肖像・"诗文群"

徐雁平　编写

[上] 解　读
　　一、材料的载体与语境
　　二、作品的物质性场域和生成过程
　　三、文人肖像画的兴盛与文人心态的变化
　　四、缝隙间的拓展与文人群体研究
　　五、拓展阅读：《水村图索隐》与更复杂的物质性场域

[下] 论　文
　　论文学视野中的清代写照性手卷

[上] 解　读

一、材料的载体与语境

1. 可用来编辑年谱的材料

我很喜欢读清代学人年谱，平日购书，年谱一类也是尽量搜求，这一阅读兴趣很自然地演变为对日记的关注。当然，这是另外一个话题。在当代学者编纂的清代学人年谱中，我所得陈鸿森先生赐送的乾嘉学人年谱单行本，几乎可组成一套签名本年谱系列。阅读学习之外，还有当面请教的机会，遂有编写"常州派学人交往年谱"计划，然搜集两三年文献之后，兴趣就转移了。原因是当真正进入清代文献的汪洋大海时，才发现编出一种简谱不难，而编详尽的年谱至少要十年之功，并且需要同时编写有交往的几位学人谱，才有"人在群中"的整体感。就某一位清代学人而言，其文献不只是在别集、笔记、书信、日记中，还有其他零散分布的文字，如序跋、题识等。我暗自比照，自己虽略有文献储存，但没有陈先生的识见和文献敏感度，还有东南西北搜求文献的热情，因此有些望而生畏，计划就搁置起来。起初，我在翻阅清人诗文集时，也时存辑佚、补订之心，如看见某一作品疑似佚作，就去查对应的全集、年谱是否收录或提及，当时还对钱大昕佚作有微小的搜辑。2008年9月起我有到香港访学一年的机会，断续用了两个月，将香港浸会大学、香港城市大学、香港科技大学、香港中文大学四所大学图书馆的书画图册系统翻检、拍照，主要目的还是在搜求佚文，以及从书画作品看更丰富的文人活动。当时确有古人常说的"见异书为之神耸"的感觉，然一时兴奋并未及时转化为行动。十多年过去了，这些照片还静静地蛰伏在电脑中。这些今日看来史料价值较高的艺术史文献，我一直没有正面研究过。

2. 星散的画册题写

在探索与徘徊中，我也有一些想法：为何清代知名文人仍有不少诗文作品未收入别集或其他著述？是作者自定，还是编者选编导致？是有意淘汰，还是力不能及的疏忽？因为时代更晚近，清人较前代的人留存的各类文字相对要多；此外，清代文人以文字为媒介的交往活动是否更频繁，因而留下的"文字印迹"更多更杂？

据我编辑的"清代文人结社辞典"初稿，清代有具体名称的结社数量远逾明代，说明清代有意识、有组织的社群活动更多；清人在小群体内欣赏书画、珍稀书籍，即"同观"现象也更加突出。"同观"时或先后观看时，一般会在所观之物上题写文字，而这类即兴或应酬文字，作者未必录副本并收入诗文集。也就是说，清代文人学者的文字既有被收编成集的主干，亦有星散分布的枝叶、碎片。所谓碎片，是相对作者主干的诗文集而言；而对于所题写之物，如画幅上的题写，这一碎片又是画作图文构成整体中的一部分，并无"碎片"之感。如果调整眼光，我们只整体看这些图文并茂的画册而暂时忽略史料辑佚，那么是否能"重获"一论说或审美空间？画幅上的一则文字，如果脱离整体，收编到作者别集中，这则题写文字的意义是否完整、独立？

3. 被割裂的"五公尺牍"

2012年，南京大学出版社出版《南京大学藏近现代名人手迹选》。书中有陈中凡收藏的陈三立光绪十三年手迹、吴汝纶光绪二十二年手迹，且将其分开收录。事实上，此二手迹是从"五公尺牍"这一手卷的系列题跋中割裂、脱离出来的"断片"（见本章论文第一节）。仅从光绪十三年到光绪二十二年这一时段推测，"五公尺牍"所有者想必是持装裱的"五公尺牍"手卷请诸名家题写（见图 7.1），故分散的题识当不止陈、吴二家。这一小发现，有助于我对文献"生成情境"的思考，因而此前所拍书画图

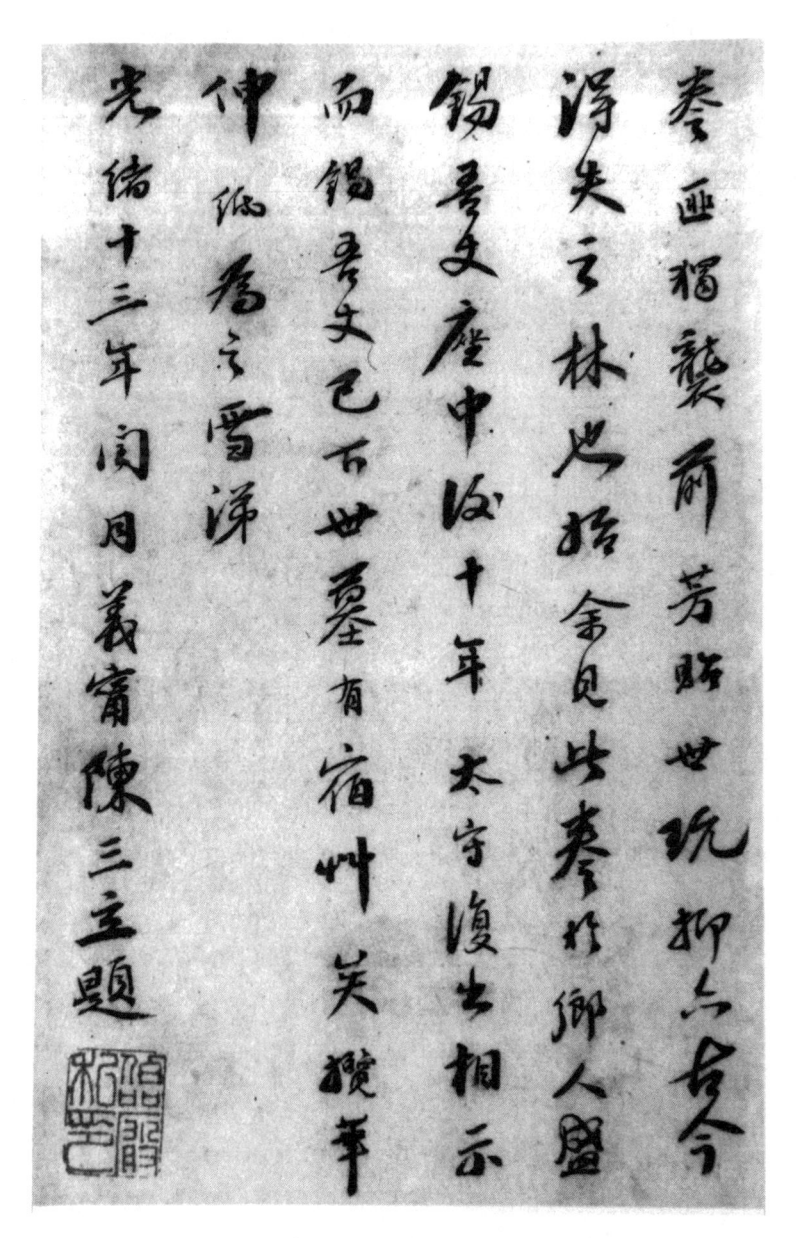

图 7.1　陈三立"五公尺牍"题识（局部）

选自洪银兴主编《南京大学藏近现代名人手迹选》（南京大学出版社，2012 年）。陈氏这篇题识，是从"五公尺牍"长卷上散落下来的断片，也是陈氏文集未收录的佚文。

册印象又有明朗之势，好像生出一些"问题意识"了。而在此前后，各类书画拍卖图录陆续出版，尽管其中内容并不都完整，然图版印制精美清晰，如：《嘉德二十年精品录·古代书画卷》（故宫出版社，2014年）中数种手卷让人大开眼界；毛文芳教授关于明清文人画像研究的两种著作也在2008年、2013年相继出版。研究风气的鼓动、书画文献的出版，再加上此前杂七杂八的积累，我于是产生了做研究的兴致。

二、作品的物质性场域和生成过程

1. 文学的物质性场域

换一个角度看手卷，不是将其视作辑佚的资源，而是将其还原为"一个容纳不同时空、不同声音的文学世界，这一世界有自己的构造法则，有内部的交流，故暂名之曰'物质性场域'"。场域、惯习、资本是布尔迪厄理论中的核心概念，其中场域概念，若淡化其"斗争"意涵，对文学中的关系研究还是多有启发，"无论是图画还是单一的题识，要获得自足或更丰富的意义，不能脱离这一物质形态的场域"。（此处引文，见本章论文）

文学的物质性场域有生成功用。孙康宜在一篇论文中指出1694年是八大山人艺术生涯中最多产的时期，也是其生命的转折点；《白茉莉》诗或作于此年，原来可能题于《白茉莉图》之上。"为了说明在我们的诠释过程中背景资源的重要，读者只需要看看八大山人另一幅题为《双鸟图轴》的作品。这幅画也作于1694年——而且，十分有趣的是，画上也题了同一首《白茉莉》诗，显然八大山人极爱此诗，故而要再次把它题在另一幅画上。不过，在《双鸟图轴》中，《白茉莉》诗只占了题诗的前半部分：'西洲春薄醉，南内花已晚。傍着独琴声，谁为挽歌版？''横施尔亦便，炎凉何可无。开馆天台山，山鸟为门徒。'我们的注意点现在从《白茉莉》转向了《双鸟图轴》，而我们必须在第一首诗（绝句）的背景资料上来读这两首组诗。"① 在《白茉莉图》中，诗作在图画的映照中已获得喻义；然将此诗重题于《双鸟图轴》中，在新的空间、重新被安排的次序中，《白茉莉》诗的含意又出现松动、敞开迹象，第二首诗赋予它一种过程性，流露出八大山人在关键年份中的生命体验。《白茉莉》诗的重题、再组、新置，造成《双鸟图轴》内部的流动、活跃氛围，酿就精神能量；同时，诗画又通过意象、典故强化与历史的关联。要注意的是，两首诗在主题或情感趋向上有明显差异，"照理"不能组合在一起，而画作或八大山人"强力"赋予二诗精神层面的照应。

2. 推想清代诗文集序跋或藏书题识的生成

手卷形成的现场情形或过程，有助于考察某一珍稀文献诸家题识等细节积累的互动之态，还可借以推想清代诗文集序跋的生成特征。清代某一诗文集（含词集、总集）时有三五篇序，或八九篇，甚或数十篇，这些序大多数不是同时完成，而是在一种包含多重关系的时间流程中的撰作，"序跋作者如何量体裁衣，后加入的序跋作者如何与先行者的文字保持区别与联系，皆可与手卷的'物质性场域'现象作映照。集子的诸多序跋，应当作为一个有关联的'文字群'来考察"。（引文见本章论文）序跋文字群与手卷题识群还有一区别，那就是序（跋）撰写的先后顺序，不一定就是书籍卷首序作呈现的顺序。书籍卷首近似"序一""序二""序三"的排列有更多讲求。

当然，序跋文字群存在内部细微的变化与叙事策略的选择。这类现象并非局限于诗文集，其他类型著述的序跋也或多或少出现，如戏曲的序、跋、题诗、题词就更为突出。新出《清代杂剧叙录》（杜桂萍、魏洪洲编著，安徽教育出版社，2023 年）对这类文字收录颇为完备，作为副文本的文字群，或戏曲评论资料，如何研究它们，也是一值得关注的问题。在

---

① 孙康宜《重读八大山人诗——文字性与视觉性及诠释的限定》，见孙康宜《长亭与短亭：词学研究及其他》，广西师范大学出版社，2022 年，第 327 页。

此之外，金石拓本上不断增添的题识和钤印，也应纳入考察范围，以揭示中国特色文献的衍生方式。① 至此，可将手卷题识、藏书题识、书籍序跋题诗题词、金石拓本题识汇合，再拓展到山水、园林题咏，从书写形式相似性方面就呈现出一种"题写文献系列"。所谓题写，必与某种物质关联，且大多数"题写"是在面对众多已有题写内容"之间"的题写；当然这种"之间"性题写，必然面对潜在的读者（包括后继的题写者）。不能脱离物质语境的"之间"性书写与阅读，是手卷题咏研究这一光线照在中国特色文献中"增强显示"的结果。

3. 群像手卷作为考察文人社团凝聚的一种方法

本章所选论文《论文学视野中的清代写照性手卷》讨论了道光三年的《同车图》、道光四年的《同舟图》、道光十九年的《谈艺图》，以揭示常州文人群体风貌。用这些群像手卷推想集体仪式，得益于参加各种专业学术会议的"合影留念"经验；只是我们现在对这种"合影留念"已经麻木无感了，忘记合影仪式所期望寄托的"同车""同舟""谈艺"的真意与初心。

在学会、期刊出现以前，考察文人社团集合、活动的方式，多从集会、唱和、书信讨论、书籍流通入手，于是唱和集、社约、书信、题名录等便成为社团研究的直接文献。在这一系列文献中，"合影式"的群像手卷真迹（如同合影）较为少见。能在文集中偶尔见到的描绘性质的"图记"，其作用被基本忽略。常州派文人在道光年间选择这种较为新颖、有表现难度的方式体现群体性或凝聚性，肯定不单是绘画史上的事件，或文人的自娱自乐，而是道咸之际士人思想变化的某种表征。从流传情况看，这些群像性手卷似不是面向公众展示，而主要在群体内展阅，有自我激励

---

① 柳向春编《两种宋拓〈熹平石经〉残字年谱》，勾勒出两种宋拓的"生命史"在石经残字图像之外，那些不断加入的文字形成绵绵不断的脉络。见柳向春著《曲终雅声：〈熹平石经〉及其拓片研究》，上海大学出版社，2019年，第264—313页。

之用。① 这些他们有意经营的行为，是否表明他们在多方面预先听到变革的潮音？

三、文人肖像画的兴盛与文人心态的变化

1. 具体现象分析与理想的结构设计

《论文学视野中的清代写照性手卷》存在的问题，仍与前文所讨论的"春在堂""振绮堂"两篇论文有相似之处，第二节"时代风气中的个像写照"与第三节"群像手卷的语境及其内涵"之间虽有个像到群像的层次，也有"时代风气"与"语境"的统合，然内部转进仍显生涩。最大的问题是不能对写照性手卷的发展情形作较为整体的判断，尤其是写照性手卷在何时段兴盛这一关节点不能确定，导致对风气变化不能作有力判断与分析。

推定写照性手卷何时兴盛，要以创作记录作为基础，而目前的任何书画目录皆记录不全，这又关涉到艺术史基本文献建设的问题。

虽然写照性手卷兴起的脉络暂不能揭示，然与之关系密切的"诗画合璧"发展史却大致清晰②，或可作为进一步探索的参照。

2. 文人肖像画是文人的心态以及时代风气变化的表征？

论文尝试对这一问题作一推论，然因为所用文献不足，或者未见原图

---

① 姚永概光绪十八年二月十六日日记记录看画像所感，或能作为解说文人心态史的一则材料。"于外舅家见勇烈公三十二岁小像，作便服，坐古槎，海水浩漫而已。前后无一题识，亦不著画人姓氏。外舅言旧名《中流把舵图》。予家所藏先祖一像大致亦同此意。嗟乎，世态如斯，有志之士欲独立不惧而托微旨于画图，所见大抵然也，小子能不凛凛乎？"（见《慎宜轩日记》，黄山书社，2010年，第491页）姚永概日记中"先祖"即姚莹。
② "诗画合璧这一艺术形式，在宋元明三朝经历了由简单到复杂的衍化过程；而其在明代的发展，尤为迅速。这一现象之所以产生，与诗画合璧作品自元末进入士绅的社交场合，成为一种社交媒介与工具有直接的关系；同时从文学史和美术史的角度来看，又与诗在明代的式微与画在明代的勃兴有很大的关系。"（陈正宏《诗画合璧史丛考》，中国美术学院出版社，2019年，第79页）

像，无法看到图像与文字之间的丰富关联，只能凭留存文字作"单面"研究。论文中提及的姚莹道光十七年《谈艺图》，收藏在安徽博物院，只是无缘一睹真面目。《同舟图》可能藏在台北故宫博物院，傅申《书画船——古代书画家水上行旅与创作鉴赏关系》一文曾引用图画局部，可见舟行波浪中，同舟者十一人，李兆洛在船头。①

文人肖像画自明中后期就有较多记录，而手卷式肖像画（包括读书图、雅集图等）自嘉道以后在江南颇为流行，与此相应的是，京城与江南出现不少职业写照画师。画师群体的出现与文人对"自我"艺术再现的需求日益增加，这些现象有何意义？这个问题，目前我无力回答。

四、缝隙间的拓展与文人群体研究

1. 如何在交界处、差异处以及缝隙间看到更多？

文学、文献的特征或形成机制，当然首先要从内部分析、细读获得；然任何一部作品和一种文献本身并不是自足、完备的单元，具体作品和文献的意义相当程度上由关联网络和语境来赋予、补充、创造。这种关系性的"之间"既提供产生作品意义的动能，也提供透气、透光的"缝隙"。文学视野中的写照性手卷，是将手卷置于文学史和艺术史的交界处考察，借助可触及的物质媒介解析文字后面隐伏的社会关系。在社会交往中、特定场域中产生的文学作品并不能完全用"文学性"来理解②，在这篇论文所论之外，还有哪些产生于"之间"的"缝隙"有待发现呢？更进一步，

---

① 傅申《书画船——古代书画家水上行旅与创作鉴赏关系》，《中国书法》2015年第21期，第102页。
② 从手卷现象可进一步拓展。都轶伦以钱谦益《明五七言律诗选》为切入点，展开对钱谦益与曹学佺关系的研究，提出相近的判断："'纯文学''纯学术'是一种理想的状态，实际上不仅受到个人立场、观点局限，也很难超越时代、政治、地域、文化等大背景的影响。文学总集、文学批评都是在种种因素的综合交汇中形成的。"（见都轶伦《钱谦益与曹学佺关系探微——从〈明五七言律诗选〉切入》，《文学遗产》2023年第5期，第160页）

这类因为"之间"而产生的差异如何形成一种对话性研究？

关于这一话题的对话性研究，多年前听过陈正宏教授的报告，后来也到图书馆借阅他的《诗画合璧史丛考》，然读书不精，当时没有充分认识到他的研究的开创性。《诗画合璧史丛考》一书对上海博物馆藏《词林雅集图》手卷、《元夜宴集图》手卷以及日本京都国立博物馆藏《送源永春还国诗画卷》有细致的考证；书中还收录综合性的论文《诗画合璧与近世中国士绅的社交方式》，如论文标题所言，此文有重要的判断。就《词林雅集图》而言，此图在《文会赠言叙》后，依次接裱二十首诗词。"此二十首诗词的题目，均为同一人以隶书写录。其中六首有题无文，题后各留相应的空白部位；其余十四首的本文与落款，则皆为各家手书。"① 二十人中有李梦阳、何景明、王守仁、顾璘、边贡等著名文人，将画上文字与别集比照，李梦阳集中之作或为卷子本雅集题诗的改写，何景明诗作则是从卷子本过录。更重要的还在于"差异"及其意义："李、何二家诗在各自的别集里存在时，虽然都是拟古乐府，却是没有任何实际的联系的；罗玘序提供了一次文士聚会赋诗的信息，但在罗氏的别集中，序文仅是一个孤立的存在，没有任何当时所赋诗作与之呼应。现在上海博物馆藏《词林雅集图》卷将三者一并呈现，且三者皆为作者手迹，于是本无多少生气的拟古诗作瞬间被激活，诗序和诗歌间的关联得以现实地建立起来——尤其值得重视的是，这一雅集的参与者中，不乏正德元年权臣刘瑾当道后因受迫害而星散的文臣，因此这一卷子可以说是李何文人集团早期在京集体活动的最后的文字见证——同时反过来，我们又可以通过比勘卷子本与别集本所录文本的异同，获得有关作品初稿、改写、传抄、刻印等等的更为详细生动的信息。"② 至于包括《词林雅集图》在内的诗画合璧艺术作品的辑佚价值，这里暂不展开。

---

① 陈正宏《诗画合璧史丛考》，第8页。
② 陈正宏《诗画合璧史丛考》，第13—14页。

2. 作为"生长性"的实物文学文献如何研究？

这篇论文的题目限定在"文学视野中的清代写照性手卷"，即使如此界定，所针对的文献仍十分有限。稍放开，以前述《嘉德二十年精品录·古代书画卷》而言，书中收录的《严用晦像》（手卷，30 厘米×131.5 厘米）、《秋林归棹图》（手卷，20 厘米×345 厘米）、《田家泥饮图》（手卷，29 厘米×89.2 厘米）、《曲江亭图》（手卷，34.5 厘米×124.5 厘米）、《赏碑图》（手卷，23.2 厘米×79 厘米）、《会稽太守续兰亭修禊图》（手卷，69 厘米×369 厘米）等，因有较清晰的彩色图版，能让人直观地感受到这种不断叠加、连续生产的文献的特殊性。就文学性而言，据吴荣光《辛丑销夏记》一书中著录的《元王叔明听雨楼图卷》《明吴中诸贤江南春副卷》所附相关文字，可知在明清文学研究中还有不少领域未见全豹。这类文献存世情况虽有《中国古代书画图目》大致反映，却仍然是部分记载。同时，因为实物难见，相关文献只录存题识文字、钤印，不能见图画，也给研究造成诸多的局限。我此前对清代的"青灯课读图"略有研究（见《清代世家与文学传承》第 6 章"绘图：'青灯课读图'与回忆中的母教"），又因研究钱塘汪氏振绮堂诗人群，对《东轩吟社图》的正本（有民国珂罗版黑白影印本）、副本（浙江省博物馆收藏）及木刻本也作过比较研究，然皆未亲眼见过原画，还是有遗憾。

3. 道光朝文人活动的群体性

道光年间常州派文人的群像手卷，让我想到此前所写《一时之学术与一地之风气——李兆洛与暨阳书院》（台北《汉学研究》第 24 卷第 2 期，2006 年），因为此文除写李兆洛与常州派文人之外，还关联到龚自珍与李兆洛的交往。清代的学术风气之盛，有乾嘉之说，也有嘉道之说。早几年，尧育飞写博士论文（《清嘉道时期的文献样态与文人表达》，南京大学，2021 年）时我们曾谈过这一问题。现在看来，道光朝文学与思想的新变似更加突出。顾祠祭也刚好在这一时段兴起，相关研究成果已有不少。如最近出版的《何绍基日记》（毛健、尧育飞整理，岳麓书社，2023年）可见与顾炎武崇拜相关的在京师活动的文人群体。因为有何氏的记载，其好友魏源在江宁、京师的情形也得以留存。种种迹象表明，道光朝文人的群体性活动增多，这些活动或有经世性质及不太明显的政治性。从文人结社脉络来看，清初被禁止的结社，到道光朝出现较大的松动，这或是清末文人政治性结社的先声。

五、拓展阅读：《水村图索隐》与更复杂的物质性场域

个厂（俞国林）著《水村图索隐》，商务印书馆，2022年

该书对故宫博物院藏赵孟頫《水村图》（手卷，24.9厘米×120.5厘米）既有结合实物的细致梳理考证，更有建立在考证基础上的推断。就与本文的关联，或在对"持续再生"型文学研究的启发层面，此书关于《水村图》"题咏、印章与揭裱重装"部分最为紧要，现摘录相关结论及学界讨论如下：

> （1）今卷自赵孟頫至徐关，据魏本成、纳兰性德所钤压缝章，包括赵孟頫与邓㮚间所补嵌之小纸条，至少分作二十二纸（现存钱以道题诗为独立一纸，其前未钤压缝章）。可见经过四百数十年，到乾隆时期，有过多次的揭裱重装：或改换次序重新拼接，或抽出独立成卷，或移花接木到他卷，此盖古代书画长卷流传过程之常态也。……兹尝试通过对朱存理、吴升、顾复著录信息的解读，以及对前、后、附隔水压缝章——尤其是半字印、残损印之考释，大致梳理其中七次重要揭裱重装或局部抽换的时间点。（第75页）
>
> （2）如果每一题咏都具写作的时间，则推演较为容易，然今卷有署时间者包括已经被裁去的高克恭之一篇，只有十一篇，实无法恢复原来次序。今仅据"魏本成印"、"楞伽"压缝章，以及

凡写在同一张纸上至少有一篇具时间者，推测原始题咏次序如下：……从今卷中吴延寿、陆祖允、黄介翁、黄肖翁、郭麟孙、束巽之、林宽、束复之、束同之、曹浚、哲理野台、王钧十二人题咏所在的位置可知，《水村图》的跋尾用纸，在征集题咏的过程中，有出现写满后续接跋尾用纸之处，且中间至少经过两次补纸延长；遇见这种情况，有些题咏者只能在前人题咏的空隙处，寻找合适的空间，写上自己的诗作。所以，上述十二人的题咏时间，实际或都要晚于其题咏时跋尾纸张最末一位之后。由于原跋尾纸是陆续接补的，已无从考察此十二人分别是在哪次缺纸前所题；而每一位凡需要寻找前面题咏间空隙者，也都是根据自己题诗字数之多寡来选择，不必依循从前往后的规律；故只能按今卷所在位置，依次编排。（第99—100页）

(3) 据历代著录题咏之次序，以及揭裱、裁切、重装时造成压缝章残存半印或中间残损之情况，推测赵孟頫《水村图》在递藏过程中卷内题咏或变换位置，或抽出他去，其中缘由，亦各有别。（第100页）

(4) 赵华曰：题跋的人一般是让"右"而不是居右，让出右边大段空白给接下来题跋的人，第二人"被迫"占右。往往还有主客揖让，年龄辈分揖让，官位高低揖让，很难精确还原。很多作品中间空纸留得老长，最后只有一个题跋，流传者一直没有找到身份地位堪匹配的人来题跋，有时候未及匹配的还得"被迫"题跋；有的首题者觉得左右不是，干脆从中间写起。（第103页）

(5) 励俊曰：对于书画题跋，后世装裱者往往会按题跋者名头大小做从右到左的重新排列，且不同年代的名头大小，还会略有差别。如今看到的顺序与最初的题跋顺序迥异，有点像考古土层的错倒，属于观念史或者传播史层面的因素。（第103—104页）

由以上要点摘录，还可以思考：

其一，"有图为证"，呈现在我们面前的《水村图》卷是谁的图卷？何时的图卷？据此推广，我们看到一种古人著作，也要问何时编成、出自谁之手之类的问题。若不留痕迹，如上列（1）（3）所言，我们所谓的凭文献说话、作判断，是否要小心谨慎？

其二，手卷题咏顺序有可考索者，也有"随机应变"不按"预定顺序"者。就是说有时间序次，还有其他序次，如（4）所言。手卷上的题识顺序就其演变而言，可能有手卷最初主人的顺序、收藏者的顺序、装裱者的顺序等，可以通过手卷实物部分还原或推测发生原理的情形；其中原理，可移用思考著述序跋序列的生成。

其三，手卷中的"揖让"，如（4）所言，"寻找合适的空间"，如（2）所言，再次具体而微地还原语境、场域、物质载体对写作的引导与限定。礼节、关系不但在视觉中显示，还融入文字措辞、文字和篇幅之中，因而写作是在各种微妙关系组成的网络中的精心编结。

[下] 论　文

论文学视野中的清代写照性手卷*

明清文学研究中，将书法、绘画作品作为材料来探讨相关问题，已经有较为丰富的积累。① 近年古代书法绘画作品复制范围的扩大、印制质量的提升，以及拍卖市场上相关作品的成批出现、拍卖图录的刊印，为这一研究的拓展提供了极大的便利。在这一类材料中，笔者特别留意与文学活动联系密切的写照性手卷。所谓写照性，大约是指画作展现一具体的文学活动图景，或者更明确地指向某人、某一群人的文学活动。肖像画可分为祭祀性肖像和日常生活性肖像。② 后一类型所涉及的有雅集图、读书图、访碑图、填词图、课读图、讲学谈艺图、闲居图、送别图、家庆图、宦迹图等等。清代文人热衷于画像绘制，譬如许多别集前有作者的某某时段的"小影"，而集中还有频频出现的题画像诗文，由此或可略见清代绘画风

---

* 作者：徐雁平。此文 2015 年 9 月初稿，2016 年 6 月修订，原刊于《文学评论》2017 年第 3 期，原题为《论清代写照性手卷及其文学史意义》，此次收录，较已刊发文本略有删节。
① 就本文关注的论题而言，毛文芳著《图成行乐：明清文人画像题咏析论》（台湾学生书局，2008 年）、《卷中小立亦百年：明清女性画像文本探论》（台湾学生书局，2013 年）最有代表性；此外，王标著《城市知识分子的社会形态：袁枚及其交游网络的研究》（上海三联书店，2008 年）对袁枚的系列图像从文学社会学的角度展开研究。两位学者的著作对笔者的研究多有启发。笔者之所以撰此文，首先是因为最近看到的相关手卷图像或"图记"，引发对以往所做过的几项画像专题研究的重新思考；其次，试图在研究思路与方法上略作进一步探索。
② 杨新主编《明清肖像画》"前言"，上海科学技术出版社，2008 年，第 20—21 页。明清画像如何分类，似无定论，毛文芳在《图成行乐》中，引述数家之说，其中有单国强的划分：行乐图、雅集图、风俗画、肖像画。所谓行乐图，是"画一人或与朋友诗酒琴书，或子孙辈绕膝"（王伯敏说）。见该书第 5 页。

尚、文人生活的独特性。这类写照性绘画，经常以手卷的形式呈现。① 所谓手卷，又称横卷，常平置于案上，在卷舒中，供三五人小范围欣赏。手卷的源流、制作、观赏方式等问题，已有不少论说。② 本文着重讨论的是写照性手卷的物质形态、叙事特征及其所体现的时代风气。写照性手卷从引首、画心到尾纸，将图像、题识、印章以不同的组合方式固定在作为物质载体的卷轴上，形成一个容纳不同时空、不同声音的文学世界，这一世界有自己的构造法则，有内部的交流，故暂名之曰"物质性场域"。此处"场域"略用布尔迪厄的"文学场"之意。不过布尔迪厄将"文学场"置于"权力场"的内部，"权力场是不同权力（或各种资本）的持有者之间的斗争场所"，其中涉及阶层、社会身份、合法性话语权等问题。本文淡化场域中"斗争"的力量，而留意手卷这一物质性场域中存在的"游戏规则"与"游戏规则"中包含的一致性，以及在场域中个体的"位置的空间"。所谓个体，或是图像中的某一肖像，或是整个手卷中一段题识。"每个位置客观上都被它同其他位置的客观关系决定，或换个说法，都被直接相关的也就是动力的属性系统所决定，这些属性使得这个位置在属性的总体分配结构中与其他一切位置互相关联。"③ 从这一视角看，每一个体位置与意义的获得，取决于所在文本的"动力的属性系统"。

一、从两个相关例子说起：被分割的与未完全展开的手卷

《南京大学藏近现代名人手迹选》（后简称《手迹选》）收录陈三立佚

---

① 关于手卷的解说，巫鸿引用谢柏轲（Jerome Silbergeld）之说。见［美］巫鸿著，文丹译《重屏：中国绘画中的媒材与再现》，上海人民出版社，2009年，第46页。本文利用材料，以手卷为主，偶及立轴与册页。
② 较有代表性的论文是阎琳《手卷的艺术价值》，《收藏》2015年第19期，第22—29页。
③ ［法］皮埃尔·布迪厄著，刘晖译《艺术的法则：文学场的生成和结构》，中央编译出版社，2001年，第263、278—279页。按，此书作布迪厄，本文采用通行译法，作布尔迪厄。

文一篇①，有语云："一代之乱，必有数伟人戡定而荡涤之，又必同志殚力咨询方略，以成其谋而蒇厥功。五公者，曾、胡首治军讨贼，左、李、彭稍后起；而据天下上游，从容掎拄于其间者，则官文恭也。……始余见此卷于乡人盛锡吾丈座中，后十年太守复出相示，而锡吾丈已下世，墓有宿草矣。揽笔伸纸，为之雪涕。光绪十三年闰月义宁陈三立题。"陈三立佚文中关于"五公"的论说，可利用《手迹选》中的吴汝纶手迹解释："胡君列五，久客官文恭幕下，得曾文正、胡文忠以下五公手书，联为大卷弄藏之，间以示汝纶。……国兵新挫，而宿望故在，其是非之不同如此。中国《诗》《书》之教，《春秋》功罪之律，殆非海外殊方所与闻知矣，不亦傀乎？光绪廿二年九月桐城吴汝纶跋尾。"②

查《吴汝纶全集》，此文收录在第一册《吴挚甫文集》卷二中，然无撰写年月，且文字出入较大，特别文章开头一段，在文集中改动较明显。吴汝纶此文在文集中名为《跋五公尺牍》，据"得曾文正、胡文忠以下五公手书，联为大卷弄藏之"，可以断定陈三立文亦为此"大卷"题跋，故暂可用同一题名。《手迹选》此次未印五公尺牍，且忽略陈、吴二文皆为五公尺牍的题跋。陈、吴二跋脱离原尺牍，分开独立收入《手迹选》，说明可供卷舒赏看的"大卷"已经被割裂成若干片段。

在手卷上的题识文字，或未被抄录备存；或经抄录、修订润色，编入各自的公开面世的诗文集中。手卷所具有的辑佚价值与文本比较分析价值，于此可见。然此处更应注意的是两篇题跋的关联性，因此有必要回到"五公手书，联为大卷"的物质形态上考察。如果这一手卷完整，题跋依

---

① 见洪银兴主编《南京大学藏近现代名人手迹选》，南京大学出版社，2012年，第47—50页。李开军校点《散原精舍诗文集》（上海古籍出版社，2003年）以及潘益民与李开军辑注《散原精舍诗文集补编》（江西人民出版社，2007年）皆未收录。为求准确判断，近日又请教在南京的潘益民，潘与李开军进一步查核，确定此文从未公布。检马卫中、董俊珏著《陈三立年谱》（苏州大学出版社，2010年），光绪十三年陈三立三十五岁，此年闰四月。年谱中未涉及与此文相关信息。
② 《南京大学藏近现代名人手迹选》，第29—32页。文中五公是：官文恭，即官文，曾任湖广总督；胡文忠，即胡林翼；李公，即李鸿章；左文襄，即左宗棠；彭刚直，即彭玉麟。

次连缀，则其中种种关系清晰可见。《手迹选》中吴汝纶、陈三立文撰写年月的存在，或可视为手卷"物质性"的遗留。而两文同时出现在一本《手迹选》中，且同出一学者的收藏（据说是陈中凡的捐赠），也为推想"大卷"的原来样态提供了一些依据。

此处讨论陈、吴二文的价值，并不单在于其辑佚、校勘价值，而在于两个文本在相互关联中显示的互释意义。巧合的是，两个文本都出现在同一本《手迹选》中，由此可推想：若将作为考察对象的"大卷"扩充理解为书法、绘画、金石等拓本的卷轴，以及有较多序跋的别集、总集，并将这些文献首先视为可触及可展看的物质载体；那么在清代文学中，从"大卷"中散落的片段性诗文该有多少？因为散落或被各自作者收编，从而导致遗失的整体性意义又有多少？

2015年8月南京博物院举办"温·婉：中国古代女性文物大展"，其中最引人注目的当属袁廷梼（寿阶）为表彰母德而请人绘制的《贞节图》手卷。这一超长手卷，在展柜中已经展开的部分包括钱大昕题签、乾隆庚戌翁方纲题引首、丁恺绘制小影以及多家题识，共可见23人手迹，多为乾隆朝的名家[①]；遗憾的是此手卷还有一部分未展开。与《贞节图》相关的是，袁廷梼又请画家为母亲绘制《竹柏楼居图》，目前可查检到为此图题写诗文者有洪亮吉、焦循、刘嗣绾、钱大昕、王芑孙等16人。

《贞节图》已知的未展开部分，以及《竹柏楼居图》可查考的题识与暂未查考出的题识，皆可表明目前所见相关文字，只是整体"大卷"中的一部分。手卷作为物质载体的独特价值，由纸、绢上图画、文字、印章具体呈现，如《贞节图》中各家所题写，既有体裁的选择、篇幅的考量、先后的安排，当然还有书法的区别。每篇每首组成的群体，具有"文字群"

[①]《贞节图》手卷展开部分依次为：《袁氏贞节堂画像文翰》，"竹汀居士题签"；"贞节图"三字，"乾隆庚戌仲秋为袁节母韩太孺人题。北平翁方纲"；《袁节母韩孺人小影》，"吴门女士丁恺书，时年七十有五"；《袁节妇韩氏旌门颂并叙》，乾隆四十八年吴县江声书；还有王鸣盛、袁枚、袁毅芳、梁同书、王文治、王昶、彭启丰、卢文弨、钱大昕等多人诗文，此处不列具体篇名。

的意义，每篇每首之间有相对的区隔，这一区隔因为"大卷"的限定与赋予，皆自具含意。如果手卷的"内部结构"解散，单篇单首背后的整体性意义势必消减。

就写照性手卷的整体而言，其中阐述图画的文字，重要性其实不在图画之下，有时其作用可能会超越图画。而今日多种复制再现书画的图录，往往重图画而轻文字，文字或者仅仅局部显示，或者字迹细小模糊而难辨，这些都影响了整体性意义的显现。简言之，共同构成手卷整体的图画与文字，必须在互相映照中才能呈现丰足的含意。仅仅孤立地看其中的任何一部分，都会有缺失。

二、时代风气中的个像写照

清代文人中，十分注重自我写照的是王士禛与袁枚①，还有在诗坛文坛无一席之地，但在书籍收藏鉴赏圈中享有大名的黄丕烈。

王士禛成为典范文人的过程，本身就颇具文学性。他的许多事情，甚至包括在慈仁寺购书的日常行为也不断被润饰、重写，演变成一个充满文学意味的诗意行为。《载书图诗》所包含的图像绘制以及题咏诗作的叠加，是一种精致的集体塑造。康熙四十年四月，王士禛请假回乡迁葬，皇帝准其五月回乡，"前旬日治装，命柴车兼两载书，以时先发。于是都人士大夫咸知公之有意乞身，而自此将求遂其悬车之志也。"② 王士禛弟子及后学嘱禹之鼎绘《载书图》以纪其行，图成各人有诗纪其事。"题图诗八十六首，皆其门人所作"，"赠行二十四首，皆朝臣之作，而附侍讲尤侗寄怀诗一首"。③ 王士禛宗侄王源所说的"……书十余乘，古今字画册卷二三

---

① 袁枚的画像，郑幸著《袁枚年谱新编》（上海古籍出版社，2011年）、王标著《城市知识分子的社会形态：袁枚及其交游网络的研究》皆有梳理与论说。
② 张起麟《大司寇新城王公载书图序》，见王士禛编《载书图诗》，《四库全书存目丛书》第394册，第453页。
③ 王士禛编《载书图诗》，第469页。

乘。公篮舆，服单夹，萧然忾然"，① 是题图诗、送行诗的表达重点：

> 但携书满载，宁问橐无金？（孙致弥）
>
> 行李何所有，落落十乘书。（陈奕禧）
>
> 压轸三万轴，过此不愿余。清风谁当传，图绘禹鸿胪。（汤右曾）
>
> 检点随身只佩鱼，俸钱都在十车书。（曹日瑛）
>
> 谁似趋朝三十载，归装只载五车书。（吴廌）②

随身行李与十车书的比较，以及十车书乃三十载的累积，在对照中凸显出王士禛清简雅致的形象，以及爱书人的本色。《载书图》后为翁方纲、叶名澧收藏，该图仍有余响，如翁方纲有《题王文简载书图八首》③，其中"记从三五招邀夕，每到慈仁寺里来"，将《载书图》的故事追溯到王士禛在《古夫于亭杂录》中所记载的慈仁寺买书著名片段④。

最得王士禛风神的写照是戴苍的《渔洋山人抱琴洗桐图》（见图7.2)、⑤ 禹之鼎的《放鹇图》（见图7.3）。戴苍之作有21人题识，如朱彝尊、倪灿、汪琬、徐夜、彭孙遹、施闰章、陈恭尹、曹尔堪、严绳孙等，多为题诗，如施闰章之作云："洗桐洁癖倪高士，抱琴不鼓陶渊明。谁知流水高山操，却是君家指上声。"⑥ 已点明绘制此画像的旨趣。《放鹇图》左上录唐人雍陶诗，并有禹之鼎题识："五柳先生本在山，偶然为客落人间。秋来见月多归思，自起开笼放白鹇。庚辰（康熙三十九年）长夏雨后，大司寇王公因久客京师，检诗为题，命绘《放鹇图》。仿佛六如居士

---

① 王源《送大司寇公请假东归序》，见《载书图诗》，第453页。
② 王士禛编《载书图诗》，第454—461页。
③ 翁方纲《复初斋诗集》卷二十七，《续修四库全书》第1454册，第604页。
④ 王士禛《古夫于亭杂录》卷三，《景印文渊阁四库全书》第870册，第631页。
⑤ 《渔洋山人抱琴洗桐图》，31厘米×125.6厘米，见中国嘉德国际拍卖公司编《嘉德二十年精品录·古代书画卷》二，故宫出版社，2014年，第622—623页。
⑥ 《嘉德二十年精品录·古代书画卷》二，第622页。

图 7.2　戴苍绘《渔洋山人抱琴洗桐图》（局部）

图 7.3　禹之鼎绘《放鹇图》（局部）

图 7.2 选自中国嘉德国际拍卖有限公司编《嘉德二十年精品录·古代书画卷》（故宫出版社，2014年，第 622—623 页）。图 7.3 选自杨新主编《明清肖像画》（上海科学技术出版社，2008年，第 126—127 页）。据统计，文献记载中的王士禛画像至少有 34 幅，其中 14 幅传世。见王潇《清初文人画像、题像风气研究》，南京艺术学院硕士学位论文，2015年，第 10 页。

笔意，漫拟请政。恐神气闲畅、用笔高雅不及焉。"① 此卷尾纸有张尚瑗、汪绎、林佶等37家题识，钤印101方。②

据《渔洋山人抱琴洗桐图》手卷上题识，此图成于康熙四年，此后康熙五年曹尔堪题诗、康熙七年董文骥题记、康熙十年董荃题诗、康熙十七年陈奕禧题诗；延及康熙三十九年绘制的《放鹇图》、康熙四十年绘制的《载书图》，王士禛在一个较长的时段，对自己的外在形象、精神风貌用心经营。他选择载书、放鹇、抱琴、洗桐等典故，似是在为理想中的人生"布景"，之所以如此布设，是因为这些元素构成的背景寓涵高洁且背后有深厚的文化传统。因为王士禛自己的推动，以及好友门人的响应，遂形成具有个人风格的文本世界，这一世界包括写照性图像系列和缤纷的题咏系列。

康熙四年，王士禛三十二岁，在此前后几年，是其人生中的关键时段。"王渔洋挟扬州五年的创作业绩和声誉，康熙五年入朝后，迅速成为诗坛最耀眼的明星。"③ 查检王士禛年谱，康熙元年发起红桥唱和，康熙四年戴苍为王士禛作《抱琴》《散花》二图，稍后应冒辟疆之约，参加水绘庵修禊。风雅之举，连续不断，而王士禄所说的戴苍"为贻上作《抱琴》"④，就是今日仍存于世的《抱琴洗桐图》。诸家题识，当是画成之后，陆续汇集。题写者必先展卷，欣赏画作和已题诗文，再作应答，而非不见画作率尔作答的简单应酬。⑤ 康熙四年五月方文《题王阮亭仪部像》诗有

---

① 《放鹇图》，26.1厘米×110.7厘米，见杨新主编《明清肖像画》，第126—127页。
② 杨新主编《明清肖像画》，第126页。
③ 蒋寅《清代诗学史》第一卷，中国社会科学出版社，2012年，第610页。
④ 王士禄《戴苍写真歌》自注云："为余作《桐荫》《绣佛》二图，为贻上作《抱琴》《散花》二图。"转引自蒋寅著《王渔洋事迹征略》，中国社会科学出版社，2014年，第127页。
⑤ 后加入的题咏者，多先观看前人"印迹"，然后选定位置。郭麐有一则诗话："陈鲁斋先生璠，乾隆己未鸿博，吾友曼生之大父也。曼生以《钓鳌图》见示，属为题跋。图中同时被征及诸老辈著句已满，且不敢以后进参错其间，因为作《水调歌头》一词，别书于画之上方。"（见《灵芬馆诗话》卷五，张寅彭选辑《清诗话三编》第5册，上海古籍出版社，2015年，第3326页）

句云:"手持一卷抱琴图,顾我茅堂索题句。"① 因而在一米多长的尾纸上,还有一次近似同题共作的唱和,参与的人数或参与者的声誉,不下于红桥唱和与水绘庵修禊。

《抱琴洗桐图》手卷所呈现的错落有致的景观,容纳了多种声音。首先是王士禛画像与古琴、梧桐、山石、流水等物象之间潜在的对话。其次是画心与陆续添加的文字之间的交流。题写文字都积极扣题,有内在的一致性。再次,后题写者与先题写者之间的呼应。呼应之中,关系微妙。所有题写者必须在已经确定的场域中,在人物、景象留下的空白或"缝隙"中编织自己的文字。画心上诸家题识,只有三则有年款:曹尔堪(1617—1679)作于康熙五年,沈荃(1624—1684)作于康熙十年,陈奕禧(1648—1709)作于康熙十七年。曹、沈年岁明显长于王士禛(1634—1711),他们二人在画心上的题写"占据"了合乎常规的"正常位置",题写时间也较早;相较而言,自称"海昌受业"的陈奕禧题写时间偏后,文字因"有利位置"所剩无几而有意识地紧凑。题写的先后,当然有多种原因,王士禛应有其考虑。大致观看这一手卷,稍能放开书写、篇幅与行距有较多自由者,似较王士禛年长,如施闰章(1619—1683)、严绳孙(1623—1702)、汪琬(1624—1691)、朱彝尊(1629—1709)等。后人者则要在"顾盼"中选择自己的位置,从手卷中,似可推测查诗继(1616—1686)、陈恭尹(1631—1700)、彭孙遹(1631—1700)、梅庚、陈僖是较迟被邀的题写者。查诗继长于王士禛,然谦称"海宁后学",他题写的文字在王氏画像的左下方,"因地制宜",只能写寥寥数字的像赞:"琴心□德,濯濯清洒。汉代中郎,识我爨下。"② 总之,题写的主意与文体、题写者的年齿及与王氏的交往、题写的机缘等因素,在手卷这一物质性载体上有大致的呈现;这些因素在此交织对话,互相影响,形成缤纷的场域。有意思的是,这些文字及印章,都没有出现在王氏画像的上下方;王氏画

---

① 蒋寅《王渔洋事迹征略》,第138页。然方文诗不见于《嘉德二十年精品录》所收录的手卷,则后世所存或者图录中所反映的,或只是《抱琴洗桐图》的局部。
② 《嘉德二十年精品录·古代书画卷》二,第623页。

像、画像上下方"有意"的空白及其与周边文字的关联,从内部规定了手卷的核心与内在秩序。

康熙三十九年,王士禛六十七岁,禹之鼎为绘《放鹇图》之外,又作《禅寂图》(即《禅悦图》),稍后作《荷锄图》小照,梁佩兰、缪沅、朱载震、宫鸿历、查慎行为此小照题诗。此年王士禛拟刻《渔洋精华录》,禹之鼎为该书作《戴笠小像》。禹之鼎差不多是王士禛"指定"的肖像画画家,此年还为王氏绘制《雪溪诗思图》《倚杖图》《幽篁坐啸图》。① 康熙四十年绘《载书图》;康熙四十一年,禹之鼎为王氏绘《蚕尾山图》,是图有汤右曾、查慎行、王式丹等20人题识。② 据毛文芳对王士禛画像的梳理,王氏的相关图像还有青壮年时期的雅集群像《柳州诗话图》《红桥唱和图》,以及个像《天女散花图》《贻上看花图》《梅花读书图》《秋林读书图》;中年时期有群像《城南雅集图》;晚年时期还有《夫于亭图》。前后共有17幅图像。③ 诗作,以及日常的交往,似乎已经足以表现王士禛的风貌;然他觉察到文字表现的欠缺,所谓不尽其意也,不断以各种"特别布景"中的肖像来表白。如此表白,犹嫌不足,请友好、弟子题咏于手卷;此举直至他辞世前几年还在延续。王士禛的先后写照画像,各具意趣,然合观之,其间有一致性的清高与俊逸贯穿。手卷图像以及题咏,是在展现王士禛以及他时刻在文人群体之中,这为他构造了另外一个精神世界;而借此留存的交往图景,若单凭借诗文集或其他文献,难以完成完整的拼接与复原。

---

① 二图今藏山东博物馆,《幽篁坐啸图》有门人陈奕禧题款,题诗者甚夥。见蒋寅《王渔洋事迹征略》,第465页。校订补记:《雪溪诗思图》绘制时间,蒋寅在书中未具体考证,据图上题识,此图绘于康熙三十八年。见汪亓《论禹之鼎为王士禛绘制多幅肖像的原因》,见《故宫博物院院刊》2016年第2期,第134页。
② 《王渔洋事迹征略》,第480页。
③ 毛文芳《图成行乐》,第480页。该书第487页称《抱琴洗桐图》已失传;然该图仍存于世,见《嘉德二十年精品录·古代书画卷》二,第622—623页。

三、群像手卷的语境及其内涵

清代群像绘制的兴盛，常是为雅集"合影留念"；但其中也有一部分群像，寓有"嘤其鸣矣，求其友声""以友辅仁"的用意。此类群像，整合关系密切的相关人物，融入某种精神意趣或理念，所绘大致以某次具体活动或日常中有意味的片段为素材，但不完全写实，从而构成意气相投的群体形象。手卷的物质载体在此刻显示其作用的方式是：首先是将现实交往与精神想象融合并固定，形成一种三五同好可以赏玩、默想的物体；其次，友朋毕竟不能长久朝夕相处，手卷中的群像以奇妙的方式克服了这一生活中的局限，使某一刻的聚会获得恒久的品质，从而达到"形散神聚"。

常州文人的群体性力量与声誉，在清代诸多的地域性文人群体中，无疑最为出色。这一群体在学问、文学、入世精神等方面，皆为时人称道。作为一个群体，常州文人之间的往来，以及在往来中的切磋、激励、投合，既可以从诗文以及其他著述中梳理出脉络，又可见之于谈艺图、同舟图之类的图卷。此处以常州派代表人物李兆洛相关的写照性手卷（目前所知有五种）为例，结合常州派的经世意识、嘉道之际的变革思潮等因素来考察，这些手卷所蕴含的种种，已不是单纯的文人风雅了。

道光元年，张怀白绘《主客图》，李兆洛撰《康竹吾主客图记》，有语云："道光元年，兰皋康丈以奉讳暂居扬州，予从焉。未几，丈还太行，予与竹吾及鲍生善之居，时朝夕聚首，则保绪、修存、次贻，而山子、伯恬、曾容、彦惟亦时时至扬州，交相见，宴语辄竟日。怀白亦以绘事留扬州，因属图之，以志一时雅故。"①

道光三年，张怀白绘《同车图》，此卷有李兆洛撰《同车图记》以及诸人题诗。李氏所撰"图记"云：

---

① 李兆洛《养一斋文集》卷十，《续修四库全书》第1495册，第150页。

露车一辕，中马，左骖驴，跨驴而从者三。车之中白须中坐者子常，仰而与语者卿珊。青兜蔽耳侧坐露半面者宛邻，若士对之，举手若相语。若士之后，左山子，右彦闻。绍闻背宛邻坐，捻须，若有思。善之坐右辕，回首与伯恬语。孝逸曳一足，坐左辕，若与驴背人相盼也。驴傍车而稍后，前为彦惟，后则赞卿、竹吾，并而语，竹吾拄鞭若听者。驭夫结束，傍右辕而趋，扬鞭而顾，若指示车中人者，为保绪。先是张君怀白为诸人各写照，欲汇为一图，又欲俟宛邻之归，并图之。会宛邻自京师径赴山左，不复归。怀白不识宛邻，故为侧写，不能求似也。余人则栩栩如对面矣。他日相思，但一展视，亦可以稍释瘖瘵矣。夫子常祝大名百十，宛邻张二名琦，若士丁四名履恒，绍闻陆九名耀通，卿珊庄四名绶甲，伯恬周大名仪昑，赞卿魏大名襄，山子吴五名育，保绪周二名济，孝逸管大名绳莱，彦惟张大名成孙，彦闻方大名履籛，竹吾康大名兆奎，善之鲍六名继培，此其齿序也。竹吾山西兴县人，善之安徽歙县人，山子吴江人，子常江阴人，保绪宜兴人，余皆武进人。道光二年正月诸人集于常州之东坡旧馆，再集于扬州之静修俭养轩，三年三月属怀白画此，在吾家枕芸书屋。其年十月装于江阴暨阳书院，乃记之。时孝逸、竹吾、善之在京师，赞卿在云南，宛邻在山东，山子、彦闻在河南，绍闻在浙江，卿珊在安徽，保绪、彦惟在扬州，若士、伯恬家居，不常见。见予记此者，子常也。<u>为月十八日。武进李兆洛书于暨阳书院。</u>①

以上"图记"，保留在沈学渊《十四友同车图申耆太史属题》诗的前面，亦收入李兆洛文集，然李氏集所收录无文末数语（见画线部分）。据此数

---

① 李兆洛《养一斋文集》卷十，第149—150页。沈学渊《十四友同车图申耆太史属题》诗下附此文，文字略异，见《桂留山房诗集》卷八，见《续修四库全书》第1516册，第362—363页。本文所录据沈文添补末句。

语，以及沈学渊的抄录与题诗，可以见《同车图》手卷的物质形态，而"书于暨阳书院"，则有现场氛围的影迹。

道光四年张怀白所绘《同舟图》，"图衡五尺，纵三之一"①，莫友芝《郘亭书画经眼录》卷四著录《张怀白绘李申耆萧子滂诸君同舟图横卷》，此卷有道光四年刘铿（弦斋）撰《同舟图记》。所谓"图记"，按此类文体惯例，自然要介绍文人所置身的景致。先写舟，次及篷、窗棂、樯、帆、几、茶具。

> 篷之下两人，白须而抚几对坐者后筱山、前弦斋；仙九执卷其旁；探首棂间者赓飏；坐向后者怀白，……此十人者，自筱山、赓飏、循陔、仙九、怀白之居江阴，外此则申耆居武进不同，弦斋、春江、荆溪又不同，子滂、子苍居浙之山阴，则更不同。然而嗜好同、意气同，并时而聚首于江阴，无不同也。且此十人者大半各不相识，皆因子滂以递为纳交，则又同也。或曰怀白之为是图也，语云"同舟而遇风，则胡越可以相救"，喻友谊之挚也。图之命名以之。②

"图记"后依次有道光四年萧以霈（子滂）、道光二年祝百十（筱山）、道光七年季芝昌（仙九）、道光七年陆我嵩、道光五年杨传荣、道光五年李兆洛、吴翊清、姜祥磻、张祥河题诗，道光十七年季芝昌、咸丰四年庄士彦题记。

道光十七年姚莹请吴俊（冠英）作《谈艺图》。《郘亭书画经眼录》著录《吴冠英绘姚石甫都转谈艺图横卷》，卷首有姚莹题记。③

道光十九年李兆洛七十一岁，为江阴吴俊所作《暨阳书院讲学图》作

---

① 莫友芝著，张剑点校《郘亭书画经眼录》，中华书局，2008年，第439页。
② 《郘亭书画经眼录》，第440页。
③ 《郘亭书画经眼录》，第350—351页。

记，名为《陈云乃谭艺图记》。①

以上五图皆为群像图，李兆洛所处位置较为突出。四图所绘诸人，皆为某一时段活动的印象式记录，或者以某次重要活动为基础的添补，故不能统一将"写照性"视为单纯的"纪实性"。《同车图》中的车，非实有其车；《同舟图》中的舟，也是合理的想象之物或者只是一种象征，"巨浪四绕为一舟，尺有二寸而羡。中舟而为木篷，窗棂四达"，只是一种背景，同舟诸人，是道光初年在常州府一带往来密切、志趣相投的文人，非实有同舟共渡之事。姚莹在请吴俊绘制《谈艺图》时，方东树、潘德舆、包世臣、刘文淇、张际亮等11人离开扬州，"及图成，而亨甫来，冠英已去，别倩补之，殊不类，姑存之"。②蒋彤入《辈学斋谈艺图》，背后有一小故事。《谈艺图》中，"自刘顾两广文及毛休复外，皆江阴人，负笈从游，与于此图者，彤一人而已。时彤适不在院中，冠英尚留前图稿本，夫子令摹写入焉"③。故可推而论之，这类群像图是阶段性的整合，非为即时性的记事。

从道光三年的《同车图》、道光四年的《同舟图》，到道光十九年的《谈艺图》，主要反映常州文人的群体风貌。从群体的集散离合而言，前二图所绘诸人，能聚集一处的机会较少，而《谈艺图》因以暨阳书院讲学谈艺为主，其中人物相处的时间则稍长。图像的绘制以及题咏的累积，试图以一种象征的方式，整合各自的影像与作为心声的手迹，在物质形态的手卷中固定，进而克服现实生活中的聚散无常，形成一种"我们在一起"的场域。"同车""同舟"的命名，正显示了常州文人立身砥行、时相劘切的精神意气。至于《谈艺图》，李兆洛弟子夏炜如所作《陈云乃先生谭艺图跋》对图中人物略有介绍④，李兆洛弟子承守丹有《陈登之先生命题辈学

---

① 李兆洛《养一斋文集》卷十，第152页。
② 《邵亭书画经眼录》，第350页。
③ 蒋彤《武进李先生年谱·先师小德录》，《北京图书馆藏珍本年谱丛刊》第131册，第205页。
④ 夏炜如《鞠录斋稿》卷一，清刻本。

斋谈艺图》诗。① 林则徐于道光二十一年作《又题〈暨阳书院辈学斋谈艺图〉》，对"一时千里德星聚，纵论直空上下古"②之盛况颇有向往之意。

道光三年与道光四年连作两图，或许有某种偶然，然其中也不乏与时势的关联，并非全是文人的风雅。《同车图》的题识多不可见，而《同舟图》因为题识完整，可听"众声"。题识多有从图像介绍、风雅传统叙说的角度入笔，如萧子滂诗云："乘风一日行千程，化工如得飞仙笔。可惜坡公不见吾，明月清风追赤壁。"吴翙清诗云："生绡满幅赚云烟，谁泛秋波米画船。得似西园成雅集，能交北海尽时贤。"陆我嵩则据"同舟"发挥："此图无继兼无偶，此舟信道人才薮。……若不同心有如水，云翻雨覆天应憎。"发挥新意，必依旧典，祝百十诗云"郭李同舟偶然尔"，季芝昌诗云"神仙艳说李与郭，泛泛二子毋乃孤"，陆我嵩诗云"李膺同舟共谁济？"诸人皆翻用《后汉书·郭太传》中"同舟而济"之事，生发为诗。

在诸人题诗中，季芝昌与李兆洛之间有对话交流：

（季芝昌诗有句云：）世间广厦岂易得，愿驾万斛凌五湖。……颇闻黄河落天上，江淮转漕多艰虞。峨䑳巨舸塞京口，腰笏欲挽愁易于。岂如饱张十幅蒲，纵意所往无程途。平生要破万里浪，豪迈那同千金壶。③

（李兆洛诗有句云：）巨障横崩水悬注，几万生灵澄虮虱。山阳广陵半为海，洪湖泻干不没膝。都水使者相对泣，垒高掘深已三月。漕渠一线不可行，欲济千艘恐无术。春来差喜雨水多，桃雨江潮并堤溢。楼船嗷嘈衔尾前，计里斯时抵石鳖。三闸新来通利无，太仓何日输嘉栗。怪哉此舟如野凫，中流方羊乐只且。弦旁蓬蓬浪花起，咫尺风雨当何如。失声一掷瞪眼视，十数㧀大安

---

① 承守丹诗见《江阴承守丹先生杂著》不分卷，民国年间刻本。
② 林则徐诗见《云左山房诗钞》卷六，《续修四库全书》第1512册，第329页。
③ 《邵亭书画经眼录》，第441—442页。

施乎？会当努力作篙桨，绵维碇概勤偫储。①

季、李诗中皆有现实与理想对照的叙写结构，而在面对现实中，有"颇闻黄河落天上，江淮转漕多艰虞""漕渠一线不可行，欲济千艘恐无术"之句，来谈论共同关注的话题，济世的急切，流露无遗。《同车图》《同舟图》的连作，是求同道、赴时艰的心声。

手卷上的每一题写者在展卷、落笔之际，既是与"旁人"对话，有时也与自己对话。《同舟图》手卷上有季芝昌两次题识：

> 右乙酉春月为子滂题《同舟图》作，未书于卷。兹子滂自彝陵寓书属补录之。图中之人半已云散，言念畴曩，良用悯然。子滂览之，其亦思合并之难，而有摩挲珍惜于此图此诗者乎？②（道光七年正月）

> 道光丁酉九月重观于济南使署之四照楼，时与子滂同宦山左，而余将受代北行，益不胜聚散之感云。③

时过境迁，季芝昌的心境也随之变化，聚散之感成为两次题识的主意。手卷末是咸丰四年庄士彦的题识，则可视为对此前"众声"的回应：

> ……图中凡十有一人。……余因赓飏丈识子滂，因子滂识弦斋、春江及子滂之弟子苍、侄黼东。时申耆丈主讲暨阳书院，常偕子常丈、仙九、秋芗集云萝馆，刻烛咏诗，予亦幸厕其间。距今已三十年矣。图中人大半归道山。仙九现居里门，子滂则十年不通音问，一家不知漂泊何所。余于二千里外忽见此图，怅触前

---

① 《邵亭书画经眼录》，第 444 页。
② 《邵亭书画经眼录》，第 442 页。
③ 《邵亭书画经眼录》，第 446 页。

因，不禁死生契阔、睽合聚散之感云。①

《同舟图》手卷包含了多种指向的文字，作者题写的时间延及三十年，若将这一手卷视为一个汇合的文本，其意涵当然不会是单线条的简易，其中似蕴含微妙复杂的交谈，可见话题的转移（古今之间），注视的方向（"同舟"典故、漕运问题等），语言节奏的掌握，协作式的推进（彼此照应），以及题识性文字形式上的惯例。他们共创了一种语境，并在协调中促成了对"共同意思的标注和解释"。②

五图中《主客图》和姚莹《谈艺图》的背景是扬州，常州文人是这两幅群像中的一部分，更多的是扬州本地文人，或者安徽文人，不同地域性文人群体的交流与融合，也从另外一角度揭示常州文人在以唱和、绘图来强化群体意识的同时，并非结成一封闭的小团体。五种群像以及相关题识，所指向的文人聚集倾向，似与道光朝士风的转变有关联，譬如于道光二十三年因祭祀顾炎武而兴起的"顾祠祭"文人群③，也是文人在民生多艰之世求其友声的表现。

结　论

以上从几个具体案例探究清代写照性手卷的文学史、文化史意义，可得出如下结论：

将手卷画作的主人以及诸家题识，与其他文献结合，有利于重构文人

---

① 《邵亭书画经眼录》，第446页。
② 这段文字由社会文化人类学"互动"概念推衍，见［英］奈杰尔·拉波特、乔安娜·奥弗林著，鲍雯妍、张亚辉等译《社会文化人类学的关键概念》，华夏出版社，2005年，第168页。
③ 郭丽萍《绝域与绝学：清代中叶西北史地学研究》，生活·读书·新知三联书店，2007年，第213页；又可参见段志强《顾祠：顾炎武与晚清士人政治人格的重塑》，复旦大学出版社，2015年。

活动的空间或者文人群体形象①；也可利用保留撰写年月的题识性诗、词、文，对某一文人的活动轨迹进行考察；手卷上的文字，在被收入各自作者的集子时，会出现变动润饰，其原因何在，似可在不同的文本之间的比较研究中求得。这三种功用，可视为写照性手卷的文献价值。

作为图像与题识载体的手卷，其物质形态是用心经营的结果。这一物质形态相较于其他文献记录而言，保存了一个更为完整、缤纷的文学场域。在引首、画心、尾纸等构成的场域中，画与文字之间、不同作者的文字之间、不同的文体之间，甚至不同的书写形式之间，有可能形成对话。一般而言，诸家题识有先后之分，后加入的题写者，在因手卷物质形态导致的"逐渐展开"与"回转"之后，可能有更多的限制，譬如手卷所存空间的安排布置②、所题诗文的角度与主题的避让，因而手卷中各类信息的累积有各部分的内在照应，而并非积木式的叠加。手卷是一种物质性场域，每一题写者进入这一场域，还存在布尔迪厄所说"占位"的问题，"这个或那个位置和这个或那个占位之间的联系并不是直接建立的，而是通过两个不同的、有差别的、直接对立的系统建立起来的"，手卷中的诸家题写，如从"不同的""有差别的"这一角度来观看，更为稳妥。每一题写者在面对手卷时，已被大致指示或暗示，作为"占位者"，题写者是在与其他诸家题写的差异关系中获得其特殊价值。所谓差异，由主旨、切入视角、文体、篇幅，甚至字体决定，每位题写者在保持手卷的内在一致性的同时，总想略有特色。差异关系"将占位与共存的占位联系起来"③。在如此关联之中，无论是图画还是单一的题识，要获得自足或更丰富的意义，不能脱离这一物质形态的场域。

---

① 法式善嘉庆四年从京城杨柳湾移居钟鼓楼街，朱素人为其作《移居图》，自此后十余年间，为其"图诗龛者，不下百家"，法式善于是"装联成卷"，以资娱玩，并作《诗龛论画诗》四十首，以诗存人，于此可见其交游之一斑。见法式善著，刘青山点校《法式善诗文集》，人民文学出版社，2015年，第215—222、564、1106、1154页。
② 需要留意的是，在画作上的题识，并非都按时间顺序排列，题写者有时是"见缝插针"；而尾纸（绢）上的题写，大致有时间先后顺序。
③ "从这个或那个"至"联系起来"这段文字参照布尔迪厄《艺术的法则》第280页论说推衍。

由手卷的结构特征，即画心与题识文字的组合，还可进一步联想清代诗文集的序跋生成特征。清人别集的序跋，时有三五篇者，或八九篇甚至数十篇者。序跋作者如何量体裁衣，后加入的序跋作者如何与先行者的文字保持区别与联系，皆可与手卷的"物质性场域"现象作映照。集子的诸多序跋，应当作为一个有关联的"文字群"来考察，其内部的细微变化与叙写策略的选择，应该考虑诗文集所提供的物质场域以及各序跋所处的"空间位置"。

第八章　代作·游幕·稿本日记·别集编纂

吴钦根　编写

[上] 解　读

　　一、新材料与新问题
　　二、系列文献的发掘与进入"情境"的探寻
　　三、现象的普遍存在与个案研究的局限
　　四、编织代笔的整体史
　　五、拓展阅读：代笔研究的多种可能

[下] 论　文

　　谭献文章代笔及其"以代作入集"的文学史意义
　　　　——以稿本《复堂日记》为中心

[上] 解 读

一、新材料与新问题

1. 从一部被遗弃的文稿说起

虽然《谭献文章代笔及其"以代作入集"的文学史意义》一文动笔并完成于2022年的夏天，但我写作这样一篇文章的最初触发点，却要追溯到2015年的秋天。当时，我对于博士阶段所要做的事情，内心还满是一种徘徊不定、手足无措的情绪，其中最大的担心就在于——自己是否能够在有限的时间内完成稿本《复堂日记》的整理并顺利获得博士学位。这部篇幅庞大同时又书写潦草的日记手稿，就像一堵墙，拦住我的前行之路。老师的期待与自己内心的纠结，相互缠绕。虽然我每天都会准时来到南图，直面这一珍稀文献，却又迟迟不愿意或者说不敢去突破它。无尽的焦灼感，让我迫切地需要找到一个解压的途径，于是我开始在南图的电脑里搜寻其他与谭献相关的史料。这时，一部被谭献遗弃的文稿——《复堂文余》进入了我的视野。这部文稿，不仅在谭献生前身后未经刊刻，且未被罗仲鼎、俞浣萍所整理的《谭献集》收录。在接下来的一段时间里，录入、整理《复堂文余》就成为我暂时的"救命稻草"。这部文稿共收录谭献生平所撰序跋、碑传、寿序、诔祭、赠序、书启、杂记等各体文章77篇，其中应酬性文字如寿序（赠序）更是占半数以上，且标题之后都附有一个标记性的"代"字。起初，这些"代"字并没有激发我的任何思考，或者说兴趣。在当时的主观情绪与客观知识体系下，我只是轻易地将其视为新发现的谭献稿抄本文献集群中的一种而已。因此，这部曾经被遗弃的文稿又一次被搁置了。

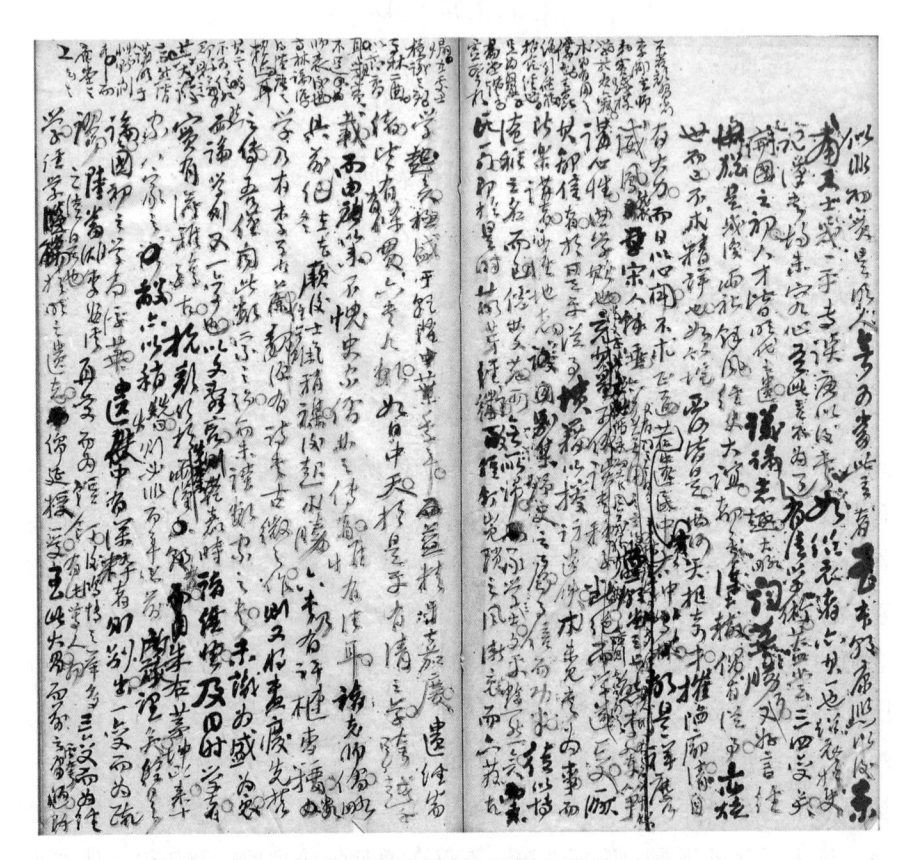

图 8.1　谭献同治三年五月初二日稿本日记

　　图为谭献同治三年五月初二日日记中论有清学术一节，亦见于整理本《谭献日记》（中华书局，2013年，第20—21页），文字多有不同。如图所示，此份日记稿本，不仅本身内容繁杂，且书写较为潦草，同时天头地脚还夹杂有作者不同程度的删改，因此也极大地增添了文字的辨识与整理难度。

2. 一个小插曲：关于"被遮蔽"的话题

2017年4月，陈鸿森应邀在南京大学文学院作清代学术史相关的系列讲座，其中有"被遮蔽的学者——朱文藻其人其学述要"一讲。议题集中关注一个身处"学术生态"底层——无科举功名的地方性学者的社会角色和生存处境，同时深入地揭开了隐藏在乾嘉学术盛世下著述"委托加工"的冰山一角。① 讲座之后，"遮蔽"一词像是被重新发现一般，受到大家的热议和广泛使用。我作为当时的会务，以及协助陈先生前往南图访求、抄录朱文藻相关逸文的一员，更是获得身临其境式的触动和启发。我当时试图将这一问题平移到谭献身上，做一种模仿性的研究。因为根据稿本《复堂日记》的记载，谭献作为浙江采访忠义局、盐法志局的一员，曾长时间参与《浙江忠义录》《两浙盐法续纂备考》等大型集体性书籍的编写，以及前后序跋、凡例的代作与拟定。然而在书籍刊印之后，作为底层士人的谭献及其所做之事都被一定程度地"遮蔽"了。虽然关于谭献被"委托代工"的问题研究，当时并没有成文，但某些想法或研究苗头却在我的脑海里已深深扎根。

3. 稿本日记与谭献代笔的整体浮现

至2018年5月，经过长达两年多的辨识、录入，我终于初步完成对所知61册谭献稿本日记中的60册的整理。与谭献生前所编选、刊刻的节本相较，稿本日记中所蕴含的史料与信息，着实让人欣喜与惊叹。仅就代作来说，就要比此前所见已刊、未刊文献所呈现出来的信息要丰富得多。具体而言：一是代作文体更为多样。其类型不仅仅局限于各体文章，还涵括了诗词、楹联、书院考课、科举制艺等。二是所见数量更为可观。以文章代作为例，其中见于文集之外并完整记录篇题者即有42篇，此外还有信息不全者5篇。三是受代的对象及具体时间被完整呈现。在《复堂文》

---

① 陈鸿森《被遮蔽的学者——朱文藻其人其学述要》，《传统中国研究集刊》2017年第1期。

《复堂文续》《复堂文余》所收40余篇代作中，明确标示受代者姓名者仅4篇，而据稿本日记则可以考知63篇代作的准确归属及发生缘由。不仅如此，稿本日记中还记载了代笔行为发生的双向性，即在谭献为他人代笔的同时，也存在他人为谭献代笔的情形，且部分代作进入由谭献亲手编定的文集。如此繁复的信息一时涌现到眼前，让我不得不再次拾起曾经被搁置的问题。

二、系列文献的发掘与进入"情境"的探寻

1. 文献问题？ 文学问题？

上面已经谈到，在一开始的思路里，我只是将这些代作与其他未见于文集的逸文同等看待，看重的是这些作品的文献补缺价值，因此最初所拟定的论文标题是"为他人作嫁衣裳——稿本《复堂日记》所见谭献代作的类型及其价值"，同时将此前所发现的《复堂文余》纳入，作为文章的第一部分。但在写完前两个部分后发现，由于一大半篇幅都是在罗列篇名，文章显得很是平面，同时也缺乏可读性。这让我不得不重新思考：代笔这一行为及其产生的作品，到底是一个文献问题还是一个文学问题？是一种普遍现象还是特殊个例？如果是普遍存在的，那么谭献的特殊性在哪里？代笔对于谭献而言意味着什么，是用以治生的途径还是迫于人情的应酬？对于代笔之作，代笔者、受代对象以及后来的编辑者，又会分别采取怎样的处理方式？其中有没有一定的标准？基于这些疑问，我开始转变写法，并最终将"以代作入集"作为核心点，把问题引向更为宏观的文学史层面。与此同时，因为有稿本日记的加持，我开始思考日记在探究文学问题上所具有的独特性。在这期间，蒋寅"进入过程"及张剑"情境文学"的

概念给我较大启发。① 基于这些思考，此后也就陆续写出本文及《"以诗词入日记"与谭献词学创作的时地还原——基于稿本〈复堂日记〉的一种考察》（《文学遗产》2021 年第 3 期）这两篇文章。两篇文章所解决的虽然是不同层面的问题，但大体的思路趋同，即通过日记来还原文学文本产生的过程与情境。

2. 充分利用新旧文献的关联与对读

清代文献的丰富性，在一定程度上成就了它的体系性与相互关联性。这种体系性，首先表现在作者自身的系列文本中，而这一点在谭献这里表现得尤为突出。谭献的现存著述，不仅有保存较为完整的诗文集和词集，而且有互为映照的日记、书札，且稿本、刻本、抄本一应俱全。特别是稿本《复堂日记》的存在，像是为整体研究提供了一个基底或者背景，所有的问题都能够从中衬显出"原型"。但是有了整体，并不意味着能解决一切问题，充分利用新旧文献的对读与互证仍是必要和关键的。

例如，《复堂文》收录有《六义篇》《明堂赋》等篇，但题下并没有任何标示；而稿本日记中则留下了"以上皆为同人捉刀，应诂经精舍课也"的提示，依循这条线索，找到现存的《诂经精舍三集》，可以很快找到相对应的文本，据此可认定此数篇文字亦属代作，且代作的对象分别为潘鸿和陈豪。又如作者虽然在部分代作题下标注了"代"字，但为何将此类文章入集，则不甚了了。以《叶君修桥碑》一篇为例，对于此篇代作，谭献在两个地方留下线索：一是在文集篇名下标注了"代"字，且置于卷首；二是在刊本日记中将稿本日记"代人撰《叶君修桥碑》"中的"人"具体化为章学使，同时留下了"用汉人文例，度当骇俗"的自我评价。借助对读，可以清晰地看到谭献利用不同文本来暗示代作的归属。而对于较具学术品格的《六义篇》《明堂赋》《厦门义学记》等，谭献则又采取抹除

---

① 蒋寅《进入"过程"的文学史研究——〈王渔洋与康熙诗坛〉导论》，《山西大学师范学院学报》2001 年第 1 期；张剑《情境诗学：理解近世诗歌的另一种路径》，《上海大学学报（社会科学版）》2015 年第 1 期。

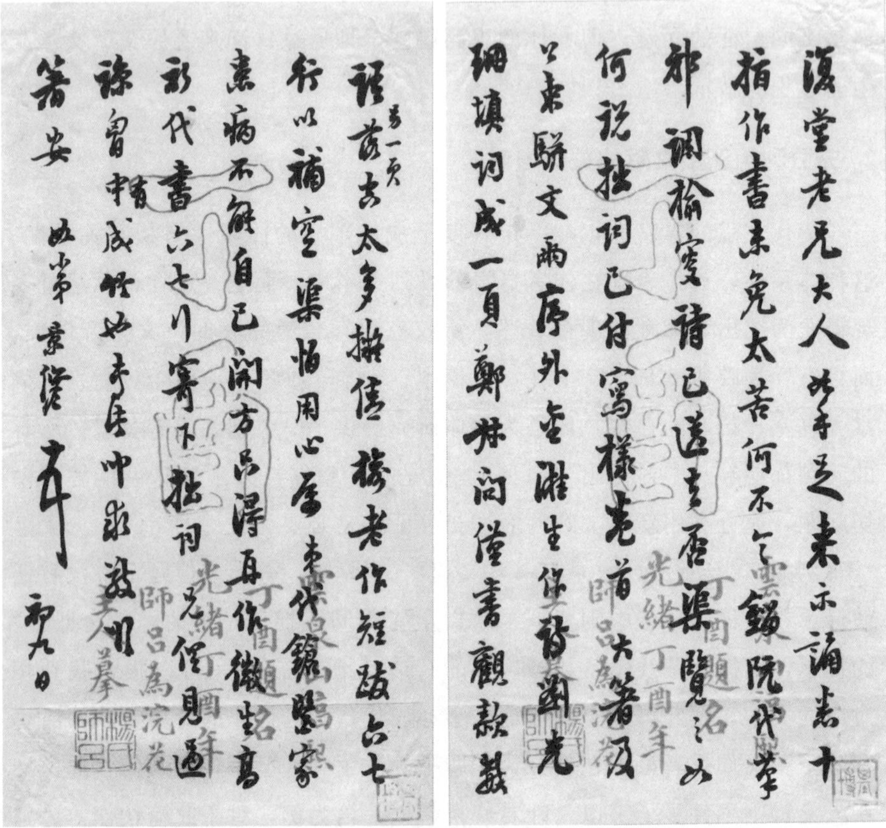

图 8.2　沈景修致谭献手札

图为《复堂师友手札菁华》（人民文学出版社，2015年，第822—823页）所收沈景修致谭献的一通手札，其中涉及请托友朋代笔的内容。其略云："拙词已付写样，卷首大著及公束骈文两序外，金淮生作诗，刘光珊填词，成一页。郑叔问仅书观款数语，（另一页）落空太多，拟倩榆老作短跋六七行以补空。渠怕用心，属弟代枪。医家患病，不能自己开方，只得再作微生高，祈代书六七行寄下。拙词兄俱见过，谅胸中有成竹也。"据此可知，今《井华词》卷首题名"许增"一跋，亦当出自谭献之手。

"代"字的方式，来保持文章本身的纯粹性。又如，在《复堂师友手札菁华》所收来往信札中，亦多有涉及代笔的信息，其中尤以沈景修请托谭献代许增撰《井华词跋》一事最为典型，而此中缘起在稿本《复堂日记》中并无任何记述。凡此，都只有在不同类型文本的映照中才能得到呈现。

作为一种针对专人的专题文献研究，我从始至终都在寻找新的切入角度与研究方法，避免陷入将新见文献作简单类分而自说自话的泥潭，尽可能地将谭献及其日记置于一个更加丰富的文献集群中加以观照。细碎文本的排比、关联与精细结构、编织，能够将文献或文本重新语境化、脉络化，揭示这些文本产生、发展与演变的一般规则；同时可串联、激活那些看似孤立、无用的文献，以及那些被历史尘封的人和事。

三、现象的普遍存在与个案研究的局限

1. 文章整体上的"意犹未尽"

文章在发表后，收到的最多反馈就是总体上显得"意犹未尽"。结语中着意述说的一些内容，其实都只是提出问题，在文章中并未得到充分的解决，有点浅尝辄止。对于这一不足，我自然也心知肚明。在写作过程中，虽然研究思路经历过多次的调整，但最初的触媒包括后来促成这篇文章的关键，都缘于新史料的发掘，因此，在写作上还是不可避免地过分依赖文献，偏重事实的呈现，而非现象的剖析与理论的总结。而这也就造成文章每一部分要解决的似乎都是相对独立的问题，没能达成层层推进式的结构效果，同时也给读者以没有完全展开和深入的阅读体验。造成这一结果的深层原因是代笔所牵涉的问题过于复杂。这种复杂性一方面表现为代笔现象本身的宽泛性，它并不是一时一地的产物，而是广泛地分布于各个时段、各个阶层、各种文体，且通常以十分隐晦的方式潜藏在各类文献的细微处，需要作长时段的爬梳和甄别；另一方面是代作产生的因素较为繁杂，涉及政治、经济、社会、文化、艺术等诸多层面，还要区别对待职务

性的、人情性的、专职式的等不同类型代笔。而这些都不是单篇文章所能够解决的。有鉴于此,为了保证文章主题的纯粹性,我只能采取一种以谭献及其相关文献为立足点,围绕谭献但又不局限于谭献,且最终能够回到谭献的写作思路。这样一来,我所呈现的"代笔",其实就只能是稿本《复堂日记》映照下的谭献代笔。

2. 谭献的代表性问题

因为代笔不是某个时刻、某个人物身上所特有的行为,而是存在于文学、艺术等领域的一种普遍现象,所以单纯地将谭献作为个案,就必然会受到个案代表性有无、强弱的质疑。这里以一位读者的意见为例:

> 这一问题可能比论文所展现的情况还复杂。代笔是一种普遍存在,不是一个个案现象。将代笔的文章收入自己的集子,这个在清代至少在顺康时期就很普遍。比如像陈维崧,他集子里代家大人作,代这人的、代那人的,有各种代笔。这种代笔,最典型的可能还要数王际泰,他的孙子王晦在给他编集时,把所有的代笔文都收在集子里。集子里都写得很清楚,包括标题,给谁代。如此操作,明显就是把送给别人的东西,卖给别人的东西,再放在自己的筐子里。这也是很有意思的现象:就是他不甘心,而且这个代笔者本身作品不多,若全不收的话,集子刻出就很单薄。所以论文所探讨的问题,还要放在一个更大的语境里边考量才有意义。作者的取证只是集中于谭献,集中于晚清这几个人,没有普遍性。作者以为这是特殊现象,其实是普遍现象。

其实这里所谈到的问题与上一点存在相通之处,即我没能做到通盘的研究,而只是抓住了谭献这样一个个例,而且这一个例还是相对晚近的,因此,他的代表性自然也就成问题。对于"代作入集"的问题,我在文章中其实也曾尝试去梳理出一个较完整的发展脉络,但由于牵涉的集部文献过于庞大，因此最终形成的也只能是一个个点的串联，这样的点当然还可以找到很多，但如何串联成面，得出具有普遍性的观点，可能还需要更加系统地去爬梳唐宋以来的别集。

当然，对上面的质疑仍可以再讨论：代笔既然是一种普遍现象，为何古代文学研究中没有将其"问题化"予以深入讨论呢？很可能就是缺少一条进入问题的路径；谭献稿本日记和相关文献的留存正好提供了一种机缘，并"自带"了解决问题的办法。学术论文的目标不可能面面俱到，而是举一反三、以小见大，启发思想，拓宽视野。

四、编织代笔的整体史

1. 别集编纂与"代作入集"的再思考

别集编纂作为考察文体观念与文学批评的主要突破口，近年来受到越来越多的关注。相关路径包括：根据别集的早期形态来考察集部生成的历史；根据文集的文体分类与前后位置来考察文体的派生与升降；甚至通过文集所附着的副文本，如序跋、凡例、自注等，来探究古人的文学观念与文学思想。① 事实上，在考察"代作入集"这一问题时，同样可以根据文集的分体、自注、凡例，以及别集的编纂类型（小集与全集、自编或他编）等方面加以系统考量，以便判定不同时段的作者对于代笔之文的处理态度与观念演进。

2. 稿本日记与"晚清文人代作年表"

到了清代中晚期，在日记中载录诗词、文章，或者记录日常所作其他文字，已然成为文人日记的常见书写模式。就代作而言，目见所及，除谭

---

① 最具代表性的成果有李成晴所撰系列文章以及何诗海的专著《古书凡例与文学批评：以明清集部著作为考察中心》（中华书局，2023 年）。

献《复堂日记》外，像叶昌炽《缘督庐日记》、李慈铭《越缦堂日记》、王 诒寿《缦雅堂日记》、袁昶日记、何振岱日记等①，都记录有相当数量的 代笔案例。近年来日记整理与影印的热潮，更是为相关史料的获取提供了 极大的便利。若能对清代特别是晚清以来的文人代作进行系统性的梳理和 考索，编制出"晚清文人代作年表"（具体到时间地点、受代对象、是否 入集等），相信会有更多令人欣喜的发现。

3. 代笔史料汇编与代笔的文学史

关于文章代笔的历史，本文虽有所溯源，试图找到具体的源头，梳理 出一条清晰的发展脉络，但限于精力和篇幅，还留有较大的需要弥补的空 间。一是有必要对分散在各种正史、笔记、别集、总集及类书等书籍中有 关古代文学代笔的史料进行系统的辑录，从而编排出一部较完备的文人代 笔的史料汇编。二是根据文献汇编，对其中所涉及的作品进行辨析与归属 判定，对代笔发生的群体与主要文体类型进行全面考量，对发生频次较高 的代笔人进行专题研究，进而尝试形成一整部代笔的文学史。

五、拓展阅读：代笔研究的多种可能

文章发表以后，又陆续出现不少探讨相关问题的文章。虽然各自的出 发点和研究理路有所差异，但围绕的中心议题则是较为一致的。如李易特 《齐梁士人群体"请托代笔"风气与"笔"的文学地位提升》（《汉语言文 学研究》2023 年第 2 期）、张晓江《陈梦雷〈松鹤山房文集〉代作补考》 （《古籍整理研究学刊》2023 年第 4 期）等。其中高策《清高宗御制诗文 创作流程及代笔问题探疑——以新见"乾隆御稿"为核心》一文较具方法 论意义。这篇文章充分利用近年来才进入学界视野的"乾隆御稿"，即清高 宗诗文手稿及誊抄稿，并结合实物资料及相关笔记、序跋与历史记载，进

---

① 窦瑞敏《何振岱为陈宝琛代笔考》，《上海书评》2023 年 10 月 16 日。

行系统细致的文本分析、比对，认为御制诗应当大多为清高宗自己创作，文臣主要负责誊抄、作注等；而御制文中，碑文、序、记等存在文臣代为撰写的情况。① 这样不仅基本厘清了清高宗诗文创作的具体流程，还切实解决了这个历来为文史学者争论不休的议题。

在文学领域外，代笔还广泛存在于书信、契约文书等文献中，这是历史学、人类文化学较为关注的问题。在这一方面，瞿见《"依口代笔"与"依稿代笔"：清代清水江契约的代笔方式》一文，可以说是较为新颖的成果。该文利用新近刊布的大量契约文书，发现传统契约的制作，存在"依口代笔"和"依稿代笔"两种模式，且代笔的性质不应当被简单地定义为"听写"或"誊写"，而是具有一定的"书写"性质。② 事实上，在文学代笔层面，也存在相似的问题，即：代笔人与受代对象之间，到底是一种怎样的关系？代笔是单纯出卖写作的技术，还是也参与文章主旨内涵的书写与建构？而这可能是确定文章最终归属的重要标准。

---

① 高策《清高宗御制诗文创作流程及代笔问题探疑——以新见"乾隆御稿"为核心》，《文献》2023年第4期。
② 瞿见《"依口代笔"与"依稿代笔"：清代清水江契约的代笔方式》，《思想战线》2024年第1期。

[下] 论　文

谭献文章代笔及其"以代作入集"的文学史意义
——以稿本《复堂日记》为中心[*]

引　言

代笔是中国古代较为常见且历史久远的一种社会文化现象。[①] 所谓代笔,是指作者自愿以他人名义（放弃署名权）进行的撰著或其他创作活动。[②] 他们代作的文本类型,可以是诗词、文章,也可以是楹联、书法、绘画作品,甚至是书院考课、科举制艺等,大体涵括了文学、艺术、文化等各个领域。受代对象可以是君王大臣、地方要员,也可以是师友知交,甚至是毫不相识者。而代笔之人,则大抵多为出身贫寒或身份低微者。当然,需要稍加说明的是,本文所论述的代笔,主要集中于文人群体间,不涉及民间的专职代笔人,偶及大府幕僚的公务性代作;对于家族内部,如

---

[*] 作者:吴钦根。此文原刊于《南京大学学报（哲学·人文科学·社会科学）》2023年第3期。

[①] 关于代笔,最早可追溯至汉魏六朝时期,如《文选》卷四十一收录有陈琳《为曹洪与魏文帝书》一篇,李善注引《陈琳集》云:"琳为曹洪与文帝笺。"复引《文帝集序》云:"上平定汉中,族父都护还书与余,盛称彼方土地形势。观其辞,如陈琳所叙为也。"（萧统编,李善注《文选》第5册,上海古籍出版社,2012年,第1880页）又鲍照《侍宴覆舟山二首》,题注云:"敕为柳元景作。"（鲍照撰,钱仲联增补集说校《鲍参军集注》,上海古籍出版社,1989年,第255页）至唐宋时期,则渐成风气,各大家如李白、韩愈、柳宗元、白居易、李商隐、苏东坡等均有代作存世。此处需要特别说明的是,本文所论代笔,当区别于魏晋以来盛行的拟代、代言之体,如《文选》所收《代魏太子邺中集诗八首》《代君子有所思》《为顾彦先赠妇》《为贾谧作赠陆机》等,以及后来的隔代代拟之作,如吴汝纶《代陈伯之答邱迟书》等。

[②] 李明杰《中国古代图书著作权研究》,社会科学文献出版社,2013年,第42页。

父子、兄弟（妹）、夫妻之间所产生的代作，也予以区别对待。至于代笔的发生。徐渭曾发表过切己的论说，其《抄代集小序》有云：

> 古人为文章，鲜有代人者。盖能文者非显则隐，显者贵，求之不得，况令其代；隐者高，得之无由，亦安能使之代。渭于文不幸若马耕耳，而处于不显不隐之间，故人得而代之。在渭亦不能避其代。又今制用时义，以故业举得官者，类不为古文词，即有为之者，而其所送赠贺启之礼，乃百倍于古，其势不得不取诸代。而代者必士之微而非隐者也。故于代可以观人，可以考世。①

此篇大体道出了代笔产生的两大要素：一是代笔人身份上的"微而非隐"，即出身相对低微，但并没有脱离或远离世俗社会，还得借卖文来维持基本的日常生计与人情关系；二是代笔产生的社会条件，即身处高位、应酬繁多与其自身在"古文"（相对于时文）创作上的无能或无暇构成两难困境，因而不得不假手他人。当然，此中更值得注意的地方还在于，作为具有代笔经历或代笔人身份的徐渭，点出了有关代笔这一行为及其相关产出的后续意义，即后世能够借代笔这一行为或现象，及其留存的相关作品，来考察某一个体或特定群体的创作、交游、处境及心态，进而洞窥特定时代的特定文学风貌。

谭献作为晚清一般士人，虽有过一段时期的仕宦经历，但始终沉沦下僚；其人一生充当过大府幕僚、书院山长，又长期在地方临时性事务机构，如浙江书局、浙江采访忠义局、浙江盐法志局、湖北官书局等处供职，总体上是一个"微而非隐"式的人物。其间也因困于生计或囿于人情，撰写了为数众多的代笔之作。其文体类型不仅涵括诗、文、词，甚至还延伸到联语、制艺、书信等各个领域，而其中尤以各体文章为多。只是

---

① 徐渭《徐渭集》卷十九，中华书局，1999 年，第 536 页。

这些代作在谭氏公开化的著述里，大多已被有意识地隐去了。如在已刊文集中，明确标注"代"字的篇目，仅《周季编略叙》《浙江忠义祠碑》《崇义祠碑铭》《慈溪县志序》《田砚斋遗文叙》《郭友苏诗叙》《孟公祠堂记》等寥寥七篇。在刊本《复堂日记》中，亦仅提及《叶君修桥碑》一篇而已。问题是，谭献代作的总体规模如何？这些代作为何时所作？为谁而作？将代笔之作收入文集，起于何时？谭献将此七篇纳入，又是基于何种考虑？当然，解决这一系列问题的初衷，并非仅仅是为了追索著作所有权、搜罗遗文佚作那么简单，更重要的还在于，试图以谭献及其稿本日记为中心，具体呈现文章代笔的发生机制，以及隐藏在"以代作入集"背后的文学史意义。

一、为他人作嫁衣裳：谭献文章代笔的大致规模

谭献历来以词学为世人所称道，事实上，其人在文章创作与批评方面亦有特出之处。钱基博在《复堂日记序》中有云："谭氏论文章以有用为体、有余为诣、有我为归，不尚桐城方、姚之论，而主张胡承诺、章学诚之书，辅以容甫、定庵，于绮丽丰缛之中，存简质清刚之制，取华落实，弗落唐以后窠臼，而先以不分骈散为粗迹、为回澜。"① 张舜徽亦曾评价云："献为文炼字宅句，深有得于晋、宋、齐、梁文辞之奥。晚清文士，大半中四六之毒颇深，俱未足称骈文高手。献独规仿六朝，取法乎上。极其所诣，固贤于李慈铭、樊增祥。"② 于此可见其文章造诣与文学地位。同时，谭氏于个人文章亦较为自信且珍视，在稿本《复堂日记》中，屡见其亲自编校、抄存文集的记录，如光绪九年九月廿八日日记云："《复堂文续》廿二篇抄成清本，自校一过，颇以为澹雅可喜。"（《复堂日记》第47册《盛唐治记三》，南京图书馆藏）又光绪十二年三月初六日日记："剪烛

---

① 谭献撰，范旭仑、牟晓朋整理《谭献日记》，中华书局，2013年，第185页。
② 张舜徽《清人文集别录》卷二十，华中师范大学出版社，2010年，第509页。

再校《类集》文四卷，中又有讹字，就文而论，不乖作者，差得意耳。"（《复堂日记》第 50 册《恒春小记》，南京图书馆藏）至于晚年，更是始终悬念于文集续编的出版，并不断地自我检视。① 正因如此，其人生平创作大体得以保存、刊布。今所通行的有《复堂文》四卷、《复堂文续》五卷，收录于整理本《谭献集》中，凡 257 篇②。点校本前言又云"金石跋及文余各三卷则注明'未刻'"③，可知谭氏著述尚有《金石跋》与《复堂文余》二种，但整理者并未予以搜求，想是已将此归于亡佚之列。事实上，《复堂文余》，今尚存于世。

《复堂文余》三卷，稿本，南京图书馆藏。全书凡收录谭献所为序跋、碑传、寿序、诔祭、赠序、书启、杂记等各体文字 77 篇。钱基博曾受徐彦宽之请，代为审定是编，故钱氏有《〈复堂文余〉序目》一文记其端末。④ 钱氏《序目》将此书析为上、下两编，上编为骈文，下编为散文，各类之下又各以体分。其中骈文下收序（1 篇）、启（1 篇）、寿序（13 篇）、赞（1 篇）、诔祭（3 篇）；散文下有论（1 篇）、序跋（11 篇）、书（1 篇）、赠序（32 篇）、传（2 篇）、碑志（2 篇）、杂记（6 篇）。⑤ 从钱氏《序目》可见，《复堂文余》一稿，各体兼备，但大多为应酬性文字，如寿序一体即有 44 篇（其中赠序 32 首中，除《送胡履平方伯北上序》一篇外，其余亦均为寿序）。值得注意的是，其中还收录了数量可观的代笔之文，以题后明确标注"代"字者而论，即有：《重刻抱玉堂集叙》《城南小识叙》《范月槎观察诗叙》《书读碑图后》《重建钱塘县学记》《重建醉翁

---

① 如光绪二十三年三月初十日日记："杂检《文续》稿本，将写定。"（《复堂日记》第 32 册《迎阳记》）光绪二十四年十一月廿七日日记："两日重检《复堂文续》，校删，可定写。"（《复堂日记》第 34 册《迎阳三记》）又光绪二十六年十月廿八日日记："胡幼嘉来谈，将往吴下，以知府需次。告予方刻《严陵集》，又云明年谋刻《复堂文续》云。"（《复堂日记》第 29 册《庚子秋闱》）
② 谭献撰，罗仲鼎、俞浣萍点校《谭献集》，浙江古籍出版社，2012 年。
③ 谭献著，罗仲鼎、俞浣萍点校《谭献集》，前言第 14 页。
④ 今收入《钱基博全集·序跋合编》，华中师范大学出版社，2014 年，第 185—189 页。
⑤ 另有《赠方观察叙》《易象大学通解叙》《北东园笔录叙》等三篇为目录所无，当是后来所增，以夹签的方式保存于书稿中。

亭记》《重建丰乐亭记》《皖岸督销局厅壁记》《安徽省城浙江会馆记》《左侯相寿叙》《左侯相督部寿叙》《李督部寿叙》《陈少舫给谏七十寿叙》《应方伯五十叙》《凤颖道胡君五十寿叙》《胡观察寿叙》《陆秋丞观察寿叙》《钟官城观察七十寿叙》《林赞之太守寿叙》《萨尔图母宗室太夫人八秩寿叙》《诰封奉直大夫晋封荣禄大夫云嵩乡丈先生大人七旬寿叙》《程母七十叙》《杨母王太夫人寿叙》《刘母八十叙》《钦旌节孝李母柏太恭人寿叙》《薛教授六十叙》《杨封君七十叙》《喜塔腊母康太夫人寿叙》《郭军门母（曹）太夫人八十寿叙》《王母刘太淑人八十寿叙》《祭熊朝议文》等，凡31篇。

  作为由代笔者保存的文本，迫于对受代对象的尊重与"保护"，不得不有意识地在作品中隐去"主名"，但出于对自己作品的珍视，又总是会在某些隐蔽处留下自己的痕迹，如：方宗诚在代他人为文时，往往不忘提及自身①；或者在私密文本里记录下代作的清单，譬如叶昌炽《缘督庐日记》中，即记录了为数众多的代作。② 同样，在《复堂日记》里，谭献也在有意无意间遗留了为数不多但值得玩味的线索。如稿本《复堂日记》同治三年四月初三日下有"代人撰《叶君修桥碑》"的记录，至刊本日记，则已将"人"字具体化，改为"代章学使"③。此文同时也被收录在《复堂文》中，但未标注"代"字。④ 通过日记与文集的互相参证，可知代作对象为章鋆（时任福建学政）。这也是谭献生前所刊日记中仅有的一条代

---

① 如代李鸿章撰《光禄大夫刑部右侍郎吴公神道碑铭》中即两次提及自己，一处云"桐城方宗诚辑公读书札记及与人论学书为十卷，曰《拙修集》"，另一处复云"公之德行、学术、政事，方宗诚所撰《年谱》载之详矣，兹不具，著其大者"。详参张秀玉《清代桐城派文人治生研究》，中国社会科学出版社，2017年，第140—141页。
② 以《缘督庐日记》所载而论，所代有诗有文，如庚午十二月廿八日日记云："作赋一篇，为刘师捉刀也。古情奇气，师见之定当刮目。"（叶昌炽《缘督庐日记·逝波小录》，广陵书社，2014年，第1册，第23页）又辛未五月廿七日日记："题顾乐泉《坡仙琴馆图》五古一首，为校邠师捉刀也。"（《缘督庐日记·逝波小录》，第1册，第62—63页）丙子七月初四日日记："作《蒋芾君传》，代西圃师捉刀。"（《缘督庐日记·逝波小录》，第1册，第356页）通检《缘督庐日记钞》所记代作，仅文章一体即有32篇。
③《谭献日记》卷一，第18页。
④《谭献集·复堂文》卷二，第49页。

作信息。此后徐彦宽续为补录、续录，又有"代中丞撰《重建天竺法喜寺碑记》""作《重刻旧唐书跋》，代湘乡中丞作""代薛先生撰《重建醉翁亭记》""代许益斋跋《玉琴斋词》"等更多的记载①，可见谭献代作远不止此。相对于刊本，稿本《复堂日记》作为一种未经剪裁的文本，其间保存、记录了大量的诗词、文章，一部分已为刻本《复堂类集》所收，一部分则仅作为日常性的习作而备忘。② 其间较为完整地记录了历年代笔的具体时间、对象及其篇名，这就为厘清其人代作的规模、类型及归属，提供了极为可靠的第一手证据。结合稿本日记所载，并剔除刊本文集（7 篇）、稿本《复堂文余》已标注者（31 篇），又可得到以下这份作品清单：《瑞安昭忠祠碑》《东城讲舍记》《放鹤亭记》《岳王祠墓碑》《李封翁七十寿序》《从政遗规跋》《重建天竺法喜寺碑记》《某封翁七十寿序》《李伯太夫人寿序》《定海蓬山书院记》《敷文书院课艺序》《东城讲舍课艺序》《徐封翁寿序》《徐传山太史行状》《重刻旧唐书跋》《李节相寿序》《书贾生陈政事疏后》《吴封君寿序》《筹皖议》《上方伯笺》《陈柏堂遗稿叙》《督销局厅壁记》《鹤缘词书后》《丁氏褒忠录序》《跋恽子居评本茗柯文》《毛某家传》《滕先生寿叙》《石芝生寿序》《繁昌佘母家传》《许方伯寿叙》《芷云阁诗抄序》《玉琴斋词跋》《缉雅堂诗话叙》《赵澹如墓志铭》《经心书院续集跋》《朱汤淑人诔》《蒯光禄神道碑》《都统常恩六十寿序》《两浙续纂盐法备考序》（4 篇），凡 42 篇。另有信息不全者，如"代和甫师撰序一篇""代夏司业撰一小文""为褚丈代撰寿文""代薛师撰《诗序》一篇""代撰小诗一、跋语一则"等 5 篇。

事实上，在《复堂文》《复堂文续》已收篇目中，除《叶君修桥碑》确属代作但题下未予注明外，至少还有《六义篇》《明堂赋》《明堂后赋》《厦门义学记》《读〈说文〉偶记》等五篇，亦属同类情况。《厦门义学

---

① 《谭献日记》，第 206、221、252、276 页。
② 关于《复堂日记》的版本形态及文本差异，详参吴钦根《谭献〈复堂日记〉稿本的发现及其价值》（《古典文献研究》2018 年第 21 辑下卷）、《谭献〈复堂日记〉的编选、删改与文本重塑》（《文学遗产》2020 年第 2 期）。

记》,作于同治三年七月初二日,当天日记云:"是日代刘觉庵撰《厦门义学记》文,将来又以删附《学论》者。"(《复堂日记》第2册《甲子日记》,南京图书馆藏)至于《六义篇》《明堂赋》(二首)及《读〈说文〉偶记》等四篇,据稿本《复堂日记》所载,在同治七年七月初十日至十五日的数日中,谭献依次撰有《明堂赋》《铙歌二十首》《诗六义次第述》《答说文问》《明堂后赋》《平捻露布》等多篇文字,且云:"以上皆为同人捉刀,应诂经精舍课也。"(《复堂日记》第7册《计谐行录》,南京图书馆藏)所谓诂经精舍课,即书院定期举行的官、师(朔望)考课,谭献临时为应考之人代笔,后删取以入文集。① 另外,在《复堂师友手札菁华》所收往来信札中,又有沈景修请托谭献代许增撰《井华词跋》一事②,可知今《井华词》卷首所载题中"许增"一跋,亦出自谭献之手。至此,谭献代笔之文确实可考者已达92篇。又因现存稿本日记起于同治元年,此时谭献已过而立之年,前此有无代作已不可考;但当前所存稿本《复堂日记》,尚缺同治十一年九月至十二月、光绪十一年七月至十一月、光绪十二年七月至光绪十三年八月、光绪十五年七月至光绪十六年八月、光绪十九年九月至十二月、光绪二十年六月至十二月、光绪二十二年正月至五月等数段,确属事实。若根据现有规模及频率作一推测,则谭献生平代作的规模应在百篇以上。

二、代作的伦理:谭献文章代笔的具体归属与群体类别

对于代笔之文,因创作与署名的两歧,有文随代笔人而存者,亦有文

---

① 据应巧燕编"诂经精舍同治七年、八年、九年官师课题"表,同治七年七月朔课课题中,"经训类"有《〈诗〉六义次第述》"《说文》问"(六书次第,引诸儒说会意疑、阙文述、汉儒名理录;《玉篇》《广韵》引《说文》,足当六朝善本否?唐本《说文》真伪若何?),"文学类"有"明堂赋""拟汉铙歌"(朱鹭、艾如张、上之回、拥离、巫山高、上陵、芳树、雉子斑、圣人出、远如期)"拟平捻露布"等,与谭献日记所载正相符合。详见《诂经精舍与学海堂两书院的文学教育研究》,齐鲁书社,2012年,第420—421页。

② 钱基博编《复堂师友手札菁华》,人民文学出版社,2015年,第822—823页。

随主名人而有者。如若仅一方存稿，且未标注"代"字，则极易造成失收或误收；若双方均有文稿留存，则难免出现同文异主、一文两收的情形。① 因此，确定代笔类作品著作权的准确归属，就显得尤为必要。然而，历来以代作入集者，很少会在题中或题下注明所代对象的主名。如明魏裳《云山堂集》载录有《送陈桥东擢秦大参序》等代作8篇，其中除《祭黄罗湖》一篇在题下标注"代父"外，其他诸篇均仅注明"代作"二字。又张大复《梅花草堂集》卷二至卷十三凡收录各类代作12篇，其中仅带公文属性的五篇标注了"代某某"，其余亦仅标明"代"字。当然，在明清两代别集中，亦不乏体例严明者，如《陆锡熊集》，不仅为代笔之文设立专卷，还在每一篇代作题下注明受代主名，如"代袁清恪公作""代阿文成公作""代于文襄公作"等。此后，更有自定凡例，以示区别者。如包世臣《自编小倦游阁文集三十卷总目序》云："今年长夏家食，乃锐意择可识别者得若干篇，其有托体较大，关系身世，则归之正集。虽么小不足数，而稍有意兴，与夫乡曲贤士女之宜纪述，以及代言之足济时用者，录为别集。代言中成于受意者，署曰代某，若断自己意则曰为某，以示区别。"② 包氏自编《小倦游阁集》原本已佚，今本《小倦游阁集》共收录各类代作12篇，其中"代某"者六篇，"为某"者五篇，另有一篇则是以题下注的形式呈现。也就是说，此类标注形式带有很强的随意性，并不存在统一的规范与准则。

至于谭献代笔之文的具体归属，在《复堂文》《复堂文续》所收13篇代作中，亦仅《浙江忠义祠碑》《崇义祠碑铭》《孟公祠堂记》在正文中显示了受代者姓名；《复堂文余》所录，则除《安徽省城浙江会馆记》一篇文末有"圣清光绪十四年嘉平月鄞张岳年撰文"的题署外，其余亦均无具体的署名信息。另外，因《诂经精舍三集》所收有潘鸿《诗六义次第述》、陈豪《明堂赋并序》二文，与收录于《复堂文》卷一的《六义篇》、卷四

---

① 王葆心《古文辞通义》，武汉大学出版社，2008年，第861—863页。
② 包世臣撰，李星点校《包世臣全集·艺舟双楫》卷一，黄山书社，1993年，第270页。

之《明堂赋》，文字全同。① 据此可推知此二篇乃代潘鸿、陈豪所作。又《郭友苏诗叙》一篇，文末虽无具体题署，但据文中"近世名医之能诗者，吾宗有一瓢征君"② 一语，亦可推断代作对象与"一瓢征君"薛雪同姓，其人当即薛时雨。至于其他各篇，在缺乏相关文献作为佐证的情况下，似乎难以一一考索。而稿本《复堂日记》的出现，在一定程度上为解决这一问题提供了契机。在稿本日记中，谭献即时性地记录了各天所作诗词、文章，诗词兼载全文，文章则仅载录篇名或文体类型。③ 若为代笔，则大多记录了所代为谁，或称官职，或书字号，或以"某人"代之。如同治十年九月初十日日记云："为海宁徐传山太史嗣子代撰太史行状，许壬伯为之请也。又代秦都转撰《李节相寿文》，竟日不出。……压线文章，大笔欲汗，又如山鸡自爱，不能草草，可笑人也。"（《复堂日记》第10册《倦游日记》，南京图书馆藏）徐传山即徐元勋，秦都转即秦缃业。在这则日记中，不仅交代了代作的缘起、具体对象，还表达了自身对于代笔这一行为的心境与态度。循此逻辑，通过系统爬梳，共可考得其中63篇代作的确切归属。为便于观览，现将代作对象略作群体划分，列表如次（见表8.1）：

表 8.1　谭献代作对象群体划分

群体归属	代作对象	代作数量
地方官员	章鋆、刘觉庵、杨昌濬、马新贻、徐树铭、夏司业、秦缃业、张锡嵘、绍诚、黄组络、谭钟麟、胡玉坦、张岳年、恽祖翼、庄人宝、廖寿丰、刘树堂、恽祖翼、世杰	28
师友故交	薛时雨、吴存义、萧云史、沈祖懋、潘鸿、陈豪、王诒寿、褚丈、黄传桼、缪钟渶、尹起鸾、阮芝田、应宝时、许增、高保康、黄传镶、陈栎三、王同	32
其他	徐元勋子、丁黼后裔、恽云崧	3

---

① 详见赵所生、薛正兴主编《中国历代书院志》第15册，江苏教育出版社，1995年，第456—457页、第489—491页。
② 《谭献集·复堂文续》，第194页。
③ 关于稿本《复堂日记》"以辞章入日记"的具体形式，详参吴钦根《"以诗词入日记"与谭献词学创作的时地还原——基于稿本〈复堂日记〉的一种考察》（《文学遗产》2021年第3期）。

据上表可知，谭献代笔的对象，大体可分属两类，一是与谭献生平仕履密切相关的福建、浙江、安徽三省的地方官员，如马新贻（2）、杨昌濬（8）、恽祖翼（2）等，而其中又尤以杨昌濬为突出。自同治四年至光绪元年的十年间，所见谭献为其代作之文即有8篇，文类涉及寿序、记文、序跋、碑铭等各类①，俨然已成为杨氏的"御用"代笔人。杨昌濬，字石泉，湖南湘乡人。以军功起家，自同治元年始，历任浙江盐运使、布政使、浙江巡抚，至光绪元年因余杭葛毕氏案褫职，前后主掌浙江的行政要务达13年之久。以武职而作文官，其文笔应酬难免力不从心。又或如邓之诚所言："本人非不能执笔，特以无暇为之。或故意以此奖掖后进，分致润笔；甚至即求者自撰，代署其名。"② 就谭献而言，其人因洪杨之乱，于咸丰九年仓促入闽，寓居徐树铭幕府，至同治四年四月方得重返故土。而此时的谭献已过而立之年，正是追求"向上一路"的关键时期，但对于没有科名或科名不高的他而言，想要获得一个足以维持生计且较为体面的职务，本是一件极其困难的事。但在此后的数年间，谭献先后得为诂经精舍监院、浙江书局总校、浙江采访忠义局分纂，同治六年顺利考取举人，分发嘉兴教谕。至同治十三年，又以捐资为官的形式入皖，并开启了此后长达十年的县令生涯。日常间的这种文字应酬，当是其中不可避免，同时也是不可或缺的重要一环。因此，同治初年至光绪初年，也成为谭献生平代作的集中爆发期。若要追寻这些代笔背后的缘由，求名求利，自然在情理之中，但也并非主动征求，更多的应该是在权力层级或"利益交换"驱使下的"被动创作"。当然，其间也存在事务性的代笔，即代笔人与代笔对象之间不存在过多人情往来，代笔只是完成既定的任务。如所撰《续纂两浙盐法备考序》四篇即属此类。谭献以光绪二十三年受浙江按察使世杰之聘，充浙江续纂盐法志局总纂，至光绪二十五年初成，故撰序之事亦落在其头上。光绪二十五年正月初十日日记云："微暖，可以握笔，乃撰

---

① 具体为：《放鹤亭记》《岳王祠墓碑》《李封翁七十寿序》《从政遗规跋》《重刻旧唐书跋》《周季编略叙》《浙江忠义祠碑》《崇义祠碑铭》。
② 邓之诚《桑园读书记》，辽宁教育出版社，1998年，第52页。

《续纂凡例》毕。撰盐政、抚部《序》，撰布政使《序》，未竟已暮。"次日日记又云："撰藩《序》脱稿，又撰运使《序》毕。书未成而序例具稿，作嫁而已，信笔无点缀。"（《复堂日记》第 27 册《后履霜记》，南京图书馆藏）因此也就出现了在同一题目下产生四篇代作的景象。当然，这种以一人而分饰四角的行为，在当时并非孤例，俞樾《春在堂杂文》中就收录有多种一题多篇的寿序。① 此种似乎已在一般意义上的应酬代笔之外，增添了个人文学才能的自我呈现与展演的色彩。

二是师友故交，如薛时雨（12）、沈祖懋（2）、陈豪（3）等。如果说上一类是多少带有"利益交换"性质的互通有无，那么这一类则更倾向于人情交往上的互帮互助。在同治初年的杭州，以薛时雨为中心，集结了一大批文人士子，除谭献、潘鸿、陈豪外，袁昶、张预、王麟书、张鸣珂、李宗庚、董慎行、董慎言、沈景修、高骖麟等均是其中成员。群体间不仅经常性地开展诗酒文会，甚至还结成了互助联盟，这种互助的表现，包括但不限于互为代笔。如上文所述，谭献曾为潘鸿、陈豪等代作书院课艺，相应地，也存在友朋为谭献代笔的情形。就稿本日记所载而言，即有三例，其一见于同治四年二月初三日，日记云："以《朱氏殉难传》属凤洲代作。"初八日日记又云："夜点定凤洲所作《朱联华传》。"（《复堂日记》第 3 册《乙丑日记》，南京图书馆藏）凤洲，即潘鸿；《朱联华传》今收录于《复堂文》卷二。其二、其三分别见于同治七年五月初五日、同治十二年十二月初三日，代作者分别为高骖麟（仲瀛）和王麟书（松溪）。② 当然，其中最为频繁的代笔，还是发生在谭献与薛时雨之间。谭献于同治四年五月执贽薛氏之门，称弟子。当时薛时雨以杭州知府兼督粮道身份代行

---

① 详见俞樾著，张燕婴编辑校点《俞樾诗文集》，人民文学出版社，2022 年，第 1492—1497、1765—1774 页。
② 同治七年五月初五日日记云："仲瀛代予撰二文，甚修洁。"（《复堂日记》第 7 册《计偕行录》）同治十二年十二月初三日日记云："郑昧三同舒云圃来，乞寿叙，属松溪代撰。"（《复堂日记》第 14 册《南园日记二》）

浙江布政使、按察使事。同月，谭献即为其代撰《东城讲舍记》一文①，自此始至光绪八年，前后共为其师代撰各类记文、序跋凡13篇。② 其中三篇被收录于《复堂文续》中。因薛时雨生平仅有诗词集而未见有文集传世，因此无法据以考察其人对于代笔之文的态度与取舍。③ 但部分文章还能从他人别集卷首或地志中获取，如光绪《滁州志》卷三即载有署名薛时雨撰《重建醉翁亭记》《重修丰乐亭碑》二篇，此二文亦见于《复堂文余》中。两相比较，稍有差异。一是谭献代作原文凡遇称名处均以"某"代之，至薛氏文则改填"时雨"，并添加或改换了具体日期④；二是文辞字句上存在部分改动，改动较大者如《重建醉翁亭记》起首第二句本作"何以宇内名胜之地，若借贤人君子而后映发其气象"⑤，后改为"而宇内名胜之地，气象映发，若有借于贤人君子者焉"⑥。其他则均为个别字词的调整与增删。其余各篇亦大体如此。也就是说，薛时雨对谭献的文章创作保持足够的信任，乐意让其充当自己的"代言人"。

---

① 《东城讲舍记》，《复堂文》《文续》及《文余》均不载，见《民国杭州府志》，卷末题署为"同治四年岁次乙丑八月。"（陈璚修，王棻纂，屈映光续修，陆懋勋续纂，齐耀珊重修，吴庆坻重纂《民国杭州府志》卷十六，《中国地方志集成·浙江府县志辑》第1册，上海书店出版社，2011年，第458—459页）
② 具体为：《东城讲舍记》《周南卿抱玉堂集序》《东城讲舍课艺序》《祭熊朝议文》《柏堂剩稿叙》《孟公祠堂记》《重建醉翁亭记》《田砚斋遗文叙》《范月槎观察诗序》《重建丰乐亭记》《城南小识叙》《郭友苏诗叙》《□□诗序》。又丁丙《武林坊巷志》卷五载有薛时雨《重建杭州府署记》一文，谭献《复堂文余》亦有《重建杭州府署记》一篇，但文字全异，日记亦无相关记载，因此暂时未能判定是否为谭氏代笔。
③ 当然，除文章代作外，稿本日记中亦不乏代作诗词的记载，如光绪元年八月十一日为代作《丁节妇诗》一首，二十四日"代薛先生作《盐城刘节妇》一律"，九月初二日又"挑灯代薛先生作七言诗三"等。
④ 《重建醉翁亭记》，《复堂文余》所载未署具体日期，薛氏本添加"圣清光绪七年龙集辛巳十一月"一行。据稿本《复堂日记》，《重建醉翁亭记》作于光绪七年八月二十日，与薛氏所署日期有所出入；《重建丰乐亭记》亦存在类似情形，日记所载创作日期为光绪七年十一月廿六日，《文余》本则为"光绪七年岁十二月既望"，至薛氏则改作"光绪九年岁五月既望"，前后悬隔一年有余。此种现象产生的原因，应是文章创作与现实效用之间存在一定的时间差。
⑤ 谭献《复堂文余》卷上，清稿本，南京图书馆藏。
⑥ 熊祖诒纂修《光绪滁州志》卷三，《中国地方志集成·安徽府县志辑》第34册，江苏古籍出版社，1998年，第327页。

同时，在谭献这里，也存在受业弟子或书院学生为之代笔的情形。如光绪十七年五月初八日日记云："屺思代撰《李太守寿文》。"次日复云："晨起时点定屺思所撰《寿文》，存十之二三耳。"(《复堂日记》第 55 册《云鹤纪游三录》，南京图书馆藏）屺思，即周澧，为谭献故交周星诒之子。至光绪十八年、光绪二十年，同是故交子弟的高尔伊，又为谭献代作《可园诗序》《管朝议家传》二篇。① 其中《可园诗钞叙》亦见于《复堂文续》卷二。周澧、高尔伊，当时均从其问学。又光绪二十二年九月，当时为诂经精舍弟子的章太炎，为其代拟《孙子方家传》一篇，日记云："章枚叔来，代作《孙子方家传》，谈半晌。"(《蛇足记》，浙江图书馆藏）孙子方为孙廷献（蔼人）之父，故九月廿五日日记有云："作复孙生蔼人上海函，寄乃翁子方家传稿。"(《蛇足记》）此《家传》今不见于谭、章二人文集。日记所见最后一篇他人代作，则见于光绪二十六年三月，代笔者依然为书院弟子汪知非。日记云："翼肯回，携张氏《西湖竹枝词》稿本去，踵玉代予作序，翼肯抄一纸以应耳似。"(《复堂日记》第 30 册《庚子春华》，南京图书馆藏）可见，代笔这一行为，在师弟子之间不仅成为一种互相默许、心照不宣的行为，甚至还存在着代际的交替与传衍。此中消息，值得玩味。

三、以代作入集——有关别集编纂的一个侧面

对于代作的处置，历来也有不小的争议。因代笔之文总体上多为寿文、序跋、碑记、笺启、奏疏等应用性或应酬性文体，故不少人主张任由湮没

---

① 光绪十八年六月十三日日记云："今日审定三六桥都尉《可园诗》，点窜子衡代予所作序。"(《复堂日记》第 57 册《周甲记》）光绪二十年四月初三日日记："作寄管应山筠墅书。点定子衡代作《管朝议家传》稿，寄去。"(《复堂日记》第 23 册《午纪二》）

而不加收拾，如李慈铭凡为人代作诗文，均在日记中申明"不存稿"。① 叶昌炽《缘督庐日记》中亦有类似话语，如光绪三年九月十二日日记云："代椒坡丈作《听香室集序》一首，其兄时轩之著述也，约四百字，捉刀之作不留稿。"② 然而，在潘祖年所刻《奇觚庼文集》中，却将其平生代笔之文尽数收录。③ 当然，此举完全是出自门人的意志。因身后子侄、门人或友朋在编录亲故诗文别集时，不免在求全心理的驱使下，应收尽收。如严鎏为其父所编《严太仆先生集》，卷末题识即云："先君子自少研穷经史，制举业外兼工诗古文词，通籍后，长安诸名宿推为作手。相国文贞张公、娄东王公、大司农吉水李公尤相钦挹。鸿篇巨制，每以相委，非先君子手笔，罕当意者。不肖校阅之余，未敢割弃。窃见古人集中间有为人代笔之作，用敢编次入集，特于题下别标'代'字。"④

至于某些自编文集，虽偶尔会在收与不收之间犹疑，但最终都会录存一二。如汪师韩《上湖分类文编》卷首题识有云："余幼攻举业即学为古文，自宦途载踬，三十余年来，奔走衣食，多为人代作，非其本意。今已衰老，思力不任，爰集己丑年以前旧稿，检去其酬应之文，剩存数十首，

---

① 同治五年正月二十二日日记："为高太守撰《祭寺山江神文》，文皆四言，颇老到周密。不存稿。"（李慈铭《越缦堂日记》第五册，广陵书社，2004年，第3534页）二十八日日记："为高太守作送蒋君益澧巡抚广东七律四章，不存稿。"（李慈铭《越缦堂日记》第五册，第3569页）又同治六年二月十四日日记云："夜为毂山撰《杭州辅仁局碑记》。不存稿。"（李慈铭《越缦堂日记》第六册，第3721页）
② 叶昌炽《缘督庐日记·丁丑日记》，第1册，第431页。
③ 其中共收录《愍孝录序》《延秋馆诗跋》《桂氏遗书序》《汉西城图考序》《齐鲁近正录序》《蔡明经经窥序》《宋芸子检讨说文部目订读序》《何松亭守吾素斋诗序》《陆存斋仪顾堂题跋序》《孔绣山韩斋文集序》《钱子欣经畲堂诗剩序》《孙诗郑荀子校释序》《丁雨生中丞百兰山馆诗序》《丁氏持静斋目序》《士礼居咸宜女郎诗册跋》《航海迎师图征诗启》《会稽王孝子祠堂碑记》《蒋稚芗传》《祭高东蠡文》《费幼亭廉访六十寿序》《潘伯寅尚书六十寿序》《吴窓斋中丞六十寿序》等代作22篇。详叶昌炽著，王立民、徐宏丽整理《叶昌炽集》，中华书局，2019年。
④ 严虞惇《严太仆先生集》，《四库未收书辑刊》第八辑第19册，北京出版社，2000年，第435页。

刊诗既毕，并以付梓。其代笔有关政治者亦附存一二焉。"① 其集共分十类，最末一类为"代笔"，收文 6 篇。有的则编入外集，或收入余集，如方宗诚《柏堂集余编》、张预《崇兰堂外集》等，其中即多收代笔之文。若要追溯其源头，大多会以宋人为始作俑者，如李肖聃《星庐笔记》有云："媢生之作，雅士不为。自宋景文始以入集，自辛稼轩亦以入词。"② 王葆心亦云："考宋人集中，如内制、外制等集，凡代言者，均入私集。以后集家皆因之。"③ 于是至明清，不仅代作入集的现象日渐普遍，甚至有专门成集者，如徐渭有《抄代集》，徐乾学有《代言集》，徐宗亮亦有《代言辑存》四卷④。其中更有援引前代先例，以入集为是，不入集为非者，其中典型代表当数薛福成。其《庸庵文编凡例》云："近来诸家刻集有代作者，或不入集，或注'代'字于题下，竟不知所代为何人。古人于代作之文，皆入集，如昌黎有《代张籍与李浙东书》，东坡有《代张方平谏用兵书》，皆于题中标出所代之人。兹编谨仿其例。"⑤ 最终其文集收录代李鸿章所作奏疏、书札、书序等文八篇。此后起而仿之者，复有沈同芳其人，其《秘书集·凡例》云："是编前九卷均系代作之文，参仿薛氏《庸庵文编》之例，每卷类目下注'代某官作'，不再分注于各题。"⑥ 又《自叙》云：

或曰：秘书名义，既取乎秘，似未宜入集，子之存稿，非

---

① 汪师韩《上湖分类文编》，《清代诗文集汇编》第 308 册，上海古籍出版社，2010 年，第 569 页。
② 李肖聃撰，喻岳衡校点《李肖聃集》，岳麓书社，2008 年，第 533 页。今李肖聃《星庐文录》《星庐骈文》中亦收有代杨树达、梁启超等所作各体文 13 篇。
③ 王葆心《古文辞通义》，第 863 页。
④ 《代言辑存自序》云："代言本不宜存，譬市贾售物，既易价矣，犹诩诩指为己物，可乎？念自弱冠以还，佣书所至，稿成辄弃，不可尺寸计也。洎从合肥公湖广使府辟抚屏副宪时同幕相亲，规以留示儿辈程序，自是稍稍存录。殆犹广西龙江，举边机军要，是任奏牍遂多，兹类辑为四卷。"（转引自张秀玉《清代桐城派文人治生研究》，第 143—144 页）
⑤ 薛福成《庸庵文编》卷首，《续修四库全书》第 1562 册，上海古籍出版社，2002 年，第 7 页。
⑥ 沈同芳《秘书集》卷首，《清代诗文集汇编》第 792 册，第 486 页。

欤？则应之曰：此论职掌应尔，著作之体不如是也。盖当日所建议既上之于朝，或可或否，下其议于所司，晨而封告，夕而传播，何秘之有？若谓为人创稿，文属主名，掠美引嫌，未应入集。我思古人，傥师前事。班彪《拟答北匈奴诏》，为草制之滥觞。其实两京诏令，彬彬可观，人主日理万机，则操翰末文，必应假手。孔子美郑之为命，自草创以至润色，胪举四贤，所从来远矣。自是以后，陈琳为袁绍檄豫州，孙楚为石苞《与孙皓书》，傅亮为宋公修张良庙教。文人捉刀，夸多斗靡；翩翩书记，视若专门。爰及有唐，余风益煽。然稍崇事实，务刊浮华。改元大赦诸制，宣公骋轨于前；《会昌一品》之编，卫公绳美于后。君之喉舌，汝作股肱；典册高文，为时称道。宋之庐陵、南丰，集中类存拟制之作。皆其例也。①

此篇可谓系统地回应了代作能否入集的问题。其中不仅从著作之体的角度，具体申诉了代言之作，特别是书牍、奏表等的公私性质，还依次援引先秦以至宋代的各种先例，证明以代作入个人私集的合理性。其实，以奏疏、章表入集，确属常见，在宋人已有内制、外制等集，清人徐乾学亦有《代言集》用来收录此类文字。只是这类所涉及的大多是"公文"，与日常间私相授受的代笔，应当还是有较大区别。无论如何，以代作入集，已渐渐成为一种有例可循的正当做法。

至于谭献，就目前所知而言，在其自编《复堂文》《复堂文续》中，就至少收录了自撰代作中的13篇，及其弟子的两篇代拟之文。关于弟子代老师作文，在谭献自身已有先例，如代薛时雨、代沈祖懋等；至于他人，亦属常见，如赵翼《檐曝杂记》有云："汪文端师应奉诗文，门生有才者或为代作，可用即用之，不必悉自己出也。刘文定公亦令诸门生撰稿，却不肯袭用一语。而其中新料、新意，又必另入炉锤，改制而用之，

---

① 沈同芳《秘书集》卷首，《清代诗文集汇编》第792册，第485—486页。

盖为刻稿地也。"① 又文廷式《纯常子枝语》云:"李申耆《养一斋文集》,刘申孙为余言,此集强半门人代拟,非先生笔也。"② 王葆心《古文辞通义·义例篇》引此文,并申说道:"此种借门人之笔墨,不著主名,在李氏固可为之。即其文虽出他手,要必李氏授之意旨,且未必不加以笔削也。"③ 也就是说,文章虽经门人代拟,但只要经过本人审定、删改后再行入集,是得到普遍认可的一种行为。问题是,谭献将代他人所作 13 篇纳入文集,且隐去其中《六义篇》等五篇的代作属性,又是基于何种考虑呢?《复堂文》及《文续》作为谭献自编自校的文本,如今呈现给世人的文章篇目,必然是经过他个人精心删取的结果。对于入选缘由及其背后的隐含意图,似乎也只能依靠具体文本的细读及关联文献的印证,来作一些合理的推断。

从入集的形式来看,在这 13 篇代作中,《浙江忠义祠碑》《崇义祠碑铭》二篇不仅在题下标注了"代"字,文章首尾亦显示了所代对象的主名;而《田砚斋遗文叙》《郭友苏诗序》及《孟公祠堂记》三篇,则是在文中透露了代作对象的信息。也就是说,是一种较为公开的展示。五篇的代作对象,一为马新贻,一为杨昌濬,另外三篇则均为薛时雨,三人均为同光间主掌浙江政坛或文坛的头面人物。以之入集,可以在一定程度上彰显自我的文名与声望。另外,其中《浙江忠义祠碑》《崇义祠碑铭》《孟公祠堂记》均与战后表彰忠烈、重振政教相关,属于有实有用的文章类型。当然,文章入集的取舍标准,还是应该回归到文学本位上来,即文章本身所呈现出来的艺术水准与写作技术。刘咸炘曾在《推十书·近代八家文目》中对谭献部分文章进行了上、中、下三品的区分,其中上品 19 篇(精雅)、中品 20 篇(稍粗率)、次中品 14 篇(唐人),其他则"本色而已"。值得注意的是,具有代笔性质的《六义篇》《叶君修桥碑》《厦门义学记》《崇义祠碑铭》等四篇赫然在列,其中《六义篇》与《叶君修桥碑》

---

① 赵翼撰,李解民点校《檐曝杂记》卷二,中华书局,1982 年,第 30 页。
② 文廷式《纯常子枝语》卷三,江苏广陵古籍刻印社,1990 年,第 60 页。
③ 王葆心《古文辞通义》,第 862 页。

更入选上品。① 事实上，在稿本日记中，谭献本人亦曾对其中的多篇代作有过自我评价。如同治三年四月初三日日记云："代章学使撰《叶君修桥碑》。用汉人文例，度当骇俗也。"（《复堂日记》第 2 册《城东日记》，南京图书馆藏）也就是说，谭献自认为此文超越了当时一般的常调俗体，已直接碑体滥觞时期的汉代。而其所谓"汉人文例"，即打破非散即骈的限制，主张骈散融通。事实上，此篇确实也做到了骈散互用，摆脱了传统的四六格套。另外，《厦门义学记》也是其颇为看重的一篇，日记云："是日代刘觉庵撰《厦门义学记》文，将来又以删附《学论》者。"（《复堂日记》第 2 册《城东日记》，南京图书馆藏）其中蕴含有谭献一直以来主张"官师合一"的理想，而《学论》正是其一直拟作而未成的重要论著。② 至于为何入集后未标注"代"字，其意图或许在通过抹去此二篇作为代笔的应酬痕迹，用以保有写作这一行为的纯粹性，进而凸显文章本身的文学性与学术性。

结　论

章学诚在《说林》中有云："诸子一家之宗旨，文体峻洁而可参他人之辞；文集杂撰之统汇，体制兼该，而不敢入他人之笔。其何故耶？盖非文采辞致不如诸子，而志识卓然，有其离文字而自立于不朽者，不敢望诸子也。果有卓然成家之文集，虽入他人之代言，何伤乎？"③ 此语即表明

---

① 详见刘咸炘《推十书·戊辑》（增补全本），上海科学技术文献出版社，2009 年，第 1159 页。
② 同治元年九月初六日日记云："献读书廿年，寻求天下之治乱，约之六经，博之万物，纵横之三古之成迹、万里之风会，中丁离乱，九死之余，乃欲出其所测识者，著为《学论》。大要四言，曰：'天下无私书，天下无私师；人才毕出于学，国政皆闻于学。'"（《复堂日记》第 1 册《□楼日记》）又同治三年五月初五日日记："阅《文史通义·外篇》。表方志为国史，深追官礼遗意，此实斋先生所独得者。足以垂范百世，所云与《内篇》重规叠矩，然恐读其书，河汉其言者接踵，即或浮慕焉，以为一家之学，犹为谬耳。悬之国胄，羽翼六艺，吾师乎！吾师乎！吾欲造《学论》，曰：'天下无私书，天下无私师。'正推阐先生耳，敢云创获哉！"（《复堂日记》第 2 册《甲子日记》）
③ 章学诚著，仓修良编注《文史通义新编新注》，商务印书馆，2017 年，第 222 页。

区分诸子与别集的关键，不在于文辞，而在"立言宗旨"。别集若想向成一家之言的"著述"靠拢，就不应该拘于形貌、私其所出。章氏此处所言虽指向收他人代言之体入己作，但事实上也就认可了以代他人之笔入己集。① 对于一生尊奉章氏学说的谭献而言，此段文字应该是早入其眼且深入其心的。因而，他在编纂个人文集时，才会不惜隐去代笔之实，也要将《六义篇》《明堂赋》《读〈说文〉偶记》等数篇经解、经说之代作纳入文集。《复堂文》作为谭献精心结撰的"一人之史""一家之言"，代作仅仅是其中较为明晰的一环，其中的深层脉络，或许要从篇章来源、编纂次序及其内容上的前后关联中去找寻。一部文集是如何生成的，各篇是何时何地所写，为何或为谁而写，它们又是如何以及为何被安排在现在这个位置上的。在文集凝定的那一刻起，这些问题似乎无从谈起，我们因此似应更加关注文本本身所呈现出来的形式与内涵，而忽略文本的产生机缘与创作机制。当然，这一切在很大程度上源于文献不足征，但对于谭献及晚清有大规模日记存世的人而言，则有足够的关联文本可回答上述问题。

谭献所为代作从类型来看，基本集中在书序、寿序及记传，也即日常应用或应酬性文体。在过去，我们似乎过分关注和强调文学的纯洁性、经典性，而忽视了文学日常化、世俗化的一面。甚至对于创作者个人而言，应用、应酬文也往往被驱逐出文集、选本，成为羞于言说的那一类。② 事实上，一旦回归到现实情境，就会发现——诗文应酬作为一种交往媒介或者人与人之间的黏合剂，无时无刻不在发生作用。故代作产生的机制与那些单纯的"以文为货"或"润笔为文"不同，同时也有异于那些入幕为宾的专职代笔。谭献的代作基本围绕日常交往与应酬展开，属于一种基于人情的写作。这种写作的初衷并不是或不仅仅是追求单纯的经济利益，而是

---

① 关于章学诚的集部论说及其对别集编纂的影响，可参伏煦《章学诚"子史衰而文集之体盛"说发微》(《文艺理论研究》2017年第2期)、林锋《章学诚的文集论与清代学人文集编纂》(《文学遗产》2020年第6期)。
② 关于明清文体应酬功能的研究，可参何诗海《明清文体应酬功能之争》，《文学遗产》2023年第3期。

期冀利用自身的文名与写作才能,来获取一种相对隐形的政治、文化资本。因此,此类代笔之文,或可以称之为产品,而非严格意义上的商品。① 只是凡此种种,必须在日记、书信等私密文本的关联映照中,才能得到更好的呈现与揭示。以现存徐渭文集为例,虽同样载录有为数众多的书序、赠序、碑记及寿文等代作之文,但由于缺乏像稿本《复堂日记》这样可以参照、印证的关联文本,自然也就无法完全考出所代对象的主名,更无从感知某些代作产生的具体情境。到了清代,特别是晚清,这种情况在一定程度上得到了改观,不独谭献,在所见李慈铭、叶昌炽、王诒寿、萧穆等人日记中,亦存在不少为他人代笔的记录。这些记录,在为确定著作署名提供佐证的同时,还能通过代笔这一行为的发生、发展,反映文人交往模式的隐藏面向,以及文学文本产生的另类图景。

---

① 王水照《作品、产品与商品——古代文学作品商品化的一点考察》,《文学遗产》2007 年第 3 期。

结 语

尧育飞　编写

一、清代文献：研究法门与独特困境
二、"文献依赖"现象
三、"小数据"与方法论突围
四、"感觉时代"的学术大判断
五、从"命题时代"走向"议题时代"

当一本教材走向结语时，意味着那些与单篇论文有关的美好的战斗已经结束。只不过，这是一本多具自省意识却又忍不住说教的教材，当编写者掩卷沉思，猛然发现整部教材既呈现了当前清代文学与学术研究的特点，却也不免沾染时代习气。所选七篇论文均从一手文献出发，立定脚跟，生发新见，有足资自信处。不过这些从"新材料"生长出的论文，倘联系起整个清代文学的全貌，不免让人注意到清代文学研究的"文献依赖"现象。

自《文学遗产》1999年第4期刊发吴承学、曹虹、蒋寅《一个期待关注的学术领域——明清诗文研究三人谈》的鼎谈文章以来，明清诗文研究早已成为学术热土，而清代文学研究局面更远迈从前，迎来盛况。以2004年蒋寅《清代文学研究的回顾与展望》所示框架为限，可见清代文学在通俗文学和文学批评领域成果突出，在传统文学研究范畴的专题研究层面，"从作家、时段、群体、文体、性别、家族、流派、地域等多种角度进行深入的研究"①，均取得突飞猛进的可喜成果。然而二十多年过去了，总结清代文学研究的成果，研究者首要关注的仍是文献问题。杜桂萍认为："清代文化中的实证学风，带给一代诗文以独特的性征，促使其史料生成之初就具有前代文学文献难以比拟的完善性、丰富性和总结性，这给当下的清代诗文整理和研究带来难得的机遇，促使其率先彰显出重要的文学史、学术史价值。"② 罗时进指出："客观来说，清代文学文献，近几十年来的整理、出版、研究，成就最为显著。""但与历代相比，清诗文献史料的整理工作仍属最为薄弱。"③ 文献工作是清代文学研究的根基，然而是否揭示得还不够？与理论建设及学术议题推陈出新相比，清代文献的整理工作是否仍是摆在研究者面前的优先任务？

---

① 蒋寅《清代文学研究的回顾与展望》，《江海学刊》2004年第3期，第176页。
② 杜桂萍《现状与反思：清代诗文研究的学术进境》，《求是学刊》2022年第5期，第29页。
③ 罗时进《清代诗歌的复杂性生成背景与可能性研究进路》，《苏州大学学报（哲学社会科学版）》2024年第2期，第155、156页。

一、清代文献：研究法门与独特困境

  清代文学研究取得诸多丰富成就，清代文学在文献层面的整理与研究也在多个方面有突出的呈现，然而，对文献求"全"的念头始终飘荡在清代文学研究者的队伍中，相关工作前仆后继，蔚为大观。尽管部分研究者放弃宏观的文献观照，转而关注中小型的特质文献，但对文献的痴迷之情仍然几乎溢于每一位清代文学研究者的言表。这究竟是为什么？

  从事清代文学的研究者普遍呈现对文献求"全"的渴望，以为不如此，研究论说的底气难免不足。尽管清代存世文献数量十分丰富，研究者却并不因此放弃对整体文献规模的把握。相当多的研究者致力于摸清清代文学的家底，他们认为倘若不探测清楚清代文学文献的数量，许多研究的结论便不稳当，一些重要结论的适用性也将大打折扣。为使研究的结论推衍至更大的适用范围，从一开始，清代文学研究者便致力于运用传统目录学的方法，探清清代文学的家底。这种不懈的努力在张舜徽《清人文集别录》、袁行云《清人诗集叙录》、柯愈春《清人诗文集总目提要》、王绍曾《清史稿艺文志拾遗》、蒋寅《清诗话考》、徐雁平《清代家集叙录》、鲁小俊《清代书院课艺总集叙录》、谭新红《清词话考述》、蔡德龙《清代文话叙录》、杜桂萍和魏洪洲《清代杂剧叙录》等著作中均有体现。求全的目录学追求既表现在对有清一代文献的总体把握上，也表现在研究者对专门类别文献搜罗无遗的孜孜不倦中。而令人翘首以盼的目标，则是杜泽逊及其团队借助于清史纂修工程，完成《清人著述总目》的编纂。目前，这项工作已经基本完成，书稿已进入出版流程。

  在摸清清代文献家底的漫长过程中，研究者也试图以文献"抽样"的方式，建立对清代文学面貌的整体认识。在叙录文献工作之外，研究者也对类别文献的序跋作地毯式收罗，以便较快认清某类文献的主要价值。近年来，《清词序跋汇编》《明清戏曲序跋纂笺》《清诗总集序跋汇编》等序跋类文献汇编成果陆续推出，便是以较小规模的文献量，为研究者窥探这些类别文献的整体价值乃至有清一代文学的侧面提供了重要的窗口。

与此同时，继承前代摸清文献家底的"全"字号文献编纂工作在清代也在稳步推进。在通代性全编文献如《中华竹枝词全编》等之外，有清一代的断代专题文献全编工作也陆续取得丰硕成果。自 20 世纪 80 年代《全清词》编纂及相关成果陆续推出以来，《清诗话全编》《全清戏曲》《全清小说》等工作陆续展开，而《清代词话全编》《八股文话》《清代诗文集珍本丛刊》《京剧历史文献汇编》等专题文献集成业已编成，《全清笔记》《全清诗》等大型文献的编纂也提上议事日程。

面对浩瀚的清代文献，"全"的渴望仍然吸引着研究者依循前人轨辙继续前进。不过，研究者在清代文献之"全"暂时难以探底，且明知这类大规模文献整理与统计虽可揭示清代文献的全貌，但并不足以表现清代文献的独特性时，转而致力于挖掘能够呈现"清代性"的中小型文献。这类对清代特质文献的挖掘工作，主要表现在清代家集、女性别集、少数民族文学别集、八股文、桐城派文献、书院课艺、文人小集、日记、图卷文献等专题文献的开掘上。这些类别文献并非都初现于清代，但与前代相比，它们在清代所呈现的数量及多样性均异常醒目，可视作具有"清代性"的特殊文献。对这类文献的发掘，触及清代文学生长的"土壤"问题。以清代书院课艺文献为例，不仅涉及清代书院与学术的话题，更涉及清代的文学教育、文学风气的提振等命题。每一类特质文献在展示自身独特性的同时，也一并牵连其他内容，从而赋予这类文献以更丰茂的意涵。由此，对清代特质文献的采掘，成为研究者致力于清代文学研究的又一途径。

从文献入手从事文学研究往往被研究者视作天然的真理，故上述清代文学研究的状况并不令人惊奇。然而，如果通盘顾及清代文学研究的未来，考虑到主力研究队伍在文献工作中耗费大量力气，我们不能不对上述研究状况作"矫枉过正"式的反思。杜桂萍在《现状与反思：清代诗文研究的学术进境》一文中敏锐指出："在清代诗文研究的展开过程中，不明所以的问题可以找到很多原因，来自文献的'焦虑'是其中一个重点。""文献类型的丰富多元，或云史料形态的多样化，其实是清代诗文研究的独家偏得，如今竟然成就了一种独特性困境，也是我们始料不及。"①

聚焦文献，以文献为研究工作的根基，固然是可资借鉴的研究法门，但它所呈现的独特困境，也有必要加以正视，以便研究者的学力和精力获得更好的回报。

二、"文献依赖"现象

为将如上痴迷文献、凭借文献打开文学研究局面的工作剖析得更加清楚，有必要将心理学诊断中的成瘾（addiction）、戒断（withdrawal）、耐受（tolerance）以及生理依赖（physical dependence）、心理依赖（psychological dependence）等概念引入论说②，以便对当前清代文学研究的文献倾向批判得更为有力。多数从事文献工作的研究者对"文献成瘾"有自觉的规避，但要完成"文献戒断"，却往往十分痛苦。长期以来学术界的信条如"板凳要坐十年冷，文章不写一句空"等，助长了研究者积累文献的信念，而卡片资料治学时代的影响也进一步助推这种倾向。最终，对长线文献工作的普遍相信提升了整个清代文学研究队伍的"文献耐受"水平。如果跳到局外看，则清代文学研究存在大量"困于材料中的学者"。化用心理学中的心理依赖、生理依赖等概念，这类症候不妨名为清代文学研究的"文

---

① 杜桂萍《现状与反思：清代诗文研究的学术进境》，《求是学刊》2022 年第 5 期，第 29 页。
② 此处对相关心理学概念的界定来源于《迈尔斯普通心理学（第 9 版）》，该书以描述性的方式为这些概念作了形象化的定义。如"一个很少喝酒的喝了一罐啤酒就醉了，而长期喝酒的人喝了 12 罐还没什么反应？答案是耐受（tolerance）。……大多数精神活性药物一旦提高剂量后就会对健康造成严重的威胁，并导致成瘾（addiction）：尽管某种物质有害，一个人仍然渴求和使用这种物质。……突然停止服用精神性药物的个体可能会体验到戒断（withdrawal）的令人不快的副作用。随着身体对药物缺失的强烈反应，使用者可能会感到身体疼痛难忍以及强烈的渴望，表现出对药物的生理依赖（physical dependence）。特别是对于那些缓解压力的药物，人们还会形成心理依赖（psychological dependence）。虽然这些药物可能不会在生理上成瘾，但是它们却成为使用者生活中一个十分重要的组成部分，并经常被用作排解消极情绪的方式。无论是形成生理依赖还是心理依赖，使用者主要关注的可能是获得和使用药物"。［美］戴维·迈尔斯著，黄希庭等译《迈尔斯普通心理学（第 9 版）》，商务印书馆，2024 年，第 107—109 页。

献依赖"现象,其具体表现为:伴随着研究过程中对文献缺失的强烈反应,研究者可能会感到研究的不适,进一步滋生对文献的强烈渴望,表现出对文献的高度依赖。这种文献依赖包括对实物书的渴想,对新文献的痴迷。文献作为清代文学研究者学术生活的重要组成部分,经常被用来缓解学术焦虑。无论是出于对文献的生理依赖还是心理依赖,清代文学研究者都十分关注文献的获得与使用。

自然,类似的"文献依赖"现象并不是清代文学研究者所独有的,其他时段或是其他学科的研究者也未必不沾染一二。之所以拿清代文学研究为例,无非因其表现特别突出,而本教材的编写者揽镜自照,时时以此自省,不免作一番自我检查。况且,"文献依赖"现象仅是中性界说,并非贬义的批判。以之总结清代文学研究的"泛文献"倾向,当有助于研究者明白其来龙去脉,取其优长,去其弊病,以为今后的研究开新路。

清代文学研究的文献依赖现象的形成,不完全是研究者主动选择的结果。清代文献数量庞大,"全"字系列文献的整理尚未完成,研究者从事相关研究,往往需要自建"数据库",以便立下研究的基础,故对文献规模有相当的关注。而清代文献种类异常丰富,特色文献的规模化生产及其呈现,在文学史上也造成独特现象。例如清代的怀人组诗、集句诗、名贤会祭集等文献往往峰峦耸峙,自具独特的文献形貌,构成有意味的文学话题,自然诱引研究者深入探索。

在清代文献自身特性之外,研究者在研究过程中形成"文献依赖",也与前代研究成法种类繁多有关。最近二十多年兴盛起来的清代文学研究,面临广阔而有待开垦的清代文学园地,前途远大。先秦两汉、唐宋等时段文学研究成熟的方法,为清代文学提供了形式多样的"方法库",稍窥门径的研究者即可按图索骥,移植前代研究成法,取得诸多"清代式"的研究成果。这其中,文献学的进路最易取资,故显性借鉴转化成果最多。自然,前代文学研究的成法对清代文学研究的影响,在"路径依赖"之外,尚有激励学人勇于超越的"影响的焦虑"在。职是之故,有为的清代文学研究者当致力于突破前代文学研究的成法,取得不同于唐宋或其他时段而具有"清代性"的文学研究成果。而从文献中寻找特殊性，又是一条较为踏实的道路，此亦造就清代文学研究"文献依赖"的一大原因。

清代文学研究形成"文献依赖"现象，还因丰富且具有集成性质的清代文献特别适合作为各类中西方理论的演练场。文学社会学、文学地理学、文学文化学、书籍史、阅读史等方法均可有效施诸清代文学研究，原因在于清代文献总能为其提供丰沛的养料。近年来，海外汉学的大量跨学科成果主要集中于清代，也与此有关。

此外，清代文学研究的"文献依赖"现象的成因还在于清代文学史和学术史成果处于不稳定状态。清代文学史和学术史的基本框架始终被不断打破，近年更几近于呈现无框架状态，而较为稳定的学术史框架依然建立在梁启超、钱穆、陆宝千、王汎森、葛兆光等人相关著述的基础上。不仅清代文学尚未完成经典化，清代文学的众多研究成果距离经典化也有较长的路要走。这种学术史成果的不稳定状况，为清代文学研究的文献依赖提供了先天的条件，即从任何文献入手的研究，未必均需经过严格的学术史检验，方能进入清代文学研究的场域。

三、"小数据"与方法论突围

清代文学研究的"文献依赖"现象长期存在，其如上文所述的成因，似稍偏负面，但其所以能始终立足，必有不可磨灭的闪光处，方能吸引学者前仆后继。这便是"文献依赖"的研究有可取之处，而相当多的研究者在依赖文献过程中也形成较为明确的自觉意识，留下了诸多探索的经验。相关成绩，大体表现在以下三方面：

第一，对文献进路的方法有相当的自觉，且主动加以提炼。这种提炼体现在对中小型文献数据的重视上，包括对清代家集、清代书院课艺集、清人别集序跋、清代怀人组诗等方面的研究。这些规模不超过一千五百种的中小型文献数据的建立，为相关研究者从事中长期研究奠定了切实可行的基础。数据量不必太大，把握关键枢纽性文献，即可达成目标。这种研究方法可名为"小数据主义"①。业已有不少研究者指出，"在大数据蓬勃发展的时代，小数据仍然具备的针对性、个性化和精确性等优势和价值，将在未来继续保持，并得到新的应用和发展"，小数据的优势主要体现在，"高质量的小样本可以比低质量的大样本产生更好的推论"，"具有获取、计算和隐私成本优势"，此外，"统计推断在小数据上表现更好"等方面。毕竟，"数据不是目的，而是达到数据的手段，对数据使用也应遵循'一种最大限度地减少资源使用并减少负外部性的方法'——小即是美"。②这一思维及研究视角，应当引起清代文学研究者的重视。

第二，在清代文学研究的"文献依赖"进路中，不少研究者自觉展开对"小数据"的攻坚，在实践层面取得一些突破。这主要体现在对家集、女性别集、科举文集、书院课艺、诗话、文话、别集序跋、同声集、小集、寿祭类诗文等文献数据的有意建构，通过建设这些中小型数据库，研究者得以管中窥豹，获得全面认识清代文学的基本面。而这些呈现文献基本结构的小规模数据库，既减轻了研究者的工作量，又使研究者的结论具有一定的普适性。

第三，沾染"文献依赖"症候的研究者，不仅搭建新型"小数据库"从事开拓性研究，也积极疏证和重构旧有文献体系，从中获得研究灵感。辨析刘声木《桐城文学渊源考撰述考》成为桐城派研究的基本功，而认识

---

① 有关"小数据主义"的论述来自复旦大学哲学系教授徐英瑾，徐氏在《儒家怎么看待数据隐私问题——兼论"数据化儒家"的可能性》（《探索与争鸣》2023 年第 10 期）中率先抛出这一概念，随后在《人工智能哲学十五讲》（北京大学出版社，2021 年）中系统论述。徐氏所谓"小数据主义"，受德国心理学家吉仁泽（Gerd Gigerenzer）思考"节俭性理性"（frugal rationality）问题的启发，吉氏观察到一些学者提出新"理性"观："有限理性"（bounded rationality），比如马贺与其学术伙伴纽厄尔联合提出的"通用问题求解器"（General Problem Solver，简称 GPS）设想，即一个智能系统的记忆库应当已经预装了很多"推理捷径"，以使得系统自身能够在资源有限的前提下，通过更为经济的方式来获得自己的推理目标。相关论说见豆瓣网：https://www.douban.com/note/850680838/?_i=176309117VSgAS，2024 年 11 月 16 日检索。
② 孙中伟《大数据时代应更加珍视"小数据"》（2023 年 7 月 2 日），https://www.thepaper.cn/newsDetail_forward_23668397，2024 年 11 月 16 日检索。

钱仲联《清诗纪事》则是许多学者进入清代诗歌研究的门径。罗时进利用《清诗铎》《十朝诗乘》等文献建立"清代诗史典型事件的文献考辑与研究"体系，启人深思。戚学民利用《清史·文苑传》等材料，编著成《清史档案中的清代文史书写》等，则为探索旧文献的新命提供了可资取法的榜样。清代文学研究早期较大规模的文献，如徐世昌《清儒学案》《晚晴簃诗汇》、杨钟羲《雪桥诗话》、钱仲联《清诗纪事》、王重民《清代文集篇目分类索引》等，仿佛地下的宝藏，以新方法加以开掘，令人惊喜的成果仍是可以预料的。

对"文献依赖"的开拓一旦形成方法自觉，就不仅重新疏证并重构旧文献，不仅建立"小数据库"的攻坚模式，还将发掘并拓展新文献。清代文学研究的新材料包括稿抄本日记、笔记、书札、中西交流文献等从前关注相对较少的文献，也包括突出认识报刊等文献载体的价值等，如胡全章主编《报刊史料与 20 世纪中国文学史（近代卷）》认为晚清是"一个报刊为中心的文学时代"[①]。对稀见文献的探求，可部分修正甚而改写从前的研究结论。毕竟，新材料与常见资料可形成文献互补、互证，对文学史史实如文人交游、诗文编年等，均有纠偏作用。利用这些新文献，在微观史学及文化史研究的推动下，清代文学研究也获得事件史、书籍史、阅读史等新的研究视野。

清代文学研究的"文献依赖"进路固然取得诸多研究成果，也具备纷呈的研究视角与路径。但在新材料的发掘之外，总结清代文学研究的"文献依赖"进路的经验，则其成绩主要体现在如下三方面：

其一，对清代文学研究的性质及成果表达方式形成深入思考。这主要包括蒋寅提出的"进入'过程'的文学史"及张剑倡导的"情境文学史"。蒋寅认为"面对这样一个（指明清时期）文献丰富的时代"，应该"确立起进入过程的学术理念"，具体表现为文学史的理论问题、风格问题、文

[①] 胡全章主编《报刊史料与 20 世纪中国文学史（近代卷）》，人民文学出版社，2022 年，第 1 页。

体问题、艺术表现问题等均可以历史化①，而立论的根本则在过程性地解决王士禛诗歌与诗学的文献问题。近十年来，张剑在对清代文学与文献的研究中逐步形成"情境文学史"观念，认为这一文学史观念"追求动态和多维，力求贴近文学发生发展的具体时空和场景，最大程度地展现文学史主客观两方面的发生发展全景，包括作家的心灵史和生活史，作品的发生史、发展史和生态史等。它从多维度不断逼近'真实文学史'，发现和释放那些被禁锢、压抑、遮蔽、遗忘的材料，使过去与当下的对话和互动更合情理、更有解释力、更能回应新出现的问题，从而有效挑战日趋僵化和模式化的'约定文学史'"②，而稿本日记则是实践"情境文学史"研究理念的天然靶场。蒋寅和张剑基于文献实证的个案总结，最终形成"文献依赖"研究具有方法总结意味的论述，为此后清代文学史研究的性质定下基调，即其面貌应当是"过程性的""情境式的"。

其二，"文献依赖"进路有助于认识清代文学的特性，从肌理层面为日常生活史维度的清代文学研究提供文献支持及立论基石。自内藤湖南"唐宋变革论"盛行之后，有关宋代以后"近世性"的讨论在宋元明清文学中均有相当的论述。与讨论宋代文学及晚明文学"近世性"的热闹程度相比，有关清代文学近世特点的研究呈现后来居上之势。台湾"中央研究院"在2006年左右推动"明清的社会与生活"主题计划，为21世纪初新文化史介入明清文学的日常生活起到重要推动作用。张剑《日常生活史与中国古典文学研究》（《苏州大学学报（哲学社会科学版）》2018年第1期）等在大陆较早明确指出通过日常生活史进入古代文学研究的途径。随着学界对西方日常生活史方法接受日益深入，有关清代文学日常生活史的探讨也日趋增多。探讨文人日常生活的文章成为一时风气，龚自珍等文人也被纳入其中，如曹志敏《龚自珍的学术交游与生活世界》（商务印书馆，

---

① 蒋寅《进入"过程"的文学史研究——〈王渔洋与康熙诗坛〉导论》，《山西大学师范学院学报》2001年第1期，第51页。
② 张剑《稿本日记与情境文学史建构——以中国近现代稿本日记为例》，《南京大学学报（哲学·人文科学·社会科学）》2023年第3期，第71—72页。

2021 年)等书所示;而文学现象的研究也进入村夫子和联语层面,如罗时进《清代江南村夫子的文化底基作用与诗歌形象》(《文学遗产》2023 年第 6 期),罗时进、杨文钰《清代江南联语的文化场景创设与日常生活功能》(《苏州大学学报(哲学社会科学版)》2023 年第 1 期)等文章所呈现。"眼光向下"及试图从生活世界重新认知文学意义成为一时研究风气。在前沿学术研讨会中,径标"日常生活"名目者也不在少数,如 2022 年 6 月间,德国维尔茨堡大学东亚和南亚文化研究所、法国高等研究实践学院和东亚文明研究中心、意大利维罗纳大学外国语言文学系联合举办的"作为日常生活知识库的明清文学"("Premodern Chinese Literature as an Achieve of Vernacular Knowledge and Everyday Life Culture")线上国际讨论会等。在清代文学的尾巴或延长线上,学者也提倡引入日常生活史观念,以融通近代文学研究的"复调性"内涵,如陆胤《近代文学研究的生活史维度》(《文学遗产》2022 年第 3 期)等论文所呼吁者。

其三,"文献集群"概念为清代文学研究的"文献依赖"进路提供了基本的方法论工具。徐雁平《"文献集群"与近代文学研究的新拓展》(《文学遗产》2022 年第 3 期)虽主要针对近代文学论说,实适用于清代文学研究。该文提出充分关注文献集群现象,从作家个体著述系列、关联作家著述、某一作品的多种版本形态、某一主题或类型文献等方面申说,高度关注文献内在的逻辑和脉络,通过文献群自带的方法,捕捉文献的"涌现"效应,激发文学研究的活性。这一概念及方法论工具,是一整套系统化的文献理念,是"文献依赖"进路切入文学研究、学术研究的重要研究技术。尽管它的主要意图在寻找理想型研究对象,但对文献不充分的研究对象也有相当的参考价值,似可视为近世文献研究的基础方法论工具。

四、"感觉时代"的学术大判断

尽管清代文学研究"文献依赖"进路取得诸多成果,然以陈寅恪在《敦煌劫余录序》中所言"一时代之学术,必有其新材料与新问题"等论说加以衡量，则新材料的引入固是清代文学研究足够自豪处，然在新问题的提出层面，当前的清代文学研究却不容乐观。虑及清代文学研究的学术大判断，则"文献依赖"进路并未在许多方面形成学术史大判断及学术结论。在此，有必要思考"文献依赖"的前途问题。

新材料与新方法的引入，应当致力于形成新的学术结论，造就具有影响力的学术大判断。就清代文学与学术研究而言，王国维"国初之学大，乾嘉之学精，道咸以降之学新"① 以及章太炎《清儒》中的论说，构成清代学术史分期的重要论据，近代以来诸多有关清代学术的研究都建立在"道咸以降之学新"的疏证上。学术大判断的另一个例子则是梁启超对清代"学者社会"的论说，近百年后，仍然影响本杰明·艾尔曼（Benjamin A. Elman）对江南"学术共同体"的申述。至于文学领域，钱玄同所提"桐城谬种"的主张，始终萦绕在近百年来桐城派研究史中。研究者对钱玄同这一主张的辩护及反拨，最终无非证明桐城派是中国古代特殊的文学流派②，而"桐城谬种"的大判断始终绕不过去。对晚清诗歌的总体认识，则有陈衍《石遗室诗话》《近代诗钞》等文献提出的"三元""同光体""学人之诗"等，这些命题在汪辟疆《光宣诗坛点将录》《近代诗派与地域》等著作中不断深化，形成今人对晚清诗歌的基本认识。类似的学术大判断，尚有程千帆关于清代文学的"头尾说"③，数十年过去了，清代文学研究的基本局面仍是清初及晚清最为热闹，此可见程说的穿透力。如上一系列有关清代文学与学术研究的大判断，是后来研究的基本命题与立意基础。遗憾的是，清代文学研究的"文献依赖"进路尽管新材料纷呈、研究方法多元，却未能形成如上所示的学术大判断。

学界前辈有关清代文学研究重大学术判断的提出，固出于天才，出于清代研究尚处于蛮荒时代故命题较易，然更大的可能在于，前辈学者并不

---

① 王国维著，彭林整理《观堂集林》，河北教育出版社，2001年，第720页。
② 徐雁平《中国古代文学流派的桐城模式——基于萧穆咸同时期日记的研究》，《文学评论》2020年第3期。
③ 见本书第一章的相关引述。

专门从事清代文学研究，未陷溺于清代文学与文献的汪洋之中。"不识庐山真面目，只缘身在此山中。"苏轼此诗对长期致力于某一领域研究的学人具有永久的鉴戒作用。以上诸种重大学术判断，就其最初的经验与叙说源头而言，往往来自文学研究之外。诚如蒋寅在《一个期待关注的学术领域——明清诗文研究三人谈》中提及清代文学呈现马鞍形态，而早期研究者乃出自"同光遗老及其声嗽"，陈衍、汪辟疆、曾克耑、刘声木等清代文学研究的早期人物原是清代的遗存或清代影响至深者。他们命题的来源并非文学研究，而是时代感知。即如周作人1932年所作《中国新文学的源流》，对桐城派做了挖根式的批判①，目标乃是为新文学开路。这些学术判断的出发点和论锋所及，也并非在清代文学研究内部言事。

早期清代文学研究的学术大判断令人十分向往，更映照出今天研究局面中匮乏此类学术大判断的尴尬。抛开对当前清代文学研究碎片化之类的指责，我们仍有必要从清代文学研究的学术史中寻找光明的前路。据称是丘吉尔的名言云："回首越深邃，前瞻愈智慧。"（The farther backward you can look, the farther forward you will see.）只是，有关清代文学研究回顾与展望的文章已足够丰富，在《一个期待关注的学术领域——明清诗文研究三人谈》、蒋寅《清代文学研究的回顾与展望》等综述性文章之外，各分体文学及专人研究的综述文章也数见不鲜，不过诸种文献综述往往从具体论题出发，详加网罗，点明具体研究并作历时的回顾与展望。在此，笔者试图从更大尺度的时间范围出发，基于研究者的身份意识、研究特性及其成果呈现方式，对一百多年来的清代文学研究作感觉性的回溯。

1919年至1949年间的清代文学研究可名为"感觉时代"的研究。这一时期的研究者往往是清遗民或是清遗民影响下的一代人物，即便是持批判态度的新文学群体人物，仍不可避免受其影响。清遗民对故国文学的体认首先建立在遗民意识的基础上，相关研究与评述带有相当强烈的政治色

---

① 详见舒芜《中国新文学史的"溯源"——周作人对唐宋八大家和桐城派的批判》，载《周作人的是非功过》，辽宁教育出版社，2000年，第263—292页。

彩和生命意识。无论是郭则沄的《十朝诗乘》，还是陈衍对同光诗史的论述，都蕴含着观政教风俗兴替的政治关切，至其个人身世之感，更无论矣。至于他们研究或者说感知清代文学的成果，往往不以长篇论述呈现，而体现在言谈中，体现在诗话、词话、日记、笔记等杂述中，呈碎片状。早期清代文学研究的特质，无论就研究者的政治趣味、生命意识，还是著述言说呈现的方式而论，都是感觉式。这种感觉式的研究尽管不那么严谨，甚至极端和片面，却充满关怀，且仅凭直觉就指引了此后清代文学研究的诸多重要论题。

1949年以后至今，清代文学研究进入"命题时代"。这一时期的研究者逐步专业化，主体由各科研机构的专家学者构成。学术工作者自觉的学术意识，客观上将清代看作历史上一个普通的封建王朝，其特殊处仅因所处时段的独特性造就。研究者置身清代及其影响之外，抽离历史代入感，不必将特殊的情感与关怀投射到研究中。1949年至1978年间，基于意识形态如新民主主义革命论述框架下的清代文学研究，如20世纪50年代《红楼梦》论争、1957至1962年间的桐城派大讨论等，并不完全是学者被动研究的产物，也具有一定的学术性。脱离文献海洋而获得政治性话语及相关理论的支撑，使得这一时期的研究带有鲜明的意识形态色彩，却也充满尖锐的论辩特色。随着相关政治性议题在1978年以后逐步转换，有关《红楼梦》与桐城派的评价被置于新时代的"实践检验"之中，在政治教条褪去之后，研究日趋客观，相关议题在西方理论及本土学术话语的激活下，迎来空前的解放。"红学"研究自不必说，自1985年第一届全国桐城派学术会议召开以来，桐城派也得以脱离"谬种"与封建余孽的恶谥，迎来真正的繁荣期。在"思想淡出、学术凸现"的20世纪90年代，清代文学研究也在"为学术而学术"的时代主潮下迎来新的发展。清代诗文研究的兴盛，是这种时代学术的表征，也是中国古代文学研究推陈出新的必然结果。受"去政治化"影响，从前意识形态笼罩下的清代文学研究命题被剥离，留下了巨大的研究空白。于是，无论是前代文学研究的成法还是社会学、新文化史等新方法新理论，都在清代文学研究领域获得了巨大的驰骋空间。

无论是 1949 年至 1978 年间意识形态笼罩下的命题，还是 1978 年至今各类传统文史研究"旧法"、社会学、新文化史等研究手段催生的新课题，都可见清代文学在 1949 年以后的研究特质是命题式，是文学外部压力下的产物。学者从事清代文学研究，多受外部势力的强制影响，或主动迎合、积极诠释，或有意接引、提炼转化。至此，相关成果很少以言谈或札记形式碎片化呈现，而主要表现为规整的学术论著。迄今为止，我们的清代文学研究仍然处于命题式研究的范畴。只是与 20 世纪 90 年代之前的清代文学研究相比，如今的"文献依赖"症候表现得十分明显。毕竟，与"思想淡出、学术凸显"相伴随的，是研究目标日益模糊，而文献工作则构成疏解各类命题的不二法门。

毋庸讳言，清代文学研究存在文献依赖现象，且于今愈演愈烈，造成这种现象的原因比较多元。从文献的大规模整理及对类别文献的关注与认识上，清代文学借鉴前代成功经验，在短短二十多年间取得异常丰富的成果，有足多者。然相关文献整理及建立在文献基础上的文学考察，究竟通往何方，值得进一步思考。毕竟，基于文献维度的模仿式前进，自具前代文学研究的惯性。建立在前代基础上的清代文学研究在学术增量之外，还应思考学术质量的突破。为此，有必要对研究技艺究竟通往何方作一些前瞻。

五、从"命题时代"走向"议题时代"

回顾一百多年来的清代文学研究史，早期学人对清代研究的关切多从自身成长经历及时代体认出发，对清代文学有着寻常而温情的关切，触及并揭示众多议题，可称为清代文学研究的"感觉时代"。自 1949 年以来，新民主主义革命论述框架确立了清代文学研究的基本命题，标志着清代文学研究进入"命题时代"。命题时代的学术研究特点是预设观点、研究方法圆熟、表达方式趋同。新时期以来的清代文学研究仍在"命题时代"的延长线上，不过所论表现在疏离现代化历史叙事，从政治转向文化，从宏观转为微观，从"冲击—回应"模式走向"在中国发现历史"等。在研究技术与方法日新月异的时代，文献工作与学术立论相对容易，带有情感温度的研究反而难乎其难。

作如此的学术史梳理，目的在因革损益，意在强调清代文学研究应当跳脱"感觉时代"与"命题时代"，走向"议题时代"。文献仍是清代文学研究的根基，但"感觉时代"设置议题成果丰硕，"命题时代"只是疏证或批驳早期的基本判断，这一局面应当改变。为今之计，在清代文学研究的新时代，研究者应当带着情感与关怀积极设置新议题，如王国维对《红楼梦》，胡适对《儒林外史》，周作人对桐城派，梁启超对清代学术等提出重要学术新命题那般。如此，清代文学的丰富文献之于前代而言的意义，才不只是体量的膨胀；而多元的研究技术在当代的娴熟运用也才不至于沦为空心的学术游戏。

为此，应当融汇前两个时段清代文学研究的优长，在技术层面注入温情的因素。早期清代文学研究者对清代文学的关切，在于清代是他们耳闻目睹的时代。至于今，研究者应该重建文学研究的当代意识，即清代文学研究与唐宋不一样，清代文学的研究是当代学问。无论是"新清史"的争议，还是清史纂修工程等，都与当代社会生活及学术活动息息相关。我们认识中国古代文学，也主要建立在清代文学与学术研究成果的基础上。由此，"感觉时代"学人的政治感与生命感是当今清代文学研究者所应该细加体会，并着意培育的。

"命题时代"的研究课题是相对清晰的，是理性规划的产物，而"感觉时代"的大题目，也并非臆想，而是深味于"旧法"①，将其轮廓模糊

---

① 葛晓音从清人毛奇龄《西河诗话》中拈出盛唐诗创作的"旧法"命题，并以李益为代表探讨中唐诗歌延续盛唐"旧法"的问题，认为："'旧法'的生命力主要在于新鲜的生活实感"，李益"凭借新鲜的生活体验为'旧法'拓出新境，是他能'不坠盛唐风格'的重要原因"。（葛晓音《从李益和〈御览诗〉看盛唐"旧法"在中唐延续的趋向》，《中山大学学报（社会科学版）》2024 年第 6 期，第 46—53 页）此处"旧法"虽是论句，然不妨看作葛晓音治学特色之一端，即善于从古人著述中拈出有感觉的题目，将前人"直觉印象"剖析而出，以达到"诗性与理性的完美结合"。（葛晓音《诗性与理性的完美结合——林庚先生的古代文学研究》，《文学遗产》2000 年第 1 期，第 120 页）

晕染而出，赋予旧题以新命。近代学人刘咸炘特重有形之事以外的"虚风"，而梁漱溟则"凭直觉成大学问"①，遵循读书感觉而形成有兴味的题目，是一流学人卓异时流的具体表现。其间所需要的尚有"情感本身之专注的状态"，因这一情感状态"必然是有思想质量的"。② 换言之，从温故的生命感觉中拈题，才能做出"一空依傍"的学术。

打通"感觉时代"与"命题时代"的清代文学研究，在生命感与政治感的承继、拈题于温故之外，还应该充分利用"命题时代"纯熟的研究技术。以"文献依赖"进路的小数据库为基础，以"文献集群"作为基本方法，通过理论援入，打破清代文学研究的胶葛局面，从温故中把捉并激活旧有命题。如此，则"感觉时代"意涵丰富的命题将得到全面清理，而新时期学人研究屡屡提及的内涵模糊的"清代性""近代性"也将得到证实或证伪。

从"命题时代"走向"议题时代"的清代文学要求研究者具备一定的学术史"跳脱感"。对个体而言，"跳脱纯粹意识体验，跳脱单纯前进生活的生命流程"，此时，个体的体验"被理解、被区别、被凸显，而与其它体验有所不同"。③ 对清代文学研究而言，针对"感觉时代"研究和"命题时代"研究的跳脱感，也有助于研究者获得新的研究思路。早前被忽视、被规训的命题，在感觉的加持及新时代研究技术的助力下，有望获得新的诠释空间。从事清代文学研究的学者常常要直面数量庞大的一手文献及令人望而生畏的文献综述，研究者的学术训练也被要求对前代文学及其研究成果有充分的了解，然则实际情况并不完全如此。清代文人的阅读世界及学术负累可能并不像我们想象的那般厚重，并不是前代文学传统的连续叠加，它们也可能呈现跳跃状态。以近代文人柳亚子祖父柳兆薰为例，

---

① 罗志田《凭直觉成大学问：梁漱溟的治学取向和方法》，《读书》2018年第5期，第170—171页。

② 曹虹《学术自述》，《古典文献研究》（第二十六辑下），凤凰出版社，2023年，第363页。

③ ［奥］阿尔弗雷德·舒茨著，游淙祺译《社会意义世界的构成》，商务印书馆，2012年，第66页。

据《柳兆薰日记》所示，柳氏所读诗文主要在陆陇其、陆燿、姚鼐、曾国藩、姚椿及清代苏州等地文人著述，而极少涉猎元明以前著作。① 即此可见，清代文学的传统负累可能并非连续性的，有时也具断裂继承及断点连续的特征。也就是说，从事清代文学研究，历时性的文献综述未必是确然无疑的必备的前期工作。以中国文学传统作为背景板，能够理解前代文学传统的历史感及氛围感，或即满足部分研究的基本条件。

清代文学研究的"跳脱感"，不仅是应对清代文学自身特点及清代文献丰富性的必要手段，也是摆脱清代文学研究丰富的学术史负担，穿越不断涌现的清代文学研究成果迷雾的必备技能。此时"跳脱感"的获得，在于始终关注文学的政治性，关注文学史研究的政治维度。这一点，读者回顾有关清代文学研究的"感觉时代"与"命题时代"的历史，即不难知悉。学术有外衣，有内核，然注意到清代政治之于文学的影响，注意到清代文学研究的政治史维度，则研究者当不难获得学术史的"跳脱感"，从而进入相对自由的学术王国。

我们期待清代文学与学术研究迎来新的局面，为这"并不显赫一时，而将永远存在"② 的事业，我们不惮作一些疯狂的设想与展望，并最终交上这份匆遽而真诚的阶段性答卷。

如果这部教材的确揭示了一些前沿的学术话题，浮现了不断反思的前行者身影，应当归功于我们对清代文学与学术研究现状及历史的如上思考。自然，如上的反思是粗粝的，如上的展望也相当草率，然而，我们并不羞于启齿我们粗浅的心得。毕竟，清代文学与学术研究不断涌现有感觉、有关怀的新议题，是我们对清代文学研究"文献依赖"现象分析与批判的初心所寄与终极期待所在。

---

① 柳兆薰著，李红英整理《柳兆薰日记》，凤凰出版社，2024 年。
② 《马克思恩格斯论教育》，人民教育出版社，1958 年，第 49 页。

后 记

为清代文学与学术的专题研究课程编写一本导引教材，是我的长期心愿。多次设想，提纲早具，无奈他事缠绕，一直未能付诸实践。直到2022年3月，我终于下定决心，调整计划，选择若干重要专题编写教材，并先后请湖南大学吴钦根、山东大学张知强、湖南大学尧育飞以及南京大学杨珂加入。在教材编写过程中，我们陆续组织了四次线上会议，也时常在微信群中讨论。两年后，电子版的教材初稿编成。随后，我们将初稿打印装订，据纸本加以修改，并与南京大学出版社李亭、臧利娟两位编辑商量讨论出版细节，围绕版式、装订、标题以及插图等多方面问题反复推敲。在此期间，尚有十几位博士生、硕士生参与纸质版教材的讨论修改，贡献改进建议。最后，由尧育飞统一润色定稿。

对清代文学与学术相关话题的长线研究和长期经营，是教材编写群体共同的追求。因而教材的设计目标，既追求实用，又着眼于指引未来学术之路。其中每一章节都涵盖诸多话题，话题之间互相关联，凸显编写者的拓展方向和稍有前瞻性的议题。在这里，不妨简要回顾并展望这些关联与拓展性的研究，以呈现更为漫长的学术之旅和更加广阔的学术世界：

绪论、第一章、第二章、第三章、第七章，由我本人撰写。作为文人群体、文人关系或文学社会学研究的基础文献，《清代文人结社辞典》《明清文学家族联姻谱系》是我多年累积而接近完成的工具书，前者预计收录1500个名称清晰的结社，后者大约涉及5000个文学家族之间的联姻。

第四章，由张知强撰写。未来几年，他将完成《桐城派文学评点研究》《明清诗歌删改资料汇编》《明清诗歌删改研究》等文献整理及相关研究工作。同时，《王士禛〈古诗选〉汇评》《王士禛〈古诗选〉评点研究》两书的纂著也正在进行之中。

第五章、结语，由尧育飞撰写。以清嘉道时期为中心，不断更新研究方法，在较长时段考察近世中国思想文化转型中的文学文献活动，是他的主要学术研究方向。未来两年，除推出《清代日记研究法》《清代日记中的情感世界与社会生活》等日记研究著作外，他还将贡献《清嘉道时期的文献样态与文人表达》《新的桐城派研究：来自政治文化与文献边缘的启示》等专著，并翻译出版孙修暎（Suyoung Son）《为刻而写：晚期中华帝国的印刷与文本权威的制造》（*Writing for Print: Publishing and the Making of Textual Authority in Late Imperial China*, Harvard University Press, 2018) 一书。

第六章，由杨珂撰写。他的硕士论文是《李兆洛研究》，由此拓展，"清代骈文的理论批评与应用研究"成为他的博士论文题目。基于这些前期研究，他编著的《李兆洛年谱》将于近一两年完成，而《〈骈体文钞〉集注汇评》一书也正在编纂中。此外，他整理的晚清"系列书院答问"文献拟于近期推出。

第八章，由吴钦根撰写。这一章的核心内容，与他多年来整理的谭献稿本日记密切关联。未来三五年间，他将陆续推出一系列著述，包括《谭献日记全编》《谭献全集》《谭献函札辑证》《谭献师友尺牍》《谭献年谱长编》《谭献文学研究》以及《谭献交游综考》等。

今年 4 月，香港中文大学严志雄教授应邀来访，这本教材曾请他审读，并得到认可。本书编写，得到徐有富著《治学方法与论文写作》（南京大学出版社，2003 年），徐兴无、徐雁平主编《汉语言文学本科专业核心课程研究导引教材》（南京大学出版社，2019 年），姚蓉等主编《古代文学研究论文写作：案例与方法》（上海大学出版社，2022 年）等教材的启发，特此说明。这一教材依托的研究生课程，长期得到南京大学文学院（尤其是研究生办公室马晓娜女士）和研究生院的支持。在此之外，还有两家机构的特别帮助。每到春季学期，南京大学图书馆古籍部会为课程提供至少五次实习机会，我和选课的同学可以在宽大的阅览室里方便地利用各类古籍。边看边讲，随时讨论，似乎更容易进入情境。南京淮海路 35 号的金陵刻经处，现已是人类非物质文化遗产项目保护单位。二十多年来，这家低调然内涵丰富的文化机构是这门课的特别课堂，我和同学们可以近距离地观察雕版印刷的全过程，偶尔还可以得到一些雕版印刷的书页作为纪念品。如果说这门课程和教材有点趣味、有点特别，我想定与两家机构纸墨香气的熏染有关。教材校样，则请高惠、张德懿、何振、丁思露、李沙珂、谢葆瑭、胡钰、张圣珊、陈霞等帮助校对；历年上研究生课程的同学，贡献了不少好建议，在此表示感谢。

教材第一至第八章选为"分析样本"的论文，皆标明刊载信息，然这次编入均有不同程度的修订；这些论文所引用的一些著作近年有更好的版本，也酌情更换，在此特别说明。

徐雁平
2024 年 5 月 4 日于南大和园

11 月 9 日，"技艺与关怀：清代文学与学术研究工作坊"举行，参会者上午围绕教材展开讨论；下午则是接续上午主要论题的拓展性讨论，由尧育飞作"清代文学研究的文献依赖与学术史跳脱"主题报告，另有其他七位学者参与，发表各自研究心得与设想。会后两天，我想起育飞的主题报告尽管有些内容较为大胆，然很可以启发思考，在征得出版社编辑同意之后，请育飞将报告内容转化，作为教材的结语，这样教材就有绪论、结语和主体八章，结构更显匀称。这一新增的结语在短时间内经过教材编写组和诸位同学几轮紧凑的讨论、修改，也再次显示了这一教材编写的过程性与探索性。

工作坊中得到同道和在校学生的建议，特别是在教材细节修订方面，李丹提供了一张古籍高清扫描图，任轲、高惠、何振、夏业梅、谭玉珍、孙梦伟、鲁卓查出一些可以改进的问题，在"紧急关头"为教材的编校质量提升作出了贡献。

2024 年 11 月 17 日徐雁平补记